AF540031

राजकमल गौरवग्रंथ

WORLD CLASSICS

अलेक्सांद्र कुप्रिन
07 सितम्बर, 1870
25 अगस्त, 1938

रत्न-कंगन तथा अन्य कहानियाँ
ГРАНАТОВЫЙ БРАСЛЕТ И ДРУГИЕ ИСТОРИИ
THE GARNET BRACELET AND OTHER STORIES

रूसी कथा-साहित्य

रत्न-कंगन
तथा
अन्य कहानियाँ

अलेक्सांद्र कुप्रिन

अंग्रेज़ी से अनुवाद

निर्मल वर्मा

राजकमल

गौरवग्रंथ

अलेक्सांद्र कुप्रिन की रूसी कहानियों के 1956 में प्रकाशित अंग्रेज़ी अनुवाद
'THE GARNET BRACELET AND OTHER STORIES' से अनूदित
पहली बार 1958 में 'कुप्रीन की कहानियाँ' शीर्षक से प्रकाशित

ISBN : 978-93-6086-612-9

मूल्य : ₹895

राजकमल गौरवग्रंथ माला में पहला पुस्तकालय संस्करण : सितम्बर, 2024

प्रकाशक : राजकमल प्रकाशन प्रा. लि.
1-बी, नेताजी सुभाष मार्ग, दरियागंज
नई दिल्ली-110 002

शाखाएँ : अशोक राजपथ, साइंस कॉलेज के सामने, पटना-800 006
पहली मंजिल, दरबारी बिल्डिंग, महात्मा गांधी मार्ग, प्रयागराज-211 001
1, अनमोल सोराबजी सन्तुक लेन, धोबी तलाव, मरीन लाइंस, मुम्बई-400 002

वेबसाइट : www.rajkamalprakashan.com
ई-मेल : info@rajkamalprakashan.com

मुद्रक : विकास कंप्यूटर एंड प्रिंटर्स
ट्रॉनिका सिटी-201 102

RATNA-KANGAN TATHA ANYA KAHANIYAN
Stories by Aleksandr Kuprin
Translated by Nirmal Verma

रत्न-कंगन तथा अन्य कहानियाँ

क्रम

इस अनुवाद के बारे में

अलेक्सांद्र कुप्रिन पहले विदेशी लेखक थे, जिनकी कहानियों का अनुवाद मैंने लगभग चालीस वर्ष पूर्व हिन्दी में किया था। अनुवाद की शुरुआत ही एक अजीब विडम्बना से हुई थी—एक रूसी लेखक की कहानियों का अनुवाद, अंग्रेज़ी से हिन्दी में। यह कोई अनोखी स्थिति नहीं थी। अपने बचपन में मैंने भी टॉल्स्टॉय, चेख़ॅव और गोर्की की कृतियाँ अंग्रेज़ी से हिन्दी अनुवाद में ही पढ़ी थीं—अनोखी बात यह है कि यही स्थिति कमोबेश आज भी चली आती है, जहाँ हम ग़ैर-अंग्रेज़ी लेखकों की रचनाओं का अनुवाद अंग्रेज़ी माध्यम से ही उपलब्ध कर पाते हैं।

अलेक्सांद्र कुप्रिन के नाम से मैं अपरिचित नहीं था। कॉलेज के दिनों में उनका एक उपन्यास पढ़ा था, जिसकी याद एक खरोंच की तरह स्मृति-पटल पर खिंची रह गई थी। उपन्यास का नाम था : 'गाड़ी वालों का कटरा', जिसे सरस्वती प्रेस ने प्रकाशित किया था। वेश्याओं के जीवन पर आधारित यह उपन्यास एक ऐसा झकझोर देनेवाला अनुभव था कि बरसों तक कुप्रिन का नाम सिर्फ़ उस एक उपन्यास के कारण कहीं भीतर अटका रहा।

शायद यही एक कारण था कि जब 1952-53 के आसपास-बेरोज़गारी के दिनों में—पीपुल्स पब्लिशिंग हाउस ने कुप्रिन की चुनी हुई कहानियों का अनुवाद करने का प्रस्ताव मेरे सामने रखा, तो मैंने बहुत ख़ुशी और तत्परता से उसे स्वीकार कर लिया। सर्दी की लम्बी शामों में मैं जादूगरनियों और डायनों, कुत्तों और घोड़ों, घुमक्कड़ अभिनेताओं और बाज़ीगरों की संगत में जो घुमक्कड़ी करता रहा, उसकी याद अब भी ताज़ा है। पहली बार मुझे लगा कि अनुवाद का काम न केवल कुछ हद तक किसी लेखक के आरम्भिक वर्षों में उसकी आर्थिक कठिनाई हल कर देता है बल्कि 'मनोवैज्ञानिक थेरैपी' की तरह उसके संताप और अकेलेपन को भी दूर कर देता है।

फिर बहुत-से वर्ष बीत गए। अनुवाद की स्मृति धूमिल पड़ती गई। कभी-कभी कोई मित्र उसकी याद दिला देता था तो अजीब-सी ख़ुशी होती थी कि वह अब भी किसी की स्मृति में जीवित है। कुछ वर्ष पहले जब कुछ आत्मीय जनों ने आग्रह किया कि उसका दूसरा संस्करण प्रकाशित होना चाहिए तो पता चला कि अपनी बहुत-सी प्रिय पुरानी पुस्तकों की तरह वह पुस्तक भी कहीं खो गई है—स्वयं प्रकाशन-गृह के पास उसकी कोई प्रति नहीं बची थी जिसके आधार पर उसे पुन:प्रकाशित किया जा सके। कभी-कभी कोई उड़ती-सी अफ़वाह ज़रूर मिल जाती थी कि अमुक ने वह पुस्तक अमुक के घर में देखी है, कुछ वैसी ही तरह जैसे खोए हुए बच्चे के बारे में माँ से कहा जाता है कि वह किस-किस शहर में देखा गया था, लेकिन तलाश करने पर कुछ भी हाथ नहीं लगता। जब मैंने उसे देखने की आशा बिलकुल छोड़ दी थी तभी अचानक कुछ महीने पहले भोपाल में जब मेरे मित्र रमेशचन्द्र शाह की बिटिया—सुश्री शम्पा शाह—जो अपने में एक श्रेष्ठ मृत्तिका-शिल्पी और प्रबुद्ध पाठिका हैं—ने बताया कि उन्होंने आख़िर उस पुस्तक का सुराग़ पा लिया है, तो मैंने ऊपर से ख़ुशी तो प्रकट कर दी, किन्तु भीतर से विश्वास नहीं किया। लेकिन कलयुग के ज़माने में भी चमत्कार हो सकते हैं, इसका पता तब चला, जब दिल्ली लौटने पर डाक से आई वह भूली-भटकी पुस्तक मेरे हाथ में थी।

कुप्रिन की कहानियों का नया संस्करण यदि आज आपके हाथों में है तो इसका बड़ा श्रेय शम्पा जी की जासूसी सफलता को जाता है।

अनुवाद की जो प्रति मुझे मिली थी, उसमें अन्तिम कहानी 'रत्न-कंगन' के आख़िरी तीन पन्ने ग़ायब थे। मेरे सहृदय मित्र श्री भीष्म साहनी ने मुझे अपनी अंग्रेज़ी पुस्तक से इन पन्नों की फ़ोटो कॉपी दी, जिनके आधार पर मैंने उनका नया अनुवाद किया है।

मुझे विश्वास है कि इस पुस्तक को देखकर मेरे इन सब मित्रों को—जिन्होंने इतने धैर्य और श्रम से अपना सहयोग दिया—उतनी ही प्रसन्नता होगी, जितनी मुझे हो रही है।

नई दिल्ली
23 फ़रवरी, 1995

—निर्मल वर्मा

सफ़ेद कुत्ता

वे तीनों सर्कस के खिलाड़ी थे। पहाड़ी पगडंडियों पर चलते हुए वे क्रीमिया के दक्षिणी तट पर एक ग्रीष्म-स्थान से दूसरे ग्रीष्म-स्थान का चक्कर लगाते भटक रहे थे। आर्तो अपनी लम्बी सुर्ख़ ज़ुबान मुँह के एक कोने से लटकाए आगे-आगे दौड़ता जाता था। वह उनका सफ़ेद कुत्ता था, जिसके शरीर की बनावट शेर से मिलती-जुलती थी। चौराहे पर पहुँचते ही वह खड़ा हो जाता, और पूँछ हिलाता हुआ प्रश्नयुक्त दृष्टि से पीछे देखने लगता। इशारा पाते ही वह तुरन्त समझ जाता और सही रास्ते पर मुड़कर ख़ुशी से कान हिलाता हुआ भागने लगता। कुत्ते के पीछे-पीछे बारह वर्ष का सर्गेइ आता। उसके बाएँ हाथ में तह किया हुआ सर्कस का कालीन और दाएँ हाथ में छोटा, गन्दा-सा बुलबुल का पिंजरा रहता था। बुलबुल बक्से में से रंगीन काग़ज़ों के टुकड़े निकालकर भविष्य बतलाया करती थी। सबसे पीछे बूढ़ा मार्टिन लोदिजकिन कुबड़ी पीठ पर हर्डी-गर्डी बाजा रखे लड़खड़ाते क़दमों पर धीरे-धीरे आता था।

हर्डी-गर्डी बहुत पुराना था। उसे बजाते ही एक अजीब-सी खखारती आवाज़ बाहर निकलने लगती थी। अपनी लम्बी उम्र में न जाने कितनी बार

उसकी मरम्मत करवाई गई थी। केवल दो धुनें थीं, जो हमेशा उस पर बजाई जाती थीं—दोनों धुनें तीस-चालीस वर्ष पहले बड़ी लोकप्रिय थीं, किन्तु अब कहीं कोई उनका नामलेवा भी न रह गया था। बाजे में दो पर्दे ऐसे थे जिन पर विश्वास नहीं किया जा सकता था—वे ऐन वक़्त पर धोखा दे सकते थे। पहला तो बिलकुल नाकाम हो चुका था—उसकी बारी आते ही बाजे से तुतलाती, लँगड़ी, लड़खड़ाती हुई एक विचित्र-सी ध्वनि बाहर निकलने लगती थी। दूसरी का सुर ज़रा नीचा था, किन्तु उसकी आवाज़ एकदम बन्द नहीं होती थी। कभी दनदनाने लगती, तो चुप न होती, हें-हें करती रहती। दूसरे सुरों को भी अपने नीचे दबा लेती और फिर कुछ देर बाद अचानक ख़ामोश हो जाती। बूढ़े को भी अपने बाजे की ख़ामियों का पता था और वह कभी-कभी मज़ाक़ में—नीचे उदासी की छाया छिपी रहती—कहने लगता :

"क्या करूँ, अब यह बाजा बूढ़ा हो गया है—बेचारे को नज़ला-ज़ुकाम भी रहने लगा है। जब मैं इसे बजाता हूँ तो लोग कहते हैं : 'छिः, यह भी कोई बाजा है—भद्दा और बेसुरा!' अब मैं उन्हें कैसे बताऊँ कि एक ज़माना था, जब लोग मेरी धुनों को सुनकर वाह-वाह कह उठते थे, तारीफ़ों के पुल बाँध देते थे। लोगों की अब वह रुचि ही न रही जो पहले ज़माने के लोगों में थी। मेरे संगीत को सुनकर वे नाक-भौं न सिकोड़ेंगे तो क्या करेंगे? आजकल तो सब लोग 'गैशा', 'दो सिरों वाली चील के नीचे' या 'परिन्दे बेचनेवाले का वाज्ज' जैसी सस्ती धुनों के पीछे दीवाने रहते हैं। अब इन बाँसुरियों को ही लो। कुछ दिन पहले मैं एक दुकान में इनकी मरम्मत करवाने गया था, लेकिन उन्होंने मेरे बाजे को देखते ही सिर हिला दिया—कहने लगे, 'तुम्हें नई बाँसुरियाँ डलवानी पड़ेंगी—बेहतर तो यह हो कि तुम इस तूतिया बाजे को अजायबघर में भेज दो—अब यह उसी के लायक़ है।' मैं तो उनकी बातें सुन जलकर राख हो गया। बरसों से इसके सहारे रोटी जुटाते आए हैं और अब वे मुझसे कहते हैं कि इसे फेंक दूँ! मेरा पक्का विश्वास है कि कुछ और अर्से तक यह हमारे काम आएगा। क्यों भाई सर्गेइ, क्या झूठ कहता हूँ?"

बूढ़े को उस बाजे से इतना गहरा लगाव था, मानो वह कोई जीता-जागता हाड़-मांस का जीव हो। वह उसे अपने एक सगे-सम्बन्धी की तरह ही प्यार किया करता था। घुमक्कड़ी और आवारागर्दी की ज़िन्दगी में—जब कोई चीज़ ज़्यादा देर तक संग नहीं रहती—इस बाजे ने ही सुख-दु:ख में बूढ़े का साथ दिया था। वह उसका इतना अभ्यस्त हो गया है कि वह अब उसमें और किसी जीवित, विचारशील व्यक्ति के बीच कोई भेद करने में असमर्थ था।

कभी उस बूढ़े को कोई रात किसी पुरानी अँधेरी सराय में ही गुज़ारनी पड़ती थी। बाजे को कमरे के एक कोने में खड़ा करके वह स्वयं पलंग पर लेट जाता। अचानक उस बाजे से एक धीमा-सा स्वर फूट पड़ता—अजीब-सा, काँपता हुआ स्वर—एक बूढ़े आदमी की उच्छ्वास-सा उदास और एकाकी...। लोदिजकिन का दिल भर आता। स्नेह और प्यार से बाजे के नक़्क़ाशी किये हिस्से को थपथपाता हुआ धीरे-से बुदबुदाता, "क्या बात है मेरे दोस्त? क्या ज़िन्दगी से ऊब गए? यह ठीक नहीं है भाई! हमें किसी हालत में भी मायूस नहीं होना चाहिए।"

उसे जितना वह बाजा प्यारा था, उतने ही या शायद उससे ज़्यादा वह कुत्ता और लड़का प्यारे थे, जो उसकी यात्राओं में हरदम उसके संग रहते थे। पाँच साल पहले उसने यह लड़का (सर्गेइ) जूता बनानेवाली एक पियक्कड़ बेवा से 'किराए पर' ले लिया था और हर महीने उसे दो रूबल देने का वादा किया था। किन्तु शीघ्र ही उस बेवा का देहान्त हो गया और सर्गेइ हमेशा के लिए बूढ़े के पास रहने लगा। दोनों को रोज़मर्रा का अपना काम भाता था और एक संग रहने के कारण दोनों के बीच स्नेह और ममता के बन्धन दिन-पर-दिन दृढ़तर होते गए थे।

2

वे तीनों चल रहे थे—बूढ़ा, लड़का और कुत्ता। वे सागर-तट की ऊँची-चढ़ाई के रास्ते पर चल रहे थे, जिस पर पुराने जैतून वृक्षों की छायाओं से ढकी

टेढ़ी-मेढ़ी सड़क दूर तक चली गई थी। पेड़ों के झुरमुट से कभी-कभी समुद्र की झलक मिल जाती थी, जो एक शान्त, शक्तिशाली दीवार की तरह दूर-दूर तक फैला हुआ था। चाँदी-से चमचमाते फूल-पत्तों के गुच्छों के बीच सागर और भी अधिक नीला और गहरा दिखलाई देता था। हर जगह—घास, सींगदार झाड़ियों, जंगलों, कँटिदार झाड़-झंखाड़ों, अंगूर की बेल-लताओं और पेड़ों से झींगुरों और टिड्डों का एकरस, कर्कश, अनवरत स्वर हवा में गूँज रहा था। हवा बन्द थी। धूप में धरती इतनी तप रही थी कि पाँव उस पर रखते ही झुलस जाते थे।

सर्गेइ, जो हमेशा की तरह बूढ़े से ज़रा आगे चल रहा था, ठहर गया और उसकी प्रतीक्षा करने लगा।

"सर्गेइ, क्या बात है?" बूढ़े ने पास आकर पूछा।

"लोदिजकिन दादा, बड़ी गर्मी है। एक क़दम आगे नहीं चला जाता। एक डुबकी क्यों न लगाई जाए?"

बूढ़े ने पीठ पर रखा बाजा सीधा किया और अपनी आस्तीन से माथे का पसीना पोंछा।

"बात तो ठीक है," उसने समुद्र के शीतल, नीले जल को देखकर ठंडी साँस भरी, "लेकिन नहाने के बाद तो और भी बुरा महसूस होगा। एक दफ़ा किसी डॉक्टर के सहकारी ने मुझे बतलाया था कि समुद्र का नमकीन पानी शरीर को शिथिल और ढीला कर देता है।"

"शायद यह बात सच नहीं है," सर्गेइ ने संदिग्ध-भाव से कहा।

"सच नहीं है? लेकिन मुझसे झूठ बोलकर उसे क्या लेना था? नेक, ईमानदार आदमी है, शराब नहीं पीता और सिवास्तोपोल में उसका अपना छोटा-सा परिवार है। ख़ैर, उसकी बात छोड़ो। लेकिन तुम नहाओगे कैसे? यहाँ से कोई रास्ता समुद्र की ओर जाता नहीं दीखता। मिसखोर तक चले चलो। वहाँ जाकर हम अपने शरीर के पापों को अच्छी तरह धो डालेंगे। भोजन से पहले नहाना अच्छा भी होता है। उसके बाद मज़े से सोएँगे। ठीक है न?"

आर्तो को जब अपने पीछे बातों की घुसुर-पुसुर सुनाई दी तो वह पीछे मुड़कर भागने लगा। उसकी हल्की नीली आँखें सूरज की प्रखर किरणों से चकाचौंध-सी हो रही थीं। तेज़ी से हाँफने के कारण उसकी लम्बी, लपलपाती ज़ुबान काँपने लगती थी।

"मेरे नन्हे-से दोस्त, क्या तुम्हें भी गर्मी लग रही है? "बूढ़े ने कहा।

कुत्ते ने ज़ुबान मोड़कर अँगड़ाई ली, अपनी देह को ज़ोर से हिलाया और पतले स्वर में चूँ-चूँ करने लगा।

"अच्छा, अब यहाँ तुम्हारा कोई काम नहीं है, चलो, भागो। सर्गेइ, अगर सच पूछो तो मुझे यह धूप बहुत अच्छी लगती है। बस, ज़रा यह बाजे का बोझ अखरता है, और कोई बात नहीं। अगर काम की चिन्ता न होती तो मैं मज़े से पेट फुलाकर किसी पेड़ की छाया तले घास पर लेट जाता और वहीं पड़ा रहता। बूढ़ी हड्डियों को धूप से बढ़कर और क्या सुख चाहिए? सूरज की किरणें तो हम जैसे लोगों के लिए नियामत हैं।"

पगडंडी नीचे जाकर एक चौड़ी चमकती पत्थर की सड़क से मिल गई थी। यह सड़क एक भव्य, विशाल क्रीड़ावन को जाती थी, जिसका मालिक एक दौलतमन्द काउंट था। शीशे के मकान, सुन्दर बँगले, फूलों की क्यारियाँ और फ़व्वारे क्रीड़ावन के हरे-भरे मैदान में चारों ओर बिखरे दिखाई देते थे। लोदिजकिन इस स्थान से भली-भाँति परिचित था। वह हर साल उस ऋतु में यहाँ आया करता था, जब अंगूरों को तोड़कर जमा किया जाता था। इन दिनों क्रीमिया में बड़ी रौनक और चहल-पहल रहती है। वैभवशाली लोग क़ीमती वेशभूषा में इधर-उधर घूमते दिखाई देते हैं। दक्षिणी प्रदेश के रंग-बिरंगे फूल-पौधों को देखकर सर्गेइ तो उन पर लट्टू हो गया, हालाँकि बूढ़ा उनसे अधिक प्रभावित नहीं हुआ। सर्गेइ पहले कभी इस स्थान पर नहीं आया था। चम्पा के फूलों की सफ़ेद कलियाँ चौड़ी तश्तरियों-सी दिखाई देती थीं और उनके सख़्त, चमकते पत्तों को देखकर लगता, मानो किसी ने उन पर रंग लेप दिया हो। कुछ बेल-लताएँ अंगूरों के गुच्छों से लदी हुई नीचे की ओर झुकी जा रही थीं। हल्की छाल और शक्तिशाली फुनगियों वाले सदियों पुराने

प्लातन वृक्ष भी यहाँ मौजूद थे। तम्बाकू के खेतों, झरनों-प्रपातों और सुन्दर, सुवासित गुलाब के फूलों को देखकर सर्गेइ स्तम्भित-सा रह गया। गुलाब के फूलों की तो मानो बाढ़ आ गई थी। हर जगह क्यारियों, मेड़ों और बँगलों की दीवारों पर वे दिखलाई दे जाते थे। इतने ढेर-से सौन्दर्य को एक ही स्थान पर एक साथ देखने के कारण सर्गेइ के उल्लास और उत्साह की सीमा न रही। वह जोश में आकर बार-बार बूढ़े की आस्तीन खींचता और इधर-उधर इशारे करता जाता।

"दादा, फ़व्वारे में ज़रा उन मछलियों को तो देखो—वे सोने की बनी हुई हैं! सच दादा, शर्त लगा लो, वह सोने की न हों!" सर्गेइ बाग़ के लोहे के जँगले पर अपना चेहरा टिका कर फ़व्वारे को एकटक देखता हुआ कहता, "दादा, देखो, कितने बड़े आड़ू लगे हैं, कितने ढेर-से! सारे एक ही पेड़ पर लगे हैं," सर्गेइ विस्मय से चिल्लाता।

"लड़के, चलते रहो। यह नहीं कि जहाँ किसी चीज़ पर नज़र पड़ी और आँखें फाड़-फाड़कर देखने लगे!" बूढ़ा मज़ाक़ में उससे कहता और धीरे से उसे धक्का देकर आगे बढ़ा देता, "नोवोरोसिस्क के क़स्बे में पहुँचकर हम दक्षिण की ओर जाएँगे। फिर तो हमें एक-से-एक उम्दा और ख़ूबसूरत शहर देखने को मिलेंगे—सोची, ऐडलर, तुआप्से, सुखुम और सुदूर दक्षिण में बातुम। अभी तुम मामूली-सी चीज़ों को आँखें फाड़-फाड़कर देखते हो, इन शहरों को देखकर तो तुम्हारी पुतलियाँ ही बाहर निकल पड़ेंगी। वहीं तुम्हें ताड़ का पेड़ भी देखने को मिलेगा। उसे देखते ही तुम्हारी आँखें खुल जाएँगी। उसका तना बहुत खुरदरा होता है और पत्ते इतने बड़े कि केवल एक पत्ता हम दोनों को ढक ले!"

"भगवान क़सम?" लड़के के आश्चर्य का कोई ठिकाना न रहा।

"कुछ दिनों में जब अपनी आँखों से देख लोगे, तब विश्वास करोगे। वहाँ बहुत-सी चीज़ें मिलती हैं—सन्तरा और नीबू। तुमने तो अभी तक इन्हें केवल दुकानों में ही देखा होगा, क्यों?"

"हाँ।"

"किन्तु वहाँ ये चीज़ें तुम हवा में देखोगे। जिस तरह हमारे शहर में सेब और नाशपाती पेड़ों पर लगते हैं, उसी तरह इन दक्षिणी इलाक़ों में नीबू और सन्तरा भी पेड़ों पर उगते हैं। वहाँ के निवासी, तुर्क, ईरानी और सरकेस्सियन भी अजीब लोग हैं। उनकी वेशभूषा देखकर तुम चौंक जाओगे। हर आदमी एक लम्बा-सा लबादा पहनता है और कमर में कटार बाँधे रहता है। बड़े दिलेर आदमी होते हैं ये लोग। कभी-कभी वहाँ इथोपियन जाति के लोग भी दिखाई दे जाते हैं। बातुम में मेरी उनसे अक्सर भेंट हुई है।"

"इथोपियन? वही लोग न, जिनके सिरों पर सींग होते हैं?" सर्गेइ ने पूरे विश्वास के साथ कहा।

"सींगों की बात झूठी है। वे लोग बुरे नहीं होते। हाँ, उनका रंग तवे-सा काला होता है और उनके चेहरे बड़े चमकीले होते हैं। मोटे लाल होंठ, सफ़ेद बड़ी-बड़ी आँखें और ऊन-से मुलायम और घुँघराले बाल, जिन्हें देखकर काले बालों वाली भेड़ याद आ जाती है।"

"ये इथोपियन लोग तो बहुत भयानक होते होंगे?"

"बेशक। यदि उनके सम्पर्क में नहीं आए, तो शुरू-शुरू एक अजनबी की हैसियत से उनसे डर लगता ही है। किन्तु बाद में जब तुम देखते हो कि अन्य लोग भी निधड़क उनसे बोल-चाल रहे हैं, तो तुम्हारा साहस भी बढ़ जाता है। इसके अलावा और भी बहुत-सी अजीबोग़रीब चीज़ें वहाँ देखने को मिलती हैं—जब हम वहाँ जाएँगे तो तुम ख़ुद अपनी आँखों से सब देख लेना। किन्तु वहाँ बुख़ार तुम्हारा सबसे बड़ा शत्रु है। चारों ओर कीचड़, दलदल और गन्दगी है और बड़ी भयंकर गर्मी पड़ती है। जो लोग वहाँ बरसों से रहते आए हैं, वे उस जलवायु के इतने आदी हो गए हैं कि बुख़ार-बीमारी उन्हें ज़्यादा परेशान नहीं करते। असली मुसीबत तो उन बेचारों पर पड़ती है, जो अजनबी हैं और बाहर से आकर वहाँ ठहरे हुए हैं। अच्छा, सर्गेइ, बातें बहुत हो गईं। आओ, इस छोटे-से दरवाज़े के भीतर घुस चलें। इस बँगले में रहनेवाले साहब लोग बहुत नेकदिल हैं। तुम्हें उनसे पूछने की देर है और बस!...समझता हूँ...।"

किन्तु वह दिन उनके लिए मनहूस साबित हुआ। कुछ स्थानों में तो उन्हें भीतर ही नहीं घुसने दिया, बाहर से ही खदेड़ दिये गए। कई दूसरे स्थानों पर बाजे का झटके खाता हुआ घरघराता सुर शुरू हुआ नहीं कि बॉलकनी में बैठे लोग झुँझलाकर उन्हें हाथ के इशारे से आगे बढ़ जाने को कहते। कुछ घरों में नौकरों ने उन्हें यह कहकर टाल दिया कि 'मालिक' अभी घर में मौजूद नहीं हैं। यह सही है कि दो बँगलों में उन्होंने अपने खेल दिखलाया था, किन्तु उसका पुरस्कार उन्हें इतना कम मिला कि उनकी सारी मेहनत मिट्टी में मिल गई। बूढ़ा कभी किसी पुरस्कार को ठुकराता नहीं था, चाहे वह कितना कम क्यों न हो। तब खेल के बाद वह सड़क पर वापस आया, तो जेब में पड़े ताँबे के सिक्कों को खड़खड़ाने लगा।

"पाँच कोपेक और दो कोपेक—सात कोपेक। हमें निराश नहीं होना चाहिए, सर्गेइ भाई। सात को सात से गुणा करो—आधा रूबल! आधे रूबल का मतलब है, हम तीनों के लिए भोजन, रात को रहने के लिए कमरा और इस बूढ़े लोदिजकिन के लिए वोदका, क्योंकि यह बेचारा बहुत-सी बीमारियों का शिकार है! काश, साहब लोग इतनी-सी बात समझ सकते! कंजूस इतने हैं कि बीस कोपेक हाथ से नहीं निकलते और पाँच कोपेक देने में उनकी इज़्ज़त पर बट्टा लगता है, इसलिए वे हमें दरवाज़ा दिखला देते हैं। वे यह मामूली-सी बात कभी नहीं समझते कि कुछ भी न देने से अच्छा है कि वे तीन कोपेक ही दे दें। मुझे बुरा नहीं लगेगा। भला मैं बुरा क्यों मानूँगा?"

लोदिजकिन अत्यन्त विनम्र स्वभाव का व्यक्ति था। जब कभी कोई उसे दुरदुराकर घर से बाहर खदेड़ देता, तो भी वह बड़बड़ाता नहीं था। किन्तु उस दिन उसके आत्मसन्तोष की भावना को सहसा गहरी ठेस लगी। वे घूमते-भटकते अपनी राह जा रहे थे कि एक स्त्री ने उन्हें अपने बँगले में बुलाया। वह एक शानदार, ख़ूबसूरत बँगला था—जिसे एक छोटी-सी वाटिका ने चारों ओर से घेर रखा था। बँगले की मालकिन अत्यन्त सुन्दर थी—गदराया हुआ स्वस्थ शरीर और चेहरे पर स्निग्ध सहृदयता का भाव अंकित था। उसने बड़े ध्यान से बाजा सुना, सर्गेइ की कलाबाज़ियों और आर्तो के चमत्कारपूर्ण करतबों को भी वह बड़े ग़ौर से देखती रही। खेल समाप्त हो जाने के बाद

उसने लड़के से बातचीत करनी शुरू कर दी—नाम और आयु के सम्बन्ध में सवाल पूछे। उसके प्रश्नों का सिलसिला समाप्त होने को ही नहीं आता था—सर्कस की कलाबाज़ियाँ और करतब कहाँ सीखे, बूढ़े का उससे क्या सम्बन्ध है, उसके माँ-बाप क्या करते थे, इत्यादि। अपना कुतूहल शान्त करने के बाद उसने उन्हें बाहर ठहरने के लिए कहा और ख़ुद भीतर चली गई।

दस-पन्द्रह मिनट तक वह बाहर नहीं आई। उसके आने में जितना अधिक विलम्ब होता जाता था, उतनी ही अधिक बूढ़े और सर्गेइ की आशा बढ़ती जाती थी। बूढ़ा मुँह पर हाथ रखकर सर्गेइ के कानों में धीरे से बुदबुदाया, "सर्गेइ, आज हमारा भाग्य हम पर मुस्करानेवाला है। डबल पुरस्कार मिलेगा, और उसके संग जूते और कपड़े मिलें तो भी कोई अचम्भे की बात नहीं।"

आख़िर वह स्त्री घर से बाहर आई। सर्गेइ ने अपना हैट आगे बढ़ा दिया। खट से एक सफ़ेद सिक्का उसके हैट में गिरा और दूसरे क्षण ही वह स्त्री दरवाज़े के भीतर ग़ायब हो गई। सिर्फ़ दस कोपेक का वह सिक्का था। दोनों ओर से उसका रंग उड़ा हुआ था और बीच में एक सूराख़ भी था।

बूढ़ा असमंजस में खड़ा-खड़ा काफ़ी देर तक उस सिक्के को घूरता रहा। जब वे उस बँगले से काफ़ी दूर सड़क पर निकल आए, तो भी वह सिक्का बूढ़े की हथेली पर रखा था, मानो वह उसे तौल रहा हो!

"बड़ी चतुर निकली वह औरत। देखा, हमारे संग कैसी चाल खेली गई!" वह अचानक बीच रास्ते पर ठिठक गया और होंठों के भीतर बड़बड़ाने लगा, "हम भी निरे मूर्ख निकले...उसे रिझाने के लिए हमने एड़ी-चोटी का पसीना एक कर दिया। इससे अच्छा तो वह हमें कोई बटन-वटन ही दे देती। उसे कम-से-कम किसी कपड़े पर लगा तो सकते हैं। लेकिन मैं इस ढेले को लेकर क्या करूँ? वह शायद समझती होगी कि बूढ़ा रात के समय किसी की आँखों में धूल झोंककर इसे चला देगा। अगर आप ऐसा सोचती हैं, मादाम, तो यह आपकी ग़लतफ़हमी है! बूढ़ा लोदिजकिन चाहे और जो कुछ करे, ऐसा काम नहीं कर सकता। हरगिज नहीं। यह रहा आपके दस कोपेक का अमूल्य पुरस्कार। इसे आप अपने पास ही रखिए।"

यह कहकर उसने अभिमान और क्रोध से उस सिक्के को हवा में फेंक दिया। खट की धीमी-सी आवाज़ हुई और वह सिक्का सड़क की सफ़ेद मिट्टी में धँस गया।

इस तरह बूढ़ा, बालक और कुत्ता—तीनों बँगलों के चक्कर लगाते रहे। आख़िर उन्होंने सागर तट पर जाने का निश्चय किया। किन्तु बाईं ओर एक बँगला उनके रास्ते पर पड़ता था, जहाँ वे अभी तक नहीं जा सके थे। वह बँगला एक ऊँची सफ़ेद दीवार की ओट में छिपा था, जिसके परे धूल से सने और कृशकाय सिर के वृक्षों की लम्बी क़तार को देखकर लगता, मानो काले-सलेटी रंग की तकलियाँ सिर उठाए सीधी खड़ी हों। आगे लोहे का चौड़ा दरवाज़ा था, जिस पर कपड़े पर काढ़े गए बेल-बूटों की भाँति एक पेचीदा, उलझी-सी नक़्क़ाशी की गई थी। दरवाज़े के छिद्रों से रेशम-सी मुलायम हरी घास के लॉन का एक कोना, फूलों की गोल क्यारियाँ और पीछे की ओर, अंगूरों की बेल-लताओं से ढकी हुई एक छोटी-सी पगडंडी दिखाई देती थी। लॉन के बीचोबीच खड़ा हुआ माली एक लम्बी नली के द्वारा गुलाब के फूलों की क्यारियों में पानी छोड़ रहा था। उसने नली के मुँह पर एक उँगली लगा रखी थी, जिसके कारण फ़व्वारे की बूँदों में इन्द्रधनुष के सप्त रंग झलक रहे थे।

बँगला पीछे छोड़कर बूढ़ा आगे बढ़ा जा रहा था, किन्तु अचानक उसकी निगाहें दरवाज़े के भीतर जा पड़ीं। आश्चर्यचकित होकर वह खड़ा हो गया।

"सर्गेइ, ज़रा ठहरो।" उसने लड़के को बुलाया, "मैंने बँगले के भीतर कुछ लोगों को देखा है। यह एक बड़े अचम्भे की बात है। मैं यहाँ से कई बार गुज़रा हूँ और हर बार इस बँगले को सूना-सुनसान पाया है। चलो, ज़रा अन्दर जाकर क़िस्मत आज़मा आएँ।"

"मैत्री-कुटीर—भीतर आना मना है।" सर्गेइ ने दरवाज़े के साथ जड़े तख़्ते पर इन शब्दों को पढ़ा।

"मैत्री?" बूढ़ा अनपढ़ आदमी था, इसलिए सर्गेइ ने जिन शब्दों का उच्चारण किया, बूढ़े ने बस उन्हें दुहरा-भर दिया, "मैत्री—कितना सही, कितना सच्चा शब्द है! आज का दिन अच्छा नहीं गुज़रा, लेकिन ऐसा लगता है कि

अब हमें अपनी मेहनत का फल मिलनेवाला है। शिकारी कुत्ते की तरह मैं केवल हवा सूँघने मात्र से सब कुछ जान लेता हूँ। आर्तो, कुत्ते के बच्चे, इधर आओ। सर्गेइ, तुम आगे-आगे अन्दर चलो। जो कुछ पूछना हो, मुझसे पूछ लेना। मुझे सब मालूम है।"

3

वाटिका के बीचोबीच छोटा-सा रास्ता था। पाँव रखते ही बजरी चरमरा उठती थी। सड़क के दोनों ओर गुलाबी रंग की सीपियाँ लगी हुई थीं। घास के रंग-बिरंगे कालीन के ऊपर फूलों से लदी क्यारियाँ बिछी थीं। सारा वातावरण फूलों की सुवास से महक रहा था। फ़व्वारों के इर्द-गिर्द स्वच्छ, निर्मल जल कलकल करता बह रहा था। पेड़ों के बीच सुन्दर गमले रखे हुए थे, जिन पर बेल-लताओं की पुष्प मालाएँ झालर-सी झूल रही थीं। बँगले के संगमरमर के स्तम्भों पर गेंद से गोल दो आईने जड़े हुए थे, जिनमें भीतर आते हुए बुड्ढे, बालक और कुत्ते की छायाएँ बेडौल और उलटी-सी दिखलाई दे रही थीं।

बॉलकनी के सामने साफ़, समतल मैदान पर सर्गेइ ने कालीन बिछा दिया। बूढ़ा अपने बाजे का सुर छेड़ने ही वाला था कि एक विचित्र, अप्रत्याशित घटना ने बीच में बाधा डाल दी।

आठ-दस वर्ष का एक बालक ज़ोर-ज़ोर से चिल्लाता हुआ बँगले के भीतर से निकलकर बाहर बरामदे में आ गया। वह हल्के रंग की नाविकों की पोशाक पहने हुए था—घुटने और बाँहें नंगी थीं। उसके सुन्दर घुँघराले बाल लापरवाही से कन्धों पर झूल रहे थे। लड़के के पीछे स्त्री-पुरुषों का एक दल बरामदे में आता हुआ दिखाई दिया। वे सब चिन्तित मुद्रा में लड़के के पीछे-पीछे भाग रहे थे। उस दल में कुल मिलाकर छह व्यक्ति थे : हाथों में नेपकिन लिये दो स्त्रियाँ, लम्बा पुच्छला कोट पहने एक बूढ़ा स्थूलकाय अनुचर, जिसकी दाढ़ी-मूँछ साफ़ थी किन्तु जिसके ऊपरी होंठ के कानों से

भूरे बाल लटक रहे थे, लाल धारियों की फ्रॉक पहने लाल बालों और लाल नाक वाली एक युवती, एक सुन्दर महिला जिसका चेहरा देखने में बहुत पीला और रुग्ण-सा दिखाई देता था और जिसने पीले-नीले लेस वाला ड्रेसिंग-गाउन पहन रखा था, और अन्त में सबसे पीछे टस़र का सूट पहने, सुनहरे फ्रेम का चश्मा लगाए एक हृष्ट-पुष्ट शरीर और गंजे सिर वाले सज्जन आते दिखाई दिये। ये सब एक साथ ज़ोर-ज़ोर से बोल रहे थे, हवा में हाथ नचा रहे थे और एक-दूसरे को धक्का देकर आगे बढ़ने के लिए आतुर थे। यह स्पष्ट था कि इन लोगों की चिन्ता और उत्तेजना का कारण वही लड़का था, जो कुछ देर पहले बरामदे में भाग आया था।

वह लड़का बराबर चीख़े जा रहा था। वह पेट के बल पत्थर के फ़र्श पर लोटपोट हो रहा था और ग़ुस्से में चिल्लाता हुआ हाथ-पाँव मार रहा था। सब उसे मनाने-पुचकारने में लगे हुए थे। बूढ़ा अनुचर कलफ़ से अकड़ी अपनी क़मीज़ पर हाथ रखकर, गलमुच्छों को हिलाता हुआ अनुनय-विनय कर रहा था, "बाबू निकोलाय ऐपोल्लोनोविच, अपनी ममी को तंग मत कीजिए। मैं आपसे अनुरोध करता हूँ कि आप दवा पी लीजिए। मैंने कहा न, बड़ी मीठी दवा है—बिलकुल शरबत की तरह। देखिए, अब ज़्यादा परेशान मत कीजिए। जल्दी से उठ जाइए और दवा पी लीजिए।"

जिन स्त्रियों के हाथों में बालक के नेपकिन थे, वे एक-दूसरे से ज़ोर-ज़ोर से भयभीत स्वर में बातचीत कर रही थीं। लाल नाक वाली युवती दुःख भरी मुद्रा में हाथ हिला रही थी और विदेशी भाषा में कुछ ऐसी बातें कह रही थी कि जो सुनने में बहुत मर्मस्पर्शी जान पड़ती थीं, किन्तु जिनका अर्थ कुछ भी पल्ले नहीं पड़ता था। सुनहरे चश्मे वाले सज्जन अपने सिर को इधर-उधर हिलाते हुए अपने हाथों को ऊपर उठाकर भारी गम्भीर स्वर में बालक को डाँट-डपट रहे थे। सबसे अलग खड़ी थी वह सुन्दर महिला, जिसके पीले उदास चेहरे को देखकर लगता था, मानो वह बीमार हो। वह धीरे-धीरे कराह रही थी और महीन लेस के रूमाल से बार-बार अपनी आँखें पोंछ रही थी।

"ट्रिल्ली, ईश्वर के लिए कहना मान जाओ! मेरे राजा, मेरी बात भी नहीं मानोगे—अपनी ममी की बात? दवा खाने से तुम एकदम ठीक हो जाओगे। तुम्हारे पेट और सिर का दर्द चुटकी बजाते ही दूर हो जाएगा। नहीं लोगे? ट्रिल्ली, क्या तुम चाहते हो कि ममी तुम्हारे पाँव पर गिरकर तुम्हारी ख़ुशामद करे? अच्छा लो, मैं तुम्हारे पाँव पड़ती हूँ! अच्छा, मैं तुम्हें अशर्फ़ी दूँगी, फिर तो दवा पियोगे न? दो अशर्फ़ियाँ? पाँच अशर्फ़ियाँ? ट्रिल्ली, क्या हम तुम्हारे लिए सचमुच का एक छोटा-सा गधा ला दें? फिर तो ख़ुश हो जाओगे न? एक छोटा-सा टट्टू लोगे? डॉक्टर साहब, मेरी बात तो मानता ही नहीं। आप ही इसे ज़रा समझाइए।"

"ट्रिल्ली, मैं कहता हूँ, आदमी बनो!" सुनहरे चशमे वाले सज्जन दनदनाती आवाज़ में चिल्लाए।

"ऊँ-हूँ ऊँ-हूँ..." बालक फ़र्श पर लोटता हुआ और भी तेज़ी से पाँव पटकने लगा।

वह किसी को अपने पास फटकने नहीं देता था। जो उसके ज़रा निकट जाता, बालक अपनी एड़ियों और लातों से उनकी टाँगों और पेट पर प्रहार करने लगता था। वे भी उसके प्रहारों से बच निकलने की विद्या जानते थे।

सर्गेइ काफ़ी देर से आश्चर्य और कुतूहल-भरी आँखों से यह दृश्य देखता रहा। पास खड़े बूढ़े को कुहनी मारकर उसने कहा, "दादा लोदिजकिन, इस लड़के पर क्या कोई भूत सवार हो गया है? क्या ये लोग इसे कोड़े से पीटनेवाले हैं?"

"इसे कोड़े से पीटेंगे? वाह, क्या बात कही! अरे, यह ख़ुद इन्हें कोड़े लगा सकता है। सिरचढ़ा लड़का है, शायद बीमार भी है।"

"क्या तुम्हारा मतलब पागलपन की बीमारी से है?"

"हिश! मुझे क्या मालूम?"

"ऊँ-हूँ, ऊँ-हूँ...सूअर बेवक़ूफ़..." बालक का चिल्लाना क्षण-प्रतिक्षण बढ़ता जा रहा था।

"आओ, सर्गेइ, हम अपना खेल शुरू करें! मैं सारी बात समझ गया हूँ।" लोदिजकिन ने अचानक बाजे का सुर छेड़ दिया।

एक पुरानी, घरघराती, हाँफती-सी धुन बाजे से निकलने लगी। सारा बाग़ संगीत स्वर से गूँजने लगा।

"हे ईश्वर! यह एक नई मुसीबत आ गई!" जिस महिला ने नीले रंग का ड्रेसिंग-गाउन पहन रखा था, वह रुआँसी आवाज़ में बोली, "इन लोगों को देखकर बच्चा और भी बिफर जाएगा। इन्हें यहाँ से दफ़ा करो। अरे, उनके पास एक कुत्ता भी है। बड़ी भयानक बीमारियाँ इन कुत्तों से चिपटी रहती हैं। अरे इवान, तुम बुत की तरह क्या खड़े हो—यहाँ से निकालो इन लोगों को!"

उसने खिन्न-भाव से बूढ़े और सर्गेइ की ओर रूमाल हिलाकर उन्हें वहाँ से चले जाने का संकेत किया। लाल नाक वाली युवती क्रोध में अपनी आँखें तरेरने लगी, कोई और उन्हें धमकी देता हुआ चिल्लाया। पुच्छल्ले कोट वाला अनुचर तेज़ी से सीढ़ियाँ उतरकर बूढ़े के सामने भागता हुआ आया और हवा में हाथ हिलाता हुआ उन्हें घुड़कियाँ देने लगा।

"इसका क्या मतलब है? तुम्हें किसने अन्दर आने के लिए कहा?" वह अपनी फटी-रुँधी आवाज़ में बुदबुदाया। उसका स्वर भय और क्रोध से लड़खड़ा रहा था, "एकदम यहाँ से निकल जाओ। फ़ौरन...अभी! इस तरह मकान के भीतर घुस आने के लिए तुम्हें किसने इजाज़त दी?"

बाजे के भीतर से एक करुण, विवश-सी सिसकी बाहर निकली और वह एकदम चुप हो गया।

"आप मेरी बात तो सुनिए हुज़ूर।" बूढ़े ने विनम्र भाव से कहा।

"अपनी बात अपने पास रखो। मैं कुछ नहीं सुनना चाहता। यहाँ से चलते-फिरते नज़र आओ।" पुच्छल्ले कोट वाला शख़्स फूत्कारती आवाज़ में ज़ोर से चिल्लाया।

एक ही क्षण में उसका गेंद-सा मुँह लाल-सुर्ख़ हो गया। आँखें इस क़दर चौड़ी होकर फैल गईं, मानो अभी पुतलियाँ बाहर निकलना चाहती हैं। वह अपनी उन आँखों को छोटी-छोटी चरखियों की तरह ज़ोर-ज़ोर से घुमा रहा था। उसकी इस भयानक मुख-मुद्रा को देखकर बेचारा लोदिजकिन डरकर दो क़दम पीछे हट गया।

"सर्गेइ, चलो भाई," उसने बाजे को पीठ पर रखते हुए कहा, "यहाँ से जितनी जल्दी बाहर निकल सकें, उतना ही अच्छा है।"

किन्तु अभी वे कुछ ही क़दम आगे गए होंगे कि बॉलकनी से चीख़ों की एक नई बाढ़ उमड़ आई।

"ऊँ-हूँ, ऊँ-हूँ...मैं वह लूँगा। उन्हें यहाँ बुला लाओ। जल्दी करो..."

"लेकिन ट्रिल्ली...हाय भगवान...अरे कोई है, इन लोगों से वापस आने के लिए कह दो।" वह महिला उद्वेलित होकर ज़ोर से चिल्लाई, "कैसे बेवक़ूफ़ हो तुम सब लोग? इवान, जल्दी करो। उन भिखमंगों को फ़ौरन वापस बुला लो।"

मोटा अनुचर अपने गलमुच्छे हिलाता हुआ एक गोल-मटोल गेंद की तरह उन दोनों के पीछे भागने लगा।

"अरे ओ बाजे वालो, तुम्हें बुला रहे हैं। वापस आ जाओ। जल्दी करो!" वह हवा में हाथ हिलाता, हाँफता हुआ पूरा ज़ोर लगाकर चिल्ला रहा था। "अरे ओ बुढ़ऊ दादा," उसने लोदिजकिन की आस्तीन खींचते हुए कहा, "मेरे संग चले आओ। साहब लोग तुम्हारा खेल देखना चाहते हैं।"

"अब मैं नहीं आऊँगा।" बूढ़े लोदिजकिन ने सिर हिलाकर ठंडी साँस भरी। किन्तु वह बरामदे के पास जाकर खड़ा हो गया और बाजे पर 'गैलप' की धुन फिर वहीं से शुरू कर दी, जहाँ से छोड़ी थी।

बॉलकनी से आता हुआ कोलाहल और शोरगुल एकाएक शान्त हो गया। महिला, बच्चा और सुनहरे चश्मे वाले सज्जन रेलिंग से सटकर खड़े हो गए, बाक़ी लोग आदर भाव से पीछे खड़े रहे। बाग़ का माली भी बूढ़े के पास खड़ा होकर बाजा सुनने लगा। बँगले का द्वारपाल भी न जाने कहाँ से वहाँ टपक पड़ा और माली के पीछे खड़ा हो गया। उसका बहुत ही प्रभावशाली व्यक्तित्व था—लम्बी दाढ़ी, चेहरे पर सीतला के दाग़ और छोटा-सा माथा। उसने गुलाबी रंग की एक नई क़मीज़ पहन रखी थी, जिस पर सफ़ेद काले धब्बों की तिरछी धारियाँ खिंची हुई थीं।

बाजे की घरघराती खखारती आवाज़ के संग सर्गेइ ने भी अपना काम शुरू कर दिया। उसने एक फटा-पुराना कालीन ज़मीन पर बिछा दिया,

अपनी किरमिच की पतलून (वह पतलून एक पुराने थैले को काट-फाड़कर बनाई गई थी और उसके पीछे गद्दी पर एक चौकोर शक्ल का ट्रेड-मार्क अंकित था) और पुरानी वास्कट उतार दी। जाँघिया और बनियान के अलावा अब उसके शरीर पर कोई तीसरा वस्त्र नहीं था। इन दोनों कपड़ों पर अनेक थिगलियाँ लगी हुई थीं, किन्तु उसकी चुस्त, पतली देह पर ये वस्त्र ख़ूब फब रहे थे। सर्कस के कुशल नटों की नक़ल वह आसानी से उतार लेता था। कालीन की ओर दौड़ते हुए उसने अपने हाथ होंठों पर रख लिये और फिर नाटकीय मुद्रा में अपनी दोनों बाँहें हवा में फैला दीं, मानो अपने हाथों को होंठों से चूमकर वह दर्शकों का अभिवादन कर रहा हो!

बूढ़ा लोदिजकिन एक हाथ से बाजा बजाता जा रहा था और दूसरे हाथ से बहुत-सी वस्तुएँ एक-एक करके फेंकता जा रहा था, जिन्हें सर्गेइ उछलकर बीच हवा में पकड़ लेता था। सर्गेइ का झोला ज़्यादा बड़ा नहीं था, किन्तु सर्कस-नटों की भाषा में उसके 'हाथ की सफ़ाई' देखते ही बनती थी। उसे ख़ुद अपने खेलों में आनन्द आता था—कम-से-कम उसके चेहरे को देखकर तो ऐसा ही प्रतीत होता था। वह बियर की ख़ाली बोतल हवा में फेंक देता और कलाबाज़ियाँ खाती हुई जब वह नीचे आती, तो उसे झट तश्तरी के एक कोने पर मुँह के बल टिका लेता और देर तक उसे चरखी की तरह घुमाता रहता। हाथीदाँत की चार गेंदों और दो मोमबत्तियों को हवा में ऊपर उछालता और फिर एक संग उन्हें शमादानों की सहायता से पकड़ लेता। एक अन्य दिलचस्प खेल में वह एक साथ तीन वस्तुओं—लकड़ी का सिगार, छतरी और पंखा—के साथ खेलता रहा। वे सब चीज़ें बिना धरती को छुए एक साथ हवा में ऊपर-नीचे उछलती रहतीं, अचानक सब लोग स्तम्भित होकर देखते कि छतरी सर्गेइ के ऊपर है, सिगार मुँह में आ गया है और पंखा इतराता हुआ हवा में डोलता उसके चेहरे को ठंडक पहुँचा रहा है। खेल को समाप्त करने से पूर्व सर्गेइ कालीन पर कई बार कलाबाज़ियाँ खाता, 'मेढक' बनता, 'अमेरिकी गाँठ बाँधता और हाथों के बल फुदकता हुआ दौड़ लगाता। जब सब चमत्कारों का झोला ख़ाली हो जाता, तो वह दर्शकों के सम्मान में पुनः अपने हाथों को होंठों पर

ले जाकर दो बार चूमता और बाजा बजाते हुए लोदिजकिन दादा के पास आकर खड़ा हो जाता।

सर्गेइ के बाद आर्तो की बारी आई। कुत्ता पहले से ही यह जान गया था। वह उत्तेजित होकर ज़ोर-ज़ोर से भौंक रहा था और बार-बार बूढ़े की ओर लपकता था। बूढ़े लोदिजकिन ने उसके गले में बँधे फीते को अपने हाथ में दबोच रखा था। सम्भवत: वह चतुर कुत्ता कह रहा था कि इतनी गर्मी में—जब पेड़ की छाया तले भी तापमान सौ डिग्री से ऊपर हो—कलाबाज़ियाँ खाना और सर्कस के खेल दिखलाना सरासर मूर्खता है। किन्तु लोदिजकिन दादा ने अपने बाल धूप में सफ़ेद नहीं किये थे। वह झट आर्तो के मनोभाव ताड़ गए। उन्होंने एक लम्बा चाबुक सड़ाक-से बाहर निकाल लिया। 'तुम यही तो करोगे। मैं पहले से ही जानता था।' आर्तो ने चाबुक देखकर सोचा। वह अपना क्रोध प्रकट करने के लिए आख़िरी बार ज़ोर से भौंका और अनमने भाव से अपनी पिछली टाँगों पर खड़ा होकर झपकती आँखों से बूढ़े की ओर ताकने लगा।

"वाह, ख़ूब! आर्तो!" बूढ़े ने चाबुक कुत्ते के सिर पर हिलाते हुए कहा, "ज़रा मुड़ो। ठीक! ज़रा और मुड़ो—हाँ बस, बार-बार ऐसे ही मुड़ते जाओ। अच्छा, आर्तो प्यारे, ज़रा अपना नाच तो दिखा दो। क्या मतलब? नाचने को मन नहीं है? आर्तो, बैठ जाओ। मैं कहता हूँ, बैठ जाओ। हाँ, अब ठीक है। अच्छा, अब बाबुओं और बीबियों को सलाम करो। आर्तो, क्या बात है, फिर मचल गए?" बूढ़े ने ऊँची आवाज़ में ज़ोर से डाँटा।

"भौं-भौं!" कुत्ता खिन्न मन से रिरियाने लगा। उसके बाद उसने करुण दृष्टि से बूढ़े की ओर देखा और फिर दो बार 'भौं-भौं' करके सलाम किया।

'बूढ़ा कभी मेरे मन की बात नहीं समझता।' कुत्ता भौंकता हुआ मानो यही बात कह रहा था।

"हाँ, यह ठीक है। आर्तो, शिष्टाचार बड़ी चीज़ है। इसे कभी मत भूलना। अच्छा, अब ज़रा कूदो!" बूढ़ा चाबुक को ज़मीन के पास हिलाता हुआ आदेश-पर-आदेश दिये जा रहा था, "अपनी ज़ुबान बाहर मत निकालो।

ठीक! अब फिर करो। वाह, बहुत ख़ूब, मेरे बच्चे! घर चलकर तुझे गाजर खिलाऊँगा। क्या कहा, गाजरें तुझे अच्छी नहीं लगतीं? अरे हाँ, मैं तो भूल ही गया था। अच्छा तो यह मेरा हैट लो और बाबुओं और बीबियों से भिक्षा माँग लाओ। शायद वे तुझे तेरे मन की चीज़ दे दें।"

बूढ़े ने कुत्ते को उसकी पिछली टाँगों पर खड़ा कर दिया और अपनी मैली-कुचैली टोपी, जिसे उसने मज़ाक़ में हैट कहा था—उसके मुँह में ठूँस दी।

आर्तो ने दाँतों से टोपी पकड़ ली और छोटे-छोटे डग भरता हुआ बरामदे की ओर चल पड़ा। बीमार महिला के हाथों में मोतियों का एक छोटा-सा बटुआ झिलमिला उठा। उसके इर्द-गिर्द खड़े स्त्री-पुरुष सद्भावना प्रकट करते हुए मुस्कराने लगे।

"देखा, मैंने क्या कहा था?" बूढ़ा झुककर सर्गेइ के कानों में बुदबुदाने लगा, "मैं पहले ही समझ गया था। देख लेना, रूबल से कम नहीं मिलेगा।"

उसी समय एक भयंकर, कर्णभेदी चीख़ सुनाई दी। डर के मारे आर्तो के मुँह से टोपी छूट गई। वह पीछे मुड़ा और टाँगों के बीच पूँछ दबाकर बूढ़े के पास भाग आया।

"मैं इसे लूँगा।" घुँघराले बालों वाला बालक पाँव पटकता हुआ पतली आवाज़ में चिल्लाया, "मैं इस कुत्ते को लूँगा—ट्रिल्ली इस कुत्ते को लेना चाहता है!"

एक बार फिर बरामदे में भगदड़-सी मच गई। "हे भगवान, मैं क्या करूँ? निकोलाय ऐपोल्लोनोविच, चुप हो जाओ। इस तरह नहीं चीख़ते। हे ईश्वर, इसे क्या हो गया है!"

"कुत्ता...मुझे वह कुत्ता चाहिए। तुम सब जानवर हो, बेवक़ूफ़ हो। मुझे कुत्ता लाकर क्यों नहीं देते?" बालक चीख़े जा रहा था।

"अच्छा, मेरे राजा, जो तुम कहोगे, वही होगा।" नीले ड्रेसिंग-गाउन वाली स्त्री ने मिन्नत-आरज़ू करते हुए कहा, "तुम कुत्ते को प्यार करना चाहते हो? इसमें मुश्किल ही क्या है? तुम इतनी-सी बात पर रो क्यों रहे हो? डॉक्टर, क्या ट्रिल्ली कुत्ते को प्यार कर सकता है?"

"साधारण रूप से मैं इसकी अनुमति नहीं दे सकता," डॉक्टर ने हताश भाव से दोनों हाथ हवा में फैला दिये, "किन्तु यदि इस कुत्ते को बोरिक एसिड या कार्बोलिक एसिड से अच्छी तरह धो दिया जाए तो मेरे विचार में..."

"मैं वह कुत्ता लूँगा—अभी, फ़ौरन!"

"ज़रा ठहरो, मेरे राजा-बेटे। हाँ, तो डॉक्टर, हम कुत्ते को बोरिक एसिड से धुलवा लेंगे, फिर तो कोई ख़तरे की बात नहीं है? ट्रिल्ली, इतने उत्तेजित मत हो—ज़रा डॉक्टर साहब से बात कर लेने दो। अच्छा, ओ बूढ़े, ज़रा अपने कुत्ते को यहाँ लाओ। डरो नहीं, तुम्हें पैसे मिलेंगे। अच्छा, यह तो बताओ, इसे कोई बीमारी-शिमारी तो नहीं है? मेरा मतलब है कि तुम्हारा कुत्ता कहीं पागल तो नहीं है? इसे खुजली तो नहीं होती?"

"मैं कुत्ते को प्यार करने के लिए नहीं लेना चाहता।" ट्रिल्ली इतनी ज़ोर से चिल्लाया कि उसके नाक और मुँह से बुलबुले निकलने लगे, "मैं इसे अपने लिए चाहता हूँ। कुछ समझ में आया? तुम्हें कभी कुछ समझ में नहीं आएगा—जानवर और बेवक़ूफ़ जो हो। मैं इस कुत्ते को हमेशा के लिए लेना चाहता हूँ। मैं रोज़ इससे खेलूँगा। यह कुत्ता मेरा होगा—हमेशा के लिए।"

"बूढ़े बाबा, ज़रा सुनो, पास आ जाओ।" बालक की चीख़ों के नीचे उस महिला का स्वर दब-सा गया, "ट्रिल्ली, तुम अपनी चीख़ों से ममी को मार डालोगे। इन बाजे वालों को भीतर ही क्यों आने दिया?...पास आओ, ज़रा और पास आओ।...ट्रिल्ली बेटा, रोते नहीं। जो तुम माँगोगे, तुम्हारी ममी तुम्हें वही चीज़ लाकर देगी।...डॉक्टर, बच्चे को ज़रा चुप करवाओ।...बूढ़े बाबा, तुम्हें कितने पैसे चाहिए?"

बूढ़े ने अपनी टोपी उतार ली। उसका चेहरा दीन-दयनीय हो आया।

"बेगम साहिबा, आप जो कुछ ठीक समझें। मैं ग़रीब आदमी हूँ, जो कुछ मिलेगा, उसे अहोभाग्य समझकर स्वीकार कर लूँगा। मुझे मालूम है कि आप मुझ जैसे ग़रीब आदमी के संग अन्याय नहीं करेंगी।"

"कैसी बेतुकी बातें कर रहे हो!...ट्रिल्ली, मेरे बेटे, इस तरह चीख़ने से तुम्हारा गला बैठ जाएगा।...हाँ, बूढ़े बाबा, जल्दी बतलाओ, कितना लोगे? कुत्ता तुम्हारा है, मेरा नहीं। दस, पन्द्रह, बीस? कितने लोगे?"

"मुझे कुत्ता चाहिए...ऊँ-हूँ, ऊँ-हूँ...मैं कुत्ता लूँगा, अभी फ़ौरन..." बालक चीख़ता हुआ अनुचर की फैली हुई तोंद पर लातें मार रहा था।

"आपका मतलब है...मैं समझा नहीं बेगम साहिबा?" लोदिजकिन बुरी तरह हकला रहा था, "बूढ़ा आदमी ठहरा—मुझमें इतनी अक़्ल कहाँ है, बेगम साहिबा! एकाएक मैं कोई फ़ैसला नहीं कर पाता। मुझे कुछ ऊँचा सुनाई देता है। आपने अभी क्या फ़रमाया था? क्या आप मेरे कुत्ते का दाम पूछ रही थीं?"

"तौबा! ओ बूढ़े, क्या तेरी अक़्ल घास चरने गई है?" महिला का ग़ुस्सा भड़क उठा, "नर्स, ट्रिल्ली को एक गिलास पानी दो—जल्दी करो। मैं तुमसे एक सीधा-सा सवाल पूछ रही हूँ। कुत्ते के एवज़ में तुम्हें क्या चाहिए? अब कुछ समझ में आया?...हाँ, यही, तुम्हारा कुत्ता—कुत्ता!"

"कुत्ता—कुत्ता!" बालक पूरा ज़ोर लगाकर गला फाड़ रहा था। लोदिजकिन ने टोपी सिर पर रख ली। उसके स्वाभिमान को ठेस पहुँची थी।

"बेगम साहिबा, मेरा पेशा कुत्ते बेचना नहीं है।" उसने आत्मसम्मान से भरे रूखे स्वर में कहा, "जहाँ तक इस कुत्ते का सवाल है, यह हम दोनों के लिए रोटी-कपड़ा कमाता है।" उसने अँगूठे से सर्गेइ की ओर संकेत करते हुए कहा, यह जतलाने के लिए कि 'दोनों' में वह भी शामिल है, "इस कुत्ते को बेचने का सवाल ही पैदा नहीं होता।"

इस बीच ट्रिल्ली की चीख़ें इंजन की सीटी से अधिक तीखी और तेज़ हो उठी थीं। जब पानी का गिलास उसके सामने लाया गया, तो ग़ुस्से में उसने उसे नर्स के मुँह पर दे मारा।

"बूढ़े, क्या तेरी बुद्धि सठिया गई है? कहता है? कुत्ता नहीं बेचूँगा। अरे, दुनिया में कौन-सी ऐसी चीज़ है जो बेची और ख़रीदी नहीं जाती हो?" सुन्दर महिला ने अपनी दोनों कनपटियों को हथेलियों से दबाते हुए कहा, "नर्स, तुम्हारा मुँह पानी से भीग गया? कोई बात नहीं, जल्दी से पोंछ डालो—और देखो, ज़रा नमक सूँघने की मेरी डिबिया तो लाना। हो सकता है, तुम्हारे कुत्ते की क़ीमत सौ रूबल हो। या दो सौ रूबल—तीन सौ रूबल? मुँह बाए क्या देख रहे हो? जवाब क्यों नहीं देते? डॉक्टर, तुम्हीं इसे कुछ समझाओ। मैं तो तंग आ गई।"

"सर्गेइ, आओ, चलें!" लोदिजकिन बड़बड़ाया, "कुत्ता माँगते हैं! यह भी ख़ूब रही! चलो, आर्तो!"

"अरे भले आदमी, कहाँ चले?" सुनहरे चश्मे वाला वह स्थूलकाय व्यक्ति ज़ोर से दहाड़ा, "ज़्यादा न उड़ो, तुम्हारा दिमाग़ तो सातवें आसमान पर चला गया है। मेरी सलाह मानो तो कुत्ते को दस रूबल में बेच डालो। अरे, दस रूबल में तो कुत्ते समेत तुम्हें भी ख़रीदा जा सकता है। बेवक़ूफ़, घर आई लक्ष्मी को क्या इस तरह ठुकराया जाता है?"

"आपका बहुत-बहुत धन्यवाद!" लोदिजकिन ने बाजे को पीठ पर रखते हुए कहा, "मुझे खेद है कि मैं कुत्ता नहीं बेच सकता। कुत्तों की कमी नहीं है, आप कहीं से भी ख़रीद सकते हैं। चलो सर्गेइ, आगे बढ़ो।"

"अपना पासपोर्ट तो दिखाना ज़रा! मैं तुम जैसे लुच्चे-लफंगों की रग-रग पहचानता हूँ," डॉक्टर ऊँची आवाज़ में चिल्लाया।

"चौकीदार! सेमयोन! इन लोगों को फाटक के बाहर निकाल दो।" वह महिला ज़ोर से चीख़ उठी। क्रोध से उसका चेहरा विकृत हो गया था।

गुलाबी क़मीज़ पहने चौकीदार उनकी तरफ़ लपका। उसकी दृष्टि में एक अजीब-सी क्रूरता छिपी थी। बरामदे के शोरगुल को सुनकर लगता था, मानो भूचाल आ गया हो। ट्रिल्ली अपनी पूरी शक्ति लगाकर चिंघाड़ रहा था, उसकी माँ सिसकियाँ भर रही थी, दोनों नर्सें घबराकर इधर-उधर भाग रही थीं और आपस में एक-दूसरे से बहुत ऊँचे स्वर में चीख़-चीख़कर कुछ कह रही थीं। डॉक्टर अलग एक क्रुद्ध मधुमक्खी की तरह भिनभिना रहा था। उस नाटक का अन्त कैसे हुआ, यह बूढ़ा और सर्गेइ नहीं देख सके। वे सिर पर पाँव रखकर एक साँस में फाटक तक भागते चले गए। उनका कुत्ता डर के मारे रिरियाता हुआ उनके पीछे-पीछे भाग रहा था। चौकीदार बूढ़े को धक्का देता हुआ उनके पीछे चला जा रहा था।

"आवारागर्द कहीं के! बदमाश, लुच्चे!" वह गालियाँ दे रहा था, "ख़ैर मनाओ कि तुम्हारे शरीर के सब अंग साबुत बच गए। अगली दफ़ा कभी यहाँ दिखाई दिये तो मार-मारकर कचूमर निकाल दूँगा, और बाद में पुलिस इंस्पेक्टर के हवाले कर दूँगा।"

बूढ़ा लोदिजकिन और सर्गेइ कुछ देर तक सड़क पर चुपचाप चलते रहे। फिर उन्होंने अचानक —मानो उनके बीच एक मूक समझौता हो—एक-दूसरे की ओर देखा और दोनों ही मुस्कराने लगे।

पहले सर्गेइ ठहाका मारकर हँसा और बूढ़े ने जब उसे हँसते देखा तो तनिक संकोच भाव से वह ख़ुद भी मुस्कराने लगा।

"लोदिजकिन दादा, तुम तो सब कुछ जानते हो—ठीक है न?" सर्गेइ ने शरारत-भरे स्वर में उसे चिढ़ाना शुरू कर दिया।

"क्या बताएँ भाई—इस बार सचमुच बड़े झमेले में पड़ गए।" बूढ़े ने सिर हिलाते हुए कहा, "वह बालक भी सचमुच शैतान का अवतार था। उन लोगों ने कैसी अजीब आदतें डाल दी हैं उसमें! ज़रा सोचो, कम-से-कम पच्चीस आदमी उसकी अँगुली के इशारे पर नाचते-फिरते हैं। मेरा बस चले तो बच्चू को नानी याद करवा दूँ।...लाट साहब को कुत्ता चाहिए! कल वह चाँद के लिए रोने-बिलखने लगेगा। यह भी कोई बात हुई भला! आर्तो, मेरे बच्चे, ज़रा इधर तो आ। हे ईश्वर, आज जो देखा, वह कभी नहीं भूल सकूँगा। हमेशा याद रहेगा यह दिन!"

"याद क्यों नहीं रहेगा? हर रोज़ आज की तरह ख़ुशक़िस्मत थोड़े ही हो सकते हैं! एक औरत ने हमें कपड़े दिये, दूसरी ने पूरा एक रूबल। लोदिजकिन दादा, तुम्हारा अनुमान कितना सही निकलता है! मैं तो हैरान हूँ।"

"मरदूद, चुप नहीं रहेगा?" बूढ़ा मुस्कराता हुआ गुर्राया, "तुम अपनी बात भूल गए बच्चू? चौकीदार को देखते ही सारी सिट्टी-पिट्टी भूल गए—सिर पर पाँव रखकर ऐसे भागे कि कुछ पता ही न चला। आख़िर वह चौकीदार भी तो एक ही था—पूरा यम का रूप!"

तीनों क्रीड़ा-वन से बाहर आ गए और एक ऊबड़-खाबड़ ढलवाँ रास्ते से सागर तट की ओर चलने लगे। समुद्री चट्टानें अब काफ़ी पीछे दिखाई देने लगीं। वे एक ऐसे छोटे-से मैदान में पहुँच गए, जो छोटे-छोटे पत्थरों से भरा पड़ा था और जिसके किनारे को समुद्र की लहरें धीरे से छूकर वापस लौट जाती थीं। किनारे से लगभग पाँच सौ गज़ की दूरी पर

डॉल्फिन (एक क़िस्म का समुद्र-पक्षी) पानी में गोते लगा रहे थे। एक क्षण के लिए उनकी गोल चमचमाती पीठें पानी के ऊपर दिखाई दे जाती थीं। दूर क्षितिज को देखकर लगता था, मानो समुद्र के हरे रेशमी जल पर किसी ने गहरे नीले रिबन की गोट लगा दी हो। उसी दिशा में मछुओं की नावों के पाल सूरज की किरणों की छाया में हल्के गुलाबी रंग में डूबे दिखाई दे रहे थे।

"लो लोदिजकिन दादा, आख़िर हम उस जगह पर आ पहुँचे, जहाँ हमने स्नान करने का इरादा किया था।" रास्ते में ही सर्गेइ ने एक टाँग पर फुदकते हुए अपनी पतलून उतार ली थी, "दादा, तुम्हारी पीठ से बाजा उतार दूँ?"

सर्गेइ ने झटपट अपने सारे कपड़े उतार फेंके और अपने नंगे शरीर को थपथपाने लगा। सूरज के प्रचंड ताप के कारण उसकी देह चाकलेटी रंग की हो गई थी। तेज़ी से छलाँग मारकर वह जल में कूद पड़ा। उसके इर्द-गिर्द उफनती फेनिल लहरें उठने लगीं।

बूढ़े ने धीरे-धीरे अपने वस्त्र उतारे। हाथ से आँखों को छाया देकर स्नेह से मुस्कराते हुए वह पानी में नहाते सर्गेइ को देखने लगा। 'बड़ा ही होनहार बालक है,' उसने मन-ही-मन सोचा, 'है तो काफ़ी पतला-दुबला—इतनी दूर से भी उसकी पसलियाँ दिखलाई देती हैं। किन्तु इससे क्या? अक़्ल और परिश्रम में वह किसी से कम नहीं है।'

"सर्गेइ, इतनी दूर मत तैरो। गहरे पानी में कोई ख़तरनाक मछली न हो।"

"दादा, कहीं कोई ख़तरनाक मछली दिखाई दे गई, तो उसकी पूँछ पकड़कर खींच लूँगा!"

बड़ी देर तक बूढ़ा अपनी बग़लों में हाथ दबाए धूप में खड़ा रहा। फिर झिझकते हुए वह धीरे-धीरे पानी में घुसा। डुबकी लगाने से पहले उसने अपनी सुर्ख़, गंजी खोपड़ी और छाती के गढ़ को पानी से स्पर्श किया। उसके शरीर के अंग ढीले पड़ गए थे, टाँगों के पतलेपन को देखकर आश्चर्य होता था। इतने वर्षों से बाजे का बोझ उठाते-उठाते उसकी पीठ झुक आई थी और उस पर कन्धों की उभरी हुई लम्बी हड्डियाँ दिखाई देती थीं।

"लोदिजकिन दादा, देखो!" सर्गेइ दूर से चिल्लाया।

बूढ़े के देखते-देखते उसने पानी में कलाबाज़ी खाई। बूढ़े की कमर तक पानी आ गया। वह उल्लसित मन से धीरे-धीरे डुबकियाँ लगा रहा था। सर्गेइ को पानी में उछल-कूद मचाते देख वह ज़ोर से चिल्लाया, "क्या करता है गधे! आगे से इस तरह की कलाबाज़ियाँ कभी मत खाना, वरना अच्छी तरह से ख़बर लूँगा!"

आर्तो एकाएक उत्तेजित हो उठा था। वह समुद्र-तट पर ज़ोर-ज़ोर से भौंकता हुआ तेज़ी से इधर-उधर भाग रहा था।

उसे शायद अपने मित्र की, जो समुद्र में इतनी दूर तक चला गया था, चिन्ता सता रही थी। 'शान क्यों मार रहे हो?' वह भौंकता हुआ अपनी भाषा में चिल्ला रहा था, 'चारों ओर इतनी सारी सूखी धरती फैली है। यहाँ कोई ख़तरा नहीं, फिर पानी में घुसकर मौत के मुँह में क्यों जाते हो?'

किन्तु वह स्वयं समुद्र में वहाँ तक चला आया था, जहाँ पानी उसके पेट तक आता था। समुद्र का खारा पानी उसे अरुचिकर लग रहा था। सागर-तट के कंकरों से टकराती हुई छोटी-छोटी लहरों को देखकर उसके मन में एक अजीब-सा डर समा गया था। वह पानी से निकलकर तट पर वापस लौट आया और सर्गेइ पर ज़ोर-ज़ोर से भौंकने लगा, मानो उससे कह रहा हो : 'तुम्हारी इन कलाबाज़ियों में मुझे कोई दिलचस्पी नहीं। बूढ़े दादा के पास समुद्र-तट पर वापस क्यों नहीं लौट आते? हाय! सचमुच यह लड़का बहुत परेशान करता है!'

"अरे-ओ, सर्गेइ! कब तक यहाँ रहोगे? अब वापस लौट आओ—बहुत नहाना-धोना हो चुका!" बूढ़ा चिल्लाया।

"बस, एक मिनट, लोदिजकिन दादा!" सर्गेइ ने उत्तर दिया, "देखो, मैं बतख़ की तरह तैर रहा हूँ—छप-छप-छप।"

आख़िर कुछ देर बाद वह किनारे पर लौट आया। किन्तु कपड़े पहनने से पूर्व वह आर्तो को लेकर समुद्र में घुस गया और उसे काफ़ी दूर गहरे पानी में उछालकर फेंक दिया। कुत्ते ने तुरन्त तट की ओर तैरना शुरू कर दिया।

वह ग़ुस्से से गुरगुराता हुआ आ रहा था। उसकी सारी देह पानी में डूबी थी। केवल नाक और कान पानी के ऊपर दिखलाई दे रहे थे। किनारे पर आकर उसने बहुत ज़ोर से अपने शरीर को झिंझोड़ा-हिलाया। उसके बालों से पानी के छींटे सर्गेइ और बूढ़े पर जा गिरे।

"सर्गेइ, ज़रा देखो, वह कौन आदमी हमारी तरफ़ आ रहा है?" लोदिजकिन ने ऊपर देखते हुए कहा।

सचमुच एक आदमी अपने हाथ हवा में हिलाता और ऊँचे स्वर में चिल्लाता हुआ ढलवाँ सड़क से नीचे उतर रहा था। उसके अस्पष्ट, अनर्गल शब्दों का अर्थ किसी के पल्ले नहीं पड़ा। पास आने पर पता चला कि वह आदमी कोई और नहीं, उसी बँगले का चौकीदार है, जिसने आध घंटे पहले उन्हें इतनी बुरी तरह से बाहर खदेड़ दिया था। वह अपनी वही काले धब्बों वाली गुलाबी रंग की क़मीज़ पहने था।

"इस आदमी को हमसे क्या काम आ पड़ा?" बूढ़े लोदिजकिन ने हैरान होकर पूछा।

4

चौकीदार ऊँचे स्वर में चिल्लाता उलटे-सीधे पाँव रखता हुआ उनकी ओर बढ़ा चला आ रहा था। उसकी आस्तीनें हवा में फड़फड़ा रही थीं और क़मीज़ का अगला हिस्सा जहाज़ के पाल की भाँति फूल गया था।

"ठहरो, रुक जाओ..."

"जहन्नुम में जाओ!" लोदिजकिन भन्ना गया, "कहीं फिर आर्तो के लिए तो मेरा सिर खाने नहीं आया?"

"दादा, इसकी ज़रा अच्छी तरह से ख़बर लेनी चाहिए!" सर्गेइ एक साहसी सूरमा की तरह बोला।

"पागल मत बनो। ऐसे लोगों से ईश्वर ही बचाए!"

"सुनो भाई, ज़रा सुनो!" चौकीदार अभी उनके पास पहुँचा भी न था कि हाँफता हुआ चिल्लाया, "ख़ुदा के लिए कुत्ता बेच दो। छोटे मालिक उसके लिए जान-हलकान कर रहे हैं। उनकी ज़ुबान पर सिर्फ़ एक ही रट लगी है : 'कुत्ता लूँगा—कुत्ता लूँगा!' मालकिन ने मुझे तुम्हारे पास यह कहलाकर भेजा है कि वह तुम्हें कुत्ते के लिए मुँहमाँगा दाम देने को तैयार हैं।"

"तुम्हारी मालकिन भी अजीब औरत हैं," लोदिजकिन ने निडर होकर कहा।

बँगले के अहाते में वह भय से काँप रहा था, किन्तु यहाँ समुद्र-तट पर उसकी ज़ुबान खुल गई थी और वह निधड़क होकर अपने भावों को व्यक्त कर रहा था, "मुझे तुम्हारी मालकिन से क्या लेना-देना? मालकिन वह तुम्हारी लगती होंगी, मुझे उनकी रत्ती भर भी परवाह नहीं। ख़ुदा के लिए हमारा पीछा छोड़ दीजिए और अपनी राह पकड़िए।"

लेकिन चौकीदार अपनी ज़िद पर अड़ा रहा। वह बूढ़े के सामने एक चिकनी-चौड़ी शिला पर बैठ गया और हवा में अँगुलियाँ नचाता हुआ बोला :

"तुम निरे मूर्ख हो, बात समझते ही नहीं!"

"मूर्ख तुम हो!" बूढ़े ने शान्त भाव से उसे झिड़क दिया।

"अरे भाई, मेरा मतलब यह थोड़े ही था। तुम तो ज़रा-सी बात पर तुनक जाते हो, नाक पर मक्खी नहीं बैठने देते। मैं कह रहा था कि तुम कोई नया कुत्ता लेकर उसे उठना-बैठना सिखा सकते हो। आख़िर कुत्ते को सधाने में देर ही कितनी लगती है! मैं समझ नहीं पाता कि आख़िर इस कुत्ते में कौन-से हीरे-मोती जड़े हैं, जो बेचने के नाम से ही तुम बिगड़ उठते हो?"

बूढ़ा बड़े व्यस्त भाव से अपनी पतलून पर पेटी बाँध रहा था। "भौंकते रहो," चौकीदार के प्रश्नों को लापरवाही से सुना-अनसुना करते हुए उसने कहा, "तुम चाहे जो कुछ भी कहो, मेरा उत्तर वही है, जो मैं पहले दे चुका हूँ।"

"वे लोग तुम्हें मालामाल कर देंगे!" चौकीदार ने कुछ गर्म होकर कहा, "दो-तीन सौ रूबल तो तुम्हें अभी फ़ौरन मिल जाएँगे। अपनी मेहनत के लिए कुछ थोड़ा-बहुत मुझे भी मिलेगा। लेकिन ज़रा सोचो तीन सौ रूबल! अरे भाई, इतनी पूँजी से तो तुम पंसारी की दुकान खोल सकते हो।"

इस दौरान में चौकीदार ने जेब से सॉसेज (सूअर के गोश्त की चॉप) का टुकड़ा निकाला और उसे कुत्ते के सामने फेंक दिया। आर्तो ने उसे दाँतों से पकड़ लिया और मुँह में रखते ही निगल गया। फिर वह चौकीदार की ओर ख़ुशामद-भरी दृष्टि से देखता हुआ अपनी पूँछ हिलाने लगा।

"बस, यही कहना था?" लोदिजकिन ने संक्षेप में प्रश्न किया।

"मुझे ज़्यादा और कुछ नहीं कहना। कुत्ता मुझे दे दो, सारा सौदा निपट जाएगा।"

"अच्छा?" बूढ़े ने ताना मारते हुए कहा, "तुम्हारा मतलब है कि मैं कुत्ता बेच दूँ—क्यों, यही कहते हो न?"

"हाँ, यही कहता हूँ। दरअसल हमारे छोटे मालिक का ग़ुस्सा बहुत तेज़ है। कोई चीज़ इन्हें भा जाए तो उसे लेने के लिए ज़मीन-आसमान एक कर देते हैं। फिर वह किसी की नहीं सुनेंगे। जब उनके पिता बाहर होते हैं तब तो ख़ैर कोई बात नहीं—किन्तु उनके घर वापस लौटने पर तो छोटे मालिक तूफ़ान बरपा कर देते हैं। कभी यह चीज़ चाहिए, कभी वह चीज़ चाहिए। उनके पिता इंजीनियर हैं। शायद तुमने उनका नाम सुना हो—श्री ओबलियानिनोव। लखपति आदमी हैं—सारे रूस में उन्होंने रेलों का जाल बिछा दिया है। छोटे मालिक उनके इकलौते पुत्र हैं। लाड़-प्यार ने उन्हें बिगाड़ दिया है। टट्टू की ओर अँगुली उठा दी, तो फ़ौरन उनके लिए टट्टू ख़रीदा जाता है। कोई नाव आँखों में चढ़ गई तो बिना नाव लिये पीछा नहीं छोड़ते। अगर वह किसी चीज़ के लिए अपनी इच्छा प्रकट करें तो मज़ाल है कि कोई इनकार कर सके।"

"चाँद के लिए भी?"

"मैं तुम्हारी बात समझा नहीं?"

"क्या वह चाँद लेने के लिए कभी अपनी इच्छा प्रकट नहीं करता?"

"कैसी बात कर रहे हो?" चौकीदार बूढ़े की बात सुनकर हतप्रतिभ-सा हो आया, "अच्छा, अब काम की बात करो। फिर तुमने क्या फ़ैसला किया? सौदा मंज़ूर है?"

इस बीच बूढ़े ने भूरे रंग की वास्कट पहन ली थी। वास्कट के जोड़ पुराने होने के कारण घिस-घिसाकर उघड़ आए थे। कपड़े पहनकर वह अपनी कुबड़ी पीठ को जहाँ तक सीधा करना सम्भव हो सकता था, सीधा करके खड़ा हो गया।

"कान लगाकर सुन लो, बेटा!" बूढ़े का स्वर एकाएक बहुत गम्भीर हो गया, "अगर तुम्हारा कोई मित्र या भाई होता, जिसे तुम बचपन से जानते होते...बेकार कुत्ते को सॉसेज क्यों खिला रहे हो? इससे तुम्हारा कोई काम नहीं बनेगा, बेहतर है कि तुम इसे ख़ुद खा लो।...हाँ, तो मैं कह रहा था—अपने किसी हितैषी मित्र को, जिसे तुम बचपन से जानते हो, पराये हाथों में कितने मूल्य पर बेचने के लिए तैयार होगे?"

"यह भी कोई मिसाल है?"

"तुम्हीं ने पूछा था। रेलों को बनानेवाले अपने मालिक से कहना," बूढ़े का स्वर ऊँचा हो गया, "कि कुछ चीज़ें ऐसी हैं जो ख़रीदी जा सकती हैं, किन्तु बेची नहीं जातीं। समझ गए?...अच्छा, अब कुत्ते को दुलारना बन्द करो—इससे कोई लाभ नहीं होगा। आर्तो, कुत्ते के बच्चे, ज़रा इधर आ! अभी तेरी अक़्ल ठिकाने लगाता हूँ। सर्गेइ, तैयार हुए?"

"तुम्हारी बुद्धि तो सठिया गई है, निरे बेवक़ूफ़ हो तुम!" चौकीदार ग़ुस्से में तमक उठा।

"ठीक है, मैं बेवक़ूफ़ सही। लेकिन तुम रँगे सियार हो, छिछोरे और एक नम्बर के पाखंडी!" लोदिजकिन ने भी तेज़ होकर कहा, "घर जाकर अपनी बेगम साहिबा से कहना कि बूढ़े ने उनके प्रति प्रेम और सद्भावनाएँ प्रकट की हैं। सर्गेइ, कालीन की तह कर डालो। हाय री मेरी पीठ...चलो, अब चलें!"

"तो यह बात है!" चौकीदार का स्वर सहसा रहस्यमय हो उठा।

"हाँ, बिलकुल यही बात है।" बूढ़े ने रुखाई से उत्तर दिया।

तीनों समुद्र-तट की सड़क पर धीरे-धीरे चलने लगे। कुछ दूर चलने पर सर्गेइ की आँखें अचानक पीछे की ओर मुड़ गईं—चौकीदार उसी स्थान पर

खड़ा-खड़ा उन्हें देख रहा था। वह कुछ उद्विग्न और चिन्तामग्न-सा दिखलाई दे रहा था। उसकी टोपी आँखों पर झुक आई थी और वह पाँचों उँगलियों से लाल बालों से भरी अपनी गर्दन को धीरे-धीरे खुजला रहा था।

5

बूढ़े लोदिजकिन ने मुख्य सड़क के नीचे मिसखोर और अलुप्का के बीच एक छोटा-सा कोना ढूँढ़ निकाला था, जहाँ वे आराम से भोजन कर सकते थे। इस समय वह अपने साथियों को इसी कोने की ओर ले जा रहा था। पास ही टेढ़े-मेढ़े बलूत वृक्षों और घनी झाड़ियों की छाया तले ठंडे पानी का झरना कलकल करता बह रहा था। आगे चलकर इस झरने ने धरती पर एक खोखला-सा कटोरा बना दिया था, जिसके बीच पारे-सा चमकता, टेढ़े-मेढ़े चक्कर खाता हुआ वह एक पुल के नीचे बहते हुए गँदले, गड़गड़ाते पहाड़ी नाले से मिल जाता था। प्रतिदिन सुबह-शाम धर्म-भीरु तुर्क झरने का जल पीते थे, अथवा उसके पवित्र जल से अपने शरीर को शुद्ध करने के लिए स्नान किया करते थे।

"हे प्रभु! हमारे पाप जितने ज़्यादा हैं, भोजन उतना ही कम है," बूढ़ा ठंडी साँस लेकर बलूत की झाड़ियों की घनी छाया तले आराम से बैठ गया, "सर्गेइ भाई, खाने की पोटली लाओ।"

किरमिच के थैले से उसने रोटी, दर्जन भर टमाटर, बैस-अरेबियन पनीर का टुकड़ा और जैतून के तेल की एक बोतल बाहर निकाली। नमक एक मैले-कुचैले कपड़े में बँधा हुआ था। भोजन आरम्भ करने से पूर्व उसने सलीब का चिह्न बनाया और काफ़ी देर तक होंठों को हिलाता हुआ कुछ बुदबुदाता रहा। फिर भोजन शुरू हुआ। उसने रोटी को तीन छोटे-बड़े टुकड़ों में काट दिया। सबसे बड़ा टुकड़ा सर्गेइ के लिए था। लड़का अब बड़ा हो रहा था और उसे अच्छी ख़ुराक देना बूढ़ा अपना कर्तव्य समझता था। दूसरा टुकड़ा उसने कुत्ते को दिया और अपने लिए उसने सबसे छोटा टुकड़ा रख लिया।

भोजन पर तेल छिड़कते हुए वह धीमे स्वर में बुदबुदाने लगा, "परमपिता, परमपुत्र हमारी रक्षा कर! हे प्रभु, सारे जगत् की आँखें तुझ पर लगी हैं।" फिर उसने भोजन परोस दिया, "सर्गेइ, खाओ!"

मेहनतकश मज़दूरों की तरह वे तीनों धीरे-धीरे चुपचाप अपना रूखा-सूखा भोजन खाने लगे। केवल उनके जबड़ों के हिलने और रोटी चबाने का चबर-चबर सुनाई दे रहा था। आर्तो उनसे कुछ दूर अलग बैठा था। पेट के बल बैठा हुआ वह अपने अगले दो पंजों से रोटी खा रहा था। बूढ़ा और सर्गेइ बारी-बारी से पके हुए टमाटर को नमक से डुबोकर खा रहे थे। टमाटरों का ख़ून-सा लाल रस उनके होंठों और हाथों पर टपाटप गिर रहा था। टमाटर के हर कौर के बाद रोटी और पनीर की बारी आती थी।

अपनी क्षुधा शान्त करने के बाद उन्होंने पानी पिया। टीन के लोटे में उन्होंने झरने का पानी पहले से ही भर लिया था। पानी बहुत स्वादिष्ट और साफ़ था और ठंडा इतना ज़्यादा कि लोटे का बाहरी हिस्सा एकदम धुँधला पड़ गया था। वे बहुत थक गए थे। पौ फटते ही वे उठ खड़े हुए थे और दुपहर-भर कड़कड़ाती धूप में घूमते-भटकते रहे थे। नींद के मारे बूढ़े की आँखें झपक रही थीं। सर्गेइ कभी जम्हाई लेता था, कभी अँगड़ाई।

"सर्गेइ, अगर थोड़ा सो लिया जाए तो कैसा रहे?" बूढ़े ने पूछा, "सोने से पहले एक घूँट पानी और पी लूँ—कितना बढ़िया पानी है!" पानी पीकर उसने झटके से एक साँस ली और लोटा मुँह से हटा दिया। पानी की बूँदें लोटे से छिटककर उसकी मूँछ और दाढ़ी के बालों में उलझ गईं, "अगर मैं बादशाह होता तो सुबह से रात तक यही पानी पीता। आर्तो प्यारे, ज़रा मेरे पास तो आ। ईश्वर की कृपा से हमें आज ख़ाली पेट न जाना पड़ा। अच्छा भोजन मिल गया, कोई हड़प करनेवाला भी न था, सो हमने तबियत से खाया।"

बूढ़ा लोदिजकिन और सर्गेइ अपने कोटों का सिरहाना बनाकर घास पर लेट गए। बलूत वृक्ष की उलझी हुई सरसराती शाख़ाओं के बीच, नीले आकाश की झलक मिल जाती थी। चट्टानों पर उछलते-कूदते पहाड़ी झरने का कलकल स्वर मानो थपकियाँ देता हुआ लोरी सुना रहा था। कुछ देर तक बूढ़ा करवटें लेता हुआ कराहता और बड़बड़ाता रहा।

सर्गेइ को बूढ़े के शब्द सुनाई दे रहे थे, किन्तु नींद में उसे लग रहा था, मानो वे रहस्यमय शब्द किसी सुदूर परी-लोक से आ रहे हों।

"सबसे पहले मैं तुम्हारे लिए एक ख़ूबसूरत पोशाक ख़रीदूँगा—गुलाबी रंग का जाँघिया, जिस पर सोने का काम किया होगा; साटन के जूते जो जाँघिये की तरह गुलाबी रंग के होंगे। असली सर्कस तो कीव, खारकोव या ओडेसा जैसे बड़े शहरों में होता है। चारों ओर बिजलियाँ जगमगाती रहती हैं—बिजली के लैम्प सितारों को भी मात करते हैं। मुझे अच्छी तरह याद नहीं रहा, किन्तु लगभग पाँच हज़ार लोग सर्कस देखने आते हैं—शायद इससे भी ज़्यादा आते हों। हम तुम्हारा नाम बदलकर एतालवी रखेंगे—चेस्तीफयेव या लोदिजकि—भला ये भी कोई नाम है? नाम रखने के लिए कल्पना-शक्ति की ज़रूरत है, वरना भद्‌दे-बेढंगे नामों की कमी नहीं। हम पोस्टर पर तुम्हारा नाम अंटोनियो या एनरिको या अलफ़ोंसो छपवाएँगे!"

सर्गेइ ने इसके आगे और कुछ नहीं सुना। नींद के कोमल मीठे झोंके ने शरीर के अंग-प्रत्यंग को निर्जीव और निश्चेष्ट-सा बना दिया। हर रोज़ खाने के बाद बूढ़ा सर्गेइ के सुनहरे भविष्य के सम्बन्ध में कल्पना के घोड़े दौड़ाया करता था। आज भी वह यही कर रहा था, किन्तु कुछ ही देर में उसकी आँख लग गई और उसने बड़बड़ाना बन्द कर दिया। सोते हुए एक बार उसे लगा, मानो आर्तो किसी पर गुर्रा रहा है। उसके अर्द्धचेतन मन में गुलाबी क़मीज़ पहने चौकीदार की धुँधली-सी झलक थिरक गई। किन्तु नींद, थकान और गर्मी के कारण उसने उठने की चेष्टा नहीं की। आँखें मूँदे लेटा रहा। अलसाए स्वर में उसने केवल इतना कहा, "आर्तो, बदमाश, देख तुझे कैसा मज़ा चखाता हूँ।" किन्तु दूसरे ही क्षण उसके विचार धुँधले, आकारहीन सपनों में उलझ गए।

सर्गेइ की आवाज़ सुनकर बूढ़ा जाग उठा। वह झरने के दूसरी ओर ज़ोर-ज़ोर से सीटी बजाता हुआ चिल्ला रहा था। उसके चेहरे पर हवाइयाँ उड़ रही थीं, "आर्तो, आर्तो, आ जाओ! देखो आर्तो, मैं यहाँ हूँ! आर्तो..."

"सर्गेइ! यह क्या तमाशा बना रखा है? इतना गला फाड़-फाड़कर क्यों चिल्ला रहे हो?"

"कुत्ते का कहीं पता नहीं है!" सर्गेइ ने झुँझलाकर कहा, "वह हमें छोड़कर चला गया है!"

उसने एक बार फिर सीटी बजाई और ज़ोर से चिल्लाया, "आ-र्तो..."

"पागल हो! वह जाएगा कहाँ? अभी आता होगा," बूढ़े ने कहा। वह हड़बड़ाकर उठ खड़ा हुआ और अपनी क्रुद्ध, काँपती, नींद से बोझिल आवाज़ में चिल्लाने लगा, "आर्तो, चले आओ! अरे ओ कुत्ते के बच्चे, कहाँ गया है तू?"

लड़खड़ाते पाँवों से छोटे-छोटे डग भरता हुआ बूढ़ा पुल पार करके मुख्य सड़क पर पहुँच गया और कुत्ते को बार-बार बुलाने लगा। सफ़ेद, चिकनी-चमकती सड़क पौन मील तक आगे चली गई थी—निपट अकेली और ख़ाली सड़क, जिस पर किसी प्राणी की छाया तक दिखाई नहीं देती थी।

"आर्तो, आर्तो! मेरे बच्चे!" बूढ़ा दीन-करुण स्वर में चिल्ला रहा था।

आख़िर थककर वह सड़क पर बैठ गया।

"सर्गेइ, इधर चले आओ!" सूखी, खोखली आवाज़ में उसने सर्गेइ को अपने पास बुलाया।

"क्या बात है?" बूढ़े के पास आते हुए सर्गेइ ने रूखे स्वर में कहा, "तुम तो कह रहे थे कि कुत्ता खोया नहीं है। फिर ढूँढ़ क्यों रहे हो?"

"सर्गेइ, यह क्या माजरा है? मेरा मतलब है कि यह कैसे हुआ...?" उसने दबे होंठों से बुदबुदाते हुए सर्गेइ से पूछा।

वह लड़के की ओर कातर, विस्फारित आँखों से देख रहा था और अपनी काँपती अँगुली से सड़क की ओर इशारा कर रहा था। सॉसेज का एक कुतरा हुआ टुकड़ा सफ़ेद मिट्टी पर पड़ा था और उसके इर्द-गिर्द कुत्ते के पदचिह्न दिखाई दे रहे थे।

"वह बदमाश हमारे कुत्ते को फुसलाकर अपने संग ले गया है।" बूढ़े ने भयभीत स्वर में कहा। वह अभी तक बीच सड़क पर बैठा हुआ था, "वही बदमाश होगा—उसके अलावा और कोई नहीं हो सकता। याद है सर्गेइ, समुद्र-तट पर वह आर्तो को सॉसेज खिला रहा था?"

"हाँ, अब कोई शक नहीं रहा," सर्गेइ ने खिन्न भाव से कहा।

अचानक बूढ़े लोदिजकिन की झपकती आँखें बड़े-बड़े आँसुओं से छलछला आईं। उसने उन्हें अपने हाथों से ढक लिया।

"सर्गेइ प्यारे, अब हम क्या करेंगे? हाय, अब क्या होगा?" बूढ़ा इधर-उधर डोलता हुआ असहाय भाव से सिसकियाँ भरने लगा।

"हम क्या करेंगे! अब क्या होगा! हाय, हाय!" सर्गेइ ग़ुस्से में उसकी नक़ल उतारने लगा, "लोदिजकिन दादा, चलो, यहाँ से तो उठो। हमें अब चलना चाहिए।"

"चलो," खिन्न-भाव से बूढ़े ने सर्गेइ का आदेश चुपचाप मान लिया। वह सड़क से उठ खड़ा हुआ, "आओ, सर्गेइ भाई, चलो, चलें।"

सर्गेइ अपना क्रोध वश में न रख सका।

"यह रोना-झींकना बन्द करो, दादा।" वह बड़प्पन-भरे स्वर में बूढ़े पर चिल्लाया, मानो उम्र में वह बूढ़े लोदिजकिन से बड़ा हो। "किसी आदमी को दूसरे के कुत्ते को फुसलाकर ले जाने का हक़ नहीं है। खड़े-खड़े मुँह बाए क्या देख रहे हो? क्या मैं ग़लत कहता हूँ? हम अभी वहाँ जाकर उनसे अपना कुत्ता माँगेंगे। अगर उन्होंने कुत्ता नहीं दिया तो सीधे पुलिस के पास जाकर उनकी रपट लिखवाएँगे। फिर आटे-दाल का भाव पता चलेगा उन लोगों को," सर्गेइ ने कहा।

"पुलिस? क्यों नहीं! तुमने ठीक सलाह दी है सर्गेइ।" बूढ़े के होंठों पर एक फीकी और कटु मुस्कान फैल गई। उसकी आँखों में घने संकोच का भाव घिर आया, "किन्तु एक अड़चन है—हम पुलिस के पास नहीं जा सकते..."

"क्यों नहीं जा सकते? क़ानून सबको एक नज़र से देखता है।" सर्गेइ ने ग़ुस्से में बूढ़े की बात को बीच में ही काट दिया।

"सर्गेइ, बात कुछ ऐसी ही है...तुम मुझ पर नाराज़ मत होना। वैसे तो रपट लिखवाकर भी हमें कुत्ता नहीं मिलेगा।" उसने रहस्यमय भाव से अपना स्वर धीमा करते हुए कहा, "मुझे अपने पासपोर्ट की चिन्ता खाए जा रही है। याद है, बँगले में उस साहब ने हमसे क्या पूछा था? 'कहाँ है तुम्हारा पासपोर्ट?'

अब जो पासपोर्ट मेरे पास है...” बूढ़े का स्वर इतना धीमा हो गया कि उसके शब्दों को सुन पाना भी कठिन था, “वह पासपोर्ट असल में मेरा नहीं है—समझे सर्गेइ?”

“तुम्हारा नहीं है? इसके क्या माने?”

“हाँ, वह पासपोर्ट मेरा नहीं है। मेरा पासपोर्ट तगनरोग में खो गया था या शायद किसी ने उसे चुरा लिया। दो वर्षों तक मैं लुकता-छिपता रहा। एक शहर से दूसरे शहर चला जाता था, घूस देकर जान बचाता था। मैंने कई अर्ज़ियाँ भी लिखीं, किन्तु कुछ काम नहीं बना। आख़िर मैं तंग आ गया। कोई कहाँ तक ख़रगोश की तरह सबसे डरता-दुबकता रहे? हर घड़ी मेरा दिल बेचैन रहता। अचानक एक दिन ओडेसा की एक सराय में एक यूनानी से भेंट हो गई। मैंने उसे सारी बात बता दी। ‘इसमें मुश्किल क्या है?’ उसने मुझसे कहा। ‘पच्चीस रूबल निकालो, और मैं तुम्हें ऐसा पासपोर्ट दे दूँगा, जो ज़िन्दगी-भर तुम्हारे काम आएगा।’ मैं पहले कुछ पसोपेश में पड़ा, लेकिन बाद में मैंने वह पासपोर्ट ले लिया। उस दिन से मैं किसी दूसरे आदमी का पासपोर्ट लिये फिरता हूँ।”

“दादा,” सर्गेइ फूट पड़ा, “फिर तो वह कुत्ता सदा के लिए हमारे हाथों से निकल गया। कितना प्यारा कुत्ता था!”

“सर्गेइ, मेरे प्यारे बच्चे!” बूढ़े ने अपने काँपते हाथ हवा में फैला दिये, “अगर मेरे पास सच्चा पासपोर्ट होता तो क्या कभी मैं उन लोगों की—चाहे वे जनरल भी होते—ज़रा भी परवाह करता? मैं उन्हें फ़ौरन गले से पकड़ लेता। ‘तुम्हें हमारा कुत्ता चुराने का क्या हक़ है?’ मैं तमककर पूछता, ‘ऐसा कोई क़ानून नहीं है।’ पर सर्गेइ, अब हम मजबूर हैं। पुलिस के पास जाते ही मुझसे पहला सवाल यह पूछा जाएगा : ‘अपना पासपोर्ट दिखाओ। क्या तुम्हारा नाम मार्टिन लोदिजकिन है?’...‘हाँ जनाब!’ मुझे कहना पड़ेगा। किन्तु मेरा नाम लोदिजकिन नहीं है—यह तो पासपोर्ट का नाम है, मेरा असली नाम इवान डडकिन है। मैं एक किसान हूँ। ख़ुदा जाने, वह लोदिजकिन कौन है! हो सकता है, वह कोई चोर या जेल से भागा हुआ क़ैदी हो—या क़ातिल ही हो! सर्गेइ, हम बुरे फँसे। अब हम कुछ भी नहीं कर सकते।”

बूढ़े का स्वर बीच में ही टूट गया। आँसुओं की धार उसके चेहरे की गहरी झुर्रियों पर बहने लगी।

सर्गेइ एकदम विचलित हो उठा। वह अब तक चुपचाप होंठों को सख़्ती से भींचे हुए दादा की कहानी सुन रहा था। भावोद्वेलित होने के कारण उसका चेहरा पीला पड़ गया था। बूढ़े को रोता देखकर उसने झट उसका हाथ पकड़ लिया।

"दादा, उठो," उसने स्नेह-भरे स्वर में कहा, "पासपोर्ट को मारो गोली। अब हमें यहाँ से चलना चाहिए। सड़क पर बैठे-बैठे रात थोड़े ही बितानी है! चलो!"

"मेरे प्यारे बच्चे," बूढ़ा होंठों-ही-होंठों में बुदबुदाया। उसकी देह सिर से पाँव तक काँप रही थी, "कितना प्यारा कुत्ता था, आर्तो! अब हमें वैसा कुत्ता कहाँ मिलेगा?"

"अच्छा, अब बहुत हो गया। अब तुम यहाँ से उठने की तैयारी करो। लाओ, तुम्हारे कपड़े झाड़ दूँ—ज़रा अपनी ठुड्डी तो ऊपर करो।"

उस दिन उन्होंने सर्कस का खेल कहीं और नहीं किया। सर्गेइ हालाँकि अभी बच्चा ही था, किन्तु वह 'पासपोर्ट' जैसे ख़तरनाक शब्द का अर्थ समझ गया था। इसीलिए उसने आर्तो को पाने की आशा छोड़ दी थी, पुलिस स्टेशन जाने का आग्रह भी नहीं किया था। उसे छुड़वाने के लिए किसी तरह की कड़ी कार्रवाई को बेकार समझकर उसने वह विचार अपने मस्तिष्क से निकाल दिया था। किन्तु बूढ़े के संग सराय की ओर जाते हुए उसके चेहरे पर एक दृढ़ संकल्प की भावना झलक रही थी, मानो उसने मन-ही-मन कोई अत्यन्त महत्त्वपूर्ण कार्य सिद्ध करने की योजना बना ली हो।

उनके बीच कोई बात नहीं हुई थी, किन्तु किसी मूक समझौते के अनुसार वे दोनों लम्बा चक्कर काटकर उसी सड़क पर आ गए, जो 'मैत्री-कुटीर' के सामने से होकर गुज़रती थी। बँगले के फाटक के सामने वह क्षण-भर के लिए ठिठक गए। एक धुँधली-सी आशा उनके मन में उमड़ रही थी—शायद एक क्षण के लिए वे आर्तो की एक झलक पा सकें, अथवा उसके भौंकने की आवाज़ सुन सकें।

किन्तु ऐसा कुछ भी न हुआ। उस शानदार बँगले का लौह-द्वार मज़बूती से बन्द कर दिया गया था। बँगले के भीतर अँधेरी वाटिका में पतले, उदास सरो के वृक्षों तले घनी, अभेद्य नीरवता फैली हुई थी।

"रईस कहते हैं अपने को? छि:!" बूढ़े ने फूत्कारते हुए अपने हृदय की समूची कटुता इन शब्दों में उड़ेल दी।

"बस, अब चलें!" सर्गेइ ने कठोर स्वर में बूढ़े को आदेश दिया और उसकी आस्तीन पकड़कर उसे अपने संग ले चला।

"आर्तो शायद वहाँ से भाग निकलेगा—क्यों सर्गेइ, तुम्हारा क्या ख़याल है?" बूढ़ा सिसक रहा था।

किन्तु सर्गेइ ने कोई उत्तर नहीं दिया। वह लम्बे डग भरता हुआ आगे-आगे चल रहा था। उसकी आँखें सड़क पर जमी हुई थीं और भृकुटियाँ क्रुद्ध मुद्रा में एक-दूसरे के समीप सिमट आई थीं।

6

वे दोनों चुपचाप अलुप्का की ओर चलने लगे। रास्ते भर बूढ़ा ठंडी साँसें भरता रहा, धीरे-धीरे कराहता रहा, किन्तु सर्गेइ के निश्छल चेहरे पर दृढ़ संकल्प का अविचलित, क्रुद्ध भाव जमा रहा। उन्होंने एक पुराने, फटीचर कहवाघर में रात बिताने का निश्चय किया, जो 'यहूदी' अथवा 'सितारा' के नाम से प्रसिद्ध था। कहवाघर में उनका परिचय पत्थर कूटनेवाले यूनानियों, भूमि खोदनेवाले तुर्की मज़दूरों और कुछ ऐसे रूसी मज़दूरों से हुआ जो दो जून रोटी जुटाने के लिए हर तरह का काम करने के लिए प्रस्तुत रहते थे। उनके अलावा संदिग्ध चरित्र के कुछ ऐसे घुमक्कड़ आवारागर्द लोग भी वहाँ जमा थे, जिनकी दक्षिणी रूस में कोई कमी नहीं थी। नियत वक़्त पर जब कहवाघर बन्द हो गया, तो ये लोग दीवार से सटे बेंचों और फ़र्श पर पाँत लगाकर लेट गए। जिन लोगों को ऐसे स्थानों का पुराना अनुभव था,

उन्होंने अपने कपड़ों और मूल्यवान वस्तुओं को सिर के नीचे दबाकर रख लिया।

जब आधी रात गुज़र गई तो सर्गेइ, जो बूढ़े की बग़ल में लेटा था, अचानक उठ खड़ा हुआ और कपड़े पहनने लगा। पीली चाँदनी चौड़ी खिड़कियों से भीतर झाँकती हुई फ़र्श पर आड़ी-तिरछी शक्लें बना रही थी। उसके बुझे, मलिन प्रकाश में सोते हुए लोगों के अवसादग्रस्त चेहरे मृतवत् से दिखाई दे रहे थे।

"लड़के—इतनी रात गए तुम कहाँ जा रहे हो?" कहवाघर के मालिक नौजवान तुर्क इब्राहिम ने नींद बोझिल स्वर में सर्गेइ से पूछा।

"मुझे किसी ज़रूरी काम से बाहर जाना है।" सर्गेइ से व्यस्त-भाव से कहा, "झटपट दरवाज़ा खोल दो।"

इब्राहिम ने उलाहना-भरे भाव से सिर खुजलाते हुए जम्हाई ली और अनमने भाव से दरवाज़े की चिटखनी खोल दी।

कहवाघर के बाहर छोटी-सँकरी गलियों पर सर्गेइ चलने लगा। शहर के इस भाग में तातार लोग रहा करते थे। नीले-श्यामल अन्धकार में डूबी सड़क के अगले छोर पर कुछ मकान खड़े थे, जिनकी छोटी दीवारें चाँदनी में बिलकुल सफ़ेद दिखाई दे रही थीं। शहर के दूसरे सिरे पर कुत्तों के भौंकने का रिरियाता स्वर सुनाई दे जाता था। मुख्य सड़क के ऊपरी भाग पर किसी घोड़े की मद्धिम टाप सुनाई दे रही थी।

सर्गेइ को रास्ते में एक सफ़ेद मस्जिद के सामने से गुज़रना पड़ा, जिसके गुम्बद की बनावट हरे प्याज़ की शक्ल से मिलती-जुलती थी। यह मस्जिद चारों ओर अन्धकार में डूबे सरों के वृक्षों से घिरी हुई थी। मुख्य सड़क पार करके सर्गेइ एक तंग, टेढ़ी-मेढ़ी गली में घुस गया। उसने केवल एक जाँघिया पहन रखा था, ताकि फुर्ती से भाग-दौड़ सके। चाँदनी उसकी पीठ पर गिर रही थी और काली, विचित्र-सी बौनी सिलहट में उसकी छाया आगे-आगे दौड़ रही थी। गली के दोनों ओर काली झाड़ियाँ सिर झुकाए खड़ी थीं। उनके भीतर कोई छिपा-दुबका पक्षी बार-बार अपने पतले-तीखे स्वर में

चिल्ला उठता था : 'सो जाओ, सो जाओ!' रात की घनी निस्तब्धता में उस पक्षी की सहमी-सी चीख़ों को सुनकर लगता था, मानो वह कोई दुःख भरा भेद छिपा रहा हो और 'सो जाओ, सो जाओ!' की विकल पुकारों से अपनी नींद और थकान को भगाने की विफल चेष्टा कर रहा हो। काली झाड़ियों और सुदूर वनों के नीले शिखरों से परे आई-पेत्री पर्वत की दो चोटियाँ आकाश की ओर सिर उठाए खड़ी थीं—स्पष्ट, सूक्ष्म और स्वप्निल चोटियाँ, जिन्हें देखकर लगता था, मानो किसी ने चमकीले गत्ते को दो बड़े भागों में काटकर आकाश में टाँग दिया हो।

दिव्य और अथाह शान्ति...सर्गेइ को अपनी पदचाप से भी डर लगने लगा। भय और विस्मय की एक विचित्र भावना ने उसे अभिभूत-सा कर दिया। किन्तु उसी क्षण उसकी धमनियों में अदम्य साहस की वेगवती लहरें स्पन्दित होने लगीं। गली के मोड़ पर सर्गेइ को अचानक समुद्र की एक झलक दिखलाई दी। उसे समुद्र के असीम, शान्त विस्तार का गौरव अद्वितीय जान पड़ा। चाँदी-सी चमचमाती एक छोटी-सी पगडंडी क्षितिज से निकलकर सागर में लोप हो गई थी—उसके दोनों ओर केवल कहीं-कहीं चमकीले धब्बे छिटक आए थे। किन्तु समुद्र के किनारे पहुँचकर यह पगडंडी तरल धातु की चमकीली झालर-सी सागर तट के एक छोर से दूसरे छोर तक फैल गई थी।

सर्गेइ दबे पाँवों लकड़ी के फाटक से गुज़रता हुआ क्रीड़ा-वन में घुस गया। घने छायादार पेड़ों के नीचे निविड़, निस्तब्ध अन्धकार फैला था। वहाँ से कुछ दूर किसी झरने की चंचल गड़गड़ाहट सुनाई जाती थी। झरने के सम्पर्क से हवा का स्पर्श गीला और शीतल-सा प्रतीत होता था। सर्गेइ के पैरों के दबाव से लकड़ी का पुल खड़-खड़ कर उठता था। पुल के नीचे हहराते नाले के प्रवाह को देखकर हृदय भय से दहल जाता था। आख़िर उसे बँगले का चिर-परिचित लौह-द्वार—जिस पर कपड़े पर काढ़े गए बेल-बूटों की तरह की नक़्क़ाशी की गई थी—दिखाई दिया। पत्तों से भरी लम्बी बेल-लताओं ने दरवाज़े को अपने आँचल से ढाँप रखा था। पेड़ों के घने झुरमुट से छनता

हुआ चाँदनी का फीका, मद्धिम आलोक चमकीली कटी-फटी चिप्पियों की शक्ल में दरवाज़े पर छिटक आया था। उसके पीछे केवल अन्धकार था और अन्धकार में लिपटा हुआ सहमा-सा, स्तब्ध, सतर्क मौन...।

कुछ क्षणों तक सर्गेइ झिझकता रहा, मानो कोई अज्ञात भय उसके भीतर समा गया हो। किन्तु तुरन्त ही उसने अपने को सँभाल लिया। 'चाहे जो कुछ भी हो, मुझे भीतर जाना ही होगा।' वह धीरे से बुदबुदाया।

फाटक पर चढ़ना कठिन नहीं था। दरवाज़े में जड़ी हुई लोहे की टेढ़ी-मेढ़ी कड़ियों का अपने मज़बूत हाथों और छोटे-छोटे मांसल पैरों से पकड़कर वह ऊपर चढ़ने लगा। दरवाज़े के ऊपर पत्थर की मेहराब लगी थी। सर्गेइ हाथों से फाटक को टटोलता हुआ उसी मेहराब की ओर चढ़ने लगा। ऊपर पहुँचकर वह पेट के बल लेट गया। और अपनी टाँगें फाटक के दूसरी ओर लटका लीं। अपने पाँवों के लिए सहारा टटोलते हुए वह पूरी शक्ति से अपने शरीर को नीचे की ओर धकेलने लगा। वह मेहराब के छोर को अपनी अँगुलियों से पकड़े हुए नीचे लटक रहा था, किन्तु उसके पैरों को अभी तक कोई सहारा नहीं मिला था। उसे यह बात नहीं मालूम थी कि फाटक के मेहराब का बाहर को निकला हुआ हिस्सा अन्दर की तरफ़ अधिक नीचा है। वह भय से सिहर गया। उसकी अँगुलियाँ सिकुड़ने लगी थीं और उसे अपने शरीर का भार क्षण-प्रतिक्षण असह्य-सा प्रतीत होने लगा।

आख़िर कब तक वह इस तरह हवा में लटकता रहता? अचानक उसकी अँगुलियाँ मेहराब से फिसल गईं और वह धड़ाम से नीचे आ गिरा।

उसे अपने नीचे बजरी की चरमराहट सुनाई दी। पीड़ा की एक तीखी लहर उसके घुटनों को झुलसा गई। कुछ देर तक वह हतबुद्धि-सा पड़ा रहा। उसे लगा, मानो उसके गिरने के धमाके को सुनकर सब लोग जाग गए होंगे, गुलाबी क़मीज़ वाला चौकीदार अभी भागता हुआ आएगा और चारों ओर हो-हल्ला मच जाएगा। किन्तु बाग़ में शान्ति और निस्तब्धता पूर्ववत् छाई रही—धीमी दबी-सी भनभनाहट के अलावा और कोई स्वर सुनाई नहीं दे रहा था।

'यह तो ख़ुद मेरे कानों में बज रही है!' उसने अनुमान लगाया। वह उठ खड़ा हुआ। सुगन्धित सपनों से महकती अँधेरी वाटिका किसी परी-कथा के मायावी लोक-सी रहस्यमय, भयावह और सुन्दर दिखाई दे रही थी। अँधेरे में अदृश्य फूल-क्यारियों में धीरे-धीरे डोल रहे थे। एक स्पष्ट, धुँधली-सी आशंका के कारण वे एक-दूसरे से सटकर मानो दबे स्वरों में बुदबुदा उठते थे, और फिर सतर्क, सन्देहपूर्ण दृष्टि से सर्गेइ की ओर देख लेते थे। दुबले-पतले सरों के वृक्ष अपने पत्तों की सुरभि चारों ओर बिखेरते हुए, उदास और उलाहना-भरे भाव में धीरे-धीरे अपनी नुकीली फुनगियाँ हिला रहे थे। झरने के पार घनी झाड़ियों के झुरमुट में थका-माँदा नन्हा-सा पक्षी अपनी नींद से जूझता हुआ अवसाद-भरे स्वर में बार-बार चीख़ उठता था : 'सो जाओ! सो जाओ!'

रात के अँधेरे में सर्गेइ को बाग़ की हर चीज़ अपरिचित-सी जान पड़ रही थी। वृक्षों की उलझी छायाओं से घिरी सड़क पर चलते हुए उसे लग रहा था, मानो वह किसी भूल-भुलैया में घुस आया है। बजरी की सड़क पर काफ़ी देर तक दिग्भ्रान्त अवस्था में भटकने के बाद वह मकान के सामने आ खड़ा हुआ।

यह पहला अवसर था, जब सर्गेइ ने अपने को जीवन में इतना असहाय, विवश और अकेला पाया था। उसे लग रहा था, मानो इस मकान के हर कोने में क्रूर, निर्दयी शत्रु लुक-छिपकर बैठे हैं, अँधेरी खिड़कियों से उनकी आँखें उसकी गतिविधि को तौल-परख रही हैं। उनके होंठों पर एक बीभत्स मुस्कान खिल उठी है, मानो वे चुपचाप गगनभेदी स्वर में दिये जानेवाले किसी भयानक आदेश की प्रतीक्षा कर रहे हों :

'इस घर में नहीं, कदापि नहीं!' सर्गेइ मानो कोई स्वप्न देखता हुआ बुदबुदा उठा, 'हमारा कुत्ता इस घर में हमेशा रिरियाता रहेगा —सब उससे तंग आ जाएँगे।'

वह बँगले के इर्द-गिर्द चक्कर काटने लगा। उसके पीछे आँगन में कुछ और इमारतें थीं, जो मुख्य बँगले की तुलना में ज़रा छोटी थीं। कदाचित् उस घर के नौकर-चाकर वहाँ रहते होंगे। मुख्य बँगले की भाँति इस ओर भी

किसी कमरे में प्रकाश नहीं था—केवल खिड़कियों के शीशों पर भुतैली-सी चाँदनी के छोटे-बड़े वृत्त झिलमिला रहे थे। 'मैं शायद यहाँ से कभी बाहर न निकल सकूँगा।' सर्गेइ का मन विह्वल हो उठा। एक क्षण के लिए उसके मानस-पटल पर अनेक सुखद स्मृतियाँ जाग उठीं—लोदिजकिन दादा, उनका पुराना बाजा, कहवाघरों की रातें, शीतल झरनों की छाया में बैठकर भोजन करना, आदि। 'अब वे दिन कभी वापस न लौटेंगे!' दुखी होकर उसने सोचा। पीड़ा के इन क्षणों ने उसे एक ऐसी स्थिति में पहुँचा दिया, जहाँ उसका भय निराशा की एक थकी-सी क्लान्त भावना में परिणत होने लगा।

अचानक भौंकने का एक पतला, सिसकता-सा स्वर उसे सुनाई दिया। सर्गेइ के स्नायु तन गए, वह साँस रोक कर अपने पंजों के बल खड़ा हो गया। उसे पुनः वह रिरियाता स्वर सुनाई दिया—इस बार उसे लगा, मानो वह स्वर उसके पास ही पत्थर की किसी कोठरी से बाहर आ रहा है। फूलों की क्यारियों को लाँघता हुआ वह एक दीवार के सामने आ खड़ा हुआ, जहाँ खिड़की के स्थान पर बिना शीशों के चन्द ख़ाली सूराख़ दिखाई दे रहे थे। इनमें से एक सूराख़ पर अपना मुँह टिकाकर उसने धीरे से सीटी बजाई। भीतर हल्की-सी आवाज़ हुई, किन्तु दूसरे ही क्षण सन्नाटा छा गया।

"आर्तो, आर्तो!" सर्गेइ काँपते स्वर में फुसफुसाया।

उसी क्षण भौंकने की टूटी-सी उन्मत्त रिरियाहट बाग़ के कोने-कोने में गूँज गई। उस रिरियाहट में शिकवा, नाराज़गी, शारीरिक यातना और विछोह के बाद पुनर्मिलन का अनिर्वचनीय आनन्द—सभी भावनाएँ एक-दूसरे के संग घुल-मिल गई थीं। सर्गेइ को लगा, मानो आर्तो उस काल कोठरी में अपने को किसी बन्धन से मुक्त करवाने के लिए बुरी तरह छटपटा रहा है।

"आर्तो, प्यारे कुत्ते, मेरे आर्तो!" सर्गेइ का कंठ आँसुओं से रुँध गया था।

"चुप भी रह साले," नीचे कोई कर्कश स्वर में चिल्लाया, "बदमाश ने भौंकते-भौंकते आसमान सिर पर उठा लिया है!"

कोठरी के भीतर से तड़ाक-तड़ाक पीटने की आवाज़ आई। कुत्ता चूँ-चूँ करता हुआ काफ़ी देर तक रिरियाता रहा।

"उस पर हाथ मत उठा, जानवर कहीं के! मेरे कुत्ते को मारनेवाला तू कौन होता है?" सर्गेइ ग़ुस्से में पागल होकर चिल्ला उठा। क्रोध में वह अपने नाख़ूनों से पत्थर की दीवार को कुरेदने लगा।

उसके बाद जो कुछ हुआ, वह सर्गेइ को केवल धुँधला-सा याद है, मानो उसने कोई दुःस्वप्न देखा हो। कोठरी का दरवाज़ा धमाके-से खुला और चौकीदार तीर की तरह बाहर निकल आया। उसके पाँव नंगे थे और जाँघिये के अलावा उसके शरीर पर कोई दूसरा वस्त्र नहीं था। उसकी दाढ़ी और चेहरा उज्ज्वल चाँदनी में चमक रहे थे। सर्गेइ को लगा, मानो क्रोध में फूत्कारता कोई नरभक्षी दैत्य उसके सामने अचानक आकर खड़ा हो गया हो।

"कौन है? नीचे उतर जाओ, वरना गोली मार दूँगा!" उसकी आवाज़ बिजली-सी कड़क उठी, "चोर! चोर!! भाग कर न जाने पाए!"

किन्तु उसी क्षण आर्तो सफ़ेद गेंद-सा उछलता हुआ अँधेरी ड्योढ़ी से बाहर निकल आया और ज़ोर-ज़ोर से भौंकने लगा। उसके गले पर बँधी हुई रस्सी नीचे लटक रही थी।

किन्तु सर्गेइ का ध्यान कुत्ते की ओर नहीं था। चौकीदार की भयानक, भीमकाय मूर्ति को देखते ही एक अजीब भय से सर्गेइ का ख़ून सूख गया, उसके पाँव ज़मीन से चिपक गए और सारे शरीर को लकवा-सा मार गया। सौभाग्यवश उसे शीघ्र ही अपनी स्थिति का ज्ञान हो गया। अनायास उसके मुँह से तेज़, काँपती चीख़ निकल गई। भय से विक्षिप्त, बदहवास-सा वह अन्धाधुन्ध कोठरी को पीछे छोड़कर अँधेरे में भागने लगा।

वह ख़रगोश की तरह भाग रहा था, मानो उसके दोनों पैरों पर लोहे के स्प्रिंग लग गए हों। आर्तो ख़ुशी से भौंकता हुआ उसके संग दौड़ रहा था। चौकीदार उन्हें कोसता, गाली देता हुआ उनके पीछे-पीछे भाग रहा था। सामने फाटक देखकर सर्गेइ को एकाएक विचार आया कि वहाँ से बाहर निकलना असम्भव है। सफ़ेद पत्थर की दीवार और उससे सटे सरों के वृक्षों के बीच एक छोटी-सी सँकरी पगडंडी बाहर जाती थी। भय ने उसकी सारी झिझक को मिटा डाला था। तेज़ी से लपककर वह पगडंडी की ओर मुड़ गया और

दीवार के साथ-साथ भागने लगा। सरों के वृक्षों की नुकीली सुइयाँ, जिनमें से गोंद की गन्ध आ रही थी, बार-बार सर्गेइ के चेहरे को खरोंच डालती थीं। कई बार मुलायम जड़ों पर फिसलकर वह गिर पड़ता, हाथों पर चोट लग जाती, किन्तु वह बिना विलम्ब फिर झटपट उठ जाता और दूनी चाल से भागने लगता। उसे अपने घावों की कोई चिन्ता नहीं थी। और तो और, अपनी चीख़ों के प्रति भी उसके कान बहरे हो गए थे। आर्तो बराबर उसके पीछे-पीछे भाग रहा था।

जाल में फँसे एक छोटे-से निरीह, आतंकग्रस्त जन्तु की तरह वह एक ओर ऊँची दीवार और दूसरी ओर सरों के वृक्षों की क़तार के बीच छोटी-सी पगडंडी पर भागा चला जा रहा था। उसका मुँह सूख गया था और हर साँस के संग उसे ऐसा महसूस होता था, मानो हज़ारों सुइयाँ एक संग उसकी छाती में चुभ रही हों। अपने पीछे चौकीदार की पदचाप उसे कभी दाईं ओर, तो कभी बाईं ओर आती सुनाई देती थीं। सोचने-समझने की उसकी शक्ति बिलकुल जाती रही थी। वह कभी आगे की ओर दौड़ता और कभी पीछे मुड़ जाता। बार-बार फाटक उसके सामने आ जाता था, और वह बाहर निकलने के लिए दुबारा उस छोटी-सी अँधेरी पगडंडी की ओर मुड़कर भागने लगता था।

भागते-भागते थकान के कारण उसका शरीर टूटने-सा लगा था। उसे लगा, मानो उसकी सारी शक्ति चुक गई है। डर के बावजूद उसके हृदय में एक असह्य, परवश पीड़ा का भाव जमने लगा। ख़तरे के प्रति एक विरक्त उदासीनता-सी उत्पन्न होने लगी। वह एक वृक्ष के नीचे बैठ गया और अपने थके-माँदे शरीर को उसके तने के सहारे टिकाकर आँखें मूँद लीं। उसके शत्रु के भारी पैरों से दबती रेत की चरमराती आवाज़ क्षण-प्रतिक्षण निकट आती गई। आर्तो अपनी नाक सर्गेइ के घुटनों पर टिका कर धीमे-धीमे सिसकता हुआ कराह रहा था।

हवा चलने से पत्तों से लदी शाख़ाएँ एक-दूसरे से अलग होकर सरसराने लगीं। सर्गेइ की आँखें अचानक ऊपर उठ गईं—हर्ष और आनन्द से उसका दिल बाँसों उछलने लगा। उसने देखा कि उसके सामने जो दीवार खड़ी है,

वह मुश्किल से साढ़े तीन फ़ीट ऊँची होगी। उसके ऊपर बोतल के टूटे काँच के टुकड़े चूने से चिपके हुए थे, किन्तु उन्हें देखकर सर्गेइ निरुत्साहित नहीं हुआ। पलक मारते ही उसने आर्तो को उठा लिया, और उसे उसके अगले पंज़ों के सहारे दीवार पर खड़ा कर दिया। कुत्ते को सर्गेइ का अभिप्राय समझते देर न लगी। वह पैरों को घसीटता हुआ दीवार पर चढ़ गया और विजयोल्लास से पूँछ हिलाता हुआ ज़ोर-ज़ोर से भौंकने लगा।

सरों के वृक्षों के झुरमुट से सर्गेइ की काली, बेडौल प्रतिमा लड़खड़ाती-डगमगाती हुई बाहर निकल आई। कुत्ते और बालक की फुर्तीली-लचीली छायाएँ दीवार पर एक क्षण के लिए दिखाई दीं और फिर तेज़ी से वे दूसरी ओर सड़क पर कूद गईं। उनके पीछे चौकीदार की कुत्सित, भद्दी गालियाँ हवा में गूँज रही थीं।

कदाचित् दौड़ में चौकीदार उन दोनों मित्रों की तेज़ी का मुक़ाबला नहीं कर सका था अथवा बाग़ में भागते-भागते वह थककर चूर हो गया था, या शायद उसने उन भगोड़ों को पकड़ने की आशा छोड़ दी थी—चाहे जो भी कारण रहा हो, इसमें अब सन्देह नहीं था कि उसने अब पराजय स्वीकार कर ली थी और अब वह उन दोनों के पीछे नहीं भाग रहा था। किन्तु वे दोनों बड़ी फुर्ती से काफ़ी देर तक, बिना रुके, बिना साँस लिये सरपट भागते रहे—मानो बन्धन से मुक्ति पा लेने के अदम्य उल्लास ने उनके पैरों में पंख लगा दिये हों। कुत्ते की पुरानी मौज-मस्ती फिर से उमड़ आई थी। गले में बँधी रस्सी डुलाता और अपने कान हिलाता हुआ वह ख़ुशी की झोंक में बार-बार सर्गेइ पर लपकता और उसका मुँह चाटने के लिए छटपटाने लगता था। किन्तु सर्गेइ का भय अभी पूरी तरह से दूर नहीं हुआ था और वह बार-बार संत्रस्त और सतर्क भाव से पीछे की ओर देख लेता था।

जब वे भागते-भागते उस झरने के पास पहुँच गए, जहाँ पिछले दिन उन्होंने खाना खाया था, तब कहीं जाकर सर्गेइ का मन शान्त हुआ और उसने चैन की ठंडी साँस ली। दोनों ने ही अपने मुँह उस शीतल झरने से लगा लिये और देर तक उसके ताज़े और स्वादिष्ट जल को पीते रहे। वे एक-दूसरे को

धीरे से धकियाते हुए साँस लेने के लिए अपना सिर ऊपर उठाते, उनके होंठों से पानी बूँद-बूँद नीचे टपकता जाता, प्यास फिर हरी हो जाती और वे अपनी अतृप्त तृष्णा को शान्त करने के लिए दुबारा अपना मुँह झरने से लगा लेते। आख़िर झरने से विदाई लेकर जब वे आगे बढ़े तो उनके पेट में गड़गड़ करता हुआ जल कुलाँचें मार रहा था। वे ख़तरे से मुक्ति पा गए थे और रात की सारी भयंकर दुश्चिन्ताएँ मिट गई थीं। वे प्रफुल्लित मन से उज्ज्वल चाँदनी में लिपटी सफ़ेद सड़क पर चल रहे थे। उनके दोनों ओर सुबह की शबनम से भीगी काली झाड़ियाँ सिर उठाए खड़ी थीं, जिनके सद्य:स्नात पत्तों से उड़ती हुई भीनी-भीनी ख़ुशबू हवा में फैल रही थी।

जब वे दोनों कहवाघर पहुँचे तो इब्राहिम ने बुदबुदाते हुए सर्गेइ को झिड़कना शुरू कर दिया, "लड़के, तू आवारागर्दी बहुत करता है। रात-भर तू कहाँ रहा? मैं पूछता हूँ, इसका क्या मतलब है? यह अच्छी बात नहीं है लड़के..."

सर्गेइ बूढ़े को जगाना नहीं चाहता था, किन्तु आर्तो को इतना धैर्य कहाँ था! फ़र्श पर लेटे हुए आदमियों के जमघट में उसने बूढ़े को एकदम पहचान लिया और इसके पहले कि बूढ़ा जागकर स्थिति का आकलन कर सके, वह झट उसके पास भाग आया और ख़ुशी से उसका मुँह चाटने लगा।

बूढ़ा लोदिजकिन हड़बड़ाकर आँखें मलता हुआ उठ खड़ा हुआ। उसने कुत्ते को सामने बैठे हुए पाया। उसके गले से रस्सी बँधी हुई थी। पास ही धूल से लदा-फँदा सर्गेइ चुपचाप लेटा था। बूढ़ा तुरन्त सारी बात समझ गया।

"यह सब कैसे हुआ?" उसने सर्गेइ की ओर मुँह मोड़कर आश्चर्य से पूछा।

सर्गेइ ने कोई उत्तर नहीं दिया। उसका मुँह खुला था—दोनों बाँहें पसारकर वह गहरी नींद सो रहा था।

[1904]

मैं एक अभिनेता था

अपने एक मित्र से मैंने यह विषादपूर्ण तथा हास्यास्पद गाथा सुनी थी, जो हास्यास्पद होने की अपेक्षा विषादपूर्ण अधिक है। मेरे इस मित्र ने अनेक घाटों का पानी पिया है और कहावत के अनुसार वह राजा भोज और तेली काँगड़ा—दोनों का ही जीवन भिन्न-भिन्न अवसरों पर बिता चुका है, किन्तु भाग्य की इतनी ठोकरें खाने के बावजूद उसने विवेक और सहृदयता का पल्ला कभी नहीं छोड़ा। किन्तु इस कहानी में उसने जिस घटनाओं का वर्णन किया है, उनका उस पर इतना विचित्र प्रभाव पड़ा कि उसने फिर कभी थियेटर की ओर भूलकर भी आँखें नहीं उठाईं, चाहे इसके लिए कितनी ही बार उसे मन मारकर क्यों न रह जाना पड़ा हो।

यहाँ मैं आपको अपने उस मित्र की कहानी सुनाने की चेष्टा करूँगा, यद्यपि मुझे डर है कि जिस सहज ढंग से—दबा-सा हल्का व्यंग्य लिये—उसने मुझे अपनी कहानी सुनाई थी, ठीक उसी रंग में कहानी सुनाना मेरे बूते के बाहर है।

I

अच्छा तो...क्या आप दक्षिणी प्रदेश के एक छोटे गन्दे क़स्बे की कल्पना कर सकते हैं? इस क़स्बे के बीचोबीच एक विशाल खाई-सी है, जहाँ गाँव से आए हुए खोखोल (यूक्रेन-निवासी) कमर तक कीचड़ में धँसे हुए खड़े रहते हैं और अपने छकड़ों पर लदे खीरों और आलुओं को बेचते हैं। यहाँ बाज़ार लगता है। इसके एक ओर गिरजा और गिरजे की सड़क है, दूसरी ओर सार्वजनिक वाटिका है, तीसरी ओर दुकानों की लम्बी क़तार चली गई है, जिनकी दीवारों का पीला पलस्तर झर गया है और जहाँ चारों ओर, छतों, कारनीसों पर कबूतर-ही-कबूतर बैठे दिखाई देते हैं; चौथी तरफ़ मुख्य सड़क है, यहाँ किसी बैंक की शाख़ा का दफ़्तर, डाकघर, नोटरी दफ़्तर और मास्को के नाई थियोडोर की दुकान है। यह सड़क आगे चलकर मंडी में मिल जाती है। क़स्बे के बाहर, जेसलेयस (गाँव के परे), जामोस्तेयस (पुल के परे) और जारचेयस (नदी के परे) में पैदल सेना की रेज़ीमेंट और क़स्बे के बीचोबीच घुड़सवार रेज़ीमेंट ठहरी हुई हैं। सार्वजनिक वाटिका में एक थियेटर है। बस, यहाँ यही है।

मैं यहाँ इतना और जोड़ दूँ कि 'स' क़स्बे में हम जो ड्यूमा (टाउन हॉल), स्कूल, सार्वजनिक वाटिका और रोड़ियों से ढकी मुख्य सड़क देखते हैं, ये सब कुछ इस शहर के करोड़पति और चीनी की मिलों के मालिक खारितोनेन्को के धन का ही प्रताप है।

2

मैं इस शहर में कैसे आकर टिक गया, यह एक लम्बी गाथा है, जिसे पूरा सुनाना सम्भव नहीं। इसलिए मैं संक्षेप में ही सब कुछ कहूँगा! मुझे वहाँ अपने एक मित्र से मिलना था—ईश्वर उसकी आत्मा को शान्ति दे!

—वह मेरा सच्चा मित्र था और जैसा कि सच्चे मित्रों की पत्नियों के संग होता है, उसकी पत्नी को भी मैं फूटी आँख नहीं सुहाता था। हम दोनों के पास हज़ारों रूबल जमा थे, जो हमने ख़ून-पसीना एक करके कमाए थे। कई वर्षों तक वह अध्यापक रहा था और उसके साथ बीमा-एजेंट का काम भी करता था। पूरे वर्ष ताश के पत्तों में भाग्य ने मेरा साथ दिया। एक बार हम दोनों को ऐसा काम मिला जिसमें मुनाफ़ा-ही-मुनाफ़ा था। हम जोखिम उठाने के लिए प्रस्तुत हो गए। पहले मुझे प्रस्थान करना था, दो-तीन रोज़ बाद मेरे पीछे उसे आना था। मैं भुलक्कड़ आदमी ठहरा, इसलिए मैंने अपना रुपया उसके हवाले कर दिया। एक जर्मन की तरह उसने क़ायदे-क़रीने से मेरा और अपना रुपया दो अलग-अलग थैलियों में रख लिया।

उसके बाद दुर्घटनाओं की झड़ी-सी लग गई। खारकोव स्टेशन पर जब मैं मछली खा रहा था, किसी ने मेरी जेब से बटुआ चुरा लिया। जब मैं 'स' शहर, जिसका उल्लेख पहले कर चुका हूँ, में आया तो मेरे पास बटुए में कुछ रेज़गारी बची थी और साथ में इंग्लैंड का बना हुआ सुन्दर सूटकेस था, जिसमें इने-गिने कपड़े भरे थे। मैं एक होटल में ठहर गया; जिसका नाम, ज़ाहिर है, सेंट पीटर्सबर्ग था; और तार-पर-तार भेजने शुरू कर दिये। किन्तु दूसरी ओर मानो मौत की ख़ामोशी थी—मुझे एक तार का भी उत्तर नहीं मिला। हाँ, 'मौत' शब्द ही शायद सबसे अधिक उपयुक्त है, क्योंकि जब चोर मेरे बटुए पर हाथ साफ़ कर रहा था—भाग्य का खेल देखिए—उसी समय घोड़ागाड़ी में जाते हुए मेरे साझेदार मित्र की तबियत अचानक बिगड़ गई और वहीं उसका स्वर्गवास हो गया। उसके सारे सामान और रुपये पर मोहर लगी हुई थी। छह हफ़्ते छोटी-मोटी निरर्थक क़ानूनी कार्रवाइयों में नष्ट हो गए। मेरे मित्र की पीड़ाक्रान्त पत्नी मेरे रुपयों के सम्बन्ध में कितना कुछ जानती थी, मुझे कुछ नहीं पता। दरअसल मैंने जितने तार भेजे, सब उसी को मिले थे। अपनी ज़िद में उसने ईर्ष्यावश, बदला लेने की ओछी भावना से प्रेरित होकर मेरे किसी तार का उत्तर नहीं दिया। यह सही है कि ये तार बाद में मेरे बहुत काम आए। मेरे मित्र की पैतृक सम्पत्ति से सम्बन्धित कार्रवाई

करनेवाले वकील से मैं सर्वथा अनभिज्ञ था। सामान की मोहरें खोलते समय उसकी आँखें इन तारों पर पड़ीं। उसने मेरे मित्र की विधवा को काफ़ी डाँटा-फटकारा और अपनी ज़िम्मेवारी पर थियेटर के पते पर मुझे पाँच सौ रूबल भिजवा दिये। यह कोई अचम्भे की बात नहीं थी, क्योंकि वे कोई साधारण तार नहीं थे—प्रत्येक तार के बीस या तीस शब्दों में मैंने अपनी आत्मा का करुण आर्तनाद निचोड़कर रख दिया था।

3

सेंट पीटर्सबर्ग में रहते-रहते मुझे दस दिन हो चले थे। आत्मा का करुण आर्तनाद करने के लिए जो रुपया लगाना पड़ा, उससे सारा बटुआ ख़ाली हो गया। होटल का मालिक खोखोल (यूक्रेन-निवासी) था—संजीदा, सोया हुआ-सा उसका चेहरा क़ातिलों जैसा था। उसे अब मेरी किसी भी बात पर विश्वास नहीं होता था। मैंने अपनी स्थिति का स्पष्टीकरण करने के लिए उसे कुछ पत्र और दस्तावेज़ दिखलाए, किन्तु वह घृणा से मुँह सिकोड़कर भुनभुनाता हुआ चला गया। आख़िरकार एक वेटर भोजन लेकर आया और आते ही उसने घोषणा की : "मालिक का हुक्म है कि यह आपको अन्तिम बार भोजन दिया जा रहा है।"

आख़िर वह दिन भी आ पहुँचा, जब बीस कोपेक के मैले-पुराने सिक्के के अलावा मेरी जेब में कुछ भी नहीं रहा। उसी दिन सुबह होटल मालिक ने बड़े रूखे स्वर में कहा था कि होटल में रहने-खाने की सुविधा अब मुझे नहीं दी जाएगी और वह मेरी रिपोर्ट पुलिस में करेगा। उसके स्वर से मुझे ऐसा प्रतीत हुआ कि जो बात उसने कही है, वह करके छोड़ेगा।

सारा दिन शहर में भटकता फिरा। मुझे याद है कि काम ढूँढ़ने के लिए मैं ट्रांसपोर्ट के दफ़्तर तथा दूसरे स्थानों पर गया था, किन्तु इससे पेशतर कि कुछ कहूँ, मुझे दरवाज़ा दिखला दिया जाता। कभी-कभी मैं मुख्य सड़क पर

लम्बे लोम्बार्डी चिनार वृक्षों के बीच हरी बेंच पर बैठ जाता। भूख के मारे सिर चकरा रहा था और जी मिचलाने लगा था। किन्तु एक क्षण के लिए भी मेरे मन में आत्महत्या करने का विचार नहीं आया। मेरे उलझे हुए जीवन में यह विचार कई बार आया था, किन्तु हर बार एक वर्ष या एक महीना और कभी-कभी तो सिर्फ़ दस मिनट के बीतने के बाद ही सब कुछ बदल जाता, भाग्य फिर से चमक उठता और आनन्द और सुख की घड़ियाँ वापस लौट आतीं। गर्म और उबा देनेवाले उस शहर की गलियों में भटकते हुए कई बार मैंने अपने से कहा था, 'पवेल आन्द्रेविच, बड़े चक्कर में फँसे हो भाई।'

भूख लगी थी। किन्तु किसी अज्ञात शक्ति ने अब तक मुझे बाक़ी बचे हुए उन बीस कोपेक को ख़र्च करने से रोक रखा था। जब रात घिर आई, तो मेरी निगाहें दीवार पर लगे एक लाल पोस्टर पर जा पड़ीं। काम कुछ था नहीं, इसलिए यंत्रवत् मेरे पाँव पोस्टर की ओर बढ़ गए और मैं उसे पढ़ने लगा। पता चला कि उस रात सार्वजनिक वाटिका में गुत्ज़कोव का दुखान्त नाटक 'उरयल अकोस्ता' खेला जानेवाला था। उसमें भाग लेनेवाले अभिनेताओं के नाम भी दिये गए थे। दो अभिनेताओं के नाम सबसे ऊपर मोटी सुर्ख़ियों में दिये गए थे : 'पीटर्सबर्ग रंगमंच की एक अभिनेत्री कुमारी आन्द्रोसोवा' और 'खारकोव के सुप्रसिद्ध अभिनेता श्री लारा-लार्सकी।' गौण कलाकारों में श्रीमती वोलोगोदस्काया, मैदवेदेवा, स्त्रूनीनादोल्सकाया और सर्वश्री तिमोफयेव-सुम्सकोव, अकीमेंको, समोयलेंको, नेल्यूबोव-ओल्गिन और दुखोवस्कोय के नाम दिये गए थे। सबसे छोटे अक्षरों में लिखे गए नामों में पैत्रोव, सर्जीयेव, सिदोरोव, ग्रिगोरयेव, निकोलायेव इत्यादि शामिल थे। 'श्री समोयलेंको' रंगमंच-निर्देशक और 'श्री वेलेरियानोव' प्रबन्ध निर्देशक थे।

आगा-पीछा न देखकर मैंने अचानक फ़ैसला कर लिया। सड़क के पार मास्को के नाई थियोडोर के पास भागता हुआ गया और अन्तिम बीस कोपेक उसके हवाले करके अपनी मूँछें और छोटी-सी नुकीली दाढ़ी मुँड़वा लीं। हे परमात्मा—आईने में मेरा चेहरा कैसा उदास, कैसा नंगा-सा दीखता था!

मुझे अपनी आँखों पर विश्वास नहीं हो पाया। तीस वर्ष के व्यक्ति के सम्मानयुक्त—चाहे देखने में वह सुन्दर न रहा हो—चेहरे के स्थान पर आईने में जो व्यक्ति दिखाई दे रहा था, वह शक्ल-सूरत में पुराना, अक्खड़ और गँवारू हास्य-अभिनेता लगता था, जिसका शरीर गले तक चादर से लिपटा हुआ था—चेहरे पर विविध प्रकार के गुनाहों का जाल बिछा था और जो निश्चित रूप से पक्का पियक्कड़ दिखलाई देता था।

"क्या हमारे थियेटर में काम करने का इरादा है?" नाई ने चादर झाड़ते हुए मुझसे पूछा।

"हाँ," मैंने गर्व से कहा, "यह लो अपने पैसे।"

4

सार्वजनिक वाटिका जाते हुए मैं सोच रहा था : उन्हें देखते ही पता चल जाएगा कि मैं एक लुटा-पिटा सामर्थ्यहीन शख़्स हूँ। गर्मी के दिनों में चलनेवाले इन छोटे-मोटे थियेटरों को हमेशा किसी-न-किसी आदमी की ज़रूरत पड़ती ही रहती है। शुरू में मैं कुछ अधिक नहीं माँगूँगा—महीने में पचास या चालीस रूबल। बाद में जो होगा, सो देखा जाएगा। मैं पचास रूबल पेशगी माँगूँगा। नहीं, पचास अधिक हैं। चलो, दस रूबल ही सही। सबसे पहले तो मैं बहुत ही सख़्त भाषा में एक तार भेजूँगा; पाँच गुणा पाँच पच्चीस जमा सिफ़र ढाई सौ हुए जिसमें तार भेजने के पन्द्रह कोपेक जोड़ देने से कुल दो सौ पैंसठ कोपेक का ख़र्च आएगा। जब तक इल्या नहीं आता, तब तक बाक़ी बचे हुए पैसों पर अपना गुज़ारा करूँगा। यदि वे मेरी परीक्षा लेना चाहेंगे तो बड़ी ख़ुशी से लें। मुझे मुँह ज़बानी जो याद होगा—मिसाल के तौर पर पिमेन का एकालाप—वही उन्हें सुना दूँगा।

होंठों में ही मेरे मुँह से गहरे, गम्भीर शब्द निकलने लगे।

घटना एक और लिखूँगा मैं...।

मेरे पास से गुज़रता हुआ एक व्यक्ति डर के मारे दूसरी ओर भाग खड़ा हुआ। कुछ संकुचित-सा होकर मैं खाँसने लगा। मैं अब सार्वजनिक वाटिका के पास पहुँच गया था। सैनिक बैंड बज रहा था, सड़क पर उस शहर की कुछ युवतियाँ गुलाबी-नीले वस्त्रों से सुसज्जित होकर नंगे सिर घूम रही थीं और उनके पीछे उसी शहर के क्लर्क, तारबाबू और चुंगी-कर्मचारी अपने कोट के नीचे हाथ रखे और सफ़ेद दफ़्तरी टोपियों को सिरों पर टेढ़ा लगाए निस्संकोच हँसते हुए मज़े से धीरे-धीरे चल रहे थे।

दरवाज़ा खुला था। मैं भीतर चला गया। किसी ने बॉक्स-ऑफ़िस की ओर संकेत करके मुझसे कहा कि मैं वहाँ से टिकट ख़रीद लूँ। किन्तु मैंने लापरवाही से कहा कि मैं मैनेजर श्री वेलेरियानोव से मिलना चाहता हूँ। फ़ौरन मुझे प्रवेश-द्वार के पास रखी हुई वह बेंच दिखला दी गई, जहाँ दाढ़ी-मूँछ साफ़ किये हुए दो युवक बैठे थे। मैं वहाँ गया और उनसे दो क़दमों के फ़ासले पर जाकर खड़ा हो गया।

बातचीत में संलग्न होने के कारण उन्होंने मेरी ओर कोई ध्यान नहीं दिया और मुझे उन दोनों को ग़ौर से देखने का अवसर मिल गया। उनमें से एक महानुभाव ने हल्का पानामा हैट और नीली धारियों वाली फ्लैनेल की पतलून पहन रखी थी। चेहरे पर उदात्त-भावना अंकित थी और वह लापरवाही से अपनी पतली छड़ी से खेल रहा था। दूसरा व्यक्ति भूरे रंग के वस्त्र पहने था और उसकी टाँगें और बाँहें असाधारण रूप से लम्बी थीं। दरअसल ऐसा जान पड़ता था कि उसकी टाँगें छाती से शुरू होकर नीचे तक चली गई हैं और उसकी बाँहें घुटनों से भी नीचे लटकती दिखाई देती थीं। उसकी टेढ़ी-मेढ़ी आकृति को देखकर ऐसा लगता था, मानो क़ब्ज़ेदार गज़ की छड़ी की तरह उसे मोड़ा जा सकता हो। उसका बहुत छोटा-सा सिर था, चेहरे पर चेचक के दाग़ थे और काली चंचल आँखें थीं।

मैंने धीरे से गला साफ़ किया। वे दोनों मुझे देखने के लिए मुड़ गए।

"क्या मैं श्री वेलेरियानोव से मिल सकता हूँ?" मैंने दोस्ती के लहज़े में पूछा।

"जी हाँ, मैं ही हूँ," उस व्यक्ति ने उत्तर दिया जिसके चेहरे पर दाग़ थे, "बताइए, मैं आपकी क्या सेवा कर सकता हूँ?"

"देखिए, मैं..." मैं हकलाने-सा लगा, "मैं...विदूषक या...'मूर्ख' का पार्ट कर सकता हूँ...। नाटक के पात्रों का अभिनय भी मैं कर सकता हूँ।"

पानामा हैट वाले महानुभाव उठे और सीटी बजाते और छड़ी झुलाते हुए वहाँ से चल दिये।

"पहले कहाँ नौकरी करते थे?" वेलेरियानोव ने पूछा।

मैंने केवल एक बार एक नाटक में हास्य अभिनेता का पार्ट खेला था, किन्तु अपनी कल्पना-शक्ति पर ज़ोर डालकर मैंने उत्तर दिया :

"आपसे सच कहूँ तो बात यह है कि आज तक मैंने आपकी जैसी बढ़ी-चढ़ी कम्पनी में काम नहीं किया। मुझे दक्षिण-पश्चिम की छोटी-मोटी कम्पनियों में अभिनय करने का मौक़ा मिला है। किन्तु उन्हें शुरू होते देर नहीं होती थी कि ठप्प हो जाती थीं—मारिनिख, सोकोलोवस्की इत्यादि की कम्पनियों की मिसालें हमारे सामने हैं।"

"देखो, क्या तुम शराब पीते हो?" वेलेरियानोव ने अचानक पूछा।

"नहीं," मैंने झट उत्तर दिया, "कभी-कभी भोजन के बाद या किसी दावत में ज़रूर पी लेता हूँ, लेकिन वह भी सिर्फ़ बूँद भर..."

वेलेरियानोव अपनी आँखें सिकोड़कर नीचे रेत की ओर देखने लगा।

"अच्छा, ठीक है।" उसने कुछ देर सोचने के बाद कहा, "मैं तुम्हें रख लूँगा। तुम्हें पच्चीस रूबल मासिक वेतन मिलेगा और फिर बाद में देखा जाएगा। शायद आज रात ही तुम्हारी ज़रूरत पड़ जाए। मंच पर जाकर रंगमंच के सहनिर्देशक दुखोवस्कोय से मिल लो, वह निर्देशक से तुम्हारा परिचय करवा देंगे।"

मंच की ओर जाते हुए मुझे यह सोचकर काफ़ी आश्चर्य हुआ कि उसने मेरा रंगमंच का नाम क्यों नहीं पूछा। शायद भूल गया हो, मैंने सोचा, या शायद उसने यह अनुमान किया हो कि रंगमंच का मेरा कोई नाम ही नहीं है। फिर भी चलते-चलते मैंने अपना एक उपनाम खोज निकाला—ओसनिन।

नाम में कोई तड़क-भड़क नहीं थी...सीधा-सादा नाम था, जो सुनने में भी भला प्रतीत होता था।

5

पर्दे के पीछे मैं दुखोवस्कोय से मिला। देखने में वह एक चंचल बालक-सा लगता था—चोरों का-सा उसका मलिन, पीला चेहरा था। उसने मेरा परिचय निर्देशक समोयलेंको से करवा दिया। उस रात समोयलेंको किसी बहादुर नायक का अभिनय करनेवाला था; उसने सोने का कवच और लम्बे जूते पहन रखे थे और तरुणों का-सा रंग-रूप बना रखा था। इस भेष के बावजूद उसका स्थूलकाय व्यक्तित्व, चाँद-सा गोल चेहरा, चुभती हुई तीखी आँखें और मुँह पर जमी हुई खोखली मुस्कराहट मुझसे छिपी न रह सकी। बड़े घमंड से उसने मेरा स्वागत किया और मुझसे हाथ मिलाने की भी ज़रूरत नहीं समझी। मैं वहाँ से जाने ही वाला था कि उसने कहा :

"ज़रा ठहरिए! मैं सुन नहीं सका, क्या नाम बताया आपने?"

"बासिल्येव," दुखोवस्कोय ने 'जी-हुज़ूरी' की मुद्रा में तुरन्त बड़ी मुस्तैदी से कहा।

मैं हक्का-बक्का-सा खड़ा रहा। सोचा, ग़लती सुधार दूँ, किन्तु उसके लिए अवसर ही नहीं मिला।

"वासिल्येव, ज़रा सुनिए, आज आपको यहीं रहना होगा। दुखोवस्कोय, दरज़ी से कहकर वासिल्येव को एक कोट दिलवा दो।"

इस तरह ओसनिन के बदले मेरा नाम वासिल्येव पड़ गया। जब तक मैं थियेटर में काम करता रहा, पैत्रोव, इवानोव, निकोलायेव, ग्रिगरोयेव, सिदोरोव इत्यादि नामों के साथ यह नाम भी साथ चिपका रहा। अनुभवहीन अभिनेता होने के कारण पूरे एक सप्ताह तक मुझे पता न चल सका कि पोस्टर में दिये गए नामों में अकेला मेरा नाम ही ऐसा था, जो सच्चे अर्थों में

किसी व्यक्ति का प्रतिनिधित्व करता था। मैं क्या करता, उस नाम में स्वरों का मेल ही कुछ ऐसा था।

पतला-दुबला दरज़ी लँगड़ाता हुआ आया और बाँहों वाला काले कफ़न-सा ड्रेस मुझे पहनाकर उसे ऊपर से नीचे तक सी दिया। फिर उसके बाद नाई आया, जो और कोई न होकर थियोडोर का सहायक था, जिसने अभी कुछ देर पहले मेरी दाढ़ी बनाई थी। हम दोनों एक-दूसरे को देखकर मुस्करा दिये। उसने कृत्रिम केशों से मेरा सिर ढक दिया। दुखोवस्कोय ड्रेसिंगरूम में घुसते ही ऊँचे स्वर में चिल्लाया, "वासिल्येव, रंग लगाना शुरू करो।"

मैंने पास रखे रंग में अपनी अँगुलियाँ डुबो दीं। मेरे बाईं ओर एक रूखा-सा व्यक्ति, जिसका माथा काफ़ी गम्भीर दिखाई देता था, मेरे ऊपर झपट पड़ा, "क्यों जी, दूसरे के डिब्बे पर ही हाथ साफ़ करने लगे? आप ये रंग क्यों नहीं लेते, इन पर सबका हक़?"

मैंने एक डिब्बे के ख़ानों में गँदले और एक-दूसरे से मिले हुए रंग देखे। मैं किंकर्तव्यविमूढ़-सा खड़ा रहा। दुखोवस्कोय ने तो चिल्लाकर आदेश दे दिया, 'रंग लगाना शुरू करो,' किन्तु कैसे, कहाँ से रंग लगाना शुरू करूँ? साहस बटोरकर मैंने अपनी नाक के नीचे एक सफ़ेद रेखा खींच दी और मेरा चेहरा विदूषक-सा बन गया। फिर मैंने अपनी दोनों भौंहों पर गहरा रंग लेप दिया, आँखों के नीचे दो नीले रंग के छाया-वृत्त बना दिये, फिर विस्मित होकर सोचने लगा कि और कहाँ-कहाँ अपना हाथ आज़माऊँ? आँखें सिकोड़कर दोनों भौंहों के बीचोबीच मैंने दो सीधी रेखाएँ खींच दीं। अब तो दुनिया के लिए मैं किसी आदिवासी क़बीले का सरदार जैसा दिखाई दे रहा था।

"वासिल्येव, तैयार हो जाओ!" ऊपर से आवाज़ आई।

मैं ड्रेसिंग रूम से निकलकर पीछे की दीवार से लगे कपड़े के दरवाज़े की ओर बढ़ गया। दुखोवस्कोय वहाँ मेरी प्रतीक्षा कर रहा था।

"अब तुम्हारी बारी है...या ख़ुदा—कैसा चेहरा बनाया है! जब तुम यह वाक्य सुनो : 'हाँ, वह वापस लौट आएगा,' तो उसी क्षण मंच पर चले जाना। जाकर कहना—उसने मुझे कोई नाम बतलाया था, जो अब मुझे याद नहीं रहा—

'अमुक व्यक्ति आपसे गुप्त रूप में मिलना चाहता है' और इतना भर कहकर बाहर आ जाना। समझ में आ गया?"

"हाँ।"

'हाँ, वह वापस लौट आएगा,'—ये शब्द अचानक मेरे कानों में पड़े। मैं दुखोवस्कोय को पीछे धकेलता हुआ मंच की ओर लपका। एक या दो क्षणों के लिए मेरी ज़ुबान तालू से चिपकी रही, मैं इस कम्बख़्त आदमी का नाम भूल गया था। अँधेरे, हहराते पाताल की भाँति दर्शकों की भीड़ मेरे सामने फैली थी। ठीक मेरे सम्मुख लैम्प के चुँधियाते प्रकाश में भोंडे-भद्दे ढंग से रँगे हुए अपरिचित चेहेरे दिखाई दे रहे थे। सबकी तीखी नज़रें मुझ पर जमी हुई थीं। दुखोवस्कोय पीछे से कुछ फुसफुसाया, किन्तु उसका एक शब्द भी मेरे पल्ले नहीं पड़ा। फिर अचानक मैंने बहुत ही गम्भीर शिकायत-भरे स्वर में कहा, "हाँ, वह लौट आया है।"

स्वर्ण-कवच से सुसज्जित समोयलेंको आँधी की तरह मेरे सामने से गुज़र गया। मैंने ईश्वर को धन्यवाद दिया और चुपचाप पर्दे के पीछे खिसक आया।

मुझे उस नाटक में दो बार और काम करना पड़ा। उस दृश्य में जहाँ अकोस्ता यहूदियों के धार्मिक रीति-रस्मों की भर्त्सना करने के बाद गिर पड़ता है, मुझे उसे अपनी बाँहों में उठाकर बाहर घसीट ले जाना पड़ता था। काला कफ़न ओढ़े हुए आग बुझानेवाला एक आदमी इस काम में मेरी सहायता करता था। (जहाँ तक दर्शकों का सम्बन्ध है, वे उसे 'सिदोरोव' समझते थे) 'खारकोव का सुप्रसिद्ध अभिनेता' लारा-लार्सकी और कोई न होकर उरियल अकोस्ता ही था, जिसे उस दिन मैंने वेलेरियानोव के संग बेंच पर बैठे हुए देखा था। उसके भारी कसरती शरीर को उठाने में हमें काफ़ी कठिनाई का सामना करना पड़ा, किन्तु सौभाग्यवश कभी ऐसा अवसर नहीं आया, जब केवल हमारे हाथों से लुढ़क पड़ा हो। 'गधे कहीं के—सत्यानाश हो तुम दोनों का!' वह केवल इतना बड़बड़ाकर रह गया था। हम उसे सँकरे दरवाज़े से भीतर घसीट लाने में सफल हुए थे, किन्तु उसके बाद कितनी ही देर तक उस प्राचीन मन्दिर की पिछली दीवार डोलती-हिलती रही थी।

तीसरी बार मंच पर मुझे उस समय आना पड़ा, जब अकोस्ता पर मुक़दमा चल रहा था और मुझे वहाँ केवल चुपचाप खड़े रहना था। इसी बीच एक दुर्घटना हो गई। जब बेन अकीबा मंच पर आया, तो सब बड़े आदर भाव से खड़े हो गए, अकेला एक मैं ही था जो अपनी धुन में बैठा रहा। मेरी कुहनी के ऊपर कोई बहुत ही निर्दयता से चिकोटी काटकर गुर्राया, "क्या तुम्हारी बुद्धि भ्रष्ट हो गई है? देखते नहीं यह बेन अकीबा है? खड़े हो जाओ!"

मैं हड़बड़ाकर उठ खड़ा हुआ। किन्तु सच पूछो तो मुझे ख़याल तक नहीं आया था कि वह शख़्स बेन अकीबा हो सकता है। मैं तो उसे बिलकुल साधारण आदमी समझ बैठा था।

नाटक समाप्त हो जाने के बाद समोयलेंको ने मुझसे कहा, "वासिल्येव, कल ग्यारह बजे तुम्हें रिहर्सल में आना होगा।"

जब मैं होटल वापस लौटा तो उसके मालिक ने मेरी आवाज़ सुनते ही खट से दरवाज़ा ठोक दिया। वह रात मैंने चिनार के वृक्षों के बीच एक बेंच पर काट दी। रात गर्म थी और मैं उस दिन का ख़्वाब देखने लगा, जब मेरा रोशन हो जाएगा। किन्तु सुबह की ठंडी हवा और भूख की जलन ने मुझे जल्द ही जगा दिया।

6

ठीक साढ़े दस बजे मैं थियेटर पहुँच गया। अभी कोई नहीं आया था। ग्रीष्म ऋतु में खुलनेवाले रेस्तराँ के वेटर बाग़ में सफ़ेद-चिट्टे वस्त्र पहने नींद में झूमते हुए इधर-उधर घूम रहे थे। अंगूर की बेलों से घिरे हुए जालीदार कुंज में किसी महाशय के लिए सुबह की कॉफ़ी या नाश्ते का प्रबन्ध किया जा रहा था।

यह तो मुझे बाद में पता चला कि वहाँ प्रतिदिन थियेटर के मैनेजर वेलेरियानोव पैंसठ वर्ष की भूतपूर्व अभिनेत्री तथा थियेटर और उसके मैनेजर की संरक्षिका बुलातोबाचर्नोगोर्स्काया के संग सुबह का नाश्ता लिया करते थे।

मेज़ नये और उजले-सफ़ेद कपड़े से ढकी हुई थी। उस पर दो मेज़पोश बिछे हुए थे और तश्तरी में कटी हुई रोटी के अलग-अलग दो ढेर रखे थे।

अब मैं एक बड़ा दु:खद प्रसंग छेड़ने चला हूँ। जीवन में पहली—और अन्तिम बार मैंने चोरी की। बिजली की तेज़ी से मैंने चारों ओर नज़रें घुमाईं, झटपट उस लता-कुंज में घुस पड़ा और झपट्टा मारकर रोटी के कई टुकड़े हथिया लिये। कितनी मुलायम, कितनी अच्छी थी वह रोटी! किन्तु जैसे ही मैं तेज़ी से बाहर निकला, वहीं सामने से आते हुए एक वेटर से मुठभेड़ हो गई। वह अपने संग सिरका, मिर्चें और सरसों की थाली भीतर ले जा रहा था। उसकी कठोर दृष्टि मुझ पर और मेरे हाथों में दबी हुई रोटी पर पड़ी। उसने धीरे से पूछा, "क्या मतलब है इसका?"

मुझे लगा, मानो मेरे मन में घृणा से उबलता अभियान जाग उठा हो। उसकी आँखों से आँखें मिलाते हुए मैंने उसी की तरह दबे स्वर में उत्तर दिया, "परसों चार बजे से लेकर अब तक मेरे मुँह में एक दाना भी नहीं गया।"

वह घूमकर बिना एक शब्द कहे चुपचाप तेज़ी से चला गया। मैंने रोटी जेब में डाल ली और प्रतीक्षा करने लगा। मुझे डर भी लग रहा था और उसके संग बहुत-सा आनन्द भी आ रहा था। 'बहुत ख़ूब!' मैंने सोचा, 'कुछ ही देर में यहाँ मालिक आ पहुँचेगा, सारे वेटर जमा हो जाएँगे, और माहौल गाली-गलौज से गर्म हो उठेगा। वह दृश्य भी देखते ही बनेगा, जब मैं थालियों-तश्तरियों को उनके सिरों पर फेंककर चकनाचूर कर दूँगा। सबको काट लूँगा, और तब तक काटता रहूँगा, जब तक सब लहूलुहान न हो जाएँ।'

किन्तु वेटर अकेला ही वापस भागता हुआ लौट आया। वह कुछ-कुछ हाँफ रहा था। मेरी ओर देखे बिना वह आगे बढ़ आया। मैं भी दूसरी ओर मुड़ गया। किन्तु अचानक उसने कपड़े के नीचे से छिपा हुआ पिछली रात का पका हुआ गऊ के मांस का बड़ा टुकड़ा मेरे हाथों में थमा दिया। उस पर बड़ी होशियारी से नमक लगाया गया था। मैंने सुना, वह दबे होंठों से अभ्यर्थना कर रहा था, "कृपया आप इसे ले लीजिए।"

मैं मांस के उस टुकड़े पर टूट पड़ा और पर्दे के पीछे एक ऐसे स्थान पर जाकर बैठ गया, जहाँ काफ़ी अँधेरा था। उन गन्दे, बेडौल खम्भों के बीच बैठा-बैठा मैं चटखारे लेकर अपने दाँतों से गोश्त के उस टुकड़े को मसकने लगा। आनन्द से मेरी आँखों में आँसू छलक आए।

बाद में मैं उस आदमी से प्रतिदिन मिलता रहा था। सर्गेइ उसका नाम था। जब कोई ग्राहक नहीं होते थे, तो वह दूर से मेरी स्निग्ध, श्रद्धापूर्ण और अभ्यर्थना-भरी दृष्टि से देखा करता था। किन्तु उससे कुछ भी माँगना हम दोनों के बीच बनी हुई उस सद्भावना के लिए घातक सिद्ध होता, जो हमारी पहली मुलाक़ात के समय अंकुरित हुई थी। इसलिए इस बात के बावजूद कि कभी-कभी मुझे सर्दी में भेड़िये की तरह भूख सताती थी, मैंने कभी उससे कुछ नहीं माँगा।

उसका क़द नाटा और सिर गंजा था। उसकी स्याह मूँछें कनखजूरे के पैरों-सी बाहर निकली हुई थीं। उसकी छोटी स्नेहसिक्त आँखें आधे कटे हुए वृत्तों-सी चमकती रहती थीं। वह कुछ-कुछ लँगड़ाता हुआ इस तरह चलता था, मानो बहुत जल्दी में हो!

बाद में जब अपना रुपया मिलने पर एक दुःस्वप्न की तरह थियेटर के बन्धन से मुझे छुटकारा मिल गया तो मुझे सर्गेइ बहुत याद आता रहा। उस समय जब मेरे इर्द-गिर्द मेरी ख़ुशामद करनेवाले गए-गुज़रे कमीने लोग शैम्पेन पीने में धुत्त थे, तो मेरी आँखों के सामने बेचारे सर्गेइ का प्यारा, अजीब-सा चेहरा नाच उठता था। उसे रुपया देने का दुस्साहस मैं कभी न करता। क्या कभी स्नेह और मुहब्बत का मोल रुपये में चुकाया जा सकता है? मैं तो उसे कोई उपहार देना चाहता था—कोई छोटा-मोटा-सा आभूषण या उसके बीवी-बच्चों के लिए कोई चीज़। उसके बहुत-से बच्चे थे, जो कभी-कभी सुबह के वक़्त नन्हे परिन्दों की तरह शोरगुल करते, ऊधम मचाते उसके पास आ धमकते थे।

किन्तु मेरे जीवन के इस चमत्कारपूर्ण परिवर्तन के एक सप्ताह पूर्व ही सर्गेइ को नौकरी से बर्ख़ास्त कर दिया गया। मुझे उसका कारण मालूम है। कैप्टन वॉन ब्राडके के सामने जब भुने हुए गोश्त की बोटी रखी गई तो वह नाक-भौंह सिकोड़कर गरजने लगे :

"बदमाश—कैसे बनाया है इसे—जानते नहीं कि मैं हमेशा कम भुना हुआ गोश्त खाता हूँ?"

सर्गेइ ने साहस बटोरकर केवल इतना कहा कि इसमें उसका नहीं, बावर्ची का दोष है और वह अभी फ़ौरन बदलकर नई बोटी ले आता है। फिर अन्त में उसने डरते-डरते यह भी कह दिया, "जनाब, मुझे माफ़ करें।"

क्षमा-प्रार्थना के ये शब्द सुनकर अफ़सर के क्रोध का पारावार न रहा। ग़ुस्से में लाल होकर उसने गर्म जलती बोटी सर्गेइ के मुँह पर दे मारी।

"क्या, क्या कहा? मुझे 'जनाब' कहते हो...क्यों जी...मुझे जनाब कहते हो—बादशाह सलामत की घुड़सवार सेना के स्टाफ़ कैप्टन को तुम 'जनाब' नहीं कह सकते...कहाँ गया होटल का मालिक, ज़रा उसे यहाँ तो बुलाओ! इवान लुक्यानिच, तुम्हें आज ही इस सरफिरे को निकाल देना होगा। मैं इसकी शक्ल भी नहीं देखना चाहता। अगर तुम आज ही लात मारकर इसे बाहर नहीं कर देते तो आइन्दा से मैं तुम्हारे होटल में पाँव तक नहीं रखूँगा।"

इस होटल में कैप्टन वॉन ब्राडके बड़ी धूमधाम से जश्न मनाया करते थे। इसलिए फ़ौरन सर्गेइ को जवाब दे दिया गया। होटल का मालिक दिन-भर अफ़सर साहब को प्रसन्न करने की चेष्टा में जुटा रहा। बीच-बीच में जब कभी ठंडी हवा खाने मैं बाहर बाग़ में जा निकलता, तो मुझे लता-कुंज से गरजता हुआ उसका क्रुद्ध स्वर सुनाई दे जाता : "हरामी की यह मज़ाल कि मुझे 'जनाब' कहकर पुकारे! अगर उस समय वहाँ महिलाएँ न होतीं, तो बच्चू को छठी का दूध याद दिला देता।"

7

इसी दौरान धीरे-धीरे अभिनेताओं का जमाव शुरू होने लगा और साढ़े बारह बजे रिहर्सल आरम्भ हो गया। नाटक का नाम 'नई दुनिया' था, जिसे सियंकिविस

के उपन्यास 'को वादीस?' के आधार पर बड़े भद्दे-भोंडे ढंग से रूपान्तरित किया गया था। दुखोवस्कोय ने मेरे हाथ में एक आवाज़ दे दिया जिसमें मेरा पार्ट लीथो द्वारा मुद्रित किया हुआ था। मुझे महाप्रतापी मार्कस की सैनिक टुकड़ी के एक सरदार की हैसियत से काफ़ी प्रभावशाली और मोटे-मोटे शब्दों का प्रयोग करना था, जैसे—'ओ मार्कस! तुम्हारे आदेशों का अक्षरशः पालन किया गया है,' अथवा 'ओ मार्कस! पोम्पेई की मूर्ति के नीचे वह तेरी प्रतीक्षा कर रही होगी।' मुझे अपना पार्ट बहुत पसन्द आया था और मैं एक बूढ़े, अनुभवी, गम्भीर और स्वामिभक्त योद्धा के निडर स्वरों में अपने पार्ट को मन-ही-मन कई बार दुहरा चुका था।

किन्तु रिहर्सल की प्रगति के दौरान मुझे कुछ विचित्र अनुभव होने लगे। मुझे यह देखकर काफ़ी आश्चर्य हुआ कि अनेक छोटे-मोटे पार्ट मेरे हिस्से में आ गए हैं। मिसाल के तौर पर जब स्वामिनी वेरोनिका ने बोलना बन्द किया, समोयलेंको ने, जिसकी आँखें नाटक के मूल पाठ पर जमी हुई थीं, ताली बजाई और चिल्लाकर कहा, "ग़ुलाम का प्रवेश।"

किन्तु कोई आगे नहीं बढ़ा।

"महाशयो...आप में से कौन 'ग़ुलाम' है? दुखोवस्कोय, ज़रा देखना, ग़ुलाम कौन है?"

दुखोवस्कोय झटपट काग़ज़ों के पोथे में कुछ देखने लगा, किन्तु ग़ुलाम का वहाँ कहीं नाम-निशान तक नहीं मिला।

"इसको काट डालो...समय बर्बाद करने से क्या लाभ?" बोयेव ने आलस-भरे स्वर में सलाह दी।

वह वही गम्भीर ललाट वाला व्यक्ति था जिसके रंगों में मैंने उस दिन अपनी अँगुलियाँ डुबो दी थीं।

किन्तु मार्कस (लारा-लार्सकी) अचानक नाराज़ हो उठा।

"कृपया ऐसा मत करिए। नाटक के इस दृश्य में मैं पूरे रौब और ठाट-बाट के साथ प्रवेश करता हूँ। ग़ुलाम की अनुपस्थिति में मैं काम नहीं करूँगा।"

समायलेंको की आँखें मंच पर घूमने लगीं और मुझ पर ठिठक गईं।

"ज़रा ठहरिए—क्यों भई वासिल्येव, क्या तुम्हारा इस अंक में कोई पार्ट है?"

मैं अपने काग़ज़ की ओर ग़ौर से देखने लगा।

"हाँ, बिलकुल आख़िर में।"

"अच्छा तो यह, वेरोनिका के ग़ुलाम का, तुम्हारे ज़िम्मे एक और पार्ट रहा—लो, इस किताब से देख लो।" उसने ताली बजाई। "महानुभावो और देवियो—ज़रा ख़ामोश हो जाइए। ग़ुलाम का प्रवेश। 'हे देवी...' और ज़ोर से—पहली पंक्ति में बैठे लोग भी तुम्हें नहीं सुन सकते।"

कुछ ही मिनटों बाद पता चला कि मर्सिया (सियंकिविस की 'लीगिया') को भी एक ग़ुलाम की आवश्यकता है—इस अभाव की पूर्ति भी मुझसे की गई। तत्पश्चात् जब हाउस-मैनेजर का पार्ट करने के लिए उन्हें कोई दूसरा नहीं मिला तो फिर दुबारा मुझसे ही काम चलाया गया। इस तरह रिहर्सल ख़त्म होते-होते सैनिक टुकड़ी के सरदार के अतिरिक्त मुझे पाँच और पार्ट मिल गए थे। आरम्भ में मुझे बड़ी कठिनाई पड़ी। मंच पर आते ही मैं ये आरम्भिक शब्द कहता था, "ओ मार्कस..."

समोयलेंको पाँव फैलाकर आगे की ओर झुक जाता और कानों पर हथेलियाँ रख लेता।

"क्या कहा? अरे, होंठों में क्या बड़बड़ा रहे हो? एक अक्षर भी पल्ले नहीं पड़ा।"

"ओ मार्कस..."

"माफ़ करना, लेकिन मुझे कुछ भी सुनाई नहीं दे रहा। ज़रा और ज़ोर से बोलो।" वह चलकर मेरे बहुत निकट आ जाता, "देखो —तुम्हें इस तरह बोलना चाहिए।"

और जब वह बोलता तो लगता, मानो बकरी के कंठ से कोई मिमियाता हुआ गा रहा हो। उसका स्वर सारे बाग़ में सुना जा सकता था : " 'ओ मार्कस—तेरी आज्ञा...!' देख लिया...इस तरह कहा जाता है।

नौजवान! हमेशा रूसी अभिनेताओं का यह प्रसिद्ध सिद्धान्त याद रखो : 'मंच पर बोलना नहीं, चिल्लाना चाहिए और चलने के बजाय अकड़कर चहलक़दमी करनी चाहिए।' " यह कहकर उसने सन्तुष्ट भाव से चारों ओर देखा।

"अब फिर दुबारा कहो।"

मैंने फिर पुराना वाक्य दुहराया, जो पहले से भी बदतर साबित हुआ। फिर उन सबने बारी-बारी से मुझे सिखाना शुरू कर दिया और रिहर्सल के समाप्त होने तक वे मुझे सिखाते रहे; मुझे पाठ पढ़ानेवालों में लारा-लार्सकी थे, जिनका व्यवहार मेरे प्रति घमंड, हिक़ारत और नखरे से भरा हुआ था। तोंदिल बुढ़ऊ गोंचारोव थे, जिनकी ढीली-ढाली, सुर्ख़ नसों से भरे गाल ठुड्डी के नीचे झूल रहे थे, चिकने रंगों का स्वामी बोदेव था और था अकीमैंको, जो जानबूझकर मूर्ख इवान की भाँति अपनी मुख-मुद्रा बनाने का उपक्रम किया करता था। मैं उस परेशान घोड़े की तरह अपने को पा रहा था, जिसके शरीर से भाप निकल रही हो, जिसे चारों ओर गली के लोगों ने घेर रखा हो और प्रत्येक व्यक्ति उसके सम्बन्ध में अपने-अपने अलग सुझाव बतला रहा हो। मुझे लग रहा था, मानो मैं कोई एक नया विद्यार्थी हूँ; घर के सुरक्षित वातावरण से बाहर आकर स्कूल के अनुभवी, चालाक और निर्दयी लड़कों के बीच घिर गया हूँ।

उस रिहर्सल में मैंने एक बहुत की क्रूर, ओछे व्यक्ति को अपना शत्रु बना लिया, जो मेरे थियेटर जीवन के प्रत्येक दिन को विषाक्त बनाता रहा। बात दरअसल यह थी :

मैं अपना वही पुराना कभी न ख़त्म होनेवाला वाक्य दुहरा रहा था : 'ओ मार्कस!' इतने में समोयलेंको अचानक दौड़ता हुआ मेरे पास आया।

"ठहरो मेरे दोस्त, ज़रा ठहरो—यह सब ग़लत है। तुम्हें मालूम नहीं, किसे सम्बोधित करके तुम यह कह रहे हो? महाप्रतापी मार्कस को—क्यों, ठीक है न? किन्तु तुम्हें तो बिलकुल मालूम ही नहीं कि प्राचीन रोम में छोटे अधिकारी किस प्रकार अपने सर्वोच्च सेनाध्यक्ष को सम्बोधित करते थे। इधर देखो, सही तरीक़ा यह है।"

उसने आधा क़दम लेकर अपना दायाँ पाँव आगे बढ़ाया, नब्बे डिग्री का कोण बनाते हुए अपना शरीर नीचे झुकाया और अपनी दाईं बाँह लटकाकर हथेली को बड़े चम्मच की तरह मोड़ लिया।

"देखो—ऐसे किया जाता है। अब तुम दुबारा ऐसे ही करो।"

जो उसने बतलाया, मैंने कर लिया, किन्तु मुझे यह सब कुछ इतना निरर्थक और बेढंगा-सा जान पड़ा कि मैं दबे स्वर में इसका विरोध किये बिना न रह सका।

"मुझे माफ़ करें, किन्तु सैनिक वेशभूषा में किसी व्यक्ति का नीचे झुकना वर्जित माना जाता है। फिर यहाँ यह संकेत भी दिया हुआ है कि वह अस्त्र-शस्त्रों से लैस होकर आता है—आप इस बात से सहमत होंगे कि अस्त्र धारण किये हुए कोई भी व्यक्ति..."

"कृपया चुप हो जाइए," समोयलेंको क्रोध में चिल्लाया। उसका चेहरा लाल हो उठा, "यदि मंच-निर्देशक यह कहे कि एक टाँग पर खड़े हो जाओ, ज़ुबान बाहर निकाल लो, तो यह भी तुम्हें बिना किसी चूँ-चपड़ के करना पड़ेगा। मेहरबानी करके आप फिर दुबारा कीजिए!"

मैंने पुनः वही क्रिया दुहराई जो पहले से कहीं अधिक भी दिखाई दी। उस क्षण लारा-लार्सकी मेरी सहायता के लिए आ पहुँचा।

"छोड़ो भी बोरिस—देखते नहीं कि यह उसकी सामर्थ्य के बाहर है? इसके अलावा तुम स्वयं जानते हो कि इस विषय में इतिहास कोई स्पष्ट प्रमाण प्रस्तुत नहीं करता—यह एक विवादास्पद विषय है।" उसने समोयलेंको से यह बात हिचकिचाते हुए कही।

समोयलेंको ने आख़िर मुझे अपने पर ही छोड़ दिया। किन्तु उस दिन के बाद से वह मुझे मौक़े-बेमौक़े फटकार देता, ताना कस देता और मुझे कष्ट पहुँचाने का कोई अवसर हाथ से न जाने देता। वह हमेशा इसी ताक में रहता कि मैं कोई ग़लती करूँ और वह मुझे पकड़ ले। वह मुझसे इस क़दर जला-भुना रहता कि मुझे लगता कि रात में भी मैं उसे स्वप्न में दिखलाई देता हूँगा। जहाँ तक मेरा प्रश्न है, आज उस घटना को बीते दस साल होने को आए,

किन्तु जब कभी मैं उस आदमी के बारे में सोचता हूँ, ग़ुस्से में मेरा जी तिलमिला उठता है। इसमें कोई सन्देह नहीं कि वह स्थान छोड़ने से पूर्व... किन्तु यह बाद की बात है, अभी उसका उल्लेख करने से कहानी की शृंखला बीच में टूट जाएगी।

रिहर्सल समाप्त होनेवाला ही था कि मंच पर अचानक मूँछों वाले एक सज्जन आ धमके। उनकी काफ़ी लम्बी नाक थी, लम्बा ही क़द था। देखने में बड़े दुबले-पतले लगते थे और उन्होंने खिलाड़ियों का टोप पहन रखा था। वह लड़खड़ाते हुए कभी-कभी पार्श्व-द्वारों से टकरा जाते थे। आँखें उनकी टीन के दो बटनों से मिलती-जुलती थीं। सब लोग उन्हें घृणा की दृष्टि से देख रहे थे, किन्तु किसी ने उनके विरुद्ध कोई शब्द नहीं कहा।

"कौन है यह आदमी?" दबे स्वर में मैंने दुखोवस्कोय से पूछा।

"एक शराबी है," उसने लापरवाही से उत्तर दिया, "नेल्यूबोव-ओल्गिन इसका नाम है—हमारे थियेटर का दृश्य-चित्रकार है। बड़ा प्रतिभावान् व्यक्ति है और जब होश में होता है तो हमारे नाटकों में कभी-कभार अभिनय भी करता है। किन्तु पुराना-पक्का पियक्कड़ है और हम उसके स्थान पर उसके अलावा किसी और को रख भी नहीं सकते। एक तो वह पैसे ही बहुत कम लेता है; दूसरे, पलक मारते प्रत्येक सेटिंग चित्रित कर देता है।"

8

रिहर्सल समाप्त हो गया। सब लोग तितर-बितर होने लगे। अभिनेता मर्सिया के नाम के विभिन्न अर्थ निकालते हुए एक-दूसरे से मज़ाक़ करने लगे। लारा-लार्सकी ने बड़े भेद-भरे स्वर में बोयेव से कहा कि उसके संग 'वहाँ' चले। मैं तेज़ी से आगे चलकर पेड़ों से ढके फ़ुटपाथ पर वेलेरियानोव के संग हो लिया। वह काफ़ी लम्बे-लम्बे डग भरता हुआ चल रहा था और मुझे उसके संग पाँव मिलाकर चलने में काफ़ी कठिनाई महसूस हो रही थी।

"विक्टर विक्टरोविच, क्या आप मुझे कुछ थोड़ा-सा रुपया पेशगी दे सकते हैं—सिर्फ़ थोड़ा-सा...?" मैंने उससे कहा।

वह ठहर गया—आश्चर्य में उसके मुख से एक शब्द भी नहीं निकला। फिर बोला, "क्या? कैसा रुपया? क्यों? किसलिए?"

मैंने अपनी दु:ख-गाथा उसे सुनानी आरम्भ की, किन्तु इससे पेश्तर कि मैं पूरी बात कहूँ, वह अधीरता से पीठ मोड़कर आगे बढ़ गया। किन्तु सहसा वह ठिठक गया और मुझे पास आने का संकेत किया।

"सुनो, क्या नाम है तुम्हारा...वासिल्येव! तुम अपने होटल के मालिक से जाकर कहो कि वह मुझसे मिले। मैं यहाँ टिकट-घर में लगभग आध घंटा ठहरूँगा। उसे आने दो, मैं उससे बातचीत करूँगा।"

मैं चलने के बजाय उड़ता हुआ होटल पहुँचा। खोखोल मुँह फुलाकर अविश्वास-भरी मुद्रा में मेरी बात सुनता रहा। उसने अपने भूरे रंग की वास्कट पहनी और थियेटर की ओर धीरे-धीरे मन्द क़दमों से चल पड़ा। मैं उसके इन्तज़ार में खड़ा रहा। पन्द्रह मिनट बाद वह वापस आ गया। उसका मुँह तोप के गोले-सा फूला हुआ था, और वह अपने दाहिने हाथ में थियेटर के लाल 'पासों' का गट्ठर पकड़े हुए था। मेरे पास पहुँचते ही वह उस गट्ठर को मेरे मुँह के नीचे हिलाते हुए चिल्लाया, "देख लिया? मैंने सोचा था कि वह मुझे रुपये देगा और रुपयों के बदले मुझे ये 'पास' मिले हैं—इन्हें लेकर चाटूँगा?"

मैं दुविधा में खड़ा रहा। किन्तु उन काग़ज़ों का कुछ तो लाभ निकला ही। बहुत मिन्नत-आरज़ू करने के बाद उसे समझौता करने के लिए मैंने राज़ी कर लिया। मैंने इंग्लैंड का बना हुआ पीले चमड़े का अपना ख़ूबसूरत सूटकेस उसके पास गिरवी रखवा दिया, बदले में उसने मेरे कपड़े, पासपोर्ट और कॉपियाँ—जिनका मूल्य मेरी दृष्टि में बहुत ऊँचा था—मुझे वापस लौटा दीं।

विदा लेने से पहले उसने मुझसे पूछा, "क्यों, क्या यहाँ भी अपनी वही लीला शुरू करने का इरादा है?"

"हाँ," मैंने बड़े गर्व से हामी भरी।

"ज़रा बच के रहना। तुम्हें देखते ही मैं ज़ोर से चिल्लाऊँगा : 'अरे, मेरे बीस रूबल कहाँ हैं?'"

तीन दिनों तक मैंने वेलेरियानोव को तंग करने का दुस्साहस नहीं किया। हरी बेंच पर कपड़ों की गठरी का सिरहाना बनाकर सारी रात काट देता। सौभाग्यवश वे दो रातें काफ़ी गर्म थीं। फ़ुटपाथ के पत्थर दिन-भर तपते रहते और जब मैं रात को बेंच पर लेटता, तो उनसे उड़ती हुई सूखी गरमाई मुझ तक आती रहती। किन्तु तीसरी रात बड़ी देर तक बूँदा-बाँदी होती रही। घरों की ड्योढ़ियों में रात-भर आश्रय ढूँढ़ता रहा। सुबह होने तक नींद की एक झपकी भी नहीं ले सका। आठ बजे के क़रीब सार्वजनिक वाटिका के दरवाज़े खुले। दबे पाँवों से मंच के पीछे रेंगता चला गया और एक पुराने पर्दे पर लेटकर दो घंटे तक मीठी नींद में सोता रहा। किन्तु समोयलेंको ने मुझे सोते हुए देखना था, सो देख लिया। बड़ी देर तक वह मुझे तीखे, कटु स्वर में खरी-खोटी सुनाता रहा।

"थियेटर कला का मन्दिर है—शयनागार नहीं," उसने कहा।

मैं साहस बटोरकर दुबारा मैनेजर के पास जा पहुँचा। वह बाग़ के बीच में से जाती हुई सड़क पर टहल रहा था। मैंने उससे कुछ रुपये माँगे और कहा कि मेरे पास सोने के लिए ठौर-ठिकाना नहीं है।

"मुझे बड़ा अफ़सोस है," उसने कहा, "किन्तु इसमें भला मैं क्या कर सकता हूँ? तुम बच्चे तो हो नहीं और न मैं तुम्हारा रखवाला हूँ।"

मैं चुप हो गया। उसकी छोटी-छोटी आँखें सड़क पर धूप में चुप झिलमिलाती रेत पर भटकती रहीं। कुछ उदास-से सोचते हुए स्वर में उसने कहा, "एक काम मैं कर सकता हूँ। क्या तुम थियेटर में सोना पसन्द करोगे? मैंने इसके सम्बन्ध में चौकीदार से बात छेड़ी थी, किन्तु वह बुद्धू बड़ा डरपोक है।"

मैंने उसे धन्यवाद दिया।

"लेकिन याद रखो—थियेटर में धूम्रपान करने पर बड़ी पाबन्दी है—जब सिगरेट पीने का मन करे तो बाहर बाग़ में चले जाना।"

उस दिन से रात को रहने के लिए डेरे की व्यवस्था हो गई, छत के नीचे सोने की सुविधा मिल गई। कभी-कभी मैं दो मील दूर छोटी-सी

नदी की ओर चल देता, वहीं पर अपने वस्त्रों को किसी सुरक्षित कोने में धो लेता और उन्हें तट पर उगनेवाले वृक्षों की डालों पर सुखा लेता। वे वस्त्र अत्यन्त उपयोगी सिद्ध हुए। कभी-कभी मैं अपनी क़मीज़ या कोई और वस्त्र बाज़ार में बेच आता। इस बिक्री से जो बीस या तीस कोपेक मिलते, उनसे दो दिन तक पेट भरने का आहार मिल जाता। मुझे निश्चित रूप से अब ऐसा प्रतीत होता था कि अच्छे दिन वापस लौटनेवाले हैं।

एक दिन अनुकूल अवसर का लाभ उठाकर मैंने वेलेरियानोव से एक रूबल झाड़ लिया और फ़ौरन इल्या को यह तार भेज दिया : 'भूखा मर रहा हूँ—तार द्वारा मनीऑर्डर भेजो—लियोन्तोविच—एस. थियेटर।'

9

दूसरे रिहर्सल में भी पूरी तरह सज-धजकर अभिनय करना था। उस अवसर पर मुझे दो और पार्ट दिये गए—आरम्भिक काल का एक वयोवृद्ध ईसाई और तिगेल्लीनस—इन दोनों के पार्ट मुझे सौंप दिये गए। मैंने बिना किसी प्रकार की चूँ-चपड़ किये उन्हें स्वीकार कर लिया।

उस रिहर्सल में भाग लेने के लिए हमारे ट्रेजिक अभिनेता तिमोफियेव—सुम्सकोई भी पधारे। उसके चौड़े कन्धे, लाल घुँघराले बाल आँखों के कोटरों से बाहर निकलती हुई पुतलियाँ और चेचक के दाग़ों से भरे चेहरे को देखकर लगता था कि साक्षात् कोई कसाई या जल्लाद सामने खड़ा है। वह अधेड़ उम्र का व्यक्ति था और उसका लम्बा क़द था। उसकी आवाज़ उसके शरीर से भी अधिक भारी थी और वह पुराने ढंग से मंच पर चिंघाड़ने का आदी था।

वह जो घायल हिंस्र पशु-सा दहाड़ रहा है, कोई और नहीं, ट्रेजिक अभिनेता है। उसे अपने पार्ट का एक अक्षर भी याद नहीं था। वह नीरो का अभिनय कर रहा था। पुस्तक से अपना पार्ट पढ़ने में उसे काफ़ी कठिनाई पेश आ रही है। उसने तेज़ पॉवर के शीशों की ऐनक लगा रखी थी,

जिसका उपयोग अधिकतर केवल बूढ़े लोग ही करते हैं। यदि उससे कोई कहता कि वह अपने पार्ट को ज़रा पढ़ ले तो वह धीमे से गरज उठता, "मैं ज़रा भी परवाह नहीं करता। सब ठीक हो जाएगा। जो प्रॉम्पटर कहेगा, वही मैं भी दुहरा दूँगा। दर्शकों को क्या ख़ाक समझ में आता है? अव्वल दर्ज़े के जाहिल तो होते हैं वे लोग।"

मेरे नाम का उच्चारण उसके लिए काफ़ी सिरदर्द पैदा कर रहा था। उसके मुँह से तिगेल्लीनस निकलता ही नहीं था। कभी मुझे तिगेलिनियस, कभी ताइनगिल्लस कहकर पुकारता था। जब कभी मैं उसकी ग़लती सुधारने की चेष्टा करता तो वह गुर्रा उठता, "मैं ज़रा भी परवाह नहीं करता। क्या पागलपन है? मैं अपने दिमाग़ में बेकार की बातें हँसना नहीं चाहता।"

यदि उसे अपने पार्ट में कहीं कठिन अलंकार दिखाई दे जाता या एक ही पंक्ति में यदि विदेशी नामों की झड़ी लग जाती, तो वह अपनी पुस्तक में अंग्रेज़ी जेड का निशान लगाकर कहता, "मैं इन वाक्यों को काटे दे रहा हूँ।"

किन्तु वहाँ सब लोग इसी लीक पर चलते थे। काट-छाँट कर नाटक की धज्जियाँ कर दी गईं। तिगेल्लीनस का लम्बा भाषण एक पंक्ति को छोड़कर सब काट दिया गया।

नीरो ने पूछा, "तिगेल्लीनस! शेरों के क्या हालचाल हैं?"

और मैंने उसके सम्मुख माथा नवाकर उत्तर दिया, "हे देवस्वरूप सीजर! रोम-निवासियों ने ऐसे पशुओं को शायद ही कभी पहले देखा हो। ये शेर अत्यन्त क्रूर और भूखे हैं।"

बस, केवल इतना ही...।

वह दिन भी आ पहुँचा, जब नाटक शुरू होना था। नाट्य-मंडप चारों ओर से खुला था और दर्शकों की भीड़ से खचाखच भरा हुआ था। दीवार के पीछे उन लोगों की भीड़ जमा थी, जिनके पास टिकट नहीं थे। मैं काफ़ी बेचैन था।

उन सब लोगों का अभिनय अत्यन्त निम्न कोटि का रहा। ऐसा लगता था, मानो वे सब तिमोफयेव के इन शब्दों को पहले से ही गुरु-मंत्र मान बैठे हों :

'मुझे किसी की रत्ती भर परवाह नहीं—सब दर्शक मूर्ख होते हैं।' उनका प्रत्येक शब्द और संकेत इतना पुराना, इतना घिसा-पिटा लगता था, मानो पीढ़ी-दर-पीढ़ी उन्हें ऐसा देखते हुए लोगों का मन ऊब गया हो, आँखें पक गई हों। मुझे ऐसा महसूस हुआ कि उन्होंने गिनती के लगभग बीस गायन-सुर और तीस के क़रीब भाव-भंगिमाएँ रट रखी हैं, जिनमें वह भी शामिल है जिसे समोयलेंको ने एक अवसर पर मुझे सिखाने की व्यर्थ चेष्टा की थी। मैंने सोचा कि नैतिक पतन की इस सीढ़ी पर पहुँचने तक वे लोग सब हया-शर्म घोलकर पी गए होंगे।

तिमोफयेव-सुम्सकोय का अभिनय देखते ही बनता था। राज्य-सिंहासन की दाईं ओर झुकते हुए उसने अपनी लम्बी टाँग से मंच के आधे भाग को घेर रखा था। सिर पर मुकुट टेढ़ा हो गया था और वह विदूषक-सा जान पड़ता था। प्रॉम्पटर के बक्से की ओर उन्मुख होकर आँखों की पुतलियाँ नचाते हुए वह इस तरह दहाड़ता था कि दीवार पर चढ़े हुए लोग आनन्द-विभोर होकर चिल्लाने लगते थे। इसमें कोई आश्चर्य की बात नहीं कि ऐन वक़्त पर वह मेरा नाम भूल गया। वह मुझ पर इस तरह चिल्लाया जिस प्रकार तुर्की-स्नानागार में कोई व्यापारी चिल्लाता है, "तेल्यान्तिन! मेरे शेर और चीते यहाँ ले आओ! जल्दी करो!"

मैंने जो वाक्य बोलने थे, उन्हें विनीत-भाव से चुपचाप निगलकर मैं वहाँ से चला आया। महाप्रतापी मार्कस अर्थात् लारा-लार्सकी अपनी निकृष्टता में सबसे बाज़ी मार ले गया—क्योंकि उसमें औरों की अपेक्षा सबसे अधिक निर्लज्जता, उच्छृंखलता, नीचता और अहम्मन्यता का भाव भरा हुआ था। वह अपनी भावानुभूति को चिंघाड़-चिंघाड़कर अभिव्यक्त किया करता था। कोमल शब्द उसके मुँह से चिपचिपाती हुई टॉफियों की तरह बाहर निकलते थे और जब वह रोमन सामन्त-योद्धा के ओजस्वी शब्दों को मंच पर बोलता था, तो उसके पीछे में एक रूसी सिपहसालार की सूरत झाँकने लगती थी—जो उसकी असलियत थी। किन्तु आन्द्रोसोवा का अभिनय सर्वोत्कृष्ट रहा। उसके व्यक्तित्व में कुछ भी ऐसा न था,

जो मन न मोह लेता हो—प्रेरणायुक्त चेहरा, ख़ूबसूरत हाथ, लचकदार सुरीला स्वर और लम्बे घुँघराले बाल अन्तिम अंक में उसने अपनी पीठ पर खुले छोड़ दिये थे। उसका अभिनय पक्षियों के संगीत की भाँति सुन्दर और स्वाभाविक था।

मंच पर लगे तिरपाल के छोटे सूराख़ों से मैं उसके पीछे कला-सौन्दर्य का रसपान कर रहा था और कभी-कभी मेरी आँखों में आँसू छलक पड़ते थे। किन्तु मुझे यह मालूम नहीं था कि कुछ मिनटों बाद मंच के बाहर भी एक दूसरे रूप में वह मुझे मोहित कर लेगी।

उस नाटक में मैंने इतने पार्ट खेले थे कि यह उचित ही होता, यदि थियेटर के व्यवस्थापक इश्तहार में पेट्रोव, सिदोतेव, ग्रिगोरयेव, इवानोव और वासिल्येव के संग दिमित्रोव और अलेक्जेन्द्रोव का नाम भी जोड़ देते। पहले अंक में ढीला-ढाला सफ़ेद कुरता पहने और सिर पर कंटोप लगाए मैं एक बूढ़े के भेस में मंच पर प्रकट हुआ था; उसके बाद तुरन्त पर्दे के पीछे जाकर मैंने वह कुरता उतार दिया और अस्त्र और कवच से सुसज्जित होकर नंगी टाँगों वाले रोमन सिपहसालार के भेस में मंच पर आ खड़ा हुआ, फिर दुबारा ग़ायब हो गया और एक वृद्ध ईसाई की वेशभूषा में मंच पर प्रकट हुआ। दूसरे अंक में रोमन सिपहसालार और दास बना। तीसरे अंक में दो बार दास बना। चौथे अंक में एक बार रोमन सिपहसालार और दो बार दास बना। पाँचवें अंक में गृह-प्रबन्धक व दास बना। अन्त में तिगेल्लीनस का पार्ट अदा किया और अन्तिम दृश्य में एक मूक योद्धा की हैसियत से मार्कस और मारिया को अखाड़े में उतरने का आदेश दिया, जहाँ शेर उनके लिए तैयार बैठे थे।

"भोंदू!" अकीमैंको भी मुझे शाबाशी देने में पीछे न रहा। मेरे कन्धे को थपथपाते हुए उसने प्रसन्न मुद्रा में कहा, "यार, तुम तो अपना वेश बदलने में बड़े उस्ताद हो!"

किन्तु इस प्रशंसा का मूल्य महँगा पड़ा। थकान के मारे टाँगों पर खड़ा नहीं हुआ जाता था।

नाटक समाप्त हो गया। चौकीदार लैम्पों को बुझाने लगा। मैं मंच पर चहलक़दमी करता हुआ उस घड़ी की प्रतीक्षा करने लगा, जब अभिनेता अपनी नाटकीय वेशभूषा बदलकर चले जाएँ ताकि मैं थियेटर के सोफ़े पर लेट सकूँ। मैं होटल में भुना हुआ गुर्दा खाने के लिए भी लालायित था, जिसे मैंने मंच के खम्भों और ड्रेसिंग रूम के बीच अपने एक अलग कोने में दीवार पर टाँग रखा था। (जब से चूहे सूअर का गोश्त उड़ा ले गए थे, तब से मैं अपने हर खाद्य पदार्थ को रस्सी पर लटकाकर रखा करता था।) अचानक मैंने अपने पीछे एक आवाज़ सुनी, "गुडनाइट, वासिल्येव!"

मैं पीछे मुड़ा। आन्द्रोसोवा खड़ी थी और उसने अपना हाथ आगे बढ़ा दिया था। उसका सुन्दर चेहरा बहुत थका-सा दिखाई देता था।

संयोग की बात है कि उस नाटक-मंडली में दुखोवस्कोय और नेल्यूबोव जैसे छोटे-मोटे लोगों को छोड़कर अकेली एक वह थी जिसने मुझसे हाथ मिलाया था—दूसरे लोग इसमें अपनी हेठी समझते थे। आज भी मुझे उससे हाथ मिलाने की घटना याद है। एक असली स्त्री और मित्र की भाँति उसके हाथों का स्पर्श अत्यन्त सहज, कोमल और निर्भीक था।

मैंने उसका हाथ अपने हाथ में ले लिया। उसने मुझे बड़े ध्यान से देखा और कहा, "क्या तुम बीमार हो? कुछ अस्वस्थ-से दिखाई देते हो!" फिर अपने स्वर को तनिक धीमा करके कहा, "क्या कुछ रुपयों की ज़रूरत आ पड़ी है?...मैं तुम्हें कुछ उधार दे सकती हूँ।"

"नहीं-नहीं...धन्यवाद!" मैंने बहुत गम्भीरता से उसे बीच में ही टोक दिया। फिर अचानक मुझे कुछ देर पहले के ये सुखद क्षण याद हो आए, जब मैं आनन्द-विभोर हो उठा था। बरबस मेरे मुँह से प्रशंसा के शब्द फूट पड़े, "आज रात तो आपने कमाल कर दिया।"

प्रशंसा के इन शब्दों से असाधारण रूप में ईमानदारी का भाव झलकता होगा। प्रसन्नता से उसका चेहरा गुलाबी हो उठा। उसने आँखें झुकाकर हँसते हुए धीरे से कहा :

"मुझे ख़ुशी है कि तुम्हें मेरा अभिनय पसन्द आया।"

मैंने बड़े आदर भाव से उसका हाथ चूमा। किन्तु उसी समय नीचे से एक स्त्री की आवाज़ सुनाई दी, "आन्द्रोसोवा, तुम कहाँ रह गईं? नीचे आओ—वे लोग भोजन के लिए तुम्हारा इन्तज़ार कर रहे हैं।"

"गुडनाइट वासिल्येव," उसने सीधे-सादे मैत्रीपूर्ण स्वर में कहा। फिर उसने सिर हिलाया और बाहर जाते हुए होंठों में बड़बड़ाने लगी, "बेचारा ग़रीब आदमी..."

किन्तु कौन कहता है कि उस क्षण मैं ग़रीब था? मुझे लगा कि यदि जाने से पहले वह अपने होंठों से मेरा माथा चूम लेती, तो ख़ुशी के मारे मेरे प्राण निकल जाते।

10

शीघ्र ही मैं थियेटर कम्पनी के सब लोगों से परिचित हो गया। सच बात तो यह है कि अनिच्छा से अभिनेता बनने के पूर्व भी प्रान्तीय रंगमंच के सम्बन्ध में मेरे विचार कोई बहुत अच्छे नहीं थे। किन्तु मेरे कल्पना-जगत् में ओस्त्रोवस्की ने ऊपर से उजड्ड, किन्तु भीतर से कोमल और उदास नेशचीज़्स्तलिव्तसे और अरकाशका जैसे विदूषक-अभिनेताओं के चित्र भर दिये थे, जो अपने विशिष्ट ढंग से कला और बन्धुत्व के उपासक थे। अब मुझे पता चला कि रंगमंच निर्लज्ज स्त्री-पुरुषों से भरा पड़ा है।

वे सब लोग अत्यन्त क्रूर थे, एक-दूसरे से जलते रहते थे, विश्वासघात करने में भी नहीं चूकते थे। उनमें सृजनात्मक कला के सौन्दर्य और शक्ति के प्रति कोई श्रद्धा-भाव नहीं था—वे ज़िद्दी और ओछी तबियत के लोग थे। इसके अलावा उनका फूहड़पन देखकर आश्चर्य होता था। किसी भी वस्तु में उन्हें दिलचस्पी नहीं थी। 'मुँह में राम बग़ल में छुरी' जैसा उनका आचरण था। पागलों की तरह सफ़ेद झूठ बोलते थे, नक़ली आँसू उनकी नाक पर रहते थे और रोते हुए थियेटराना अन्दाज़ में सिसकियाँ भरा करते थे।

पुराने पिछड़े हुए ग़ुलामों की भाँति वे अपने प्रभुओं और मालिकों के तलवे सहलाने के लिए हमेशा तत्पर रहते थे। चेख़ॅव ने ठीक ही कहा था, "केवल पुलिस अफ़सर ही ऐसा व्यक्ति है जो अभिनेता की अपेक्षा ज़्यादा भावोन्मादित हो उठता है। ज़ार के जन्मदिवस पर वे दोनों शराबख़ाने में खड़े होकर भाषण देते हैं और आँसू बहाते हैं।"

किन्तु थियेटर की परम्परा का अक्षरश: पालन किया जाता था। हमारे यहाँ एक अभिनेता मित्रोफानोव-कोजलोवस्की मंच पर जाने से पूर्व सलीब का निशान बनाया करता था। उसका यह संकेत एक लीक बन गया। उसकी देखादेखी में प्रत्येक मुख्य अभिनेता ऐसा करने लगा। कनखियों से वह यह भी देख लेता था कि अन्य व्यक्तियों ने उसकी इस भंगिमा को देखा है या नहीं। ज़ाहिर है, जो देखेगा, वह उसके अन्धविश्वास और मौलिकता का लोहा तो मान ही लेगा। कला का गला घोंटनेवालों में बकरी की मिमियाती आवाज़ लिये, चौड़े कूल्हों वाले एक ऐसे महानुभाव भी थे जो कभी दरज़ी पर, तो कभी बाल बनानेवाले पर हाथ उठा बैठते थे। हमारे यहाँ यह भी एक प्रथा बन गई थी। मैंने अनेक बार लारा-लार्सकी को लाल-लाल आँखें किये हुए मंच पर ग़ुस्से में पाँव पटकते देखा था—उसका मुँह चिल्लाते-चिल्लाते झाग से भर जाता था।

"दरज़ी को अभी फ़ौरन यहाँ बुलाओ—अभी साले की जान निकाल दूँगा।"

वह दरज़ी पर हाथ तो चला बैठते थे किन्तु भीतर-ही-भीतर उन्हें हमेशा यह भय रहता था कि कहीं वह भी जवाब में उन्हें एक-दो घूँसा न जमा दे। दरज़ी को पीट लेने के बाद वह अपनी बाँहें पीछे खींच लेते थे और काँपते हुए चिल्लाने लगते थे, "मुझे रोक लो—रोक लो, वरना मैं सचमुच हत्या कर डालूँगा।"

वैसे रंगमंच और 'पवित्र कला' के सम्बन्ध में वे लोग लम्बी-चौड़ी डींगें मारा करते थे। मुझे जून का वह उजला-निखरा दिन आज भी याद है। रिहर्सल अभी आरम्भ नहीं हुआ था। मंच पर अँधेरा और हल्की-सी ठंडक थी।

प्रमुख अभिनेताओं में लारा-लार्सकी और मैदवेदेवा, जो उनकी अभिनेत्री पत्नी थी, सबसे पहले आ गए थे। कुछ नवयुवतियाँ और स्कूल के बच्चे सीटों पर बैठे थे। लारा-लार्सकी चिन्तित मुद्रां में मंच के ऊपर-नीचे चहलक़दमी कर रहे थे। वह मन-ही-मन किसी नये गम्भीर पात्र का अध्ययन कर रहे थे। इतने में उनकी पत्नी ने उनसे कहा :

"शशा—ज़रा सीटी बजाकर वह धुन तो सुनाओ जो कल रात हमने 'पागलियाकी' में सुनी थी।"

वह रुक गए, बड़े ग़ौर से ऊपर-नीचे देखा और फिर हॉल की सीटों की ओर तिरछी नज़र करके एक अभिनेता की भारी आवाज़ में बोले :

"सीटी? मंच पर? हा-हा-हा!" अभिनेताओं का कटु अट्टहास उनके मुँह से फूट पड़ा, "क्या सचमुच तुम संजीदा हो? क्या तुम जानती नहीं कि मंच एक मन्दिर है—एक ऐसी पवित्र वेदी है, जहाँ हम अपने सर्वश्रेष्ठ विचार और आकांक्षाएँ समर्पित करते हैं? सीटी...हा-हा-हा!"

किन्तु यह किससे छिपा था कि स्थानीय घुड़सवार सैनिक और दूसरों की मेहनत पर जीनेवाले दौलतमन्द ज़मींदार कला की उस वेदी, स्त्रियों के वस्त्र बदलने के कमरे में अक्सर उसी तरह आया करते थे, जिस तरह वेश्याओं के प्राइवेट कोठों पर दूसरे लोग जाते हैं। हम इन सब घटनाओं के प्रति सर्वथा उदासीन थे। अक्सर अंगूर-लताओं के कुंज में हमें जलती हुई बत्ती दिखलाई दे जाती थी, और वहाँ से आता हुआ किसी स्त्री के हँसने का स्वर, घुड़सवार सैनिकों की एड़ियों और शराब के प्यालों की खनखनाहट कोई भी सुन सकता था। दूसरी ओर उस स्त्री का अभिनेता-पति सन्तरी की तरह अँधेरी सड़क पर इस आशा में चहलक़दमी किया करता था कि शायद उसे भी आमंत्रित कर लिया जाए। वेटर मद्य-पात्रों की ट्रे ऊपर उठाकर जाता हुआ अक्सर उसे कोहनी से धकेल देता और फिर बड़े रूखे स्वर में कहता, "महाशय, क्षमा कीजिए...।"

और जब कभी उसे भी आमंत्रित कर लिया जाता, तब तो उसके घमंड का पारावार न रहता। बियर और सिरका वोदका में मिलाकर पीता और यहूदियों के सम्बन्ध में अश्लील मज़ाक़ करता।

किन्तु इसके बावजूद वे लोग बड़े उत्साह और गर्व से कला के सम्बन्ध में बातचीत करते थे। तिमोफयेव-सुम्सको ने एक बार से अधिक 'क्लासिकल एक्जिट' के विषय पर भाषण दिया था।

"क्लासिकल दुखान्त नाटकों की कला हम लोग भूल चुके हैं," उसने खिन्न मन से कहा, "पुराने समय में अभिनेता मंच छोड़कर कैसे जाता था? इस तरह..." वह बिलकुल सीधा खड़ा हो गया और अपनी सारी अँगुलियाँ भींचकर दायाँ हाथ हवा में उठा दिया, केवल बीच की अँगुली काँटे की तरह खड़ी रही, "देख रहे हो?" और फिर वह मन्द गति से लम्बे-लम्बे डग भरता हुआ दरवाज़े की ओर बढ़ने लगा। "इसी को हम 'क्लासिकल एक्जिट' (मंच से बाहर जाने का प्राचीन ढंग) कहते हैं। आज हमारे पास क्या धरा रह गया है? पतलून की जेब में हाथ डाले और चल पड़े घर की ओर—बस, इतना ही काफ़ी है।"

कभी-कभी वे मूल पुस्तकों के वाक्यों को तोड़-मरोड़कर अनोखे मज़ाक़ किया करते थे। एक बार लारा-लार्सकी ने हमें बताया कि उसने कैसे खेलस्वाकोव (गोगोल के प्रहसन 'इंस्पेक्टर जनरल' का प्रमुख पात्र) की भूमिका अदा की।

"देखो, जब गवर्नर होटल के उस कमरे में आकर कहता है कि वहाँ कुछ अँधेरा है, तो मैं उत्तर देता हूँ, 'क्या आप यहाँ कुछ पढ़ने जा रहे हैं—मिसाल के तौर पर मैक्सिम गोर्की की कोई पुस्तक? लेकिन आप कैसे पढ़ पाएँगे? यहाँ तो बिलकुल अँधेरा है—निपट अन्धकार!' और हमेशा करतल ध्वनि से मेरा स्वागत किया जाता था।"

प्राय: तिमोफयेव-सुम्सकोय और गोंचारोव जैसे बूढ़े अभिनेताओं की बातचीत सुनने में बहुत आनन्द आता था—ख़ास कर उस समय, जब उन्होंने थोड़ी-सी पी रखी हो।

"हाँ, भाई फेदोतुशका, आजकल के अभिनेता पुराने ज़माने के अभिनेताओं की तरह नहीं रहे ना, भाई!"

"पैत्रुशा, तुम ठीक कहते हो। तुम्हें चार्सकी या ल्युवस्की की याद है? असली अभिनेता तो वे लोग थे।"

"अब तो नज़रिया ही बदल गया है।"

"पीटर्सबर्ग, तुम सही फ़रमाते हो। वे लोग बदल गए हैं। कला की पवित्रता में अब किसी की श्रद्धा नहीं रही। आख़िर पेत्रोशा, तुम और मैं ही तो कला के सच्चे साधक थे—किन्तु ये लोग...जरा एक और देना।"

"भाई फेदोलुश्का, क्या तुम्हें इं. कोजलस्की की कभी याद आती है?"

"चुप भी रहो, पेत्रोग्राद, मेरा दिल तो न तोड़ो। ज़रा एक पैग इधर भी देना। आजकल के अभिनेताओं और पुराने ज़माने के अभिनेताओं में ज़मीन-आसमान का अन्तर है।"

"तुमने ठीक कहा—सचमुच ज़मीन और आसमान का अन्तर है।"

"हाँ भई...अब वह बात कहाँ रही!"

इन सबसे भिन्न आन्द्रोसोवा थी—निश्छल, कोमल, सुन्दर और प्रतिभासम्पन्न। अश्लीलता, मूर्खता, पाखंड, उच्छृंखलता, आत्मश्लाघा, फूहड़पन और भ्रष्टाचार से दूषित वातावरण में केवल आन्द्रोसोवा ही सच्चे अर्थों में कला-साधक थी।

आज इतने वर्षों बाद मुझे लगता है कि वह स्वयं अपने चारों ओर फैली गन्दगी से इसी तरह अनभिज्ञ थी, जिस प्रकार काली कीचड़ की दलदल में खिलता हुआ ख़ूबसूरत फूल, जो यह भी नहीं जानता कि उसकी जड़ें उस कीचड़ द्वारा ही पोषित होती हैं।

II

हमने एक्सप्रेस रेलगाड़ी की तरह तेज़ी से धड़ाधड़ नाटक खेलने आरम्भ कर दिये। छोटे-मोटे कॉमेडी नाटक तो हम केवल एक रिहर्सल बाद ही प्रस्तुत कर देते थे। 'भयंकर ईवान की मृत्यु' और 'नई दुनिया' को दो रिहर्सलों के बाद प्रस्तुत कर दिया गया। बुख़ारिन के एक नाटक 'इजमाइल' के तीन रिहर्सल

करने पड़े क्योंकि उसकी भूमिका में हमें स्थानीय दुर्ग-रक्षक सेना, होमगार्ड और आग बुझानेवाले विभाग के चालीस से अधिक 'एक्स्ट्रा' अभिनेताओं को शामिल करना पड़ा।

'भयंकर ईवान की मृत्यु' की स्मृति आज भी मस्तिष्क में ताज़ा है, क्योंकि जिस दिन यह नाटक खेला गया, एक बेसिर-पैर की हास्यास्पद घटना हुई। तिमोफयेव-सुम्सकोय ईवान की भूमिका अदा कर रहे थे। किमखाब का वस्त्र और कुत्ते की खाल की नुकीली टोपी पहने हुए वह चलती-फिरती मीनार-से दिखाई दे रहे थे। ज़ार के भयंकर रूप को और अधिक भयावह बनाने के लिए वह बार-बार अपना निचला जबड़ा बाहर की ओर खींचते थे, अपने मोटे होंठ बिचकाते थे, चरखी की तरह आँखें घुमाते थे और पिछले सब अवसरों की अपेक्षा ज़्यादा ज़ोर से दहाड़ते थे।

ज़ाहिर है, उन्हें अपना पार्ट याद नहीं रहा। मंच पर उनके बोलने का ढंग इतना बेतुका और भोंडा था कि वे अभिनेता भी अपना सिर पकड़कर बैठ गए, जो एक लम्बे अर्से से दर्शकों को मूर्ख समझते आए थे। किन्तु उस दृश्य में वह सबसे अधिक सफल रहे जब ईवान घुटनों पर गिरकर पश्चात्ताप की भावना से अभिभूत होकर सब कुछ स्वीकार करता हुआ कहता है : 'मेरे मस्तिष्क पर पपड़ियाँ जम गई हैं,' इत्यादि। अन्त में वह स्थल भी आ पहुँचा जहाँ उन्हें यह वाक्य कहना था : 'एक दुबले-पतले कुत्ते की तरह...।' यह कहने की आवश्यकता नहीं कि उनकी आँखें कोने में बैठे प्रॉम्पटर पर चिपकी हुई थीं। वह ज़ोर से चिल्लाए, "एक..." और अचानक चुप हो गए।

"एक दुबले-पतले कुत्ते की तरह..." प्रॉम्पटर फुसफुसाया। "पैक!" तिमोफयेब दहाड़ा।

"एक दुबले-पतले..."

"टैक!"

"एक दुबले-पतले कुत्ते की तरह..." आख़िर काफ़ी मुश्किल से वह उन पंक्तियों को कह पाए।

उनके चेहरे पर उलझन या घबराहट का कोई चिह्न दिखलाई नहीं दिया। किन्तु मैं, जो उस समय राज्य-सिंहासन के क़रीब खड़ा था, अपनी हँसी न रोक सका। मेरे संग हमेशा यही होता है—जब मुझे बिलकुल हँसना नहीं चाहिए, ख़ास उसी समय हँसी का बाँध टूटने लगता है। मुझे अचानक ध्यान आया कि सिंहासन की ऊँची पीठ के पीछे छिपने का सुरक्षित स्थान है, जिसकी आड़ में जी भरकर हँसा जा सकता है। मैं पीछे मुड़ गया और अपनी हँसी के ठहाके को दबाकर 'बोयार' की तरह उचकता हुआ सिंहासन के पीछे जा दुबका। वहाँ क्या देखता हूँ कि दो अभिनेत्रियाँ—वोल्कोवा और बोगु चार्सकाया—सिंहासन की पीठ से सटी हुई चुपचाप हँसते-हँसते बेहाल-सी हो गई हैं। अब तो अपने को क़ाबू में रखना असम्भव हो गया। मैं मंच से दौड़ता हुआ अपने नक़ली सोफ़े पर आ गया और उस पर हँसते-हँसते लोटपोट होने लगा।

समोयलेंको की ईर्ष्यालु आँखें सदा मेरे पीछे लगी रहती थीं। उसने मुझ पर पाँच रूबल जुर्माना कर दिये।

जिस दिन यह नाटक खेला गया, उस दिन और भी अनेक घटनाएँ हुई थीं। मैं यह कहना भूल गया कि हमारे यहाँ रोमनोव नाम का एक बहुत ही सुन्दर, लम्बे क़द वाला गम्भीर नवयुवक अभिनय किया करता था। उसे अधिकतर द्वितीय श्रेणी की तड़क-भड़क, रोब-दाब वाली भूमिकाएँ दी जाती थीं। दुर्भाग्य से नज़र कमज़ोर होने के कारण उसे एक ख़ास तरह का चश्मा लगाना पड़ता था। मंच पर ऐनक के बिना वह सदा इधर-उधर रखी हुई चीज़ों पर लुढ़क पड़ता था। मंच पर लगे हुए खम्भों को गिरा देता था। फूलदानों और आरामकुर्सियों को उलटा देता था। कभी-कभी उसके पाँव कालीन में फँस जाते थे और वह धड़ाम से नीचे आ गिरता था।

उसकी ख्याति उस समय से चली आ रही थी जब उसने एक दूसरे शहर की थियेटर-कम्पनी द्वारा प्रस्तुत किये गए नाटक 'राजकुमारी फैंसी' में एक सामन्त-सैन्याधिकारी की भूमिका अदा की थी। उसने टीन का कवच पहन रखा था। उस नाटक में अभिनय करता हुआ वह गिर पड़ा और एक बड़ी

चायदानी की तरह मंच के 'फुट लाइट्स' तक लुढ़कता चला गया। किन्तु 'भयंकर ईवान की मृत्यु' में तो उसने अपने सारे पिछले रिकॉर्ड तोड़ दिये। शुइस्की के घर में, जहाँ सब षड्यंत्रकारी इकट्ठा हुए थे, वह इस झपाटे से घुस गया कि सामने रखी बेंच, जिस पर बोयार (मध्य रूस के निवासी) बैठे हुए थे, नीचे उलट गई।

ये 'बोयार' भी देखने लायक़ लोग थे। वे सब उस शहर के तम्बाकू के कारख़ाने में काम करनेवाले कराइत यहूदी युवक थे, जिन्हें थियेटर में भर्ती कर लिया गया था। मैं ही उन्हें रंगमंच पर लाया था। मैं क़द में ठिंगना हूँ, किन्तु उनमें सबसे लम्बा व्यक्ति भी मेरे कन्धों तक पहुँचता था। उनमें से आधे से ज़्यादा 'बोयार' लोगों ने कॉकेशिया की पोशाक पहन रखी थी और बाक़ी लोग, स्थानीय पादरी की भजन-मंडली से किराए पर ली गई कफ्तानें (एक तुर्की-पोशाक) पहने हुए थे। इन सब चीज़ों के अलावा उनके बालवत् चेहरों पर काली चिपकी हुई दाढ़ियाँ, चमकती हुई काली आँखें, हर्ष से खुले मुँह, संकोच से भरी हुई बेढंगी-सी चाल-ढाल—ये सब कुछ देखते ही बनता था। ज्योंही हमने बड़ी गम्भीर मुद्रा में मंच पर पदार्पण किया, दर्शकों ने हमें देखते ही हँसी के ठहाकों से हमारा स्वागत किया।

हम रोज़ नित-नये नाटक खेलते थे और हमारा थियेटर काफ़ी लोकप्रिय हो चला था। अफ़सर और ज़मींदार हमारी अभिनेत्रियों के लिए आते थे और प्रतिदिन खारीतोनेन्को के लिए एक अलग 'बॉक्स' सुरक्षित रखा जाता था। वह बहुत कम आता था। उस 'सीजन' में वह दो बार से अधिक नहीं आया था, किन्तु हर बार वह हमें सौ रूबल भेज दिया करता था। थियेटर की अवस्था किसी हालत में बुरी नहीं थी, फिर भी छोटे-मोटे अभिनेताओं को वेतन नहीं मिलता था। दरअसल वेलेरियानोव उस कोचवान की तरह चालाक था, जो अपने भूखे घोड़े के मुँह के सामने कुछ दूरी पर चारे की गठरी लटका देता था, ताकि वह उसके लालच में और भी तेज़ी से भागने लगे।

12

एक दिन नाटक नहीं हुआ—कारण मुझे याद नहीं। मौसम बहुत ही ख़राब था। दस बजते ही मैं अपने सोफ़ा पर लेट गया और अँधेरे में काठ की छत पर मेह की बूँदों की टपाटप सुनता रहा।

अचानक पर्दों के पीछे से सरसराहट का स्वर आया। मुझे किसी की पदचाप सुनाई दी और उसके बाद कुर्सियों के धड़ाधड़ गिरने का धमाका हुआ। मोमबत्ती जलाकर भीतर गया तो देखता हूँ कि शराब में धुत्त ल्युबोव-ओल्गिन मंच और दीवार के बीच खड़ा हुआ मजबूरी की हालत में बुरी तरह लड़खड़ा रहा था। मुझे देखकर भयभीत होने के बदले केवल एक शान्त विस्मय का भाव उसके चेहरे पर झलक आया।

"तुम यहाँ बैठे क्या क...कर रहे हो?"

थोड़े शब्दों में मैंने उसे सब कुछ बतला दिया। कुछ देर तक अपनी पतलून की जेबों में हाथ डाले हुए वह डगमगाता रहा। एक दफ़ा उसका सन्तुलन बिगड़ गया, किन्तु कुछ क़दम आगे बढ़कर उसने अपने को सँभाल लिया।

"तुम मेरे घ...घर क्यों नहीं टि...टिक जाते?" उसने कहा।

मेरी तुमसे ज़्यादा जान-पहचान नहीं है।"

"छोड़ो भी...आओ, चलें।"

वह मेरी बाँह पकड़कर मुझे अपने घर ले गया। उस दिन से लेकर अपने अभिनेता-जीवन के अन्तिम दिन तक मैं उसके कमरे का साझीदार बना रहा। वह छोटा-सा कमरा, जिसमें धुँधला-सा अँधेरा छाया रहता था, उसने उस ज़िले के अवकाश प्राप्त हाकिम से किराए पर ले रखा था। पियक्कड़ होने के कारण वह नशे में अक्सर लड़ाई-झगड़ा कर बैठता था, जिसके परिणामस्वरूप थियेटर कम्पनी के लोग उस पर नाक-भौं सिकोड़ते रहते थे। किन्तु वास्तव में वह शान्त, कोमल प्रकृति का एक अत्यन्त सुशील व्यक्ति था, जो बाद में उत्कृष्ट साथी साबित हुआ।

ऐसा जान पड़ता था कि किसी स्त्री ने उसकी आत्मा को गहरा आघात पहुँचाया था, जिसका घाव न केवल इलाज के परे था, बल्कि बराबर उसे कष्ट पहुँचाया करता था। मैं इस दु:खद प्रेम-कहानी का भेद न जान पाया। जब कभी वह ज़्यादा पी लेता था, तो दराज़ से एक स्त्री का चित्र निकालकर देखा करता था।

देखने-भालने में वह स्त्री सुन्दर न रही हो, किन्तु कुरूप भी नहीं कही जा सकती थी—किंचित् टेढ़ी आँखें, औद्धित्य का भाव लिये ऊपर उठी हुई नाक—सादा-साधारण-सा उसका चेहरा था।

वह कभी उस चित्र को चूमने लगता, कभी फ़र्श पर फेंक देता, फिर एकदम वहाँ से उठाकर छाती से चिपका लेता। कभी उस पर थूक देता, फिर उसे 'आइकन' (धार्मिक चित्र) पर लगा देता और कभी-कभी उस पर मोमबत्ती का पिघला हुआ मोम छिड़क देता। मुझे यह भी पता नहीं था कि उन दोनों में से कौन किसे छोड़कर चला गया था और न मैं यह बात जानता था कि जिन बच्चों की वह चर्चा करता था, वे किसके बच्चे थे—उसके अथवा उस स्त्री के, या किसी और के?

हम दोनों में से किसी के पास रुपया नहीं था। एक लम्बा अर्सा पहले वह वेलेरियानोव से काफ़ी बड़ी रक़म क़र्ज़ लेकर उस स्त्री को भेज चुका था। अब उसकी दशा उस दास से बेहतर नहीं थी, जिसके हाथ-पाँव जकड़ लिये गए हों और जो महज़ शराफ़त के कारण अपनी बेड़ियाँ न काट पा रहा हो। उसी शहर में साइनबोर्ड रँगनेवाले एक आदमी का हाथ बँटाकर वह कभी-कभी कुछ कोपेक कमा लेता था। किन्तु यह काम वह थियेटर कम्पनी से लुक-छिपकर किया करता था। भला लारा-लार्सकी कभी कला को इस तरह अपमानित होते देख सकता था?

हमारा मकान मालिक तो नेकी और शराफ़त का पुतला था। पके गुलाबी रंग के गाल, दुहरी ठुड्डी और हृष्ट-पुष्ट शरीर—यही उसका डील-डौल था। प्रतिदिन जब उसके परिवार के सदस्य सुबह और शाम को चाय पी चुकते थे, तब वह हमारे लिए दुबारा चाय की देगची में पानी भरकर केतली,

चाय की पत्तियाँ और काली रोटी भेज देता था, ताकि हम खा-पीकर अपनी भूख-प्यास मिटा सकें। इस तरह हमारे पेट हमेशा ठसाठस भरे रहते थे।

दोपहर को सोने के बाद यह भूतपूर्व पुलिस अफ़सर (हमारा मकान मालिक) अपने ड्रेसिंग-गाउन में ही बाहर सीढ़ियों पर जा बैठता और पाइप पीता रहता। थियेटर जाने से पहले कुछ देर के लिए हम भी उसके पास अड्डा जमा लेते थे। हमारी बातें घूम-फिरकर हमेशा एक ही विषय पर आ टिकतीं—जिन दिनों वह नौकरी करता था, तब उसे कौन-कौन-से कष्ट झेलने पड़े, उसके प्रति उसके अफ़सरों का कैसा दुर्व्यवहार रहा, किस प्रकार उसके शत्रु उसके विरुद्ध कुत्सित षड्यंत्र रचते थे, इत्यादि। उसने अनेक बार अपनी यह इच्छा प्रकट की थी कि वह देश के प्रमुख समाचार-पत्रों को एक पत्र भेजना चाहता है। उस पत्र को कैसे लिखा जाए, इस सम्बन्ध में उसने हमारी राय भी पूछी थी। उसने हमें बतलाया था कि वह उस पत्र के द्वारा यह साबित करेगा कि वह बिलकुल निर्दोष है और गवर्नर, डिप्टी गवर्नर, ज़िले का वर्तमान पुलिस अफ़सर और वह बदमाश सहकारी अमीन जो उसकी सब मुसीबतों की जड़ था और जो आजकल एक दूसरे ज़िले का अफ़सर है—इन सब लोगों को अपने-अपने ओहदों से हटवाकर ही वह दम लेगा। हमने इस सिलसिले में उसे अपनी बुद्धि के अनुसार अनेक सलाहें दी थीं, किन्तु हर बार वह एक लम्बी साँस लेकर मुँह बिचका लेता और सिर हिलाने लगता।

"ऊँ-हूँ...मैं यह नहीं चाहता।" वह अपनी ज़िद में कहता, "बात यह नहीं है। काश, मैं ख़ुद लिख पाता! मैं अपना सब कुछ लुटाने के लिए तैयार हूँ।"

उस कम्बख़्त के पास रुपये की कमी नहीं थी। एक दिन उसके कमरे में पहुँचकर मैंने देखा कि वह मुझे देखते ही कुछ संकुचित-सा हो उठा और काग़ज़ की उन पर्चियों की ओर अपनी पीठ मोड़कर ड्रेसिंग गाउन के पीछे उन्हें छिपा लिया। मुझे पक्का विश्वास है कि जिन दिनों वह नौकरी करता था, उसने अवश्य ही अपनी अधिकार-सीमा का उल्लंघन किया होगा और घूसखोरी, लूट-खसोट तथा अन्य धोखाधड़ी की कार्रवाइयों में अपने हाथ मैले किये होंगे।

खेल समाप्त हो जाने के बाद मैं और नेल्यूबोव कभी-कभी रात के समय बाग़ में टहलने निकल जाया करते थे। हर जगह पेड़-पौधों के बीच बिछी हुई सफ़ेद छोटी-छोटी मेज़ हमें अपनी ओर आमंत्रित करती-सी जान पड़ती थी। उन पर रखे हुए शीशों के बीच मोमबत्तियों की लौ स्थिर, निश्चल-रूप से जलती रहा करती थी। आसपास खड़े हुए स्त्री-पुरुष, आनन्द से ओत-प्रोत, रहस्यपूर्ण नटखट मुस्कान चारों ओर बिखेरते हुए एक-दूसरे पर झुके-से जाते थे। कोमलांगी स्त्रियों के छुईमुई पैरों के नीचे रेत बार-बार दबकर चरमरा उठती थी।

"काश, हमें भी कोई ऐसा भाग्यवान मिल जाता जो आँख का अन्धा और गाँठ का पूरा हो!" नेल्यूबोव कभी-कभार भारी स्वर में मेरी ओर कनखियों से देखता हुआ कहता।

शुरू में मुझे उसकी यह बात खटकी थी। वे अभिनेता जो दूसरों के रुपयों से अपनी पेट-पूजा करने के लिए ललचाई दृष्टि से दुम हिलाते हुए लोगों के खाने की मेज़ों के इर्द-गिर्द मँडराते रहते हैं—हमेशा मेरी घृणा के पात्र रहे हैं। ख़ुशामदी कुत्तों-सी उनकी भूखी-भीगी आँखें, खाने की मेज़ पर अस्वाभाविक रूप में सधे-सन्तुलित स्वर में उनकी बातें, आत्म-तुष्टि का ऐसा भाव, मानो वह त्रिकालदर्शी हों! उनकी उत्सुकता और बैरों के संग ऐसा खुला व्यवहार, मानो वे उनके पुराने परिचित रहे हों! उनकी इन सब बातों से मुझे घृणा थी।

बाद में जब मुझे नेल्यूबोव को ज़्यादा निकट से जानने का अवसर मिला, तो मुझे पता चला कि उसकी बात का वह अर्थ नहीं था जो मैं समझ बैठा था। सनकी होने के बावजूद उसमें आत्मसम्मान की भावना बहुत गहरी थी और वह नाक पर मक्खी भी नहीं बैठने देता था।

किन्तु एक बार सचमुच एक 'आँख का अन्धा...' अपने-आप हम दोनों से अचानक टकरा गया। वह घटना तनिक लज्जास्पद होने के बावजूद अपने में काफ़ी दिलचस्प थी।

बात दरअसल यह थी : एक शाम नाटक समाप्त हो जाने के बाद ज्योंही हम ड्रेसिंग रूम से बाहर निकले, हमने देखा कि एक आदमी,

जिसका नाम आल्टशियर था, परदों के पीछे से भागता हुआ निकल आया। भारी-भरकम-सा शरीर, पके गुलाबी गाल—अँगूठियों, ज़ंजीरों और झुमकों से चम-चम करता हुआ वह एक कम उम्र का मुँहफट और रंगीला यहूदी युवक था। हमने देखा, वह हमारी ओर तेज़ी से भागता हुआ आ रहा था।

"तौबा! पूरा आध घंटा हो गया है इस तरह भागते हुए—थककर चूर हो गया हूँ। ख़ुदा के वास्ते क्या आपने वोल्कोवा या बोगु चार्सकाया को कहीं देखा है?"

नाटक समाप्त हो जाने के तुरन्त बाद हमने उन दोनों अभिनेत्रियों को कुछ घुड़सवार अफ़सरों के संग घुड़सवारी करने के लिए बाहर जाते हुए देखा था। हमने आल्टशिलर को यह बात इस तरह बतलाई, मानो हम उस पर कोई बड़ा अहसान कर रहे हों। इतना सुनना था कि वह सिर पकड़कर मंच के इर्द-गिर्द तेज़ी से भागने लगा।

"नीचता की हद हो गई! मैंने उनके लिए खाने का ऑर्डर दिया था। कुछ समझ में नहीं आता, अब क्या करूँ! उन्होंने मुझे अपना वचन दिया था, आने के लिए वादा किया था—और अब...सब कुछ मिट्टी में मिल गया।"

हम चुप खड़े रहे।

उसने मंच के दो-चार चक्कर और काटे और फिर अचानक खड़ा हो गया। कुछ देर तक हिचकिचाता-सा वह सिर खुजलाता रहा। फिर कुछ सोचने की मुद्रा में उसने होंठों को तर किया और एकाएक, दृढ़ निश्चय के स्वर में बोल उठा :

"सज्जनो! मेरी आपसे विनम्र प्रार्थना है कि आप मेरे संग भोजन करें।"

हमने इनकार कर दिया।

किन्तु वह कब माननेवाला था, जोंक की तरह हमसे चिपट गया। कभी मुझे मनाता, कभी नेल्यूबोव का हाथ पकड़ता और बार-बार हमारी ओर अत्यन्त कोमल और स्निग्ध-भाव से देखता हुआ दावा करने लगता कि वह भी कला का पुजारी है। आख़िर नेल्यूबोव का मन डिगने लगा।

"मारो गोली—इसमें क्या धरा है! आओ, चलें।"

कला का वह संरक्षक हमें अपने संग ले गया और एक प्रमुख स्थान पर हमारे बैठने की व्यवस्था करवा दी। उसके बाद तो उसकी उछल-कूद का ठिकाना न रहा। वह बार-बार हवा में हाथ घुमाने लगता और बैरा को बुलाने के लिए उछल-उछलकर भागता था। डुपेल्ड कुम्मेल (एक क़िस्म की जर्मन शराब) का एक गिलास पीकर तो वह बिलकुल अपनी सुध-बुध खो बैठा। उसने अपनी टोपी को तिरछा करके पहन लिया, ताकि उसे देखनेवालों की निगाहों में वह बिलकुल छैला-सा जान पड़े।

"अचार? रूसी ज़ुबान में तुम इसे क्या कहते हो? बिना अचार के खाना हजम नहीं होगा—ठीक है न? अरे, वोदका तो लो—मैं हाथ जोड़कर आपसे याचना करता हूँ—आज जी भरकर खाइए, सब कुछ ख़त्म कर डालिए। आपको वूफ स्ट्रोगानोफ (एक क़िस्म का स्वादिष्ट गोश्त) कैसा लगता है? यहाँ के पकवान तो लाजवाब हैं!...अरे बैरा, कहाँ हो?"

उस रात भुना हुआ गोश्त खाकर मुझे ऐसा लगा, मानो मैंने शराब चढ़ा ली हो। नशे की खुमारी में मेरी आँखें मुँदने लगीं। बरामदे की जगमगाती रोशनियाँ, सिगरेटों का नीला धुआँ, बातचीत की उठती-गिरती आवाज़ें हवा में तिरती हुई-सी मेरे नज़दीक आती थीं और फिर कहीं दूर जाकर डूब जाती थीं। मेरे कान में आती हुई वह आवाज़ मानो मैं सपने में सुनता रहा था :

"महाशय—और लीजिए, तकल्लुफ़ करना ठीक नहीं। भला यह भी कोई मेरे बस की बात है कि मैं कला से इतना प्रेम करता हूँ...!"

13

किन्तु आख़िर हर चीज़ की पराकाष्ठा होती है। कई दिनों से बराबर चाय और काली रोटी पर गुज़ारा करते-करते मेरा स्वभाव चिड़चिड़ा-सा हो गया और अक्सर अपनी झुँझलाहट छिपाने के लिए मुझे बाग़ के किसी कोने की शरण लेनी पड़ती थी। अपने कपड़े मैं कब के बेच चुका था।

समोयलेंको ने मुझे सताना जारी रखा। आपने देखा होगा कि कभी-कभी छात्रावास का कोई अध्यापक किसी नन्हे-मुन्ने विद्यार्थी की हर चीज़ से नफ़रत करने लगता है—उसका पीला चेहरा, आगे बढ़े हुए कान, कन्धा उचकाने की आदत—कोई भी चीज़ उसे एक आँख नहीं सुहाती। समोयलेंको का मेरे प्रति बर्ताव हू-ब-हू वैसा ही था। अब तक वह मुझ पर पन्द्रह रूबल जुर्माना कर चुका था। रिहर्सलों के दौरान उसके मेरे प्रति व्यवहार उतना ही बदतर था जितना एक थानेदार का क़ैदी के प्रति होता है। कभी-कभी उसकी रूखी-कड़वी टिप्पणियाँ सुनकर मेरी आँखों के सामने अंगारे-से धधकने लगते और मैं अपनी पलकें झुका लेता।

वेलेरियानोव ने अर्से से मुझसे बोलना छोड़ दिया था—जब कभी अचानक उससे मुठभेड़ हो जाती तो शुतुर्मुर्ग की तरह आँखें बचाकर तेज़ी से दूर हट जाता। नौकरी करते मुझे छह सप्ताह होने को आए थे किन्तु अब तक मुझे केवल एक रूबल मिला था।

उस दिन जब सुबह उठा तो सिर दर्द के मारे फट रहा था, मुँह में अजीब कसैला-सा स्वाद महसूस हो रहा था और दिल में ग़ुस्से की आग भड़क रही थी। मैं उसी बिगड़े हुए मिज़ाज को लेकर सीधे थियेटर चला आया।

उस शाम कौन-सा नाटक प्रस्तुत किया जा रहा था, अब याद नहीं रहा। केवल इतना याद है कि एक किताब के मुड़े हुए पन्नों का गट्ठर मेरे हाथ में था। हमेशा की तरह मुझे अपना पार्ट अच्छी तरह से याद था। संयोगवश मुझे कहीं ये शब्द बोलने थे : 'मैं इसके योग्य हूँ।' रिहर्सल के दौरान वह क्षण भी आ पहुँचा, जब मुझे यह वाक्य कहना था।

"मैं इसके योग्य हूँ," मैंने कहा।

किन्तु समोयलेंको भागता हुआ मेरे पास आया और पूरा ज़ोर लगाकर चीख़ने लगा, "क्यों साहब—यह आप रूसी भाषा में बात कर रहे हैं? रूसी ज़ुबान क्या इस तरह बोली जाती है? 'मैं इसके योग्य हूँ।' क्या ख़ूब! सही वाक्य यह है, 'मैं इसके लिए योग्य हूँ।' गँवार कहीं का..."

मेरा मुँह पीला पड़ गया। मैंने उसके सामने पुस्तक लाकर कहा, "कृपया ज़रा मूल पाठ पर तो नज़र डालिए।"

मेरा इतना कहना था कि वह पूरी शक्ति लगाकर दहाड़ने लगा, "भाड़ में जाए तुम्हारा मूल पाठ! तुम्हारे लिए मैं ही मूल पाठ हूँ। अगर तुम्हें इसमें कोई एतराज़ है तो जहन्नुम का रास्ता नापो, समझे?"

मेरी आँखें ऊपर उठ गईं। पलक मारते ही वह सब कुछ समझ गया। मेरी तरह उसका चेहरा भी पीला पड़ गया और वह हड़बड़ाकर दो क़दम पीछे हट गया। किन्तु मौक़ा हाथ से निकल चुका था। मेरे हाथ में पुस्तक के ढीले खुले हुए पन्नों का जो भारी गट्ठर था, उसे उठाकर मैंने उसके बाएँ गाल पर दे मारा, फिर दाएँ गाल पर, उसके बाद दुबारा बाएँ और फिर दाएँ गाल पर—इस तरह काफ़ी देर तक उसकी मरम्मत करता रहा। उसने कोई विरोध नहीं किया—यहाँ तक कि मेरे सामने से हट जाने या अपने को बचाने की भी कोई चेष्टा नहीं की। नाटक के विदूषक की तरह विस्मित होने का उपक्रम करता हुआ वह मुँह बाए खड़ा था और मेरे प्रत्येक घूसे के संग उसका सिर कभी बाईं ओर, कभी दाईं ओर लुढ़क पड़ता था। अन्त में पुस्तक उसके मुँह पर फेंककर मैं मंच से उतर गया और बाग़ में चला गया। किसी ने मुझे रोकने की चेष्टा नहीं की।

और तब एक चमत्कार हुआ। बाग़ में पहुँचकर जिस पहले व्यक्ति से मेरी मुठभेड़ हुई, वह वोल्गा और कामा बैंक की स्थानीय शाख़ा का चपरासी था। उसने मुझसे लियोन्तोविच का पता पूछा और मेरे हाथों पर पाँच सौ रूबल का मनीऑर्डर रख दिया।

एक घंटे बाद मैं और नेल्यूबोव वापस बाग़ में आ गए और एक विराट भोज का ऑर्डर दे दिया। दो घंटे बाद ही सारी थियेटर कम्पनी बाग़ में जमा हो गई। शैम्पेन के दौर-पर-दौर चलने लगे। सब लोग मुझे बधाई दे रहे थे।

लोगों में यह अफ़वाह फैल गई कि मुझे विरासत में एक हज़ार रूबल मिले हैं। इस अफ़वाह को उड़ाने में मेरा कोई हाथ नहीं था, नेल्यूबोव ने ही इस मिथ्या धारणा को फैलाया था, किन्तु मैंने इसका खंडन नहीं किया।

बाद में वेलेरियानोव ने सौगन्ध खाकर मुझे विश्वास दिलाया कि कम्पनी की आर्थिक अवस्था बहुत डाँवाँडोल है। मैंने उसे सौ रूबल दे दिये।

उस शाम पाँच बजे की ट्रेन से मुझे चले जाना था। मेरी जेब में मास्को का टिकट और सत्तर रूबल के अलावा कुछ भी नहीं बचा था। किन्तु लग मुझे ऐसा रहा था, मानो मैं कोई शहंशाह हूँ। दूसरी घंटी बजने के बाद जब मैं अपने डिब्बे में घुसने लगा, तो समोयलेंको, जो अब तक मुझसे दूर रहा था, भागकर मेरे निकट आ खड़ा हुआ और बोला, "देखिए, क्रोध में आकर जो कुछ कहा-सुनी हो गई है, उसके लिए क्षमा माँगता हूँ।"

आगे बढ़ा हुआ उसका हाथ अपने हाथ में लेकर मैंने प्रसन्न मुद्रा में कहा, "आशा है, आप भी मुझे माफ़ करेंगे—क़सूर मेरा भी वही है।"

उन सबने विदाई के अवसर पर मुझे अपनी शुभकामनाएँ भेंट कीं। मैंने आख़िरी बार स्नेह-भरी निगाहों से वेल्यूबोव की ओर देखा। रेल चल पड़ी—सब कुछ हमेशा के लिए पीछे छूट गया। जो बीत गया, वह कब दुबारा देखने को मिलेगा? जारच्चे की नीली झोंपड़ियाँ एक-एक करके ग़ायब होने लगीं और हमारे सामने स्तेपी की झुलसी हुई पीली और सूनी धरती का विस्तार फैलने लगा। एक अजीब-सी उदासी मुझ पर घिर आई। धरती के जिस कोने से मैं लौट रहा था, वहाँ मैंने क्या कुछ नहीं सहा—चिन्ता, यातना, भूख और अपमान; किन्तु इसके बावजूद मैं वहाँ हमेशा के लिए अपने दिल का एक टुकड़ा छोड़ चला था।

[1906]

गेम्ब्रीनस

दक्षिणी रूस में समुद्र-तट पर बसे एक फले-फूले शहर में गेम्ब्रीनस नाम का एक बियर-घर था। बीच बाज़ार की चहल-पहल और रंग-रौनक से घिरे होने के बावजूद उसका पता चलाना कठिन था, क्योंकि वहाँ पहुँचने के लिए बाज़ार के धरातल के नीचे उतरकर जाना पड़ता था। कभी-कभी तो गेम्ब्रीनस में नियमित रूप से आनेवाले ग्राहक भी रास्ता भटक जाते, धोखा खाकर दो-चार दुकानें आगे निकल जाते और फिर ग़लती महसूस होने पर अपने पाँव वापस मोड़ते।

बियर-घर के आगे कोई साइन बोर्ड नहीं लगा था। सड़क की ओर दिन-रात एक तंग दरवाज़ा खुला रहता, जिसमें से ग्राहकों को भीतर जाने के लिए गुज़रना पड़ता था। दरवाज़े के अन्दर जाते ही नीचे की ओर पत्थर की बनी छोटी-छोटी बीस सीढ़ियाँ बनी थीं, जो लाखों भारी जूतों की चोट सहकर अब बिलकुल क्षत-विक्षत-सी दिखाई देती थीं। सीढ़ियों के नीचे सामने दीवार पर बियर उत्पादकों के प्रसिद्ध संरक्षक गेम्ब्रीनस महाराज की दस फ़ीट लम्बी चित्रांकित प्रतिमा खड़ी थी। उसे देखकर लगता था,

मानो रबड़ के सूखे टुकड़ों को तराश कर बड़े भोंडे ढंग से जोड़ दिया गया हो। वह किसी नौसिखिए कलाकार की प्रथम कलाकृति जान पड़ती थी। किन्तु लाल वास्कट, चाँदी-सा चम-चम करता श्वेत धवल फ़र का चोग़ा, स्वर्णमंडित मुकुट और ऊपर उठे हुए कलश में लबालब भरी मदिरा के सफ़ेद झाग को देखकर मन में कोई संशय बाक़ी नहीं रहता था कि हमारे सम्मुख मद्य-व्यवसाय के संरक्षक की साक्षात् मूर्ति खड़ी है।

दो लम्बे कमरे थे, जिनकी मेहराबदार छतें बहुत नीची थीं। खिड़कियाँ न होने के कारण रात-दिन गैस की लालटेनें जलती रहा करती थीं, जिनके प्रकाश में पत्थर की दीवारें चमका करती थीं। धरती के नीचे स्थित होने के कारण उन दीवारों से हमेशा एक प्रकार की नमी बाहर निकलती रहती थी। कुछ अधमिटे व्यंग्य-चित्रों के चिह्न उन दीवारों पर अब भी दिखलाई दे जाते थे।

एक चित्र में शराब में मदमस्त नाचते-गाते जर्मन युवकों की एक टोली चली जा रही थी। उन्होंने शिकारियों की हरी वास्कट पहन रखी थी, तीतरों के पंख अपनी टोपियों पर लगाए हुए थे और गोश्त के टुकड़े उनके कन्धों से नीचे झूल रहे थे। हॉल के सामने वे लोग मदिरा-कलश उठाए आपका स्वागत करते दिखलाई देते थे।

चित्र में दो हृष्ट-पुष्ट, गदराए अंगों वाली छैल-छबीली युवतियाँ भी थीं, जो किसी देहाती सराय की सेविकाएँ अथवा किसी सीधे-सादे किसान की लड़कियाँ दिखलाई देती थीं। दो युवकों ने उन्हें कमर से पकड़ रखा था।

एक अन्य भित्ति चित्र में अठारहवीं शताब्दी के उत्तरार्द्ध-काल की एक पिकनिक का दृश्य था। चित्र में सामने की ओर राज्य-सामन्त थे, जिन्होंने अपने कृत्रिम केशों पर पाउडर लगा रखा था। उनके निकट कोमलांगी सामन्त कुल-वधुएँ बैठी थीं। पीछे चरागाह की हरित भूमि पर भेड़-बकरियाँ उछल-कूद रही थीं। पास ही घने वृक्षों से घिरा एक सरोवर था, जिसके बीच एक स्वर्णमंडित नाव में कुछ भद्र महिलाएँ अंगरक्षकों के संग बैठी थीं और सरोवर के हंसों को कुछ खिला रही थीं।

एक दूसरे चित्र में यूक्रेन के किसी गाँव की झोंपड़ी का अन्दरूनी भाग दिखलाया गया था, जहाँ कुछ देहाती गँवार आनन्द-विभोर होकर होलिका (एक क़िस्म की शराब) की बोतलें हाथ में लिये हुए 'होपेक' नृत्य कर रहे थे।

उसी हॉल में कुछ दूर पर पूरी चमक-दमक के संग एक ख़ासा-बड़ा कनस्तर रखा था, जिस पर अंगूर की बेल-लताओं से आवृत्त स्थूलकाय, लाल मुँह और मोटे होंठों वाली कामदेव की दो मूर्तियाँ बनी थीं—दोनों के हाथों में एक-दूसरे को छूते हुए मद्य-पात्र थे और दोनों ही मूर्तियाँ अपनी निर्लज्ज, गिलगिली आँखों से एक-दूसरे को घूर रही थीं।

दूसरा कमरा पहले कमरे से एक मेहराब द्वारा विभाजित कर दिया गया था। उस कमरे में मेढक के जीवन की कुछ झाँकियाँ प्रस्तुत की गई थीं—हरे-भरे दलदल में बियर पीते हुए, घास में भिड़ों को पकड़ते हुए, चार मेढक एक संग गाते हुए, तलवार चलाते हुए इत्यादि। चित्रकार अवश्य ही कोई विदेशी रहा होगा।

बलूत की लकड़ी के बड़े-बड़े पीपे बुरादे से भरे फ़र्श पर रखे थे, जो मेज़ों का काम देते थे। कुर्सियों की अभाव-पूर्ति के लिए छोटे पीपे पड़े थे। प्रवेश-द्वार के दाईं ओर एक नीचा मंच था, जिस पर एक पियानो रखा था। उस मंच पर कई वर्षों से हर रात शसका वॉयलिन बजाकर ग्राहकों का मनोरंजन करता आया था। शसका अनिश्चित आयु का एक अति विनम्र गंजा यहूदी था, जो देखने में मैले-मलिन लंगूर-सा लगता था। शराब पीकर मस्त रहता और हमेशा हँसता हुआ दिखलाई देता।

विगत वर्षों में चमड़े की आस्तीनें पहनकर कितने वेटर आए और चले गए, बियर पीनेवाले और पिलानेवाले भी बदल गए, यहाँ तक कि बियर-घर के पुराने मालिकों के स्थान पर नये मालिक आ गए, किन्तु हर शाम छह बजे शसका वॉयलिन लिये मंच पर बैठा हुआ अवश्य दिखलाई देता। उसके घुटनों के पास उसका सफ़ेद कुत्ता बैठा रहता था। सुबह एक बजते ही वह उठ खड़ा होता और अपने छोटे-से कुत्ते स्नोड्रॉप के संग नशे में मदमस्त लड़खड़ाता हुआ गेम्ब्रीनस के बाहर निकल पड़ता।

गेम्ब्रीनस की एक अन्य स्थायी सदस्या 'बारमेड' मादाम ईवानोवा थी। वह एक स्थूलकाय, रक्तहीन बूढ़ी स्त्री थी, जिसने अपना सारा जीवन उस सीलन-भरे तहख़ाने में गुज़ार दिया था। उसे देखकर बरबस उन सफ़ेद और सुस्त मछलियों की याद आ जाती थी, जो गहरी समुद्री कन्दराओं में आजीवन वास करती हैं। 'बार' में एक ऊँचे स्थान पर बैठे-बैठे वह जहाज़ के कप्तान की भाँति चुपचाप नौकरों पर हुकुम चलाया करती थी। वह मुँह के दाएँ कोने में सिगरेट दबाकर बराबर धूम्रपान करती रहती। उसकी दाईं आँख सिगरेट के धुएँ से बचने के लिए हमेशा अधमुँदी-सी झिपी रहती थी। बहुत कम लोगों ने उसकी आवाज़ सुनी थी। अब कभी कोई उसका अभिवादन करता, तो उसके होंठों पर एक बुझी मुरझाई-सी मुस्कान सिमट आती।

2

उस बन्दरगाह की गणना संसार के सबसे बड़े बन्दरगाहों में होती थी। कोई दिन ऐसा नहीं जाता, जब वह जहाज़ों से ठसाठस न भरा हो। ज़ंग लगे हुए काले भीमकाय ड्रेडनॉट जहाज़ भी यहाँ लंगर डालते थे। इस बन्दरगाह में देश के कोने-कोने से ट्रेनों में लदकर सामान और हज़ारों की संख्या में क़ैदी आते थे, जिन्हें बाहर भेजने के लिए सुदूर पूर्व जानेवाले दोब्रोवोल्नी लाइन के मोटी चिमनियों वाले पीले जहाज़ों में ठूँस दिया जाता था। शिशिर या वसन्त के दिनों में बन्दरगाह पर संसार के विभिन्न देशों के झंडे हवा में फहराते थे और शायद ही कोई ऐसी भाषा होती, जिसमें सुबह से लेकर रात तक आदेश न दिये जाते या क़समें न खाई जातीं। बन्दरगाह के गोदी-मज़दूर असंख्य गोदामों की ओर भागते हुए दिखलाई देते और फिर दुबारा वापस लौटकर झूलते हुए तख़्तों पर से होकर जहाज़ों में घुस जाते।

मज़दूरों में फटे चिथड़ों से अपना तन ढके लगभग नंगे आवारागर्द रूसी थे, जिनके चेहरे अधिक शराब पीने के कारण फूल आए थे।

मैली-कुचैली पगड़ियाँ पहने स्याह रंग के तुर्की थे, जिन्होंने ऐसे खुले, ढीले-ढाले पाजामे पहन रखे थे, जो घुटनों पर बहुत चौड़े होने के बावजूद नीचे पैरों पर बहुत तंग हो गए थे। हृष्ट-पुष्ट मांसल पुट्ठों वाले ईरानी थे, जिन्होंने अपने बालों और नाख़ूनों को गाजर की रंग वाली लाल मेहँदी से रँग लिया था। दो या तीन इटली के जहाज़ मस्तूल उठाए अक्सर उस बन्दरगाह में आते थे। दूर से देखने पर वे बहुत सुन्दर प्रतीत होते थे। उन जहाज़ों से बँधे हुए परस्पर गुम्फित पाल किसी नवयुवती के निर्मल धवल, गोल-सुडौल उरोजों से दिखलाई देते थे।

वसन्त की किसी उजली सुबह को जब कभी ये सुघड़-सुन्दर जहाज़ लाट-हाउस के आसपास कहीं दिखलाई दे जाते, तो लगता, मानो सफ़ेद, सुरम्य सपनों का कोई समूह पानी में न बहकर, क्षितिज के पार हवा में तिरता उड़ता चला जा रहा है। कुछ ऐसे भी अनातोलिया के ऊँचे करिश्मा जहाज़ थे। वे त्रेबीजोन्द जलपोत वहाँ खड़े थे, जिन पर नक़्क़ाशी की गई थी और जिन्हें विभिन्न प्रकार के विचित्र और हास्यास्पद आभूषणों से सजाया गया था। ये जहाज़ महीनों उस बन्दरगाह के गँदले, हरे जल में, कूड़ा-करकट, तरबूज और अंडों के छिलकों और सफ़ेद समुद्री परिन्दों के बीच घिरे हुए खड़े रहते थे।

कभी-कभी काले पालों वाला कोई विचित्र छोटा-सा जहाज़ मैले चिथड़े का झंडा उड़ाता हुआ तेज़ी से बन्दरगाह में घुस पड़ता और बन्दरगाह से बाहर निकली हुई जैटी (जहाज़ से नीचे उतरने की पटरी) से बाल-बाल बचता हुआ, गालियों और धमकियों की परवाह किये बिना, तट के किसी घाट पर लग जाता। जहाज़ के नंग-धड़ंग ताँबे के रंग के ठिंगने मल्लाह झटपट बाहर निकल आते और मोटी खुरदरी आवाज़ों में बातचीत करते हुए, बिजली की तेज़ी से, फटे-चिथड़े पालों को लपेटना शुरू कर देते। एक ही क्षण में सन्नाटा छा जाता और वह जीर्ण-जर्जरित, विचित्र जहाज़ बिलकुल निस्पन्द, निस्तब्ध हो जाता, मानो अचानक उसकी मृत्यु हो गई हो! जिस प्रच्छन्न रहस्य को छिपाए वह यहाँ रुक गया था, चुपचाप उसी रहस्यमयता के संग वह जहाज़ एक अँधेरी रात में बिना रोशनियाँ जलाए, समुद्र के निविड़ अन्धकार में विलीन हो जाता।

रात के समय खाड़ी चुंगीचोरों की छोटी नौकाओं से खचाखच भर जाती। मछुए बन्दरगाह में अलग-अलग ऋतुओं में विभिन्न क़िस्म की मछलियाँ पकड़कर लाते थे; वसन्त ऋतु में लाखों की संख्या में छोटी-छोटी आंकोवी मछलियाँ नौकाओं में भरकर लाई जाती थीं। ग्रीष्म ऋतु में भद्दी बेडौल प्लेस मछलियाँ, शिशिर में मैकरल, मोटी भूरे रंग की मुलेट और घोंघे और शरद ऋतु में पाँच मन से नौ मन तक भारी सफ़ेद स्टर्जियन मछलियाँ, जिन्हें मछुए तट से दूर जाकर, जान जोखिम में डालकर पकड़ा करते थे।

विभिन्न देशों और जातियों के ये लोग—जिनमें जहाज़ी, मछुए, नाविक, छोटे जहाज़ों पर काम करनेवाले छोकरे, बन्दरगाह के चोर, इंजीनियर, मज़दूर, गोदियों में काम करनेवाले मज़दूर, मल्लाह, गोताख़ोर, चुंगीचोर इत्यादि सभी शामिल थे—कम उम्र के प्रभावशाली युवक थे। समुद्र और मछलियों के वातावरण ने उनके व्यक्तित्व पर अपनी अमिट छाप छोड़ दी थी। वे डटकर काम करना चाहते थे। रोज़मर्रा के काम उनके हृदय में भय और सम्मोहन की मिश्रित भावनाएँ उपजाते थे। शक्ति, साहस और चटपटी भाषा के नुकीले व्यंग्यों के प्रति वे शीघ्र ही आकर्षित हो जाते और तट पर पहुँचते ही आमोद-प्रमोद, मद्यपान और लड़ाई-झगड़े में व्यस्त हो जाते थे।

रात हो जाने पर बन्दरगाह से ऊपर बड़े शहर की ओर जानेवाली सड़क की बत्तियाँ जगमगाने लगतीं, मानो अपनी जादुई, चमकती हुई आँखों से उन्हें आमंत्रित कर रही हों। देखकर ऐसा भ्रम होता था कि वे सुख और आनन्द की मायापुरी की ओर संकेत कर रही हैं, जिससे सब अभी तक अनभिज्ञ रहे हैं, किन्तु जहाँ पहुँचते ही सब भ्रम टूट जाते हैं।

शहर को बन्दरगाह से जोड़नेवाली कुछ ढलवाँ, सँकरी, टेढ़ी-मेढ़ी सड़कें थीं। शहर का कोई शान्तिप्रिय नागरिक रात के समय उन सड़कों पर चलने का दुस्साहस नहीं कर सकता था। हर मोड़ पर एक धर्मशाला दिखाई देती थी, जिसकी जालीदार खिड़कियाँ बाहर की ओर खुली रहती थीं। भीतर कमरे में मद्धिम प्रकाश देती हुई एक लालटेन टिमटिमाती रहती।

अनेक ऐसी दुकानें आपको वहाँ मिल जाएँगी, जहाँ मल्लाह अपने सब कपड़े, यहाँ तक कि अपनी बनियान भी आसानी से बेच सकते थे, अथवा अगर आप चाहें, तो किसी भी दुकान से आप किसी भी क़िस्म की जहाज़ी पोशाक ख़रीद सकते थे।

वहाँ पर बियर-घरों, मदिरालयों और भोजनालयों की संख्या भी कम नहीं थी। सब भाषाओं में बड़ी-बड़ी सुर्ख़ियों में लिखे हुए नामों के बोर्ड उनकी शोभा बढ़ा रहे थे।

वेश्यावृत्ति खुले अथवा ग़ैर-क़ानूनी ढंग से की जाती थी। रात के समय अपने-अपने कोठों पर सस्ते और भोंडे ढंग से अपने चेहरे लीप-पोत कर वेश्याएँ खड़ी रहतीं और फटती, कर्कश आवाज़ों से सड़क पर आते-जाते नाविकों का आह्वान करतीं।

यूनानी कहवाघरों में ग्राहक अक्सर ताशा या डोमीनो खेला करते थे। तुर्की होटलों में पाँच कोपेक देकर रात बिताने की व्यवस्था हो जाती थी—साथ में हुक्का भी पीने के लिए मिलता था। वहाँ कुछ ऐसे भी भोजनालय थे, जहाँ प्राच्य देशों के निवासियों की सुख-सुविधा का पूरा ध्यान रखा जाता था—वे एक क़िस्म के ओरियंटल होटल थे। वहाँ ग्राहकों को घोंघे, केकड़े, लिम्पेट और मस्सेदार मछलियाँ इत्यादि अनेक समुद्री जन्तुओं का गोश्त उपलब्ध हो सकता था।

कहीं-कहीं बन्द दरवाज़ों और खिड़कियों के पीछे अँधेरी कोठरियाँ और तहख़ाने थे, जिनका जुए के अड्डों के रूप में उपयोग किया जाता था। अक्सर फारो या बकारा (जुए के कुछ खेल) खेलते-खेलते लड़ाई ठन जाती, पेट में छुरा भोंक दिया जाता और सिर फोड़ दिये जाते। इन तहख़ानों से सटे कोनों या कोठरियों में हर क़िस्म का चुराया हुआ सामान—हीरे का कंगन, चाँदी का क्रॉस, ल्योनेज मखमल का थान अथवा किसी मल्लाह का ओवरकोट—हाथों-हाथ बिक जाता था।

ज्यों-ज्यों रात गहरी होती जाती, कोयले की गर्द से स्याह उन संकीर्ण ऊँची-नीची गलियों का वातावरण गर्म चिपचिपा-सा हो जाता।

लगता, मानो ये गलियाँ कोई दु:स्वप्न देखते हुए पसीने से तर-बतर हो गई हैं। ये गलियाँ गन्दी नालियाँ थीं, जिनके ज़रिये वह बड़ा अन्तरराष्ट्रीय शहर, स्वस्थ मांसल शरीरों और निर्मल आत्माओं को दूषित करनेवाला अपना सारा कूड़ा-करकट, सड़ाँध और व्यभिचार समुद्र में बहा देता था।

उन गलियों में रहनेवाले लोग अपने ही उत्पाद-उपद्रवों में इतना मस्त रहते थे कि कभी शहर जाने का उन्हें अवसर ही नहीं मिल पाता था। उस सुन्दर, स्वच्छ और साफ़-सुथरे शहर में अनेक भव्य स्मारक थे। कोलतार की पक्की सड़कों के दोनों ओर गोंद उत्पन्न करनेवाले सफ़ेद बबूल के वृक्षों की लम्बी क़तारें खड़ी थीं। सारा शहर विद्युत रोशनियों से जगमगाता रहता था। सड़कों पर रोबदार पुलिस के सिपाही बड़े ठाठ से चहलक़दमी किया करते थे। दुकानों के आगे सड़क की ओर मुँह किये हुए शीशे की अलमारियाँ लगी थीं। सारे शहर में सफ़ाई और नागरिक सुविधाओं का पूरा ध्यान रखा जाता था। अपने गाढ़े पसीने से कमाए हुए चिकने, फटे-पुराने रूबल के नोटों को ख़र्च करने से पूर्व हर व्यक्ति कम-से-कम एक बार गेम्ब्रीनस के दर्शन किये बिना नहीं रहता था। पीढ़ियों से चलती आई इस परम्परा की कोई अवहेलना नहीं कर पाता था, हालाँकि शहर के मध्य में स्थित होने के कारण लोगों को रात के अँधियारे में लुक-छिपकर गेम्ब्रीनस जाना पड़ता था।

यह अलग बात थी कि गेम्ब्रीनस के ग्राहक अक्सर सुप्रसिद्ध बियर-सम्राट् के नाम का उच्चारण नहीं कर पाते थे। किन्तु कहने को इतना ही काफ़ी था, 'चलो यार, शसका के यहाँ हो आएँ।' दूसरा व्यक्ति उत्तर देता : 'ज़रूर... वहाँ नहीं जाएँगे तो और कहाँ जाएँगे?' फिर सब मिलकर एक संग चिल्ला उठते : 'चलो भाई, चलो।'

यह कोई आश्चर्य की बात नहीं थी कि स्थानीय पादरी और गवर्नर की अपेक्षा बन्दरगाह के नाविकों और मल्लाहों में शसका की इज़्ज़त और ख्याति कहीं ज़्यादा थी। शसका का नाम चाहे न याद रहता हो, किन्तु दुनिया का कौन-सा ऐसा नगर था—सिडनी, प्लीमाउथ, न्यूयॉर्क, लंका, ब्लादीवोस्तोक या कांस्टैंटीनोपल—जहाँ लोग शसका का लंगूर-सा खिलखिलाता चेहरा और

वॉयलिन कभी-कभार याद न कर लेते हों? कृष्ण-सागर की खाड़ियों की बात तो छोड़िए, क्योंकि वहाँ के साहसी मछुओं में मुश्किल से कोई ऐसा व्यक्ति मिलेगा, जो शसका का गुणगान न करता हो।

3

इन इक्के-दुक्के ग्राहकों के अलावा, जो अकस्मात् गेम्ब्रीनस में आकर बैठ जाते थे, रोज़मर्रा के आनेवाले ग्राहकों में शसका ही ऐसा व्यक्ति था, जो प्राय: सबसे पहले गेम्ब्रीनस पहुँच जाया करता था। दिन के समय लालटेनों में कम गैस भरी जाती थी, इसलिए दोनों कमरों में रुआँसा क्षुब्ध अन्धकार छाया रहता। पिछली रात की बियर की बासी गन्ध हवा में घुलती रहती। जुलाई की तपती गर्मी में गेम्ब्रीनस में ठंडक और शान्ति रहती, हालाँकि बाहर शहर में दिन-भर हल्ला-गुल्ला मचता रहता और पत्थर की दीवारें धूप में झुलसती रहतीं।

शसका 'बार' में जाकर मादाम ईवानोवा का अभिनन्दन करता और बियर का पहला गिलास पीने लगता। कभी-कभी मादाम शसका से कहतीं, "शसका, पियानो पर कोई धुन बजाओ।"

"कौन-सी धुन बजाऊँ, मादाम ईवानोवा?" शसका अनुगृहीत-सा होकर पूछता।

मादाम के प्रति उसका बर्ताव अत्यन्त विनम्र था।

"कोई ऐसी धुन बजाओ, जो तुम्हारी अपनी हो।"

वह पियानो की बाईं ओर अपने पुराने स्थान पर बैठ गया और अवसाद से भरी अजीब धुनें बजाने लगा। कमरे में उनींदी-सी निस्तब्धता छा गई। कभी-कभी ऊपर से शहर की दबी-घुटी आवाज़ें या दीवार के पीछे रसोई में तश्तरियों और गिलासों की खनखनाहट कमरे का मौन भंग कर देती थीं। शसका का वॉयलिन यहूदियों की मर्मान्तक पीड़ा में भीगा-सा सुबकने लगा।

राष्ट्रीय राग-लहरियों के उदास फूलों में उलझी यह पीड़ा हमारी धरती की तरह ही पुरानी और प्राचीन जान पड़ती थी।

शाम की उस धुँधली वेला ने शसका के चेहरे में एक अजीब-सा परिवर्तन हो जाता। गेम्ब्रीनस के ग्राहकों ने हमेशा उसे हँसते हुए, आँख मारते हुए, नाचते हुए देखा था। किन्तु सन्ध्या की इस उदास घड़ी में उसके चेहरे पर जो भाव-मुद्रा खिंच आती, उससे वे अपरिचित थे। उसके झुके हुए सिर के नीचे उसकी ठुड्डी पर तनाव की रेखाएँ खिंच जातीं, भौंहें भारी-सी हो जातीं, और आँखें अपलक कठोर-सी होकर शून्य को ताकती रहतीं।

उसकी छोटी-सी कुतिया, स्नोड्राप उसके घुटनों के पास दुबकी रहती थी। अर्सा पहले वह इस बात को समझ गई थी कि संगीत के समय भौंकना उचित नहीं है। उसे देखकर लगता था, मानो वॉयलिन के बाहर बहकर आती हुई घनीभूत पीड़ा में सुबकती, अभिशप्त, रागिनियाँ उसे भी विचलित कर देती हैं। मुँह खोलकर वह लम्बी जम्हाइयाँ लेती, और अपनी छोटी-सी गुलाबी ज़ुबान को मोड़कर पीछे कर लेती। एक क्षण के लिए उसका नन्हा-सा जिस्म और नाज़ुक काली आँखों वाला चेहरा उद्‌भ्रान्त-सा होकर काँपने लगता।

धीरे-धीरे लोग आने लगते। घड़ीसाज़ या दरज़ी की दुकानों में अपना दिन का काम निपटाकर पियानो बजानेवाले सज्जन पधारते। 'बार' की अलमारियों के भीतर गर्म पानी से भरी तश्तरी पर 'सॉसेज' और पनीर की 'सैंडविचेज़' सजा दी जातीं। गैस की लालटेनें धीरे-धीरे जला दी जातीं। शसका बियर का एक और गिलास पीकर पियानो बजानेवाले अपने साथी से कहता, 'मई-परेड', 'एक-दो-तीन', और धमाधम पैरों की चाप की लय पर संगीत आरम्भ हो जाता।

शसका भीतर आनेवाले प्रत्येक नवागन्तुक का झुककर अभिनन्दन करता। प्रत्येक आगन्तुक शसका को अपना ख़ास दोस्त मानता था और वह दूसरे ग्राहकों की ओर गर्व से देखकर यह कहता-सा प्रतीत होता था कि 'देखा—शसका ने झुककर मेरा अभिनन्दन किया है!'

शसका वॉयलिन बजाते हुए कभी एक आँख टेढ़ी कर लेता, कभी दूसरी।

अपने गंजे, ढलवाँ सिर को इस तरह सिकोड़ लेता कि उस पर ऊँची-नीची सलवटें पड़ जातीं। हास्यास्पद ढंग से अपने होंठ हिलाता और चारों ओर अपनी मुस्कराहट बिखेरता रहता।

दस या ग्यारह बजे तक गेम्ब्रीनस, जिसमें दो सौ से अधिक ग्राहक समा सकते थे, खचाखच भर जाता। लगभग आधे ग्राहक स्त्रियों के संग आते, जो अपने सिर रूमाल से ढके रहतीं। भीड़ और शोर-शराबे की चिन्ता कौन करता? पाँव भिंच जाते, टोपियाँ मुस जातीं और कभी धक्का लगने से बियर पतलून पर ढुलक जाती, किन्तु कोई किसी पर नाक-भौं नहीं चढ़ाता। झगड़ा-फ़साद वही लोग करते थे, जिन्होंने ज़्यादा पी रखी हो या जो जानबूझकर हाथापाई करने के लिए उतारू होते।

तेल के रंग में लिपी-पुती दीवारों से टपकती हुई नमी तहख़ाने के धुँधले प्रकाश में चमकती रहती। भीड़ में कीड़ी-दल-से बैठे हुए लोगों की घुटी हुई साँसें जमकर छत से बारिश की गर्म, भारी बूँदों की तरह टपकने लगतीं। गेम्ब्रीनस में ख़ूब छककर शराब पी जाती थी। दो-तीन आदमी एक संग बैठ जाते और मेज़ पर ख़ाली बोतलों का इतना बड़ा जमघट लगा देते कि उनके लिए हरे शीशे के जंगल के आर-पार एक-दूसरे को देखना भी असम्भव हो जाता।

सुरापान की चरम सीमा के समय लोगों के चेहरे लाल हो जाते, आवाज़ें फटने लगतीं और शरीर पसीने से तर-बतर हो जाते। तम्बाकू का धुआँ आँखों को चुभने लगता। कोलाहल इतना अधिक बढ़ जाता कि अपनी बात कहने के लिए मेज़ पर झुककर चिल्लाना पड़ता था। किन्तु शसका पूर्ववत् मंच पर बैठा हुआ, बिना किसी शैथिल्य के, वॉयलिन बजाता रहा। दमघोंट गर्मी, सिगरेटों का धुआँ, गैस, बियर और निर्बाध भीड़ के तुमुल, कर्णभेदी कोलाहल के बावजूद शसका के वॉयलिन की गूँज इन सब आवाज़ों के ऊपर सुनी जा सकती थी।

कुछ देर बाद गेम्ब्रीनस के गर्म वातावरण, स्त्रियों की निकटता और बियर ने लोगों को मतवाला-सा बना देता और हर व्यक्ति शसका से अपना प्रिय गीत सुनाने की माँग करने लगता। बुझी, निस्पन्द आँखों वाले दो या

तीन व्यक्ति डगमगाते पैरों पर हमेशा शसका के इर्द-गिर्द मँडराते रहते और उसकी आस्तीन पकड़कर मिन्नत करते, "शसका, मैं एक करुण-गीत सुनना चाहता हूँ, बड़ी...(हिचकी)...मेहरबानी होगी।"

"बस, ज़रा एक सेकंड ठहरो..."

शसका तेज़ी से बार-बार सिर हिलाता, और चुपचाप बड़े सहज भाव से चाँदी के सिक्के अपनी जेब में डालता जाता, मानो कोई डॉक्टर अपने मरीज़ों से फ़ीस के रुपये इकट्ठा कर रहा हो!

"ज़रा एक सेकंड ठहरो..."

"शसका, तुम बड़े नीच हो। मैं तुम्हें रुपये दे चुका हूँ और तुमसे बीसवीं बार 'मेरा जहाज़ औडैसा की ओर बह चला' बजाने के लिए कह रहा हूँ, तुम सुनते ही नहीं!"

"ज़रा एक सेकंड ठहरो..."

"शसका—'कोयल' का गीत बजाओ।"

"'मारुस्या' को मत भूलना—शसका।"

"'सेत्ज-सेत्ज' शसका—'सेत्ज-सेत्ज' बजाओ!"

"ज़रा एक सेकंड ठहरो...!"

"ग-डे-रि-या!"

हॉल के दूसरे सिरे से एक शख़्स इतने ज़ोर से चिल्लाया कि लगा, मानो कोई घोड़ा हिनहिना उठा हो। हँसी के ठहाकों से सारा हॉल गूँज उठा और शसका मुर्गे-सा फिर अपनी सीट पर आकर बैठ गया।

"ज़रा एक सेकंड।"

शसका को अपने विश्राम की सुध नहीं रही—वह एक के बाद दूसरे फ़रमाइशी गानों को बजाता रहा। लगता था, मानो उसे सब गीत-गाने ज़ुबानी याद हों। चारों ओर से चाँदी के सिक्के उसकी जेबों में खिंचते चले आते थे। कोई टेबुल ऐसा नहीं था, जहाँ से उसके लिए एक बियर का गिलास न भेजा गया हो। जब कभी मंच से उतरकर वह 'बार' की ओर जाने लगता, लोगों की भीड़ उस पर टूट पड़ती।

“शसका, मेरे दोस्त—बस, मेरे हाथ का एक गिलास पी लो।”

“शसका—यह ख़ास तुम्हारे लिए गिलास रखा है। जब हम तुम्हें बुलाते हैं, तो आते क्यों नहीं? हमारी बला से जहन्नुम में जाओ।”

“शसका, आओ, थोड़ी-सी बियर पी जाओ,” घोड़े की आवाज़ वाला आदमी चिल्लाया।

गेम्ब्रीनस में बैठनेवाली स्त्रियाँ अन्य स्त्रियों की भाँति रंगमंच के कलाकारों पर फ़िदा थीं। उनके सम्मुख कभी शेखी बघारती थीं, कभी गिड़गिड़ाती थीं और उनसे छेड़छाड़ करने में तो कभी नहीं चूकती थीं। वे अपनी सुरीली आवाज़ से शसका को पास बुलातीं, खिलखिलाकर हँसते हुए आग्रह करतीं, “प्यारे शसका, तुम्हें मेरे हाथ से बियर का गिलास ज़रूर पीना होगा—देखो, मना मत करो। और सुनो, ‘कोयल चलो’ बजाने की कृपा करोगे?”

शसका मुस्कराता, मुँह बनाता और बार-बार दाएँ-बाएँ सिर झुकाता। कभी छाती पर हाथ रखता और कभी होंठों को अँगुलियों से दबाकर हवा में ही स्त्रियों को चुम्बन भेंट करता। हर मेज़ पर जाकर बियर पीता और फिर वापस अपनी सीट पर लौट आता, जहाँ बियर से भरा एक और गिलास उसकी प्रतीक्षा कर रहा था। ऐसे मौक़ों पर शसका वॉयलिन पर ‘विदा’ या उससे मिलती-जुलती कोई धुन छेड़ देता। कभी-कभार श्रोतागणों के मनोविनोद के लिए वह वॉयलिन के सुरों से कुत्ते के पिल्ले के रोने की आवाज़ अथवा सूअर के गुर्राने का स्वर या मसके का कर्कश नाद इत्यादि विचित्र ध्वनियाँ निकालता था। लोग ‘वाह-वाह’ कर उठते और हँसी-ठहाकों से उसके इन ‘करतबों’ का स्वागत करते।

गर्मी बढ़ती जाती। छत टपकने लगती। कुछ लोग रो रहे थे और अपनी छाती पीट रहे थे। कुछ ग्राहकों की आँखें लाल सुर्ख़ हो गई थीं और स्त्रियों को लेकर उनमें परस्पर लड़ाई-झगड़ा होने लगा था। एक-दूसरे के पुराने क़ुसूरों को याद किया जा रहा था और बदला लेने के लिए वे मरने-मारने पर उतारू हो गए थे। कुछ लोगों के होश अभी तक दुरुस्त थे। इनमें से अधिकतर ऐसे आदमी थे जो दूसरों के रुपयों पर मौज उड़ाते हैं।

जो कुछ भी हो, ये लोग अपने साथियों को समझा-बुझाकर बीच-बचाव करने की चेष्टा कर रहे थे। उस होटल के वेटर जिस प्रकार हवा में ऊपर बियर के गिलास उठा, कनस्तरों, पीपों, पैरों और सन्दूक़ों के बीच रास्ता बनाते थे, वह एक अद्भुत चमत्कार से कम न था। मादाम ईवानोवा की ख़ामोशी, तटस्थता और निर्जीवता पहले से कहीं अधिक घनी हो जाती। 'बार' में पीछे की ओर बैठी हुई वह तूफ़ान के समय जहाज़ के कप्तान की भाँति वेटरों को आदेश दे रही थी।

सब लोग गाने के लिए उतावले हो उठते। शसका कोई भी धुन बजाने के लिए तैयार हो जाता। बियर की खुमारी, उसके स्वभाव की सहज मृदुलता और उसके संगीत के सस्ते सतही आनन्द ने उसके भीतर एक अजीब-सा हल्कापन भर दिया था। लोग गला फाड़-फाड़कर शसका के वॉयलिन के स्वरों के संग एक ही सुर में, एक-दूसरे की ओर शून्य उच्छल आँखों से देखते हुए, फटी खुरदरी आवाज़ों में गाने लगते :

क्योंकर बिछुड़ना सदा के लिए;
क्योंकर तड़पना सदा के लिए?
इसी वक़्त शादी करा लें,
जिएँ ख़ुशनुमा ज़िन्दगी सदा के लिए!

इतने में ही एक दूसरा प्रतिस्पर्धी दल अपनी रुचि का एक नया तराना छेड़ देता। इस दल के लोग पूरा ज़ोर लगाकर गाने लगते, ताकि पहले दल के गीत-स्वर उनकी आवाज़ों के नीचे डूब जाएँ।

एशिया-माइनर के वे यूनानी जो रूसी बन्दरगाहों में मछली पकड़ने आया करते थे, अक्सर गेम्ब्रीनस भी आते थे। वे लोग शसका से वॉयलिन पर प्राच्य संगीत की कोई धुन बजाने का अनुरोध करते। उस धुन में केवल दो या तीन करुण, अवसादपूर्ण सुर होते थे, जिसके संग अपना स्वर मिलाकर वे घंटों गाते रहते। गाने के दौरान उनका चेहरा पत्थर-सा कठोर और संजीदा हो जाता और आँखों से आग की लपटें निकलने लगतीं।

शसका अपने वॉयलिन पर इटली के लोकगीत, यूक्रेन के डुमका, यहूदियों के विवाह-नृत्य इत्यादि अनेक धुनें आसानी से बजा लेता था। एक दिन नीग्रो नाविकों का दल गेम्ब्रीनस में आया। सब लोगों को गाता हुआ देखकर वे भी अपने को न रोक सके। शसका को नीग्रो गीत का तीव्र चालित लय पकड़ने में देर नहीं लगी। आँख झपकते ही नीग्रो की धुन पियानो के सुरों में ढलकर निकलने लगी। लोगों के आनन्द की कोई सीमा न रही, जब सारा हॉल अफ़्रीकी संगीत के अपरिचित, विचित्र और भारी-भरकम स्वरों में गूँजने लगा।

एक दिन संगीत विद्यालय का प्रोफ़ेसर गेम्ब्रीनस में शसका का वॉयलिन सुनने आया। उसने शसका के मित्र स्थानीय समाचार-पत्र के एक संवाददाता के मुँह से शसका की संगीत-प्रवीणता के सम्बन्ध में बहुत कुछ सुना था। जब शसका को यह पता चला, उसने जानबूझकर अपने वॉयलिन से बिल्ली की म्याऊँ-म्याऊँ, भेड़ों के मिमियाने, और गधे के रेंकने के विचित्र हास्यास्पद स्वर निकालने आरम्भ कर दिये। गेम्ब्रीनस के ग्राहकों के हँसते-हँसते पेट में बल पड़ गए। संगीताचार्य प्रोफ़ेसर ने घृणा से नाक-भौं सिकोड़ ली, "विदूषक है, और कुछ नहीं!"

और वह बियर का गिलास अधूरा ही छोड़कर वहाँ से चला आया।

4

अक्सर गेम्ब्रीनस में, संयम की सब सीमाओं को लाँघ जानेवाली दुराचरण और व्यभिचार की ऐसी घटनाएँ घटित होती थीं, जो गेम्ब्रीनस के अतिरिक्त शायद कहीं और देखने को न मिलें। दीवारों पर लगे चित्रों से मारकुइस घराने की सुन्दर कालीन राजवधुएँ, मद्यपान करते हुए जर्मन शिकारी, भारी-भरकम शरीर वाले कामदेव और मेढक गेम्ब्रीनस के इस रोमांचकारी दृश्यों को चुपचाप देखते रहते।

कभी-कभी चोरों का कोई दल, बड़ा ख़ज़ाना लूटने की ख़ुशी में गेम्ब्रीनस आ पहुँचता। दल का हर सदस्य, ऊँचे पेटेंट चमड़े के जूते पहने, सिर पर तिरछी टोपी लगाए अपनी-अपनी प्रेमिका के संग भीतर आता था। चंडूखाने का सुसंस्कृत शिष्टाचार उनके व्यवहार में कूट-कूट कर भरा होता। आँखों से एक अजीब-सी लापरवाही और दायित्वहीनता का भाव टपकता रहता। शसका ख़ास उनके मनोरंजन के लिए चोरों के गीत, 'मैं मारा गया,' 'मत रो, मरयूस्या', 'वसन्त बीत गया' इत्यादि बजाता। वे लोग नाचने को हेय दृष्टि से देखते थे किन्तु जो लड़कियाँ उनके संग आती थीं, वे सुध-बुध खोकर, 'चरवाहा' की धुन के संग ताल मिलाकर एड़ियाँ खटखटाती, चीख़ती-चिल्लाती हुई नाचा करती थीं। वे सब लड़कियाँ जवान थीं, सुन्दर थीं और उनमें से कुछ लड़कियों की आयु तो बीस वर्ष से भी कम लगती थी। स्त्री-पुरुष सब ख़ूब छककर पिया करते थे। किन्तु चोरों के नाच-गाने के इस समारोह का अन्त हमेशा रुपये-पैसों के झगड़े में हो जाता और अक्सर वे बिना बिल चुकाये नौ दो ग्यारह हो जाते।

जब कभी मछुए सौभाग्यवश कोई बड़ी मछली पकड़ लेते, तो वे भी गेम्ब्रीनस में ख़ुशी मनाने आते थे। मछुओं के दलों में तीस से कम आदमी नहीं रहते थे। शिशिर के अन्तिम दिनों में कुछ ऐसे सुनहरे सप्ताह भी आते थे, जब प्रतिदिन चालीस हज़ार के लगभग मैकरल अथवा मुलेट मछलियाँ पकड़ी जाती थीं। उन दिनों सबसे कम शेयर रखनेवाले व्यक्ति भी 200 रूबल से अधिक कमा लेते थे। किन्तु यदि शरद ऋतु में 'बेलुगा' मछली बड़ी संख्या में पकड़ ली जाती, तो अचानक भाग्य का सितारा चमक उठता। पर 'बेलुगा 'को फँसाना कोई हँसी-खेल नहीं था। मछुओं को तट से बीस-पच्चीस मील की दूरी पर रात के अँधेरे में आँधी-तूफ़ान का सामना करते हुए काम करना पड़ता था। कभी-कभी लहरें नौकाओं के ऊपर से गुज़र जाती थीं और कपड़ों, पतवारों पर गिरा हुआ पानी तुरन्त बर्फ़ बनकर जम जाता था। मौसम ख़राब होने के कारण उन्हें विवश होकर समुद्र के बीचोबीच दो-तीन दिन काटने पड़ते थे, जिसके उपरान्त लहरें उन्हें अपने साथ बहाती हुई लगभग सौ मील की

दूरी पर अनापा यात्रेबिजोन्द के तट पर फेंक आती थीं। हर साल शरद ऋतु में कम-से-कम बारह नौकाएँ समुद्र में विलीन हो जाती थीं। वसन्त के आरम्भ होने पर इन साहसी जीवट मछुओं के जिस्म विदेशी तटों पर पड़े मिलते थे।

जब कभी मछलियाँ पकड़ने में उन्हें आशातीत सफलता मिल जाती, तो वापस बन्दरगाह लौटने पर वे भोग-विलास की खोज में चल पड़ते। मज़ा लूटने की एक अतृप्त तृष्णा भूत की तरह उनके सिर पर सवार हो जाती। दो-तीन दिन में ही कुत्सित, निकृष्टतम और पूर्णतया निष्क्रिय कर देनेवाले विलासी जीवन का आनन्द लूटने में वे हज़ारों रूबल पानी की तरह बहा देते। वे किसी बियर-घर या भोग-विलास के स्थान पर धावा बोल देते, भीतर बैठे हुए लोगों को ज़बरदस्ती बाहर खदेड़ देते और सब खिड़कियाँ-दरवाज़े बन्द कर लेते। चौबीस घंटों तक दिन-रात उस जगह धमा-चौकड़ी मचती। शराब पीकर वे सुध-बुध खो बैठते, जी भरकर प्रेम-क्रीड़ा करते, ज़ोर-ज़ोर से गाने गाते, आईनों और तश्तरियों को तोड़-फोड़कर चकनाचूर कर देते, स्त्रियों को पीटते या कभी एक-दूसरे पर हाथ चला बैठते। नींद आने पर जहाँ जिसे जगह मिलती, वहीं वह लम्बा पड़ जाता—मेज़ या फ़र्श पर, पलंग पर औंधे मुँह लेटे हुए। थूक, सिगरेट के बुझे हुए टोटों, शीशे के टूटे हुए टुकड़ों, गिरी हुई शराब और ख़ून के धब्बों के बीच, कोई स्थान ऐसा न होता, जहाँ पाँव पसारकर वे न सो रहे हों। यह कार्य-कलाप कई दिनों तक चलता—कभी एक स्थान छोड़कर दूसरे स्थान पर चले जाते और वहाँ अपना प्रोग्राम जारी रखते। जब अपनी कमाई की अन्तिम पाई भी खाने-पीने के इस समारोह पर स्वाहा कर देते, तो मुँह लटकाकर चुपचाप खिन्न मुद्रा में अपनी-अपनी नावों की ओर चल देते। मद्यपान के बाद उन्हें अपना अंग-प्रत्यंग टूटता-सा प्रतीत होता, शरीर में अजीब-सी शिथिलता महसूस होती, चेहरों पर लड़ाई-झगड़े के चिह्न खिंचे रहते और सिर दर्द से फट रहा होता। फिर काम का ढर्रा शुरू हो जाता—यद्यपि वह काम एक अभिशाप की तरह उनसे चिपटा था, किन्तु उन्हें वही काम सबसे प्रिय भी लगता था; जितना ही वह कठिन था, उतना ही अधिक वह उन्हें उत्तेजित करता था।

गेम्ब्रीनस जाने से वे कभी न चूकते। दल-बल सहित बड़े हॉल में घुस पड़ते थे। उनका लम्बा डील-डौल और भारी फटती-सी आवाज़ें थीं। सर्दी की उत्तर-पूर्वी हवा के कारण उनके चेहरे लाल-सुर्ख़ हो गए थे। उन्होंने जल-सोख वास्कट, चमड़े की पतलूनें और घुटनों तक ढके हुए बैल की खाल के जूते पहन रखे थे। ये उसी क़िस्म के जूते थे, जिन्हें पहनकर उनके साथी तूफ़ानी रातों में समुद्र की अतल गहराइयों के नीचे चले जाते थे।

वे लोग शसका का आदर करते थे, इसलिए और स्थानों की तरह वे गेम्ब्रीनस में बैठनेवाले अजनबी लोगों को बाहर नहीं धकेलते थे। इसके अलावा वे जो मन में आता, वही करते। बियर के भारी गिलासों को फ़र्श पर पटककर चकनाचूर करने में उन्हें कोई हिचक नहीं होती थी। शसका उन्हीं के गीत वॉयलिन पर बजाने लगता, जो समुद्र की तरह अबाध, सहज और संजीदा होते। अपनी मज़बूत छाती तानकर वे भारी गले से एक-दूसरे के संग सुर से सुर मिलाकर गाने लगते। उनके बीच शसका 'आरफियस'-सा दीख पड़ता था, जो अपने संगीत के जादू से समुद्री लहरों को अपने वश में कर रहा हो। कभी-कभी मछली पकड़ने की नौका का एक लम्बी दाढ़ी वाला कप्तान गाते-गाते रोने लगता। उसकी आयु लगभग चालीस वर्ष के आसपास होगी। उसके कालगलित चेहरे से पाशविक कठोरता टपकती थी। किन्तु उसकी ऊँची आवाज़ में गीत के करुणा से भीगे शब्दों की मर्मवेदना बार-बार फूट पड़ती थी :

मैंने मछुए का जन्म क्यों पाया,
ग़रीबी और भाग्य से ठुकराया हुआ?

और कभी-कभी वे नाचने लगते। उनके चेहरे पत्थर-से भावहीन हो जाते और वे एक ही स्थान पर अपने ख़ौफ़नाक जूते बार-बार पटकने लगते। उनके शरीरों और वस्त्रों से आती हुई मछली की नमकीन गन्ध सारे हॉल में फैल जाती। शसका के प्रति वे बड़ी उदारता से पेश आते थे और बड़ी देर तक उसे अपने पास बिठाए रखते थे।

शसका भी उनके जीवन की कठिनाइयों और ख़तरों से अपरिचित न था। अक्सर उनके सम्मुख वॉयलिन बजाते हुए उसका हृदय आदरजन्य करुणा से भर जाता।

जब कभी व्यापारी जहाज़ों के अंग्रेज़ नाविक गेम्ब्रीनस में आते, तो शसका बड़े उत्साह से उनके मनोरंजन के लिए वॉयलिन बजाता था। भरा हुआ सीना, चौड़े कन्धे, सफ़ेद दाँत, गुलाबी गाल और हँसती हुई नीली मुखर आँखों वाले वे सजीले नौजवान अपना दल बनाकर हाथ में हाथ डाले गेम्ब्रीनस में आते थे। तने हुए उनके मांसल पुट्ठे मानो क़मीज़ फाड़कर बाहर आ जाना चाहते हों। उनके सीधे, सुघड़ और सुडौल गले क़मीज़ों के बाहर कमान की तरह उठे रहते थे। उनमें से कुछ नाविक शसका को पहचान जाते, क्योंकि वे उस बन्दरगाह में पहले भी आ चुके थे। एक परिचित मुस्कान में उनके होंठ फैल जाते, और सफ़ेद मोतियों-से दाँत चमकने लगते। रूसी ज़ुबान में वे शसका का अभिनन्दन करते : 'ज्दरिस्त'।

बिना किसी फ़रमाइश की प्रतीक्षा किये शसका वॉयलिन पर 'रूल बर्तानिया' की धुन छेड़ देता। इस समय उनके पाँव उस देश की धरती पर थे, जो दासता के अभिशाप से कुचला हुआ था। कदाचित् इसीलिए वे और भी अधिक गम्भीरता और गर्व से ब्रिटेन की स्वतंत्रता का तराना गाते थे। जब वे नंगे सिर खड़े होकर गीत की अन्तिम पंक्तियाँ गाते, तो रोमांच हो आता :

जनता ब्रिटेन की
ग़ुलाम न होगी कभी,
कभी नहीं, कभी नहीं, कभी नहीं!

जब वे ये पंक्तियाँ गाते तो उनके पास बैठे हुए उपद्रव-प्रिय लोग भी एक क्षण के लिए शान्त हो जाते और अपनी टोपियाँ उतार लेते।

एक भारी डील-डौल वाला तगड़ा नाविक, कानों में बालियाँ पहने, लम्बी झालर-सी दाढ़ी हिलाता हुआ शसका के पास आता, उसके सामने खीसें निपोरते हुए बियर के दो गिलास रख देता और उसकी पीठ को धीरे से

थपथपाते हुए नफ़ीरी बजाने की प्रार्थना करता। नाविकों के नृत्य के मदमाते, हिचकोले खाते हुए सुरों को सुनकर अंग्रेज़ नाविक अपनी कुर्सियों से उछल पड़ते और कनस्तरों और पीपों को दीवार से लगाकर नाचने के लिए स्थान ख़ाली कर देते। उल्लासपूर्ण मुस्कानों और हाथ के निशानों से वे दूसरे लोगों को भी नृत्य में भाग लेने के लिए आमंत्रित करते। उनमें कहीं कोई दूरी या दिखावे का भाव नहीं था। जो लोग उठने के लिए आमंत्रित करते, उनमें कहीं कोई दूरी या दिखावे का भाव नहीं था। जो लोग उठने में सुस्ती करते, उनके पास जाकर वे मेज़ के नीचे रखे पीपों को लात मारकर लुढ़का देते। किन्तु उन्हें ऐसा कुछ अवसरों पर करना पड़ता था। गेम्ब्रीनस में भला ऐसा कौन था, जो नाचने का शौक़ीन न हो? और जब शसका नफ़ीरी बजा रहा हो, तब तो बस सोने में सुहागा ही समझो। सारे हॉल में उत्साह की लहर दौड़ जाती—यहाँ तक कि शसका भी कुर्सी पर खड़ा होकर नफ़ीरी बजाने लगता, ताकि वह नाचनेवालों को अच्छी तरह से देख सके।

नाविकों का दल एक गोल दायरे में खड़ा हो जाता। उनमें से दो नाविक दायरे के बीच आते और सब मिलकर तेज़ लय के साथ ताली बजाने लगते। यह नृत्य नाविकों के समुद्री जीवन का प्रतीक था : जहाज़ चलने को तैयार है, बड़ा सुन्दर, सुहावना समय है और सारी व्यवस्था बड़े साफ़-सुथरे ढंग से पूरी हो गई है। नर्तक छाती पर दोनों हाथ आड़े-तिरछे ढंग से रख लेते, सिर पीछे की ओर टेढ़ा कर लेते, किन्तु धड़ का भाग निश्चल तना रहता और इस मुद्रा में उनके पाँव मदमत्त-से होकर तेज़ी से फ़र्श पर थपाथप थिरकने लगते। फिर हवा का वेग तेज़ हो जाता और जहाज़ धीरे-धीरे डोलने लगता। नाविकों में आनन्द की लहर दौड़ जाती और नृत्य की रूपरेखा उत्तरोत्तर अधिक पेचीदा और जटिल बनने लगती। हवा का एक झोंका आता, डेक पर चलना कठिन हो जाता और नर्तकों के पाँव धीरे डोलने लगते। लो, आख़िर तूफ़ान आ ही गया। नाविकों के पाँव उखड़ने लगते। स्थिति सचमुच चिन्ताजनक-सी दीखने लगती। 'हाथ ऊपर पतवार सँभालो!' नर्तकों के हिलते-डुलते हाथ-पैरों के संकेतों से यह स्पष्ट हो जाता कि हवा के तूफ़ानी थपेड़ों से जहाज़ डाँवाँडोल हो उठा है,

नाविक मस्तूल के रस्सों पर चढ़ रहे हैं, पालों को लपेट रहे हैं, चादरों को इकट्ठा कर रहे हैं। 'ठहरो...' जान बचाने के लिए एक नाव को जहाज़ से नीचे उतारा जाता। अपने सिर झुकाए, मांसल नंगे गलों को तानकर नर्तक कभी कमर झुकाते, कभी उठाते, मानो एड़ी-पसली का ज़ोर लगाकर नौका की डाँड चला रहे हों। किन्तु धीरे-धीरे तूफ़ानी हवा का वेग ढीला पड़ने लगता, जहाज़ का हिलना-डुलना कम हो जाता, आकाश साफ़ हो जाता और जहाज़ अपनी पुरानी मन्द गति से बहने लगता। नर्तकों के पाँव पूर्ववत् नफ़ीरी की ताल पर थिरकने लगते, सिर के नीचे उनका धड़ निश्चल और गतिहीन हो जाता और पुरानी मुद्रा में वे अपनी बाँहें आड़े-तिरछे ढंग से अपने कन्धों पर डाल लेते।

कभी-कभी शसका को जार्जियाई लोगों की फ़रमाइश पर 'लेजगिन्का' की धुन बजानी पड़ती थी। वे लोग शहर के पास रहते थे और शराब बनाते थे। कोई ऐसा नृत्य नहीं था, जिसकी धुन से शसका अपरिचित हो। भीड़ में से कोई नर्तक भेड़ की खालों की टोपी और सिरकास्सी कोट पहने हुए बाहर निकल आता और बार-बार सिर पीछे की ओर घुमाता हुआ कनस्तरों के बीच फुर्ती से नाचने लगता। उसके मित्र हल्ला मचाते हुए तालियाँ पीटते और उसे प्रोत्साहित करते। शसका भी हँसते हुए अपनी आवाज़ उनकी आवाज़ों के साथ मिलाकर चिल्लाने लगता : 'खस्स! खस्स! खस्स' शसका विभिन्न अवसरों पर मोल्दाविया का 'ज्होक,' इटली का 'तारांतेल्ला' और जर्मन नाविकों के लिए 'वॉल्ज' बजाया करता था।

कभी-कभी गेम्ब्रीनस लड़ाई का अखाड़ा बन जाता, मारपीट की नौबत आ पहुँचती। वह स्थान अनेक भयंकर लड़ाइयों का रणस्थल रह चुका था, किन्तु गेम्ब्रीनस के पुराने ग्राहक विशेष रूप से उस लड़ाई का वर्णन बड़े शौक़ से किया करते थे, जो गेम्ब्रीनस के इतिहास में अमर बन चुकी है। यह लड़ाई अंग्रेज़ नाविकों और रूसी जहाज़ी बेड़े के उन नाविकों के बीच हुई थी, जिन्हें क्रूजर से हटाकर रिज़र्व सेना में रख दिया गया था। घूँसे-मुक्के, लौह-पंजे, बियर के गिलास—कोई ऐसी चीज़ नहीं थी जिसका प्रयोग न किया गया हो;

यहाँ तक कि दोनों दल एक-दूसरे पर शराब के पीपे फेंकने में भी नहीं चूके थे। सच कहें तो मानना पड़ेगा कि लड़ाई शुरू करने की ज़िम्मेदारी रूसियों पर थी और छुरे भी सबसे पहले उन्होंने ही निकाले थे। यद्यपि रूसी नाविकों की संख्या अंग्रेज़ों से तीन गुना अधिक थी, फिर भी वे अंग्रेज़ों को पूरे आध घंटे के घनघोर युद्ध के बाद ही बाहर खदेड़ सके थे।

अक्सर ख़ून-ख़राबा होने से पूर्व ही शसका हस्तक्षेप करके बीच-बचाव कर देता था। वह उन लोगों के पास जाकर खड़ा हो जाता, जो आपस में झगड़ रहे होते। कभी कोई फड़कता हुआ मज़ाक़ कर देता और कभी अजीब-सा मुँह बना लेता। लोग लड़ाई-झगड़ा भूलकर उसे घेर लेते और चारों ओर से बियर के गिलास उसकी ओर बढ़ जाते।

"शसका, एक गिलास तो लो! आओ, मेरे संग बैठकर बियर पियो! आ भी जाओ यार!"

शसका की विनोदपूर्ण विनम्र सहृदयता, जो उसकी ढलवाँ खोपड़ी के नीचे उल्लसित आँखों से झलकती रहती थी, सम्भवतः उन सीधे-सादे लोगों की उत्तेजित, उन्मत्त भावनाओं को शान्त कर देती थी। कदाचित् उनके हृदय में शसका की कला-प्रवणता के प्रति गहरा आदर हो और उसके प्रति अपनी कृतज्ञता प्रकट करने के लिए ही वे उसकी बात मान जाते हों। शसका के दबदबे का कारण शायद यह भी रहा हो कि गेम्ब्रीनस के प्रायः सब ग्राहक आवश्यकता पड़ने पर शसका से रुपये उधार लिया करते थे और उसके ऋण के बोझ के नीचे हमेशा अपने को दबा हुआ पाते थे। जब उनकी जेबें ख़ाली हो जातीं और पास एक कौड़ी बाक़ी न बचती—जिस परिस्थिति को बन्दरगाह के निवासियों और नाविकों ने अपनी स्थानीय बोली में 'देखोखतो' का नाम दे रखा था—तब कोई दूसरा चारा न देखकर वे शसका के सामने हाथ फैलाते थे। शसका कभी 'ना' न करता और वे हमेशा उससे छोटी-मोटी रक़म लेने में सफल हो जाते।

कहना न होगा कि एक बार रुपये लेकर कोई ऋण चुकाने नहीं आता था—इसलिए नहीं कि वे जानबूझकर शसका को हानि पहुँचाना चाहते थे,

बल्कि उन्हें रुपये लौटना कभी याद ही नहीं रहता था। आख़िर ये ही तो वे क़र्ज़दार थे, जो आनन्द-उल्लास के क्षण में शसका के गीतों से प्रसन्न होकर उसकी जेबों में दस गुना से अधिक रुपया ठूँस देते थे।

कभी-कभी 'बारमेड' शसका पर तुनक पड़ती, "शसका, रुपये के मामले में तुम्हारी लापरवाही मुझे हैरत में डाल देती है," झिड़कते हुए वह कहती।

किन्तु शसका आश्वस्त स्वर में उत्तर देता, "मादाम ईवानोवा! अपने संग क़ब्र में तो रुपया ले नहीं जाऊँगा। जो कुछ भी है वह मेरे और स्नोड्रॉप के लिए काफ़ी है—क्यों स्नोड्रॉप, ठीक है न? ज़रा पास तो आओ...मेरी लाडो!"

5

गेम्ब्रीनस में संगीत-धुनों की लोकप्रियता कालचक्र के समान बदलती रहती थी।

बूर-युद्ध के समय 'बूर-मार्च' की धुन का फ़ैशन चला था (शायद उन्हीं दिनों गेम्ब्रीनस में अंग्रेज़ और रूसी नागरिकों के बीच झगड़ा भी हुआ था)। हर शाम शसका को बीसियों बार यह जोशीली धुन बजानी पड़ती थी। गीत के समाप्त होने पर लोग बड़े उत्साह से टोपियाँ हिलाते और तालियाँ पीटते थे। जो व्यक्ति इस उत्साह-प्रदर्शन में दिलचस्पी न दिखाकर उदासीन-से बैठे रहते, उनकी ओर लोग बुरी तरह घूर-घूरकर देखते थे। गेम्ब्रीनस में उदासीनता को एक अशुभ लक्षण माना जाता था।

फिर रूसी-फ्रेंच गठबन्धन के अवसर पर ख़ुशियाँ मनाई गईं। गवर्नर ने बड़े खट्टे दिल से गेम्ब्रीनस में 'मार्सिय्ये' बजाने की अनुमति दी थी। मार्सिय्ये भी रोज़ बजाया जाता, किन्तु 'बूर-मार्च' की तुलना में उसकी लोकप्रियता काफ़ी कम थी। बहुत कम लोग ताली बजाते थे और टोपी तो कोई हिलाता ही न था। एक तो लोगों में इस धुन के प्रति कोई विशेष हार्दिक लगाव न था, दूसरे गेम्ब्रीनस के ग्राहकों में ऐसे बहुत कम व्यक्ति थे, जो इस गठबन्धन के राजनीतिक महत्त्व को समुचित रूप से समझते हों। ले-देकर कुछ लोग थे,

जो बार-बार मार्सिय्ये बजाने की फ़रमाइश करते थे और वही लोग ताली भी पीटते थे।

एक बार नीग्रो नृत्य 'केक-वाक' की धुन काफ़ी लोकप्रिय हुई थी—किन्तु केवल कुछ अर्से के लिए ही। एक रात एक व्यापारी जो अकस्मात् गेम्ब्रीनस आ पहुँचा था, अपने रैकून फ़र का ओवरकोट, ऊँचे रबड़ के जूते और लोमड़ी की खाल की बनी टोपी को उतारने का कष्ट किये बिना ही, पीपों के बीच इस धुन के संग नाचने लगा था। किन्तु शीघ्र ही लोग इस नीग्रो नृत्य को भूल गए।

रूसी-जापानी युद्ध के आरम्भ होने पर गेम्ब्रीनस के ग्राहकों में काफ़ी उत्तेजना फैली थी। कनस्तरों पर अख़बार चिपकाए जाते थे। हर शाम युद्ध के सम्बन्ध में बहसें हुआ करती थीं। सीधे-सादे लोग, जो अब तक दीन-दुनिया से बेख़बर थे, कुछ ही दिनों में राजनीतिज्ञ बन गए। किन्तु भीतर ही भीतर उन्हें अपनी, या अपने भाई की अथवा जैसा कि प्राय: होता था, अपने मित्र की चिन्ता खाए जाती थी। उन दिनों उन सब लोगों के बीच मित्रता के अदृश्य बन्धन और अधिक सुदृढ़ हो गए, जिन्होंने लम्बे अर्से से एक साथ कन्धे से कन्धा मिलाकर काम किया था, जो मौत और अन्य ख़तरों का सामना करने में एक-दूसरे के साथ रहे थे।

शुरू में किसी को भी सन्देह न था कि अन्त में रूस ही विजयी होगा। शसका ने कहीं 'कुरोपटकिन मार्च' का गीत सुना था। लगातार बीस रातों तक वह यही धुन किंचित् सफलता संग बजाता रहा। किन्तु एक रात जब वालाक्लावा के मछुओं ने गेम्ब्रीनस में 'नमकीन यूनानी' अथवा 'पिनडोजिज' के गीत गाने शुरू किये, तो लोग 'कुरोपटकिन मार्च' की धुन बिलकुल भूल गए।

प्यारी माँ, वे मुझे तुमसे छीनकर ले गए
और भेज दिया मुझे दूर—बहुत दूर
कल तक तेरे हाथ मुझ पर थे
आज हथियार है मेरे हाथों में!

उस रात के बाद गेम्ब्रीनस में कभी कोई और धुन नहीं बजाई गई।

हर शाम सब लोग बार-बार इन गीतों की फ़रमाइश किया करते थे : 'शसका, बालाक्लावा का वही उदास गीत बजाओ, हाँ, वही सैनिकों का गीत।'

वे गाते हुए रोने लगते थे, पहले की अपेक्षा दुगनी मात्रा में शराब पीते थे—उन दिनों रूस में हर जगह यही हो रहा था। हर रात कोई-न-कोई अलविदा कहने आता था। गेम्ब्रीनस में आते ही वह फ़र्श पर मुर्गे की तरह फुदकने लगता, टोपी उतारकर नीचे फेंक देता, हाथ उठा-उठाकर चिल्लाता कि वह अकेला ही जापानियों के छक्के छुड़ा देगा और अन्त में वही हृदयभेदी गीत गाता हुआ रोने लगता।

एक दिन शसका रोज़ की अपेक्षा गेम्ब्रीनस में काफ़ी पहले पहुँच गया। उसके गिलास में बियर उड़ेलते हुए 'बार-मेड' ने वही बात दुहराई जो वह हर रोज़ कहती थी, "शसका, कोई अपनी पसन्द की चीज़ बजाओ!"

अचानक शसका के होंठ सिकुड़ गए। बियर का गिलास उसके हाथ में काँपने लगा।

"क्या तुम जानती हो, मादाम ईवानोवा," उसके स्वर में गहरा विस्मय था, "मुझे सेना में भर्ती होने के लिए बुलाया गया है—लड़ाई में जाने के लिए?"

मादाम ने अपने दोनों हाथ एक-दूसरे में उलझाकर मसल दिये।

"कैसी बात कर रहे हो शसका! मज़ाक़ तो नहीं कर रहे?"

"नहीं," शसका ने हल्की निराशा से सिर हिला दिया, "यह सच है।"

"किन्तु तुम्हारी उम्र के लोगों को भर्ती थोड़े ही किया जाता है? अब तुम्हारी आयु कितनी होगी?"

यह एक ऐसा प्रश्न था जिसे अब तक किसी ने शसका से नहीं पूछा था। सब लोग यही सोचते थे कि शसका उतना ही पुरातन है, जितनी 'बियर-घर' की दीवारें। उन दीवारों पर बने हुए मार्कुइस घरानों की राजवधुओं, यूक्रेन-निवासियों और मेढकों के चित्र, उतने ही प्राचीन हैं, जितनी बियर-सम्राट् की वह भव्य मूर्ति, जो प्रवेश द्वार पर खड़ी थी।

"छियालिस," शसका ने सोचते हुए कहा, "या शायद उन्चास! मैं अनाथ हूँ," उसने उदास होकर कहा।

"यह बात तुम अधिकारियों के पास जाकर क्यों नहीं कहते?"

"मैं गया था, मादाम ईवानोवा।"

"फिर क्या हुआ?"

"उन्होंने कहा, 'जाहिल यहूदी, बकवास मत करो, वरना जेलख़ाने की हवा खाओगे।' इसके आगे मैं क्या कहता?"

शाम तक यह बात गेम्ब्रीनस में बिजली की तरह फैल गई। कोई ऐसा व्यक्ति नहीं था, जिसने अपनी सहानुभूति प्रकट करने के लिए उसे बियर न पिलाई हो।

शसका नशे में अधमरा-सा हो गया। पहले की तरह उसने आँखें टेढ़ी कीं, मुँह बनाया, किन्तु उसकी विनोदपूर्ण आँखें उदास और आतंकग्रस्त-सी दिखाई देती थीं।

बॉयलर बनानेवाले एक ताक़तवर तगड़े मज़दूर ने अचानक खड़े होकर कहा कि शसका के स्थान पर युद्ध में जाने के लिए प्रस्तुत है। यह एक फ़िज़ूल-सी बात थी। किन्तु शसका की आँखों में आँसू भर आए। उसने उस मज़दूर को गले से लगा लिया और उसी समय, उसी स्थान पर अपना वॉयलिन उसे भेंट कर दिया।

स्नोड्राप को उसने 'बार-मेड' के हवाले कर दिया।

"मादाम ईवानोवा," उसने कहा, "मेरी इस छोटी-सी कुतिया को सँभालकर रखना। हो सकता है, मैं लौटकर वापस न आ सकूँ, तब यह कुतिया ही आपके पास मेरी निशानी रहेगी। स्नोड्रॉप—मेरी लाडो! देखो ज़रा, कैसे चटखारे ले-लेकर चॉप खा रही है! एक और बात है मादाम ईवानोवा, जो मैं आपसे कहना चाहता हूँ। मालिक के नाम मेरे कुछ रुपये हैं, कृपया वे रुपये उससे लेकर उन लोगों के पास भेज देना, जिनके पते मैं आपके पास छोड़ जाऊँगा। मेरा एक चचेरा भाई है, जो जोमोल में परिवार सहित रहता है। इसके अलावा मेरे भतीजे की विधवा जमैरिन्का में रहती है। मैं प्रतिमास उन्हें रुपये भेजता रहता हूँ। दरअसल हम यहूदी अपने रिश्तेदारों को बहुत चाहते हैं। मैं अनाथ हूँ, और अकेला हूँ। अलविदा, मादाम ईवानोवा!"

“अलविदा, शसका! क्या यह उचित नहीं होगा कि हम एक-दूसरे का चुम्बन लेकर विदा हों? आख़िर हम दोनों इतने वर्षों से एक साथ रहे हैं। शसका, बुरा न मानो तो मैं तुम्हें तुम्हारी कुशल-क्षेम के लिए ‘क्रॉस’ पहनाना चाहूँगी।”

शसका की आँखें गहरे विषाद में डूबी थीं, फिर भी वह मज़ाक़ करने का लोभ संवरण न कर सका :

“मादाम ईवानोवा, कहीं रूसी क्रॉस मुझे सीधा मृत्युलोक तो नहीं पहुँचा देगा?”

6

गेम्ब्रीनस का वातावरण अब उखड़ा-उखड़ा, वीरान-सा लगता था, मानो बिना शसका और उसकी वॉयलिन के वह अनाथ-सा हो गया हो। गेम्ब्रीनस के स्वामी ने ग्राहकों के मनोरंजन के लिए मैंडोलिन बजानेवाले चार घुमक्कड़ संगीतज्ञों को शसका के स्थान पर नियुक्त किया। उस संगीत-मंडली के एक सदस्य की वेशभूषा तो संगीत रंगमंच के किसी हास्य अभिनेता से मिलती-जुलती थी—बड़ी-बड़ी लाल मूँछें, कृत्रिम नाक, धारीदार पतलून और कानों से ऊपर निकले हुए क़मीज़ के कॉलर। वह अश्लील संकेतों के साथ हास्य-गीत गाया करता था। यह संगीत-मंडली अधिक दिनों तक नहीं चल सकी। गेम्ब्रीनस के ग्राहक अक्सर उनकी हँसी उड़ाया करते थे या कभी-कभी ‘सॉसेज’ के टुकड़े उन पर उछाला करते थे। एक बार हास्य अभिनेता के मुँह से शसका के प्रति तिरस्कारपूर्ण शब्द सुनकर तेन्द्रोवो के मछुओं ने उसकी ख़ूब ख़बर ली थी।

किन्तु समुद्र और बन्दरगाह के वे नवयुवक, जो युद्ध में मृत्यु या किसी अन्य दु:खदायी घटना के ग्रास बनने से बच गए थे, अब भी अभ्यासवश गेम्ब्रीनस में आते थे। शुरू-शुरू में तो हर शाम शसका को याद किया जाता था।

"काश, शसका हमारे बीच मौजूद होता! उसके बिना तो यहाँ बहुत अकेलापन महसूस होता है।"

"न जाने बेचारा कहाँ होगा!"

"दूर...दूर मंचूरिया के मैदानों में।"

अचानक किसी के मुँह से उस गीत के शब्द फूट पड़ते, जो उन दिनों अत्यन्त लोकप्रिय हो गए थे। किन्तु गानेवाला सकुचाकर बीच में ही रुक जाता। कोई अन्य व्यक्ति अचानक कह उठता :

"तीन प्रकार के घाव होते हैं—बिंधा हुआ, छिदा हुआ और कटा हुआ। इनके अलावा ऐसे घाव भी होते हैं, जो हमेशा के लिए फट जाते हैं और निरन्तर रिस-रिसकर बहते हैं।"

आए हम जीत लड़ाई, मिलन बेला आई,
हाय! बिधना की देखो खोटाई
बाँह बिन भेंटा जाई...!

"यह रिरियाना बन्द करो। मादाम ईवानोवा, शसका की कोई ख़बर मिली? क्या उसने कोई पत्र या पोस्टकार्ड भेजा है?"

मादाम ईवानोवा को हर रात अख़बार पढ़ने की आदत पड़ गई थी। स्नोड्रॉप आराम से उसकी गोद में लेटी हुई खर्राटे भरती और मादाम सिर पीछे किये, होंठ हिलाती हुई कुछ फ़ासले पर अख़बार टिकाए पढ़ती रहती। मादाम को इस अवस्था में देखकर कौन कह सकता था कि एक समय वह डेक पर खड़े कप्तान की भाँति हुकुम चलाया करती थी? अब तो उसके नाविक और मल्लाह (गेम्ब्रीनस के सेवक-सेविकाएँ) भी 'बियर-घर' में अलसाए, सोए-से इधर-से-उधर निरुद्देश्य चक्कर काटा करते थे।

जब कभी कोई शसका के हालचाल के सम्बन्ध में उससे प्रश्न पूछता, तो वह धीरे से सिर हिलाकर कहते :

"मुझे कुछ मालूम नहीं। उसका कोई पत्र मेरे पास नहीं आया और न अख़बारों से ही कुछ पता चलता है।"

वह धीरे से अपनी ऐनक उतारती और अख़बार के संग उसे पाँव के पास लेटी हुई स्नोड्रॉप के निकट रख देती। फिर वह धीमे-धीमे रोने लगती।

कभी-कभी वह उस छोटी-सी कुतिया पर झुककर कुंठित, करुण स्वर में अपने-आप बड़बड़ाने लगती, "स्नोड्रॉप, मेरी लाडो—कैसी तबियत है तेरी? हमारा शसका कहाँ गया—जानती नहीं अपने मालिक को? बता, इस समय वह कहाँ होगा?"

स्नोड्रॉप अपनी नन्ही-सी नाज़ुक नाक ऊपर उठाती, काली नम आँखों को झपकाती और 'बारमेड' के संग मिलकर धीरे-धीरे चूँ-चूँ करने लगती।

किन्तु समय की राख तले सब पीड़ा दब जाती है। सारंगी बजानेवाले गए, तो 'बलालायक़ा' बजानेवाले आ पहुँचे और उनके क़दमों पर रूसी-यूक्रेनी संगीत-मंडली ने, जिसमें लड़कियाँ भी शामिल थीं, अपनी उपस्थिति में गेम्ब्रीनस को सुशोभित किया। अन्त में ल्योशका आया और आते ही उसने गेम्ब्रीनस में अपनी धाक जमा ली। वह एकार्डियन (एक क़िस्म का हारमोनियम) बजाया करता था। पेशे से वह चोर था, किन्तु विवाह हो जाने के बाद उसने एक नये नैतिक जीवन का अध्याय आरम्भ करने का निश्चय कर लिया था। विभिन्न भोजनालयों में रहने के कारण लोग उससे परिचित थे, इसलिए गेम्ब्रीनस के ग्राहकों ने उसके नाम पर कोई विशेष आपत्ति नहीं उठाई। वैसे भी मन्दी के कारण आपत्ति करने का कोई प्रश्न ही नहीं उठता था।

दिन महीनों में उलझते गए और इस तरह एक साल गुज़र गया। मादाम ईवानोवा को छोड़कर अब गेम्ब्रीनस में शसका का कोई नामलेवा नहीं था और मादाम भी उसके नाम पर आँसू नहीं बहाती थी। दूसरा साल भी बीत गया। शसका की सफ़ेद छोटी कुतिया भी शायद अब उसे भूल चुकी थी।

किन्तु इस दौरान में शसका का भय निर्मूल साबित हो चुका था। रूसी क्रॉस ने उसे मृत्युलोक नहीं भेजा। वह अब तक तीन बड़ी लड़ाइयों में भाग ले चुका था—और एक बार भी घायल नहीं हुआ था।

अपनी बटालियन के बैंड में शसका बाँसुरी बजाया करता था। एक बार तो इस बटालियन के हरावल दस्तों में शामिल वह युद्ध के मोर्चे पर भी गया था।

वफांग्कू के स्थान पर उसे बन्दी बना लिया गया। युद्ध समाप्त होने पर एक जर्मन जहाज़ ने शसका को उसी बन्दरगाह पर छोड़ दिया, जहाँ उसके साथी काम करते थे और मौज उड़ाते थे।

उसके आगमन का समाचार बिजली की तरह सब बन्दरगाहों, घाटों और जहाज़ की गोदियों में फैल गया। उस रात गेम्ब्रीनस में तिल रखने की जगह न थी। बहुत-से लोगों को बैठने की सीट नहीं मिली और वे खड़े ही रहे। बियर के गिलास लोगों के सिरों पर से ग्राहकों के हाथों में पहुँचाए जाते थे। गेम्ब्रीनस में इतनी अधिक बिक्री शायद ही पहले कभी हुई हो, हालाँकि बहुत-से लोग बिना बिल चुकाए चलते बने थे। बॉयलर बनानेवाला मज़दूर शसका के वॉयलिन को अपनी पत्नी की शॉल में बड़ी सावधानी से लपेटकर लाया था। बियर के कुछ गिलासों के एवज़ में उसने वहीं, उसी समय वह शॉल बेच दी। जो व्यक्ति शसका के संग पियानो बजाता था, उसे भी शहर के किसी कोने-किनारे से खोजकर मंच पर बुला लिया गया। ल्योशका का आहत अभिमान विद्रोह कर उठा।

"कॉन्ट्रेक्ट के अनुसार मुझे पूरे दिन के पैसे मिले हैं..." उसने कहा और अपनी ज़िद पर अड़ गया।

किन्तु वहाँ उसकी कौन सुनता था? बिना किसी हील-हुज्जत के उसे गेम्ब्रीनस के बाहर खदेड़ दिया गया। यदि शसका बीच में हस्तक्षेप न करता तो उसकी ख़ूब मरम्मत की जाती।

जिस उत्साह और उमंग से शसका का स्वागत किया गया, शायद ही ऐसा स्वागत रूसी-जापानी युद्ध के किसी अन्य शूरवीर योद्धा को कहीं मिला हो। भीड़ में लोगों ने अपने कड़े मज़बूत हाथों से शसका को पकड़ लिया और हर्षोन्मादित होकर उसे फ़र्श से उठाकर ज़ोर-ज़ोर से ऊपर उछालने लगे। कई बार तो बेचारा शसका छत से टकराते-टकराते बचा! धीरे-धीरे कोलाहल इतना अधिक बढ़ गया कि गेम्ब्रीनस में गैस से जलनेवाली लालटेनों की बत्तियाँ ही बुझ गईं। मुहल्ले में गश्त लगानेवाला पुलिस का सिपाही अनेक बार भीतर आकर कह गया था कि वे लोग इतने ज़ोर से न चिल्लाएँ, क्योंकि सारी आवाज़ें बाहर सड़क तक पहुँच रही हैं।

उस रात शसका ने गेम्ब्रीनस के लोकप्रिय गीतों और नृत्यों की सब धुनों को बजाया। उसने कुछ जापानी गीतों की धुनों को भी बजाया, जो उसने अपने बन्दी-काल में सीखी थीं, किन्तु श्रोतागणों ने उन्हें पसन्द नहीं किया। शसका की वापसी से मादाम ईवानोवा को तो मानो एक नया जीवन मिल गया। उल्लसित मुद्रा में पूर्ववत् जहाज़ के कप्तान की भाँति वह सिर उठाए खड़ी थी। शसका की गोद में बैठी हुई 'स्नोड्रॉप' ख़ुशी में बार-बार भौंक उठती थी।

कभी-कभी जब शसका वॉयलिन बजाता हुआ रुक जाता, तब किसी सीधे-सादे मछुए के मन में शसका की चमत्कारपूर्ण वापसी का असली अर्थ और महत्त्व सहसा बिजली की तरह चमक जाता। 'अरे सच—यह शसका ही तो है!' सहज, उल्लासपूर्ण विस्मय से भरकर वह अचानक चिल्ला उठता। सब लोग हँसी के ठहाकों में लोट-पोट हो जाते, मज़ाक़ में गालियाँ देते और क़समें खाते। एक बार फिर शसका के लिए छीना-झपटी शुरू हो जाती, उसे ऊपर छत की ओर उछाला जाता, कोलाहल बढ़ता जाता, शराब के दौर फिर चलने लगते, गिलासों को खनखनाया जाता और एक-दूसरे के कपड़ों पर शराब छलका दी जाती।

शसका का चेहरा-मोहरा पहले जैसा ही लगता था—बुढ़ापे का कोई चिह्न कहीं लक्षित न होता था। 'बियर-घर' के संरक्षक गेम्ब्रीनस की मूर्ति की भाँति उसकी शक्ल-सूरत में भी समय और दुर्भाग्य किसी प्रकार का अन्तर लाने में असफल रहे थे। किन्तु मादाम ईवानोवा की नारी-सुलभ, संवेदनशील सहृदयता से शसका की आँखों में सहमा-दबा भय और पीड़ा छिपी न रह सकी। भय और पीड़ा का यही भाव शसका के जाने से पूर्व उसने उसकी आँखों में देखा था—अन्तर केवल इतना था कि आँखों का यह भाव अब और भी अधिक गहरा और अर्थपूर्ण दिखाई देता था। आज भी शसका पहले की तरह लोगों के विनोद के लिए विचित्र प्रकार की मुख-मुद्राएँ बनाता, अपने माथे पर सलवटें डालता, किन्तु मादाम ईवानोवा जानती थी कि वह केवल बन रहा है।

7

फिर सब कुछ पूर्ववत् स्वाभाविक सहज गति में बहने लगा, कभी युद्ध हुआ ही न था। यह असम्भव-सा लगता था कि शसका कभी नागासाकी में युद्धबन्दी भी रह चुका हो। पहले की तरह बुलेगा या भूरे रंग की मुलेट मछली पकड़ने की ख़ुशी में भीमकाय जूते पहने हुए मछुए गेम्ब्रीनस आते थे, चोरों के झुंड भी पहले की तरह आते थे, उनके दल की लड़कियाँ गेम्ब्रीनस में नाचती थीं और संसार के सब बन्दरगाहों के गीतों को, जो नाविक अपने संग गेम्ब्रीनस में लाते थे, शसका पहले की तरह अपनी वॉयलिन पर बजाया करता था।

किन्तु इसके बावजूद लगता था कि अशान्ति और गड़बड़ के बादल चारों ओर से घिरते चले आ रहे हैं। एक शाम तो कीड़ी-दल के समान लोगों के झुंड सड़कों पर इकट्ठा हो गए। सारे शहर में खलबली और उथल-पुथल-सी मच गई, मानो किसी ने ख़तरे की घंटी बजा दी हो। चारों ओर छोटी-छोटी सफ़ेद पर्चियाँ बाँटी जा रही थीं। लोगों की ज़ुबानों पर केवल एक शब्द सुनाई देता था : 'स्वतंत्रता', जिसे उस शाम देश की समूची जनता बार-बार दुहरा रही थी।

फिर आनन्द और उल्लास के सुनहरे दिन आए, जिनकी उजली चमकीली आभा से गेम्ब्रीनस का अँधेरा तहख़ाना भी आलोकित हो उठा। अब गेम्ब्रीनस छात्रों, मज़दूरों और सुन्दर युवतियों से भरा हुआ दिखलाई देने लगा। जिन कनस्तरों ने अपने समय में इतना सब कुछ देखा था, अब उन पर चमकती हुई आँखों वाले नवयुवक खड़े होकर भाषण देते थे। उनकी बहुत-सी बातें पल्ले नहीं पड़ती थीं, किन्तु उनके शब्दों से छलकती हुई उज्ज्वल आशा और प्रेम की प्रतिध्वनि उत्सुक श्रोतागणों के दिलों में देर तक गूँजती रहती थी :

"शसका—मरिसिय्ये बजाओ, मारसिय्ये...।"

'मारसिय्ये' का यह वातावरण उससे बिलकुल भिन्न था, जब रूसी-फ्रांसीसी गठबन्धन के उपलक्ष्य में होनेवाले आनन्द-समारोह के समय गवर्नर ने अनमने भाव से गेम्ब्रीनस में 'मारसिय्ये' बजाने की अनुमति दी थी।

अब तो अनगिनत जुलूस सड़कों पर दिन-रात निकला करते थे, जिनमें लोग लाल झंडे फहराते हुए, गाने गाते हुए गली-गली घूमा करते थे। औरतें लाल फूल और लाल रिबन लगाकर घरों से बाहर निकला करती थीं। अजनबी और पूर्णतया अपरिचित लोग भी मुस्कराते हुए एक-दूसरे से हाथ मिलाते थे किन्तु एक दिन उत्साह और उल्लास की यह लहर अचानक किसी अज्ञात दिशा में विलीन हो गई, मानो सागर-तट पर बच्चों के पदचिह्नों को किसी ने अचानक मिटा दिया हो! एक दिन पुलिस का असिस्टेंट कमिश्नर पैर पटकता हुआ गेम्ब्रीनस में आ धमका। नाटा क़द, थलथल करता भारी मोटा शरीर, आँखों से बाहर निकलती हुई पुतलियाँ—देखने में वह ज़रूरत से ज़्यादा पका हुआ टमाटर-सा लगता था।

"क्यों? इस जगह का मालिक कौन है?" फटे हुए बाँस की-सी उसकी आवाज़ चीख़ उठी, "उसे ज़रा मेरे पास बुलाओ।"

उसकी आँखें शसका पर जम गईं। वह अपना वॉयलिन लिये मंच पर खड़ा था।

"क्या तुम इस जगह के मालिक हो?...चुप रहो।...क्या?...अच्छा, तो आप हैं वह जनाब, जो तराने बजाते हैं! यहाँ तराना नहीं बज सकता—समझे?"

"जनाब, आगे से यहाँ कोई तराना नहीं बजेगा," शसका ने शान्त भाव से उत्तर दिया।

असिस्टेंट कमिश्नर का मुँह ग़ुस्से से लाल हो गया। शसका की नाक के नीचे अपनी बड़ी अँगुली ज़ोर-ज़ोर से नचाता हुआ वह गरजने लगा :

"बिलकुल नहीं बजेगा।"

"हाँ, जनाब, बिलकुल नहीं बजेगा।"

"क्रान्ति करने चले हैं! अभी सब पता चल जाएगा कि क्रान्ति कैसे की जाती है।"

धमधमाता हुआ वह बाहर चला गया। गेम्ब्रीनस के हॉल में निराशा छा गई।

सारा शहर अँधेरे में डूबता गया। अफ़वाहें अपने भयावह, मनहूस डैने फैलाकर हवा में उड़ने लगीं। लोग सतर्क होकर बात करते, मानो कोई हल्का-सा संकेत भी उन्हें किसी जाल में फँसा देगा। वे अपने विचारों, यहाँ तक कि अपनी छायाओं से भी डरने लगे। पहली बार उन्हें महसूस हुआ कि उनके पाँव किसी गहरी दुर्गन्धमयी, काली दलदल में फँसे हैं—समुद्र के किनारे पर जमी हुई दलदल—जिसमें विगत अनेक वर्षों से वह शहर अपनी विषैली मल-विष्ठा निकाल-निकालकर इकट्ठा करता रहा है। सारे शहर में बढ़ी-चढ़ी दुकानों की खिड़कियों के सुन्दर शीशों पर तख़्ते जड़ दिये गए, भव्य स्मारकों के सामने पहरेदार बिठा दिये गए और आलीशान, समृद्धशाली भवनों के आँगनों में तोपें लगा दी गईं, ताकि ख़तरे के समय उनकी रक्षा की जा सके। दूसरी ओर शहर के बाहर सँकरी दुर्गन्धमयी झोंपड़ियों में, उन घरों में जिनकी छतों पर पानी टपकता था, भगवान के प्रियजन रहा करते थे। बाइबल के क्रूर, निर्मम ईश्वर द्वारा परित्यक्त, उपेक्षित ये आतंकग्रस्त लोग डर के मारे दिन-रात रोते हुए प्रार्थना किया करते थे; जैसे अब भी उनके मन में सुख की आशा बची है, मानो अभी उनके कष्टों का प्याला पूरा लबालब भरा नहीं है।

शहर के नीचे समुद्र-तट के पास अँधेरी, चिपचिपाती नालियों-सी तंग, संकीर्ण गलियों में ख़ुफ़िया तरीक़े से काम किया जा रहा था। उस रात मदिरालयों, चाय-घरों और धर्मशालाओं के दरवाज़े खुले रहे।

दूसरे दिन सुबह यहूदियों का क़त्लेआम शुरू हो गया। जो लोग कुछ दिन पहले तक भाईचारे की भावना पर आधारित भावी समाज के आलोक और उल्लास से उत्प्रेरित होकर सड़कों पर स्वतंत्रता के झंडे फहराते, गाते हुए घूमा करते थे, वे लोग अब ख़ून के प्यासे हो गए थे। इस आकस्मिक परिवर्तन का कारण यह नहीं था कि किसी ने उन्हें ख़ून बहाने का आदेश दिया था, या उनके दिलों में यहूदियों के प्रति कोई घृणा की भावना थी, या इसमें उनका कोई निजी स्वार्थ था। किन्तु हर आदमी के भीतर एक धूर्त, अधम शैतान छिपा रहता है, जो अवसर पाते ही सिर उठाकर फुसफुसाने लगता है :

"जाओ—अब आदमी के ख़ून से अपने हाथ रँगने की तुम्हें खुली छूट है, हत्या करके अपनी निषिद्ध तृष्णा को तृप्त करो, बलात्कार करने का आनन्द भोगो, दूसरे पर अपनी शक्ति आज़माने का यही अवसर है, इसे हाथ से मत जाने दो।"

क़त्लेआम के दौरान में शसका का बाल भी बाँका न हुआ, हालाँकि वह दिन-भर सड़कों पर घूमता रहा था और उसके चेहरे को देखकर साफ़ पता चल जाता था कि वह यहूदी है। उसकी निर्भीक आत्मा के अटूट और अडिग साहस ने उसे प्रत्येक भय के प्रति अभय बना दिया था—दुनिया भर की समस्त बन्दूक़ें चाहे किसी व्यक्ति को न बचा पाएँ, किन्तु अभयता का यह प्रसाद एक कमज़ोर व्यक्ति को भी सुरक्षित रखने में समर्थ होता है। एक दिन सड़क पर एक लम्बी भीड़ आँधी की तरह बढ़ती चली आ रही थी। शसका रास्ते पर हटकर एक मकान की दीवार से सटकर खड़ा हो गया। किन्तु भीड़ में एक राज-मज़दूर ने उसे देख लिया। वह लाल क़मीज़ पहने था और गले में एक सफ़ेद रूमाल लटका रखा था। अपनी खेनी हवा में हिलाता हुआ वह चिल्लाया, "देखो, साला यहूदी सामने खड़ा है! ज़रा देखें तो सही, इसके ख़ून का रंग कैसा है?"

किन्तु भीड़ में से ही किसी ने उसका हाथ पकड़ लिया।

"तेरा दिमाग़ तो ख़राब नहीं हो गया—देखता नहीं, यह शसका है।"

राज-मज़दूर ठिठक गया। उन्मत्त विक्षिप्तावस्था के उस अन्धे प्रमाद क्षण में वह अपने पिता, अपनी बहन, पादरी अथवा ऑर्थोडोक्स चर्च के भगवान तक की हत्या करने में न झिझकता, किन्तु शायद इसी कारण वह एक बच्चे की तरह कोई भी आज्ञा मानने को प्रस्तुत हो जाता, यदि वह आज्ञा अधिकारपूर्ण स्वर में दी जाती।

वह पागल की तरह दाँत निपोरने लगा, फिर ज़ोर से एक तरफ़ थूककर उसने क़मीज़ की आस्तीन से अपना मुँह साफ़ किया। किन्तु अचानक उसकी आँखें एक सफ़ेद कुतिया पर पड़ गईं, जो शसका से चिपटी हुई काँप रही थी। उसने बिजली की तेज़ी से नीचे झुककर उस कुतिया को पिछली दो टाँगों से

पकड़कर ऊपर उठाया और उसके सिर को सड़क के पत्थरों पर दे मारा। उसके बाद वह वहाँ नहीं ठहरा और भागने लगा।

शसका की आँखें चुपचाप उस दिशा की ओर देखती रहीं, जहाँ वह भागकर चला गया था। वह आदमी नंगे सिर भागे चला जा रहा था, उसका शरीर नीचे की ओर झुका हुआ था और उसने अपनी दोनों बाँहें हवा में फैला रखी थीं। उसका मुँह खुला हुआ था और उसकी सफ़ेद फटती-सी आँखों में अजीब-सा पागलपन भरा हुआ था।

स्नोड्रॉप के भेजे के टुकड़े शसका के जूतों पर लिथड़ आए थे। उसने अपने रूमाल से उन्हें साफ़ कर दिया।

8

उसके बाद जो दिन आए, वे एक लकवाग्रस्त रोगी की नींद की तरह अजीब थे। शाम हो जाने पर भी शहर का कोई मकान ऐसा न था, जिसकी खिड़की से रोशनी आती हो। किन्तु उन रेस्तराँओं के साइनबोर्ड, जहाँ गाना-बजाना होता था, और मदिरालयों की खिड़कियाँ बिजलियों से जगमगाती रहती थीं। पिछले दिनों की लूटमार और अनियंत्रित अराजकता से अभी मदमत्त विजेताओं की भूख नहीं मिटी थी। उनके दिलों में अपनी शक्ति आज़माने के अरमान अभी बाक़ी थे। अनेक उच्छृंखल स्वभाव वाले उपद्रव-प्रिय व्यक्ति मंचूरिया की फ़र की बनी टोपियाँ पहने और अपनी वास्कटों के बटन-होल में सेंट जॉर्ज के रिबन लगाए रेस्तराँओं के चक्कर लगाते फिरते थे और हर रेस्तराँ में जाकर ज़िद करते थे कि 'जनता का तराना' बजना चाहिए और लोगों को वे कुर्सियों से उठाकर खड़ा रहने के लिए बाध्य करते थे। ये लोग अक्सर घरों में घुस जाते थे; बिस्तरों और अलमारियों के ख़ानों और दराज़ों को खोलते-टटोलते थे; वोका, रुपयों और तराने की माँग करते थे और शराब और दुर्गन्ध से सारी हवा को दूषित करके वापस लौट जाते थे :

उनमें से दस आदमियों का दल एक बार गेम्ब्रीनस आ पहुँचा। दो मेज़ों के आमने-सामने वे लोग बैठ गए। उनकी बातचीत और चाल-ढाल से दर्प और उद्दंडता का भाव झलकता था। वेटरों के प्रति उनका व्यवहार अनौचित्यपूर्ण था। अपने पास बैठे हुए लोगों से अपरिचित होने के बावजूद वे उनके कन्धों पर थूक देते थे, दूसरे लोगों की सीटों पर अपने पाँव फैला देते थे, या बियर को बासी कहकर फ़र्श पर लुढ़का देते थे। वे ऊधम-उत्पात मचाते रहे किन्तु किसी ने उनसे 'हाँ, ना' नहीं कही। सब जानते थे कि वे पुलिस के भेदिए हैं, इसलिए उनके दिलों में इन आदमियों के प्रति न केवल छिपा-दबा भय था, बल्कि एक अदम्य उत्सुकता का अस्वस्थ भाव भी था—कुछ ऐसा ही कुतूहल का भाव, जो सर्वसाधारण लोगों में जल्लादों के प्रति भी देखा जाता है।

मोतका उस दल का नेता था। उसकी नाक टूटी हुई थी, इसलिए वह नकियाकर बोलता था और लोग उसे मोतका 'नकुआ' कहकर पुकारते थे। उसके बाल लाल थे और वह एक यहूदी था जिसने ईसाई धर्म स्वीकार कर लिया था। हर जगह उसकी शारीरिक शक्ति की दाद दी जाती थी। पहले वह चोरी करता था, किन्तु यह धन्धा छोड़कर वह एक वेश्यालय का चौकीदार और बाद में दलाल बन गया। आजकल भी वह एक तरह से दलाल था, अन्तर केवल इतना था कि अब वह वेश्याओं के स्थान पर पुलिस की दलाली करता था।

शसका वॉयलिन पर 'बर्फ़ का तूफ़ान' की धुन बजा रहा था। अचानक 'नकुए' ने आगे बढ़कर शसका का दाहिना हाथ पकड़ लिया और हॉल की ओर मुँह करके चिल्लाया, "तराना...जनता का तराना, दोस्तो, हमारे गौरवयुक्त सम्राट् के सम्मान में तराना होना चाहिए।"

"तराना! तराना!" एक आवाज़ में फ़र की टोपियाँ पहने हुए उचक्कों ने चिल्लाना शुरू कर दिया।

"तराना!" पीछे के सिरे से एक अकेली धीमी, ढिलमिल-सी आवाज़ सुनाई दी।

किन्तु शसका ने अपनी बाँह छुड़ाकर शान्त स्वर में कहा, "यहाँ कोई तराना नहीं होगा।"

"क्या?" नकुआ ग़ुस्से में दहाड़ने लगा, "तेरी यह मज़ाल—गले-सड़े यहूदी!"

शसका नीचे झुका और अपना मुँह नकुए के मुँह के पास ले आया। उसके चेहरे की झुर्रियाँ खिंच आईं। वॉयलिन को एक तरफ़ रखकर उसने कहा, "और तुम...तुम कौन हो?"

"क्या मतलब?"

"माना मैं एक गला-सड़ा यहूदी हूँ, लेकिन तुम कौन हो?"

"मैं ऑर्थोडोक्स ईसाई हूँ।"

"ईसाई हो? ख़ूब! ईसाई बनने के एवज़ में कितना कुछ हाथ लगा?"

सारा गेम्ब्रीनस हँसी के ठहाकों से गूँज उठा। ग़ुस्से से नकुए का चेहरा लाल हो गया। अपने साथियों की ओर उन्मुख होकर वह आँसुओं से रुँधी, काँपती आवाज़ में किसी दूसरे व्यक्ति के शब्दों को दुहराने लगा, जो कदाचित् उसे कंठस्थ थे, "दोस्तो, हम कब तक इस यहूदी के मुँह से सम्राट् और 'धर्मपरायण चर्च' के बारे में यह ग़लाज़त से भरी गाली-गलौज सुनते रहेंगे?"

किन्तु शसका ने मंच पर खड़े होकर नकुए का मुँह अपनी ओर मोड़ लिया। गेम्ब्रीनस के ग्राहकों ने शसका को सदा हँसते, या मुँह बनाते हुए ही देखा था, किन्तु उस दिन वे उसके प्रभावशाली, अधिकारपूर्ण शब्दों को सुनकर स्तम्भित रह गए।

"कुत्ते के बच्चे...हत्यारे! ज़रा देखूँ तेरी शक्ल! इधर मुँह कर, वहाँ क्या देख रहा है? हाँ—अब बता!"

आँख झपकते ही सारा कांड हो गया। शसका का वॉयलिन ऊपर उठा, हवा में चमका और 'फट' से आवाज़ हुई। फ़र की टोपी पहने हुए उस लम्बे आदमी की कनपटी पर प्रहार हुआ और उसके पाँव डगमगाने लगे। वॉयलिन टूटकर चूर-चूर हो गया। शसका के हाथ में अब केवल वॉयलिन की छड़ी थी, जिसे उसने विजयोल्लास में भीड़ के ऊपर हवा में उठा रखा था।

"दोस्तो, मेरी मदद करो!" नकुआ ज़ोर-ज़ोर से चीख़ रहा था।

किन्तु समय हाथ से निकल चुका था। लोग शसका के इर्द-गिर्द एक मज़बूत दीवार बनाकर खड़े हो गए थे, ताकि उस पर कोई आँच न आ सके। इसी दीवार ने फ़र की टोपियाँ पहने बदमाशों के दल को बाहर खदेड़ दिया।

किन्तु एक घंटे बाद जब शसका अपनी ड्यूटी पूरी करके बियर-घर के बाहर आया, तो बहुत-से लोग एक संग उस पर टूट पड़े। उनमें से किसी आदमी ने शसका की आँख पर घूँसा मारा और सीटी बजा दी। जब पुलिस का सिपाही भागता हुआ घटनास्थल पर पहुँचा, तो उस आदमी ने शसका को उसके हवाले करते हुए कहा : "इस आदमी को बुलीवा स्टेशन ले जाओ। राजनीतिक अभियोगी...समझे—यह रहा मेरा बिल्ला।"

9

इस बार जब शसका को पकड़कर ले गए, तो सबने यही समझा कि अब वह कभी वापस नहीं लौटेगा। गेम्ब्रीनस का एक ग्राहक भी उस समय मौजूद था, जब बियर-घर के पास सड़क पर शसका के साथ यह दुर्घटना हुई थी। गेम्ब्रीनस के अन्य ग्राहकों को उसके मुँह सारी बात का पता चला था। गेम्ब्रीनस में आनेवाले लोग अनुभवी व्यक्ति थे, 'बुलीवा स्टेशन' किस क़िस्म का स्थान है, यह उनसे छिपा न था। पुलिस के दलाल जिसके पीछे पड़ जाते हैं, उसकी कैसी दुर्दशा होती है, इस बात से भी वे भली-भाँति परिचित थे।

किन्तु पहले की अपेक्षा इस बार शसका का दुर्भाग्य अधिक दिनों तक चिन्ता का विषय नहीं बन सका। लोग जल्दी ही उसे भूल गए। उसके स्थान पर एक नये व्यक्ति को वॉयलिन बजाने के लिए नियुक्त कर दिया गया। वह शसका का ही एक शिष्य था।

तीन महीने बाद वसन्त की एक सुरम्य, शान्त सन्ध्या के समय, जब गेम्ब्रीनस में 'प्रतीक्षा' के वाल्ज-नृत्य की धुन बज रही थी, कोई पतली, डरी हुई आवाज़ में अचानक चिल्ला उठा, "दोस्तो—शसका आ गया!"

लोगों के सिर मुड़ गए, वे पीपों से उठ खड़े हुए। हाँ, यह शसका ही तो था, जो मौत के मुँह से दुबारा वापस लौट आया था। उसकी दाढ़ी बढ़ गई थी और चेहरा पीला, म्लान-सा हो आया था। लोगों ने उसे घेर लिया—कोई उसे गले से लगाता था, कोई उसके हाथ में बियर का गिलास पकड़वा रहा था। किन्तु वही आदमी जो पहले चिल्लाया था, पुनः चीख़ उठा, "दोस्तो, शसका की बाँह को क्या हुआ?"

एक घनी चुप्पी छा गई। शसका के बाएँ हाथ की कुहनी एक तरफ़ मुड़ी हुई-सी लटकी थी। लगता था, मानो किसी ने उसे कुचल डाला हो! वह अपने हाथ को झुकाने या उठाने में असमर्थ-सा दीखता था। हाथ की अँगुलियाँ उसकी ठुड्डी के पास शिथिल-सी पड़ी थीं।

"यह क्या हुआ भाई?" रूसी कम्पनी के एक नाविक ने मौन तोड़ा।

"कोई ख़ास बात नहीं," शसका ने लापरवाही से उत्तर दिया, "शायद किसी जोड़ की हड्डी या नस पर चोट लग गई है।"

"यह बात है!"

एक बार फिर निस्तब्धता छा गई।

"क्या अब 'चरवाहा' हमारे बीच नहीं रहेगा?" नाविक के शब्दों में सहानुभूति भरी थी।

"चरवाहा?" शसका की आँखें मुस्कराहट में भीगी-सी चमक उठीं।

"देखो...ज़रा..." पियानो-वादन करनेवाले अपने साथी की ओर उन्मुख होकर वह पहले की तरह आश्वस्त भाव से चिल्लाया, "चरवाहा...शुरू करो, एक-दो-तीन..."

पियानो पर आनन्द और उल्लास से भरी नृत्य-संगीत की धुन बजाते हुए उसके साथी ने चिन्तित, शंकाकुल दृष्टि से शसका की ओर देखा। किन्तु शसका तैयार खड़ा था, उसने तुरन्त अपना दायाँ हाथ—जो ठीक था—

जेब में डालकर एक काले रंग का लम्बा वाद्य-यंत्र निकाल लिया, जो हाथ की हथेली से बड़ा नहीं था। उसके संग पेड़ की टहनी का एक टुकड़ा था, जिसे उसने मुँह में रख लिया। जहाँ तक उसकी टूटी, अकड़ी हुई बाँह रास्ता दे सकती थी, वहाँ तक वह बाईं ओर झुकता चला गया और अचानक 'ओकारिना' (एक प्रकार का बाजा) पर रस और उल्लास से भरी 'चरवाहा' की नाचती, झूमती धुन बजाने लगा।

"हा-हा-हा...!" श्रोतागण ख़ुशी के मारे अपनी कुर्सियों से उछल पड़े। चारों ओर हँसी की लहर दौड़ गई।

"यह शसका भी छिपा रुस्तम है!" नाविक ख़ुशी से चिल्ला उठा और ज़ोर-ज़ोर से हाथ-पाँव घुमाता हुआ नाचने लगा। अपने इस अदम्य उत्साह पर मानो उसे स्वयं आश्चर्य हो रहा था। गेम्ब्रीनस के अन्य ग्राहक, स्त्री-पुरुष मिलकर उसके साथ नाचने लगे। वेटर भी मुस्कराते हुए अपने पैरों से ताल देने लगे, हालाँकि वे अपनी मुखमुद्रा को गम्भीर बनाए रखने का भरसक प्रयत्न कर रहे थे।

मादाम ईवानोवा, जो 'बार' की ऊँची कुर्सी पर जहाज़ के कप्तान की भाँति हुकुम दे रही थी, कुछ क्षणों के लिए अपने कर्तव्यों को भूल-सी गई और धीमे-धीमे अपनी अँगुलियाँ चटखाते हुए नृत्य की हँसती, उछलती लय के साथ अपना सिर हिलाने लगी।

लगता था, मानो गेम्ब्रीनस की पुरानी, जीर्ण-शीर्ण, कालगलित मूर्ति भी अपनी भौंहों को हिलाती हुई, प्रसन्न चित्त से बाहर सड़क की ओर देख रही है। ऐसा प्रतीत होता था कि अपाहिज़ शसका के हाथों में सीधी-सादी बेचारी सीटी एक ऐसे स्वर में अपना गीत गा रही है, जिसकी भाषा से दुर्भाग्यवश न केवल गेम्ब्रीनस के ग्राहक अपरिचित हैं, बल्कि जिसे समझने में स्वयं शसका अपने को असमर्थ पा रहा है :

"चिन्ता न करो। तुम आदमी को अपाहिज़ बना सकते हो, किन्तु कला का बाल भी बाँका नहीं कर सकते। कला की हमेशा विजय होगी।"

[1907]

एमरल्ड

[खोल्सतोमर की याद में, जो एक बेजोड़ चितकबरा दौड़ाक था]

रात आधी बीत चुकी थी। अपने नियत समय पर अस्तबल में खड़े 'एमरल्ड' की आँख खुल गई। चमकीले सलेटी बालों वाले एमरल्ड की आयु लगभग चार वर्ष की होगी। वह रेस का घोड़ा था और अमेरिकी घोड़ों-सा उसका डील-डौल था। उसके दाएँ-बाएँ और दहलीज़ की दूसरी ओर पाँत लगाकर बाक़ी घोड़े खड़े थे। वे चटखारे ले-लेकर घास-फूस का चारा चबा रहे थे। चलते हुए दाँतों का 'कच-कच' स्वर एक लय में बँधा हुआ आता था। जब कभी चारे में मिली हुई धूल उनके नथुनों में घुस जाती, तो उनकी नाक घरघराती हुई-सी बोलने लगती। एक कोने में घास के ढेर पर पड़ा हुआ साईस खर्राटे भर रहा था, हालाँकि उस समय वह अपनी ड्यूटी पर था। दिनों के परिवर्तन और खर्राटों के स्वर से एमरल्ड जान गया कि घास पर लेटा हुआ आदमी वासिली के अलावा दूसरा कोई नहीं है। वासिली की उम्र ज़्यादा नहीं थी, अभी लड़का-सा ही दीखता था। उसकी करतूतों के कारण

घोड़े अक्सर उससे कतराते थे। अस्तबल को वह अपनी सिगरेटों के गन्दे, दम घुटा देनेवाले धुएँ से भर देता था, घुड़साल की कोठरियों में वह शराब के नशे में धुत्त होकर आता था, कभी किसी घोड़े के पेट पर लात जमा बैठता था, कभी उनकी आँखों के सामने हवा में घूँसे चलाता था, उनके गलों में बँधी रस्सी को झटका देकर, ज़ोर से खींच देता था और हमेशा अस्वाभाविक कर्कश स्वर में दनदनाता हुआ डाँट-फटकार बरसाता रहता था।

एमरल्ड अपनी कोठरी के दरवाज़े तक चला आया। उसके सामने 'स्मार्ट' नामक घोड़ी की कोठरी थी। स्मार्ट काले रंग की घोड़ी थी। उसका यौवन अभी पूर्णरूप से विकसित नहीं हुआ था। अँधेरे में उसका शरीर एमरल्ड की आँखों से छिपा था, किन्तु जब कभी भूसे की टोकरी से वह अपना सिर ऊपर उठाती, कुछ क्षणों के लिए उसके गहरे नीले रंग की आँख अँधेरे में चमक जाती। एमरल्ड ने अपने नथुने फुलाकर एक लम्बी साँस खींची, मानो स्मार्ट के शरीर की अदृश्य किन्तु उत्तेजक गन्ध सूँघ रहा हो, और वह हिनहिनाने लगा। स्मार्ट भी उत्तर में अपनी चपल, काँपती हुई, प्यार से भरी आवाज़ में हिनहिना दी।

उसी क्षण एमरल्ड को पास की कोठरी से ईर्ष्या और क्रोध से भरी फूत्कारती साँसें सुनाई दीं। यह 'ओनजिन' था—भूरे रंग का एक अधेड़ आयु का साहसी घोड़ा, जो कभी-कभी शहर की घुड़दौड़ों में भाग लिया करता था। एक पतला-सा लकड़ी का तख़्ता इन दोनों घोड़ों की कोठरियों के बीच लगा था, इसलिए दोनों ही एक-दूसरे को देख पाने में असमर्थ थे। एमरल्ड तख़्ते के सिरे पर अपनी नाक ले गया। उसे चबाई हुई घास की उष्ण गन्ध ओनजिन के तेज़ी से फड़कते हुए नथुनों से आती हुई जान पड़ी। ग़ुस्से में उन दोनों घोड़ों के गले तन गए, कान सिर पर सिमट आए और वे कुछ देर तक अँधेरे में एक-दूसरे को सूँघते रहे। दोनों का पारा चढ़ा हुआ जान पड़ता था। दोनों ऊँची आवाज़ों में चीख़ उठे और ग़ुस्से में पंजों से फ़र्श कुरेदते हुए हिनहिनाने लगे।

"हरामज़ादे कहीं के! चुप हो रहो!" सोता हुआ साईस गुर्रा उठा। अपनी आदत के अनुसार वह डाँट-डपट किये बिना नहीं रह सकता था।

भय से दोनों घोड़ों के कान खड़े हो गए और झटपट दरवाज़े के पीछे खिसक आए। वैसे तो वे दोनों एक-दूसरे के पुराने शत्रु थे, किन्तु पिछले तीन दिनों के दौरान—जब से वह काली घोड़ी अपनी मदमाती मधुरिमा बिखेरती हुई अस्तबल में आई थी—कोई ऐसा दिन नहीं बीता था जब वे कई बार आपस में गुत्थमगुत्था न हुए हों। दरअसल साधारण रूप से घोड़ियों को उस अस्तबल में नहीं लाया जाता था, किन्तु इस बार घुड़दौड़ होने से पूर्व भीड़-भक्कड़ हो जाने से स्थानाभाव के कारण स्मार्ट को इस अस्तबल में रख दिया गया था। दोनों घोड़ों की जहाँ भी मुलाक़ात हो जाती, चाहे अस्तबल हो, या घुड़दौड़ का मैदान, या पानी के हौज के पास—एक दूसरे को वे लड़ाई के लिए चुनौती देने लग जाते। किन्तु एमरल्ड मन-ही-मन ओनजिन के भीमकाय शरीर से भय खाता था। ओनजिन का गहरा आत्मविश्वास, उसके शरीर से आती हुई मक्कारी की गन्ध, ऊँट की तरह बाहर निकला हुआ उसका विशाल टेंटुआ, उसकी संजीदा गहरी आँखें और पत्थर-सा कठोर उसका शारीरिक ढाँचा—जिसे बढ़ती हुई उम्र, घुड़दौड़ के अभ्यास और पिछली लड़ाइयों ने लोहे-सा सख़्त और मज़बूत बना दिया था—एमरल्ड के हृदय में हमेशा अजीब-सा डर संचालित कर देता था।

एमरल्ड हेकड़ी जतलाता हुआ अपनी नाँद के पास चला गया और उसमें अपना मुँह डालकर अपने चपल, कोमल होंठ भूसे पर फेरने लगा। वह पहले कुछ देर तक घास के तिनकों को कुतरता रहा, फिर जुगाली का रस आने लगा और वह बड़ी मुस्तैदी से मुँह चलाने लगा। अलसाए, उनींदे-से विचार उसके मस्तिष्क में तिरने लगे। विभिन्न दृश्यों, गन्धों और स्वरों की स्मृतियाँ उसके मानस-पटल पर क्षण-भर के लिए थिरक आतीं और फिर दूसरे ही क्षण अतीत और भविष्य की परिधि से घिरे अथाह, अँधेरे गढ़े में विलीन हो जातीं।

वह प्रधान साईस नजार के सम्बन्ध में सोचने लगा, जिसने पिछली रात चारा दिया था।

बूढ़ा नजार एक सीधा-सादा, ईमानदार व्यक्ति था। जब वह अस्तबल में आता था, हवा में काली रोटी और शराब की हल्की, सोंधी-सी गन्ध फैल जाती थी।

उसकी चाल-ढाल में एक कोमल-सा ठहराव था, मानो उसे किसी बात की जल्दी नहीं है। उसके हाथों से दिये गए जई और भूसे का स्वाद ही निराला होता था। घोड़ों को चारा डालते हुए वह धीमे स्वर में प्यार-भरी हल्की झिड़कियाँ दिया करता था, उसकी स्नेह-भरी मधुर बातों को सुनने के लिए सब घोड़े लालायित रहते थे। किन्तु साईस का वह गुण—हाथ की सफ़ाई—जिसे घोड़े सबसे अधिक महत्त्व देते हैं, नजार में न थी। जब कभी नजार एमरल्ड को अस्तबल से बाहर घुमाने ले जाता था, एमरल्ड को उसके हाथों के स्पर्श से ही पता चल जाता था कि उसमें आत्मविश्वास और दक्षता का अभाव है।

वासिली में भी इस गुण की कमी थी। वह घोड़ों को मारता-पीटता था, डाँटता-फटकारता था, किन्तु वे उसकी कायरता से परिचित थे और उससे डरते नहीं थे। उसे घुड़सवारी करना भी नहीं आता था। घोड़े की पीठ पर बैठा हुआ वह हमेशा हिलता डुलता रहता था। तीसरा साईस काना था और उन दोनों की अपेक्षा अधिक निपुण था। किन्तु वह अत्यन्त क्रूर स्वभाव का व्यक्ति था, जल्दी ही झल्ला उठता था और घोड़े तो उसे एक आँख नहीं भाते थे। उसके हाथ लकड़ी की तरह कठोर और सख़्त थे। चौथा साईस आन्द्रियाश्का अभी लड़का ही था। दूध पीते घोड़े के बच्चे की तरह वह घोड़ों से खेलता था। कभी चुपके से उनका ऊपरी होंठ, कभी उनके नथुनों के बीच का स्थान चूम लेता, जो घोड़ों को न केवल अरुचिकर लगता, बल्कि उन्हें उसकी यह हरकत काफ़ी बचकानी-सी जान पड़ती।

एक अन्य व्यक्ति अक्सर अस्तबल में आता था—लम्बा छरहरा शरीर, झुकी हुई पीठ, हज़ामत किया हुआ साफ़-सुथरा चेहरा, आँखों पर सुनहरे फ्रेम का चश्मा। उसकी चाल-ढाल और वेशभूषा में एक असाधारण-सी विशिष्टता थी। एक अच्छे घोड़े में जो गुण होते हैं, वे सब उसमें मौजूद थे—बल, बुद्धि और निडरता। कभी किसी ने उसे लाल-पीला होते नहीं देखा। उसने कभी चाबुक से घोड़ों को मारने या धमकाने की चेष्टा नहीं की। जब कभी वह एमरल्ड को दो पहियों की गाड़ी से जुता कर बाहर निकलता था, तो एमरल्ड के शरीर में आनन्द और उल्लास की एक लहर-सी दौड़ पड़ती।

उसकी सुघड़, सर्वज्ञ अँगुलियों के प्रत्येक इशारे का अनुकरण करने में एमरल्ड को एक उदात्त और दिव्य आह्लाद प्राप्त होता। वह एमरल्ड के पुट्ठों के बीच एक ऐसा सहज सन्तुलन स्थापित कर देता कि भागते समय उसके अंग-प्रत्यंग एक नई शक्ति और स्फूर्ति से आलोड़ित हो उठते। मन हल्का हो जाता और सीना ख़ुशी से फूल जाता।

उसी क्षण उसकी आँखों में घुड़दौड़ के मैदान की ओर जानेवाली छोटी-सी सड़क, उसका हर पत्थर और मकान घूमने लगा। उसने देखा कि मैदान में जिस मार्ग पर घोड़े दौड़ते हैं, वहाँ रेत पड़ी है, उसके परे एक विशाल चबूतरा है, घोड़े भाग रहे हैं, सामने हरी घास और पीला रिबन भी दिखलाई दे रहा है। अचानक उसकी स्मृति एक कुम्मैद घोड़े पर जा टिकी, जिसकी आयु अभी तीन वर्ष की थी। कुछ दिन पहले उसके पाँव में मोच आ गई थी और अब वह लँगड़ाकर चलता था। उसका विचार आते ही एमरल्ड मन-ही-मन लँगड़ाकर चलने की कल्पना करने लगा।

खाते-खाते एमरल्ड का मुँह अचानक चारे के ऐसे गट्ठर पर जा पड़ा, जिसमें से बड़ी मनोहर सुगन्ध आ रही थी। एमरल्ड पूरी तरह तन्मय होकर उस गट्ठर को चबाने लगा। उसे अच्छी तरह निगल चुकने पर, कुछ देर तक वह अपने मुँह में मुरझाए हुए फूलों और सूखी, सुरभित घास की सुगन्ध महसूस करता रहा। कहीं बहुत दूर से एक भूली-भटकी धुँधली-सी स्मृति उसके मस्तिष्क में कौंध गई। यह स्मृति उस अनुभूति से मिलती-जुलती थी, जो कभी-कभी सड़क पर चलता हुआ कोई भी आदमी सिगरेट जलाकर, पहला कश लेते ही अचानक महसूस करने लगता है। केवल एक क्षण के लिए उसे लगता है कि वह अचानक धुँधले आलोक में डूबे गलियारे में खड़ा है, जिसकी दीवारों पर पुराने फ़ैशन का वालपेपर लगा है और सामने अलमारी पर एक मोमबत्ती जल रही है, या वह रात-भर ऊँघते हुए यात्रा करता रहा है और गाड़ी की घंटियाँ एक मधुर लय के संग बजती रही हैं, या कुछ ही दूर पर एक नीला जंगल फैला है, बर्फ़ चमक रही है, शिकार का पीछा किया जा रहा है और एक क़समसाती आकांक्षा में डूबी उत्सुकता जाग उठी है, जिसके कारण घुटने काँपने लगे हैं—

और एक क्षण के लिए उस बीती हुई घड़ी की विस्मृत अनुभूति, जो कभी चिंगारी की तरह जली थी और अब बुझकर धुँधली पड़ गई है, उसके दिल को स्पर्श कर जाती है; सहलाती-सी, दु:खद और उदास। एमरल्ड का मन भी कुछ इसी प्रकार की धुँधली स्मृतियों के अस्पष्ट कुहासे में भटकने लगा। नाँद के ऊपर छोटी-सी काली खिड़की की आकृति, जो कुछ देर पहले तक अँधेरे की ओट में छिपी थी, अब धीरे-धीरे धुँधली-सी दीखने लगी। घोड़े थक-से गए थे और अलसाए मन से चारा चबाते हुए धीरे-धीरे भारी साँसें ले रहे थे।

बाहर एक मुर्ग़े ने बाँग दी। उसका उल्लास-भरा सुमधुर स्वर सुनकर लगा, मानो किसी ने शहनाई बजा दी हो। उसके बाद काफ़ी देर तक दूर-दूर से मुर्ग़ों के बाँग देने का स्वर सुनाई देता रहा।

एमरल्ड नाँद में सिर डाले हुए चाह रहा था कि उसके मुँह में यह विचित्र सुगन्ध सदा के लिए टिकी रहे। यह उस सुगन्ध का ही चमत्कार था जिसने उसके दिल में एक अस्पष्ट-सी अज्ञात-स्मृति को इतने स्पष्ट और मांसल रूप में जगा दिया था। किन्तु ऐसा होना असम्भव था और वह सोने की इच्छा न रखते हुए भी कुछ देर बाद ख़ुद-ब-ख़ुद ऊँघने लगा।

2

एमरल्ड का शरीर गठा हुआ था, टाँगें सुघड़ और सुडौल थीं, इसलिए वह धीरे-धीरे इधर-उधर डोलता हुआ खड़े-खड़े ही सो जाता था। कभी-कभी वह सोता हुआ हठात् चौंक पड़ता, नींद उचट जाती और कुछ क्षणों तक वह अर्द्ध-निद्रा की अवस्था में ऊँघता रहता। गहरी नींद के बाद उसके स्नायु, पुट्ठों और त्वचा में एक नई ताज़गी और स्फूर्ति भर जाती।

पौ फटने से पहले एमरल्ड सपना देखने में खोया था—वसन्त का उषाकाल, धरती पर झिलमिलाती किरणों का हल्का गुलाबी आलोक और चरागाह की सुरभित हवा। चारों ओर घनी, कोमल घास फैली थी, जो प्रभात की

रश्मियों का गुलाबी स्पर्श पाकर और भी अधिक उज्ज्वल और आकर्षक दीख पड़ती थी। आदमी और पशु केवल जवानी के दिनों में ही सौन्दर्य की इस छटा का भरपूर आनन्द उठा सकते हैं। चारों ओर बिखरी ओस के कण धूप में चमक रहे थे। हवा के हल्के ताज़े झोंके अपने संग विभिन्न सुरभित गन्धों को बहा लाते थे। सुबह के शीतल-शान्त वायुमंडल में गाँव की चिमनियों से उड़ता, बल खाता हुआ पारदर्शी धुआँ सुई-सा नाक में चुभ जाता था। चरागाह में खिलते हुए हर फूल की अपनी एक अलग विशेष गन्ध थी। मेड़ के परे नमी-भरी एक गीली सड़क चली जाती थी, जिस पर चलते-फिरते लोगों, कोलतार, घोड़े की लीद, गर्द, गायों के ताज़े दूध और फ़र के वृक्षों से निकलती सोंधी लार की मिली-जुली गन्ध एक स्थान पर आकर जमा होती थीं।

एमरल्ड की आयु अभी केवल सात महीने की थी। इस समय वह मैदान में अपनी पिछली टाँगों को हवा में झाड़ते हुए, सिर झुकाए, निरुद्देश्य भाग रहा था। उसे रत्ती भर भी अपने शरीर का बोझ महसूस न हो रहा था—लगता था, मानो उसके पंख लग गए हों और वह हवा में उड़ता जा रहा है। उनके पैरों तले दबे हुए सफ़ेद, सुगन्धित कैमोमिल फूल पीछे छूट जाते थे। वह चौकड़ी भरता हुए सीधा सूरज की दिशा में भागता चला जा रहा था। गीली घास में भीगे हुए उसके घुटनों में शीतलता भर गई थी और उनका रंग श्यामल-सा हो गया था। नीला आकाश, हरी घास, सुनहरी धूप, ख़ूबसूरत हवा, शक्ति, यौवन और तेज़ भागने का मदमाता, नशीला सुख।

और तब अचानक उसे संक्षिप्त, चिन्ताग्रस्त, सहलाता-सा हिनहिनाने का स्वर सुनाई दिया—एक पुकार, जिससे वह भली-भाँति परिचित था और जिसे वह दूर से ही हज़ारों आवाज़ों के बीच पहचान सकता था। वह जहाँ था, वहीं ठिठक गया और सुनने लगा। एक क्षण के लिए उसका सिर ऊपर उठ आया, पतले कान हिलने लगे और उसकी छोटी-सी खुरदरी पूँछ धान की बाली की तरह पीछे की ओर मुड़ आई। एकाएक वह भी चीख़ उठा और उसका लम्बी टाँगों वाला पतला छरहरा शरीर ज़ोर से हिलने लगा। वह द्रुत गति से अपनी माँ की ओर भागने लगा।

उसकी माँ शान्त और स्थिर खड़ी थी। उसके बूढ़े शरीर पर हड्डियाँ उभर आई थीं। उसने घास से अपनी गीली नाक ऊपर उठाई और...अपने बच्चे के शरीर को सावधानी से जल्दी-जल्दी सूँघने लगी। किन्तु दूसरे ही क्षण उसने अपना सिर पुनः घास की ओर मोड़ लिया, मानो वह कोई बहुत ही आवश्यक कार्य करने में जुट गई हो, जिसे टाला नहीं जा सकता। बच्चा अपनी लचकीली गर्दन उसके पेट के नीचे ले आया और मुँह मोड़कर पुरानी आदत के अनुसार उसने अपने होंठ घोड़ों की पिछली दोनों टाँगों के बीच डाल दिये और गुनगुने-से गर्म, गदराए स्तनों को पकड़ लिया। गर्म और तनिक खट्टे दूध की पतली धार स्तनों से उसके मुँह में जाने लगी। वह बिना रुके गटगट दूध पिए जा रहा था। आख़िर घोड़ी ने उसे धकेल दिया और उसे डराने के लिए वह उसकी जाँघों को अपने दाँतों से काटने का उपक्रम करने लगी।

अब अस्तबल में रोशनी हो गई थी। एक लम्बी दाढ़ी वाला बूढ़ा बकरा, जो अस्तबल में घोड़ों के साथ रहा करता था, अपने शरीर की दुर्गन्ध हवा में फैलाता हुआ दरवाज़े पर आकर रुक गया। दरवाज़ा भीतर से एक लकड़ी के पट्टे द्वारा बन्द कर दिया गया था। बकरा पीछे मुड़-मुड़कर साईस की ओर देखता जाता था और ज़ोर-ज़ोर से मिमियाने लगता था। वासिली अपने अस्त-व्यस्त बालों से भरे सिर को खुजलाता हुआ उठा और नंगे पाँव ही दरवाज़ा खोलने चल दिया। बाहर शिशिर की सुबह ठंडी, कड़कड़ाती, नीली-सी धुन्ध में डूबी थी। दरवाज़े के खुले चौखटे में अस्तबल की गर्म भाप जमा हो गई। सफ़ेद पाले और मुरझाए हुए पत्तों की भीनी गन्ध बाहर से भीतर तिरती हुई अस्तबल की कोठरियों में फैलने लगी।

घोड़े भाँप गए कि उन्हें जई दी जानेवाली है। वे अपनी कोठरियों के दरवाज़ों के सामने खड़े हो गए और अधीर होकर हौले-हौले घरघराने लगे। लालची और मक्कार ओनजिन अपने पंजों से लकड़ी का फ़र्श खुरचने लगा, नाँद पर लगी लोहे की पटरियों को काटने लगा और गर्दन उठाकर हवा निगलते हुए डकारने लगा। एमरल्ड अपना मुँह सामने लगी छड़ों से रगड़ रहा था।

चारों साईस अस्तबल में आ पहुँचे और बाल्टियों से जई निकालकर घोड़ों में बाँटने लगे। जब नजार एमरल्ड की नाँद में जई डाल रहा था, एमरल्ड पहले उस बेचारे बूढ़े के कन्धों और फिर उसकी बग़लों से भूसा खींचने का प्रयत्न करने लगा। इस खींचतान में उसके नथुने गर्म होकर फड़कने लगे। साईस को एमरल्ड की अधीरता बहुत भली लगी और उसने जानबूझकर देर करने के लिए अपने कुहनी से नाँद का ढक्कन बन्द कर दिया।

"बड़ा लालची है बदमाश!" वह हँसते हुए बड़बड़ाने लगा, "अरे इतनी जल्दी क्या पड़ी है—अब फिर मुँह मारेगा? देख, इस बार मुँह उठाया तो तुझे कैसा मज़ा चखाता हूँ!"

नाँद के ऊपर छोटी-सी खिड़की से धूप की उजली किरण शहतीर-सी नीचे की ओर आ रही थी। चौखटे की लम्बी छायाओं ने धूल के उन स्वर्णिम कणों को एक-दूसरे से अलग कर दिया था, जो लाखों की संख्या में धूप की इस पतली, चमकीली शहतीर पर तैर रहे थे।

3

जब एमरल्ड जई खा चुका, तो उसे अस्तबल से बाहर ले जाया गया। धीरे-धीरे तापमान बढ़ने लगा था और धरती मुलायम होने लगी थी, किन्तु अस्तबल की दीवारों पर सफ़ेद पाला अब भी पड़ा हुआ था। लीद के ढेर से, जो कुछ देर पहले अस्तबल से बाहर निकाला गया था, भाव की मोटी परतें ऊपर उठ रही थीं और उस पर चिड़ियों ने उछलना-कूदना शुरू कर दिया था। उनकी चहचहाहट को सुनकर लगता था, मानो आपस में लड़ रही हों। दरवाज़े के पास दहलीज़ पार करते हुए एमरल्ड ने अपना सिर झुका लिया। ताज़ी हवा में साँस लेते ही ख़ुशी से उसका रोयाँ-रोयाँ चमक उठा। उसने अपना सिर और समूचा शरीर ज़ोर से हिलाया और फिर ऊँचे स्वर में तेज़ी से घरघराने लगा। 'भगवान तेरा भला करे!' नजार ने सच्चे मन से कहा।

एमरल्ड एक स्थान पर टिककर नहीं ठहर सकता था। हवा के झोंके उसके नथुनों और आँखों को गुदगुदा रहे थे। उसका अंग-प्रत्यंग तेज़ी से सरपट दौड़ने के लिए मचलने लगा था। वह चाहता था कि उसका दिल गर्म होकर तेज़ी से धड़कने लगे। वह जी भरकर लम्बी गहरी साँसें लेना चाहता था। वह खूँटे की रस्सी से बँधा हुआ था और ज़ोर-ज़ोर से हिनहिना रहा था। कभी-कभी अपनी पिछली टाँगों पर खड़ा होकर नाचने लगता था और अपनी गर्दन टेढ़ी करके पीछे खड़ी काली घोड़ी को कनखियों से देखता जाता था। उसकी गोल साँवली आँख की सफ़ेद पुतली पर लाल धारियाँ खिंच आई थीं।

नजार ने हाँफते हुए पानी की बाल्टी ऊपर उठाई और घोड़े की पीठ पर—कन्धों से लेकर पूँछ तक—पानी उड़ेल दिया। एमरल्ड को जो अनुभूति हुई, उससे वह परिचित था। पानी का स्पर्श उसे भाता था किन्तु वह इतना अचानक होता था कि रोज़ ही उसका मन भय से काँप उठता था। नजार और पानी भरकर लाया और एमरल्ड की बग़लों, टाँगों, छाती और पूँछ के नीचे के स्थान को धोकर अच्छी तरह साफ़ करने लगा। फिर वह अपने कड़े, सख़्त हाथों से एमरल्ड की गीली खाल रगड़ने लगा, ताकि उसके शरीर की नमी दूर हो जाए। एमरल्ड ने पीछे मुड़कर देखा—उसके तनिक नीचे की ओर झुके हुए पिछले पुट्ठे उजली धूप से चमक रहे थे।

वह घुड़दौड़ का दिन था, यह बात साईसों को देखकर एमरल्ड से छिपी न रह सकी। उनके चेहरों पर घबराहट के चिह्न स्पष्ट दिखलाई देते थे। घोड़ों के आसपास वे तेज़ी से घूम-फिर रहे थे। कुछ घोड़ों के टखनों पर चमड़े की जुराबें चढ़ाई जा रही थीं। किन्तु उनका धड़ छोटा होने के कारण जुराबों की लम्बाई टखनों से कहीं ज़्यादा हो गई थी, कुछ अन्य घोड़ों की टाँगों पर, जोड़ से लेकर घुटनों तक कपड़े की पट्टियाँ बाँधी जा रही थीं, अथवा आगे की टाँगों के गढ़ों के इर्द-गिर्द फ़र की बनी गद्दियाँ लपेटी जा रही थीं। ऊँची सीटों वाली दो पहियों की हल्की गाड़ियाँ ओसारे से बाहर लाई जा रही थीं। उनके पहियों के बीच लगी पीतल की सलाखें धूप में चमक रही थीं। पहियों की हालें और बम चमकीले ताज़े लाल रंग में रँगे हुए थे।

जब अस्तबल का मुख्य घुड़सवार, जो एक अंग्रेज़ था, वहाँ पहुँचा, एमरल्ड के गीले शरीर पर ब्रुश फेरा जा चुका था और ऊनी दस्तानों द्वारा उसे अच्छी तरह रगड़कर सुखा दिया गया था। उस अंग्रेज़ घुड़सवार का शरीर पतला-दुबला था, कमर तनिक झुकी हुई-सी और बाँहें लम्बी थीं। आदमी और घोड़े दोनों ही उसका आदर करते थे और उससे डरते भी थे। हज़ामत किया हुआ साफ़-सुथरा चेहरा धूप में झुलस आया था। उसके पतले, दृढ़ होंठ एक व्यंग्यात्मक मुस्कान में मुड़े रहते थे। उसने सुनहरे फ्रेम का चश्मा पहन रखा था, जिसके भीतर से उसकी शान्त, स्थिर चमकती आँखें बाहर झाँकती रहती थीं। उसकी लम्बी टाँगों पर ऊँचे जूते चढ़े हुए थे। उसने अपने दोनों हाथ पतलून की जेबों में ठूँस रखे थे। मुँह में सिगार दबा था, जिसे वह मुँह के एक कोने से दूसरे कोने तक घुमाता हुआ चबा रहा था। दोनों पैरों को पसारकर आराम से खड़ा हुआ वह घोड़ों की सफ़ाई-धुलाई देख रहा था। उसने भूरे रंग की वास्कट पहन रखी थी, जिस पर फ़र का कॉलर लगा था। सिर पर काली टोपी थी, जिसके ऊपर चौकोर आकार का एक फुन्दा जड़ा था। कभी-कभी वह उदासीन स्वर में उड़ती-उड़ती-सी बात कह देता। उसकी आवाज़ को सुनते ही घोड़ों के कान खड़े हो जाते और साईस और नौकर चौंककर ठिठक जाते और उसकी ओर देखने लगते।

उसकी आँखें अन्य घोड़ों से हटकर एमरल्ड पर जा टिकीं। उस पर साज़ चढ़ाया जा रहा था। उसने माथे के बालों से लेकर पैर के खुरों तक एमरल्ड को जाँचा-परखा। उसकी तीक्ष्ण, परखती हुई आँखों के नीचे एमरल्ड ने गर्व से अपना सिर ऊपर उठाया, अपनी लचकीली गर्दन को ज़रा-सा मोड़ा और धूप में झिलमिलाते पतले कानों को खड़ा कर लिया। अंग्रेज़ घुड़सवार ने स्वयं आगे बढ़कर अपनी अँगुलियों को एमरल्ड के साज़ की पेटी के नीचे डालकर देखा कि कहीं वह ढीली तो नहीं रह गई है! साईसों ने लाल किनारों वाले भूरे रंग के कपड़े घोड़ों की पीठ पर डाल दिये। इन कपड़ों पर लाल दायरे और मोनोग्राम बने हुए थे और वे घोड़ों की पिछली टाँगों के नीचे झूल रहे थे। नजार और कानी आँख वाले साईस ने एमरल्ड को लगाम से पकड़ा

और वे उसे लेकर रेसकोर्स जानेवाली चिर-परिचित सड़क पर चलने लगे, जिसके दोनों ओर पत्थर के ऊँचे मकान खड़े थे। अस्तबल से घुड़दौड़ का मैदान दो फर्लांग से भी कम था।

मैदान में पहले से ही घोड़ों का जमघट लगा था। वे साईसों के संग धीमी गति से घेरे के भीतर उस दिशा की ओर घूम रहे थे, जिस दिशा में—घड़ी की सुइयों की दिशा से बिलकुल उलटी ओर—घुड़दौड़ के समय अक्सर घोड़े दौड़ते थे। मैदान के अन्दरूनी घेरे के भीतर धीमी चाल, नाटे क़द और बलिष्ठ टाँगों वाले घोड़े चक्कर काट रहे थे, उनकी पूँछों के बाल काट दिये गए थे। एमरल्ड ने मैदान में घुसते ही उस छोटे-से सफ़ेद घोड़े को पहचान लिया, जो घुड़दौड़ के अवसर पर हमेशा उसके साथ चौकड़ी भरा करता था। दोनों घोड़े एक-दूसरे के प्रति अपनी मैत्री-भावना प्रदर्शित करने के लिए हिनहिनाने लगे।

4

मैदान में घंटी बजी। साईसों ने एमरल्ड की पीठ से कपड़ा उतार लिया। अंग्रेज़ घुड़सवार बग़ल में चाबुक दबाए अपने दस्तानों के बटन लगाता हुआ वहाँ आ पहुँचा। चश्मे के पीछे धूप में उसकी आँखें मिचमिचा रही थीं। उसका मुँह खुला हुआ था, जिसके भीतर घोड़े के दाँतों से उसके लम्बे पीले दाँत दिखाई दे रहे थे। एक साईस ने एमरल्ड की घने बालों से भरी पूँछ, जो टखनों तक लटक रही थी, उठाकर सावधानी से गाड़ी की सीट पर रख दी। पूँछ का हल्के रंग का सिरा नीचे की ओर लटकने लगा। आदमी के बोझ से गाड़ी के बम हिलने लगे। अपने कन्धों के ऊपर से एमरल्ड ने कनखियों से देखा कि वह अंग्रेज़ बिलकुल उसके पीछे गाड़ी के बमों पर अपने पाँव पसारे बैठा है। घुड़सवार ने सावधानी से लगाम उठा ली, किसी एक शब्द का उच्चारण किया और तुरन्त साईसों ने एमरल्ड की लगाम छोड़ दी। दौड़ होनेवाली है, यह विचार आते ही एमरल्ड के पाँव हवा से बातें करने लगे,

किन्तु मज़बूत हाथों के एक ही झटके से उसे अपनी चाल धीमी कर देनी पड़ी। वह अपनी पिछली टाँगों के बल पर हवा में सिर उठाए, दरवाज़े से बाहर निकलकर घुड़दौड़ के मैदान की ओर धीमी दुलकी चाल से भागने लगा।

जो रास्ता घुड़दौड़ के लिए तैयार किया गया था, वह काफ़ी चौड़ा था और एक मील तक अंडाकार वृत्त में फैला हुआ था। उस पर पीली रेत छिड़क दी गई थी और चारों ओर किनारे पर लकड़ी का जँगला लगा हुआ था। रेत भीगकर ठोस बन गई थी, और स्प्रिंग की तरह पैरों को हल्के से उछाल देती थी। उस पर गाड़ी के गटापर्चा टायरों के निशान और खुरों के चिह्न स्पष्ट रूप से दिखलाई देते थे।

सामने 'स्टैंड' था—200 गज़ लम्बी लकड़ी की बड़ी इमारत, जो लम्बे, पतले स्तम्भों के सहारे खड़ी थी। उसमें तिल रखने की भी जगह न थी, ज़मीन से छत तक लोग खचाखच भरे थे। लगाम तनिक ढीली पड़ते ही एमरल्ड समझ गया कि वह अपनी चाल बदल सकता है। इस ख़ुशी में वह फूल उठा और उसकी नाक से घरघराने का स्वर निकलने लगा।

अब वह तेज़ दुलकी चाल में दौड़ने लगा, उसकी पीठ स्थिर, निश्चल-सी हो गई, गर्दन आगे की ओर तन गई और गाड़ी के बाएँ बम की ओर ज़रा झुकने लगी। उसका मुँह ऊपर उठ आया था। वह लम्बे डग भरता हुआ दौड़ रहा था, इसलिए दूर से उसे देखकर यह नहीं जान पड़ता था कि वह इतनी तेज़ी से भाग रहा है। एमरल्ड को देखकर लगता था, मानो कम्पास की दो सीधी सुइयों की तरह आगे की उसकी दोनों टाँगें धीरे-धीरे रास्ता नाप रही हैं और केवल उनके खुरों के कोने कभी-कभी ज़मीन को स्पर्श कर लेते हैं। यह अमेरिकी प्रशिक्षण का प्रभाव था जिसके परिणामस्वरूप घोड़ा बिना किसी कठिनाई के साँस लेता है, हवा का ज़ोर रोकने की शक्ति बढ़ जाती हैं और घुड़दौड़ आरम्भ होने से पूर्व घोड़े पर इस प्रकार का नियंत्रण रखा जाता है, जिससे उसकी अधिक-से-अधिक शक्ति सुरक्षित रखी जा सके। भले ही इस प्रशिक्षण प्रणाली के कारण घोड़े का बाह्य सौन्दर्य कम हो जाए, किन्तु उसकी कमी उसमें स्फूर्ति, हल्कापन, लम्बी साँस खींचने की सामर्थ्य,

तेज़ चाल इत्यादि गुणों से पूरी हो जाती थी। घोड़े का समूचा शरीर एक ऐसी मशीन में परिणत कर दिया जाता है, जो सब दोषों से सर्वथा मुक्त है।

दो दौड़-प्रतियोगिताओं के बीच अब अवकाश के समय दुलकी भागनेवाले घोड़ों के शरीरों को गरमाई दी जा रही थी, ताकि साँस लेने में उन्हें किसी प्रकार का कष्ट न हो। अनेक घोड़े बाहरी घेरे में उसी दिशा की ओर भाग रहे थे, जहाँ एमरल्ड चक्कर लगा रहा था। कुछ घोड़े अन्दरूनी घेरे में उलटी दिशा की ओर भाग रहे थे। ओरल नस्ल का एक लम्बा, भूरे रंग का चितकबरा घोड़ा एमरल्ड से आगे निकल गया। उसकी मुड़ी हुई गर्दन और हवा में उड़ती पूँछ को देखकर लगता था, मानो वह झूले में घूमता हुआ लकड़ी का घोड़ा है। उसकी चौड़ी मोटी छाती पसीने से काली हो गई थी। जब वह घुटनों को आगे करके अगली टाँगों को हिलाता हुआ भागता था और हर क़दम पर उसकी तिल्ली थल-थल-सी आवाज़ करने लगती थी और उरुसन्धि पर लटकता हुआ मांस हिलने लगता था।

इतने में भूरे रंग की एक लम्बी, पतली-दुबली-सी घोड़ी, जिसकी गर्दन पर काले बाल लटक रहे थे, पीछे से आती हुई दिखाई दी। उसकी चाल-ढाल को देखकर लगता था कि एमरल्ड की भाँति उसे भी अमेरिकी प्रणाली के नियमों के अनुसार प्रशिक्षित किया गया था। उसकी पीठ पर छोटा-सा साफ़-सुथरा कोट चमक रहा था। खाल के नीचे पुट्ठों के हिलने-डुलने से कोट पर बल पड़ जाते थे। जब तक दोनों सवार आपस में बातचीत करते रहे, दोनों घोड़े एक संग कन्धे से कन्धा मिलाकर भागते रहे। एमरल्ड घोड़ी को सूँघने लगा और उससे छेड़छाड़ करने का उपक्रम करने लगा, किन्तु बीच में ही अंग्रेज़ ने उसे रोक दिया।

काले रंग का एक बड़ा घोड़ा तेज़ी से दुलकी मारता हुआ उनके सामने से दूसरी ओर निकल गया। उसके सिर से पूँछ तक पट्टियाँ बँधी थीं, घुटनों की रक्षा के लिए चमड़े के टुकड़े लगे थे और टाँगों पर गद्दियाँ बँधी थीं। उसकी गाड़ी का बायाँ बम दाहिने बम से चौदह इंच लम्बा होने के कारण बाहर की तरफ़ निकला हुआ था। उसके सिर के ठीक ऊपर एक छल्ला लगा हुआ था,

जिसके भीतर लोहे के कुंडे से बँधा एक फीता नीचे की ओर चला गया था, जहाँ उसे घोड़े की सहमी-सी नाक में बड़ी निर्ममता से बाँध दिया गया था। एक साथ एमरल्ड और उस घोड़ी की आँखें उस पर जा टिकीं और दोनों ने एक ही निगाह में उसकी असाधारण शक्ति, गति और दृढ़ता को पहचान लिया; किन्तु उनसे यह भी छिपा न रह सका कि वह एक बहुत ज़िद्दी, कुटिल और चिड़चिड़े स्वभाव का घोड़ा है। काले घोड़े के बाद एक हल्के सलेटी रंग का छोटा-सा चुस्त घोड़ा उनके सामने से गुज़रा। एक तरफ़ से उसे देखने पर यह भ्रम हो सकता था कि वह बहुत तेज़ी से सरपट भाग रहा है। उसके पाँव तेज़ी से ऊपर-नीचे उठ रहे थे, अपने घुटनों तक वह उन्हें उठा लेता था। उसके सुडौल, सुघड़ सिर के संग जुड़ी टेढ़ी गर्दन उसकी निष्ठा और तल्लीनता की द्योतक थी। एमरल्ड ने आँख टेढ़ी करके घृणा से उसे देखा और अपना एक कान उसकी ओर झटक दिया।

दूसरा सवार हिनहिनाता हुआ-सा हँसा और बात ख़त्म करके अपनी घोड़ी की रास ढीली छोड़ दी। घोड़ी धीरे से चुपचाप अनायास भाव से एमरल्ड को पीछे छोड़कर आगे बढ़ गई और दुलकी चाल से दौड़ने लगी। उसकी पीठ की मुलायम चिकनी खाल—जिस पर चमड़े की रगड़ का कोई चिह्न दिखलाई नहीं देता था—धूप में चमक रही थी।

किन्तु उसी क्षण गहरे लाल रंग में चमकता एक घोड़ा तेज़ी से सरपट दौड़ता हुआ एमरल्ड और उस घोड़ी को बहुत पीछे छोड़ गया। उस पर एक बड़ा-सा सफ़ेद सितारा लगा था। दौड़ते-दौड़ते वह लम्बी छलाँगें मारता था, कभी धरती की ओर उसका समूचा शरीर बिलकुल झुक जाता और कभी ऐसा लगता, मानो हवा में उसकी अगली और पिछली टाँगें आपस में उलझ जाएँगी। उसके सवार ने अपना सारा भार लगाम पर छोड़ दिया था, मानो वह बैठा न होकर घोड़े की पीठ पर लेटा था। एमरल्ड भड़क गया और उसकी टाँगें किनारे की ओर मुड़ गईं, किन्तु अंग्रेज़ ने अपने दक्ष हाथों से रास खींच ली। उसके लचकीले चुस्त हाथ, जो एमरल्ड की प्रत्येक भाव-भंगिमा के प्रति सचेत और सतर्क रहा करते थे, सहसा लोहे की तरह कड़े और कठोर बन गए।

पवेलियन की इमारत के निकट वह लाल घोड़ा एक बार फिर एमरल्ड के सामने से गुज़र गया। इसी बीच वह एक और चक्कर लगा चुका था। उसके मुँह से झाग निकलने लगे थे, आँखें लाल सुर्ख़ हो गई थीं और साँस लेते हुए 'गड़-गड़' का स्वर निकलने लगता था। उसके ऊपर झुका हुआ सवार पूरा ज़ोर लगाकर दनादन उस पर चाबुक बरसा रहा था। आख़िर गेट के पास साईसों ने उसकी रास और लगाम पकड़ ली। वह बुरी तरह हाँफ रहा था, काँप रहा था और उसका सारा शरीर पसीने से लथपथ हो गया था। उसका वज़न कुछ ही मिनटों में काफ़ी कम हो गया होगा।

एमरल्ड ने तेज़ दुलकी चाल में मैदान का आधा चक्कर और लगाया, फिर मैदान के बीचोबीच भागता हुआ एक बार फिर छोटे-से घेरे में लौट आया।

5

घुड़दौड़ के मैदान में कई बार घंटी बजी। घोड़े दुलकी मारते हुए बिजली की तेज़ी से गेट से गुज़र जाते थे। पवेलियन में खड़े लोग उन्हें देखते ही ख़ुशी से चिल्लाते थे और ताली पीटने लगते थे। एमरल्ड भी घोड़ों की पाँत में अपना झुका हुआ सिर हिलाता हुआ नजार के संग जा रहा था। वह कपड़े में ढके हुए अपने कानों को हिला रहा था। कसरत से उसकी नाड़ियों में गर्म ख़ून का झरना आनन्द-विभोर-सा होकर बहने लगा था। शरीर का तनाव ढीला पड़ गया था और अंग-प्रत्यंग में मृदुल शीतलता-सी भर गई थी। साँस लेने में ज़रा भी कठिनाई महसूस नहीं हो रही थी और वह गहरी लम्बी साँसें खींचने में समर्थ था। शरीर के पुट्ठे एक नई दौड़ के लिए मचलते-से जान पड़ते थे।

इस प्रकार लगभग आध घंटा बीत गया। घंटी फिर बजी। इस बार जब वह अंग्रेज़ गाड़ी में चढ़ा तो उसके हाथों में दस्ताने नहीं थे। उसके सफ़ेद, चौड़े, जादुई हाथों को देखते ही एमरल्ड के मन में उसके प्रति स्नेह और सम्मान का भाव जाग उठा।

वह अंग्रेज़ मन्दगति से गाड़ी मैदान की ओर ले चला, जहाँ से घोड़े कसरत समाप्त कर लेने के बाद वापस लौट रहे थे। जिस रास्ते पर घोड़े कसरत किया करते थे, वहाँ पर अब केवल एमरल्ड और उस विशालकाय काले घोड़े के अतिरिक्त कोई दूसरा घोड़ा नहीं था। इस काले घोड़े से वह एक बार पहले भी कसरत के समय मिल चुका था। पवेलियन ऊपर से नीचे तक खचाखच भरा था। भीड़ एक बड़े काले धब्बे के समान दिखाई देती थी। चारों ओर ऊपर-नीचे धूप में चमकते हाथ और चेहरे, स्त्रियों के बटुए और नोनेट (टोपियाँ), हवा में फरफराते हुए प्रोग्राम के छोटे-छोटे सफ़ेद काग़ज़ नज़र आते थे। अब एमरल्ड पवेलियन के पास आया, उसकी चाल ज़रा तेज़ हो गई। एमरल्ड को लगा कि हज़ारां आँखें उस पर चिपकी हुई हैं—उससे आशा कर रही हैं कि वह जी-तोड़कर भागेगा, अपने शरीर की समूची शक्ति, दिल की हर धड़कन दौड़ में पूरी तरह झोंक देगा। इस विचार के आते ही उसके पुट्ठे नाज-नखरे में एक-दूसरे से गुँथ गए और उसकी गति में एक हल्की-सी सहजता भर आई। उसका परिचित सफ़ेद घोड़ा उसके दाईं ओर सरपट भागा चला जा रहा था। उसकी पीठ पर एक लड़का बैठा हुआ था।

एमरल्ड का शरीर तनिक बाईं ओर झुक आया था। सहज मंथरगति में दुलकी मारता हुआ वह मैदान के चौड़े मोड़ पर घूम गया। जब वह उस खम्भे के पास पहुँचा, जिस पर लाल दायरे का चिह्न बना था, तो घंटी बजने लगी। अंग्रेज़ सवार अपनी सीट पर ज़रा-सा हिला और अचानक उसके हाथ पत्थर-से सख़्त हो गए। 'हाँ, अब चलो—लेकिन देखो! अपनी सारी ताक़त जल्दी ख़र्च मत कर देना—अभी तो सिर्फ़ शुरुआत हुई है।' यह बात अंग्रेज़ सवार ने कही नहीं, किन्तु एमरल्ड उसके हाथ के इशारे और दबाव से सब कुछ समझ गया। उत्तर में एमरल्ड ने एक क्षण के लिए अपने पतले कोमल कान पीछे कर लिये और फिर उन्हें पुनः उठा लिया। सफ़ेद घोड़ा जो बराबर उसके साथ भाग रहा था, कभी-कभी पीछे छूट जाता था। उसकी तेज़ साँस एमरल्ड के गले के निचले भाग को स्पर्श कर जाती थी।

लाल खम्भा पीछे छूट गया, बीच में एक और मोड़ आया, उसके बाद रास्ता सीधा और साफ़ था। सामने दूसरा पवेलियन था, जिसमें लोग कीड़ी-दल के समान भरे थे। हर क़दम पर जन-समुदाय पहले से अधिक बड़ा दीखने लगता था। 'तेज़!' जौकी ने लगाम ढीली कर दी : 'और तेज़, ज़रा और तेज़!' एमरल्ड उत्तेजित हो उठा। एक बार ही अपनी समूची शक्ति झोंक डालने की तबियत होने लगी। 'इजाज़त है?' उसने सोचा। 'नहीं, अभी से उत्तेजित मत हो,' उन जादुई हाथों ने उसे आश्वासन दिया, 'कुछ देर और ठहरो।'

दोनो घोड़ों ने एक साथ 'पुरस्कार खम्भों' को अलग-अलग सिरों से पार किया। खम्भों से बँधा हुआ फीता एमरल्ड से टकराते ही टूट गया। एक क्षण के लिए एमरल्ड ने अपने कान हिलाए किन्तु दूसरे ही क्षण वह इस घटना को भूल गया और उसका ध्यान फिर सवार के आकर्षक हाथों पर केन्द्रित हो गया।

"ज़रा और तेज़! आराम से...उत्तेजित मत हो!" जौकी ने आदेश दिया।

भीड़ से भरा हुआ चबूतरा पीछे छूट गया। कुछ गज़ आगे जाकर वे चारों—एमरल्ड, सफ़ेद घोड़ा, अंग्रेज़ सवार और अस्तबल का लड़का, जो रकाबों पर खड़ा होकर घोड़े की गर्दन से लिपट गया था—दौड़ की एक सुगठित इकाई में घुल-मिल गए, मानो वे तीव्र गति से प्रतिबिम्बित होता एक अनूठा सौन्दर्य-रूप हों, संगीत की एक लय, एक आकांक्षा हों, जो चारों की प्रेरणा और उमंग का स्रोत बन गई थी। 'ता-ता, ता-ता' एमरल्ड के खुरों से सुमधुर ताल-ध्वनि आ रही थी। 'त्रा-त्रा, त्रा-त्रा' दूसरे घोड़े के खुर तीखे स्वर में गूँज रहे थे। एक और मोड़—और एक दूसरा चबूतरा तेज़ी से उनके पास खिसकता हुआ दिखाई दिया। 'क्या अब और तेज़ हो जाऊँ?' एमरल्ड ने पूछा। 'हाँ!' हाथों ने उत्तर दिया, 'लेकिन ज़रा सावधानी से।'

चबूतरा पीछे रह गया। लोगों की चीख़-पुकार से एमरल्ड का ध्यान भटक गया। वह उत्तेजित हो उठा और लगाम का अंकुश कुछ क्षणों के लिए छूट गया। अपनी सधी हुई, नियंत्रित चाल को छोड़कर उसने अन्धाधुन्ध तीन-चार छलाँगें लगाईं और उसके पाँव उलटे-सीधे पड़ने लगे। किन्तु उसी क्षण लगाम की पकड़ सख़्त हो गई। जौकी ने एक झटके से उसकी गर्दन

नीचे झुका दी और उसका सिर दाईं ओर खींच लिया। अब उसके लिए अपनी इच्छानुसार भागना असम्भव हो गया। ग़ुस्से में आकर वह अपनी ज़िद पर अड़ गया, किन्तु उसी क्षण सवार ने धीरे से एक मज़बूत झटका दिया और एमरल्ड दुलकी मारता हुआ सीधा भागने लगा। चबूतरा बहुत पीछे छूट चुका था। एमरल्ड फिर अपनी पुरानी, सधी हुई चाल पर आ गया और वे हाथ जो कुछ देर पहले सख़्त हो गए थे, अब पूर्ववत् कोमल और मैत्रीपूर्ण जान पड़ने लगे। एमरल्ड को अपनी ग़लती का आभास हो गया था और उसे सुधारने के लिए वह दुलकी चाल को दुगुना तेज़ कर देना चाहता था।

"अभी नहीं, ज़रा ठहरो," जौकी ने प्रसन्न-मुद्रा में कहा, "घबराओ नहीं—खोया हुआ फ़ासला अभी पूरा कर देते हैं।"

इस बार बिना कोई ग़लती किये, मेल-मिलाप के संग उन्होंने डेढ़ चक्कर पूरा कर लिया। किन्तु उस दिन काला घोड़ा भी अपना जौहर दिखलाने पर तुला हुआ था। जब एमरल्ड उल्टे-सीधे पाँव रखता हुआ बिदक रहा था, उस समय काला घोड़ा उससे छह गज़ आगे निकल चुका था। किन्तु इस दौरान में एमरल्ड बीच का फ़ासला काफ़ी कम कर चुका था। आख़िरी खम्भे से पहले जो खम्भा था, एमरल्ड वहाँ काले घोड़े की अपेक्षा सवा तीन सेकंड पहले पहुँच गया।

"अब तुम्हें पूरी छूट है—भागो।" सवार ने आदेश दिया।

एमरल्ड के कान सिमट गए, बिजली की तेज़ी से उसने एक क्षण पीछे मुड़कर देखा। अंग्रेज़ सवार का चेहरा एक दृढ़ निश्चय से दमक रहा था, हजा़मत किये हुए साफ़-सुथरे होंठ अधीरता से मुड़ गए थे, जिनके भीतर एक-दूसरे से सटे हुए पीले लम्बे दाँत दिखाई दे रहे थे। 'अपनी पूरी ताक़त झोंक दो,' ऊपर उठे हुए हाथों में दबी लगाम कह रही थी।

'ज़्यादा—और ज़्यादा!' अचानक अंग्रेज़ सवार की थरथराती आवाज़ भोंपू के गगनभेदी नाद-सी हवा में गूँजने लगी : "ओ-ई...ए..."

"हाँ! हाँ! हाँ! हाँ!" भागते हुए पैरों की ताल पर सफ़ेद घोड़े पर बैठा हुआ लड़का गा उठा।

अब तनाव अपनी चरम सीमा पर आ पहुँचा था—लगता था, मानो एक पतला-सा बाल उसे रोक रहा है, जो किसी क्षण भी टूट सकता है। 'ता-ता, ता-ता'—एमरल्ड के पाँव एक साथ ज़मीन पर पड़ रहे थे। 'त्रा-त्रा, त्रा-त्रा'—सफ़ेद घोड़े की पदचाप सुनाई दे रही थी। वह एमरल्ड से आगे भाग रहा था। गाड़ियों के लचकीले बम दौड़ की लय के साथ हिचकोले खा रहे थे। काले घोड़े की गर्दन से लिपटा हुआ लड़का बार-बार ऊपर-नीचे उछल पड़ता था।

सामने से आते हुए तेज़ हवा के झोंके एमरल्ड के कानों में सीटियाँ-सी बजा रहे थे और उसके नथुनों को गुदगुदा देते थे। एमरल्ड की नाक से बार-बार भाप के फ़व्वारे-से छूटने लगते थे। उसकी खाल गर्मी से तपने लगी थी। साँस लेने में भी अब उसे कठिनाई महसूस हो रही थी। मैदान के अन्तिम मोड़ का चक्कर लेते हुए उसका सारा शरीर नीचे की ओर झुक गया। सामने ही चबूतरा था, जिस पर खड़े हज़ारों लोग एक कंठ से चिल्लाते हुए उसे प्रोत्साहित कर रहे थे। उनकी आवाज़ों ने उसे एक साथ ही भयभीत, उत्तेजित और उल्लसित कर दिया। वह दुलकी चाल छोड़कर चौकड़ी भरने को ही था कि पीछे से उन जादुई हाथों ने उसे रोक दिया। उस संकेत में याचना, आदेश और आश्वासन के सब भाव भरे थे, मानो वे उससे कह रहे हों : 'चौकड़ी भरने की ज़रूरत नहीं है मेरे बच्चे...ख़ुदा के वास्ते इतना जोश मत दिखलाओ...हाँ, बस यह ठीक है, यह ठीक है।' एमरल्ड ने बिना देखे फीता तोड़ दिया। विराट् चबूतरा चीख़ों, हँसी के ठहाकों और करतल ध्वनि से गूँज उठा। लोगों के हाथों और चेहरों के बीचोबीच छतरियाँ, छड़ियाँ, टोपियाँ और प्रोग्राम के सफ़ेद काग़ज़ हवा में उछलने लगे। अंग्रेज़ सवार ने धीरे से लगाम छोड़ दी। 'दौड़ ख़त्म हो गई—धन्यवाद मेरे बच्चे!' उसके हाथ की हरकत ने एमरल्ड से कहा। एमरल्ड ने सप्रयास अपने को रोका और दौड़ना बन्द करके चलने लगा। काला घोड़ा अपने खम्भे पर एमरल्ड से सात सेकंड पीछे पहुँचा।

अंग्रेज़ सवार ने अपने सिकुड़े हुए पैर काफ़ी कठिनाई से ऊपर उठाए और बग्घी से लड़खड़ाता हुआ नीचे उतर आया। बग्घी से मखमल की गद्दी उठाकर वह सीढ़ियों की ओर चल पड़ा। साईस भागते हुए एमरल्ड के पास आए,

भाप उड़ाती हुई उसकी पीठ को कपड़े से ढक दिया, और उसे अस्तबल से सटे घास के मैदान की ओर ले चले। उसके पीछे निर्णायक की कुर्सी की ओर से घंटियों की आवाज़ और भीड़ का कोलाहल निरन्तर बढ़ता जा रहा था। एमरल्ड के मुँह से हल्के पीले रंग के झाग ज़मीन और साईसों के हाथों पर टपक रहे थे।

कुछ मिनटों बाद एमरल्ड को बग्घी से अलग करके वापस चबूतरे के पास ले आया गया। उसी क्षण ओवरकोट और नया चमचमाता हुआ हैट पहने एक लम्बा आदमी एमरल्ड के पास आया। एमरल्ड ने उसे अक्सर अस्तबल में आते-जाते देखा था। उसने एमरल्ड की गर्दन को प्यार से थपथपाया और अपनी हथेली में खाँड़ की गोलियाँ उसके मुँह में डाल दीं। अंग्रेज़ सवार भी भीड़ में खड़ा था और मुँह सिकोड़कर अपने लम्बे दाँत निकालता हुआ मुस्करा रहा था। एमरल्ड की पीठ से कपड़ा उतार दिया गया और उसे एक तीन टाँगों वाले बक्से के सामने खड़ा कर दिया। बक्से पर एक काला कपड़ा बिछा था और उसके नीचे सलेटी रंग की पोशाक पहने हुए एक आदमी सिर झुकाकर कुछ काम करने में व्यस्त था।

उस विशाल जन-समुदाय में से लोगों के झुंड काली लहरों की तरह चबूतरे के नीचे उतरने लगे। वे लोग घोड़े के इर्द-गिर्द भीड़ लगाकर इकट्ठा हो गए। कोई पूरा ज़ोर लगाकर चिल्ला रहा था, तो कोई हवा में हाथ हिला रहा था। धूप में उनके चेहरे तपे हुए लाल-सुर्ख़ हो गए थे और आँखें चमक रही थीं। वे मुँह फुलाए खड़े थे, मानो कोई बात उन्हें चुभ रही हो। बार-बार अपनी अँगुलियों से वे लोग एमरल्ड के पैर, सिर और बग़लों को छू रहे थे; उसकी पीठ की चादर को खींचने लगते थे।

एकाएक वे एक साथ चिल्लाने लगे, "यह नक़ली घोड़ा है। हमें उल्लू बनाया गया है। हमारे रुपये वापस करो।"

एमरल्ड को कुछ समझ में नहीं आया कि वे क्या कर रहे हैं। वह बेचैनी से अपने कान हिलाने लगा। 'क्या कह रहे हैं ये लोग?' उसे आश्चर्य हो रहा था, 'क्या मेरे दौड़ने में कोई त्रुटि रह गई है?' एक क्षण के लिए उसकी

आँखें अंग्रेज़ सवार के चेहरे पर टिक गईं। एक व्यंग्यात्मक मुद्रा लिये उसका चेहरा सदा गम्भीर और शान्त दिखलाई देता था, किन्तु इस समय उसकी आँखों में क्रोध की ज्वाला भड़क रही थी। अचानक वह ज़ोर से अपनी कठोर कड़कड़ाती आवाज़ में चिल्ला उठा, उसके हाथ हवा में चमक उठे और एक तमाचे की आवाज़ भीड़ के कोलाहल में गूँज गई।

6

साईस एमरल्ड को वापस घर ले आए तीन घंटे बाद उसे जई खाने के लिए मिली। शाम को जब उसे कुएँ के पानी से नहलाया जा रहा था, उसकी आँखें मेड़ के पीछे बड़े पीले चाँद पर जा पड़ीं। एक अज्ञात भय से उसका दिल काँप उठा।

फिर जो दिन आए, वे विषाद और उदासी से भरे थे।

साईस अब एमरल्ड को कसरत या घुड़दौड़ के लिए अस्तबल से बाहर नहीं ले जाते थे। किन्तु प्रतिदिन काफ़ी बड़ी संख्या में ऐसे लोग आते थे, जो निपट अजनबी थे। वे उसे अस्तबल से बाहर बाड़े में ले जाते, और वहाँ अच्छी तरह से उसकी जाँच-परख किया करते। उन लोगों से एमरल्ड सर्वथा अपरिचित था। वे अपनी अँगुलियाँ उसके मुँह में घुसेड़ देते, उसकी खाल को झाँवे से रगड़ते और हमेशा एक-दूसरे पर चीख़ते-चिल्लाते रहते थे।

फिर एक शाम उसे अस्तबल से बाहर ले जाया गया। लम्बी उजाड़ सड़कों पर चलते हुए उसे लगा, मानो रास्ता कभी ख़त्म न होगा। सड़क के दोनों ओर मकानों की खिड़कियों से रोशनी बाहर आ रही थी। मकान पीछे छूट गए, रेलवे स्टेशन आया, वह हिलते हुए अँधेरे डिब्बे में खड़ा रहा। लम्बी यात्रा के कारण उसकी टाँगें काँपने लगी थीं। इंजन की सीटियाँ, खटखट करती हुई रेल की पटरियाँ, धुएँ की गन्दी दूषित गन्ध, हिलती हुई लालटेन का पीला-पीला प्रकाश—एमरल्ड की आँखों ने सब कुछ देखा।

बाद में उसे रेल के डिब्बे से बाहर ले आया गया। बहुत देर तक वह अनजानी, अपरिचित सड़कों पर चलता रहा, बीच में अनेक गाँव और पतझड़ के नंगे खेत आए और अन्त में उसे अन्य घोड़ों से अलग एक अजाने अस्तबल में बन्द कर दिया गया।

कई दिनों तक उसे अपने अंग्रेज़ सवार वासिली, नजार और ओनजिन याद आते रहे। जब वह सोता था, तब भी उन्हीं के चेहरे सपनों में दिखलाई देते थे। किन्तु समय गुज़रता गया और धीरे-धीरे उनकी स्मृति धुँधली पड़ती गई। उसे किसी से छिपाकर वहाँ बन्द कर दिया गया था। अकर्मण्यता ने उसे नकारा-सा बना दिया। जवानी से गदराया उसका सुन्दर-सजीला शरीर उस अँधेरी कोठरी में तिल-तिल करके गलने लगा। अक्सर नये अजनबी लोगों का झुंड उसे घेरकर खड़ा हो जाता, हर आदमी उसके अंग-प्रत्यंग की जाँच-पड़ताल करता और फिर वे आपस में ही लड़ने-झगड़ने लगते।

जब कभी दरवाज़ा खुलता, बाहर की एक उड़ती हुई-सी झलक उसे मिल जाती। मैदान में घोड़ों को चलता या भागता हुआ देखकर उसका हृदय आर्तनाद कर उठता। ग़ुस्से में वह रुआँसा हो जाता और ज़ोर-ज़ोर से कातर स्वर में उन्हें पुकारने लगता। किन्तु उसी क्षण दरवाज़ा बन्द हो जाता और पुनः नये सिरे से समय की मनहूस, लम्बी घड़ियाँ उस अँधेरी कोठरी में घिसटने लगतीं।

अस्तबल के प्रबन्धकर्ता की आँखें छोटी और काली थीं, सिर बड़ा था, मोटे चेहरे पर छोटी काली मूँछें थीं। उस पर सदा निद्रा का अलस-भाव घिरा रहता था। एमरल्ड में उसने कभी कोई दिलचस्पी नहीं दिखलाई, किन्तु फिर भी किसी अज्ञात कारण से एमरल्ड उससे डरता रहता था।

एक दिन सुबह, जब सब साईस सो रहे थे, वह दबे पाँव एमरल्ड के पास आया, और उसकी नाँद में जई के कुछ टुकड़े डालकर चुपचाप वापस लौट गया। एमरल्ड को कुछ आश्चर्य हुआ, किन्तु फिर निश्चिन्त होकर उसने अपना मुँह नाँद में डाल दिया। जई का स्वाद कुछ खट्टा-मीठा-सा लग रहा था और उसे छूते ही ज़ुबान पर चरपराहट-सी होने लगती थी। 'कैसा अजीब स्वाद है,' एमरल्ड ने सोचा, 'मैंने तो ऐसी जई कभी नहीं खाई।'

और तभी उसके पेट में दर्द की हल्की लहर उठी। कुछ देर तक पीड़ा की लहरें आती-जाती रहीं, फिर हर मिनट उसका दबाव बढ़ने लगा और अन्त में तो वह पीड़ा असह्य हो उठी। एमरल्ड धीरे-धीरे कराहने लगा। उसकी आँखों के सामने अग्निपिंड-से तैरने लगे, शरीर पर नमी-सी छा गई और उसे लगा, मानो किसी ने उसका सारा बल निचोड़ लिया हो। उसकी निर्जीव कमज़ोर टाँगें काँपने लगीं और वह धड़ाम से धरती पर गिर पड़ा। उसने उठने की चेष्टा की किन्तु बड़ी कठिनाई से अपनी अगली टाँगें ही वह उठा सका और फिर एक तरफ़ निढाल होकर गिर पड़ा। उसे लगा, मानो उसके सिर पर हवा के सनसनाते थपेड़े प्रहार कर रहे हैं। अंग्रेज़ सवार अपने घोड़े-से लम्बे दाँत दिखाता हुआ उसकी आँखों के सामने से गुज़र गया। फिर उसे ओनजिन दिखाई दिया। वह हिनहिनाता हुआ भाग रहा था और उसके गले का टेंटुआ पहले की तरह बाहर निकला हुआ था। एक अज्ञात शक्ति एमरल्ड को बरबस अँधेरे, ठंडे गड़हे में घसीटे ले जा रही थी। वह अब बिलकुल हिल-डुल नहीं सकता था।

अचानक उसका गला अकड़ गया, टाँगें ऐंठने लगीं और पीठ टेढ़ी हो गई। सारे शरीर में कँपकँपी-सी छूटने लगी। उसकी खाल से सफ़ेद झाग निकलने लगा, जिसकी तीखी गन्ध अस्तबल में फैलने लगी।

लालटेन का काँपता पीला आलोक एक क्षण के लिए उसकी आँखों पर पड़ा और फिर सदा के लिए उसकी दृष्टि अँधेरे में खो गई। एक खुरदरी-सी आवाज़ उसके कानों में पड़ी, किन्तु जब किसी ने चिल्लाते हुए उसकी बग़ल पर लात मारी, उसे कुछ भी महसूस नहीं हुआ। वह जा चुका था—हमेशा के लिए।

[1907]

रत्न-कंगन

अगस्त का आधा महीना बीत चुका था। शुक्ल पक्ष अभी आरम्भ नहीं हुआ था। इन दिनों कृष्ण-सागर के उत्तरी तट पर मौसम एक अजीब-सा बीभत्स रूप धारण कर लेता था। भारी घनी धुन्ध सागर और धरती को अपने में लपेटे रहती और लाइट हाउस का भोंपू दिन-रात एक उन्मत्त साँड़ की तरह चिंघाड़ता रहता। शायद ही कोई ऐसा दिन हो, जब बूँदा-बाँदी न हो रही होती। कच्ची सड़कें और फ़ुटपाथ कीचड़ के ढेर में खो जाते। बग्घियों और बैलगाड़ियों के पहिये कीचड़ में धँस जाते और कई दिनों तक उनके लिए आगे चलना असम्भव हो जाता। उन्हीं दिनों उत्तर-पश्चिमी दिशा में स्तेपीय-भूमि से एक भयंकर तूफ़ान आया। तूफ़ानी हवा से जिस प्रकार समुद्र की लहरें आलोड़ित हो उठती हैं, उसी प्रकार वृक्षों के शिखर सरसराते हुए काँपने लगे। रात को घरों पर लोहे की छतें हवा के प्रकोप से इतनी ज़ोर से खड़खड़ाती थीं कि लगता था, मानो कोई भारी जूते पहने उन पर दौड़ रहा हो! रात-भर दरवाज़े-खिड़कियाँ झनझनाते रहे और चिमनियों में कर्कश आक्रोश का स्वर चीत्कार-सा करता हुआ सुनाई देता रहा। समुद्र में मछुओं की अनेक नौकाएँ

रास्ता भटक गईं; उनमें से दो तट पर वापस न आ सकीं। एक सप्ताह बाद मछुओं की लाशें तट पर दिखाई दीं। समुद्र की लहरें उन्हें वहाँ फेंक गई थीं।

तटवर्ती क़स्बे के निवासी, जिनमें अधिक संख्या यूनानियों और यहूदियों की थी, अन्य दक्षिण-वासियों की भाँति कोई ऐसा ख़तरा नहीं उठाना चाहते थे, जिससे उनके प्राण जोखिम में पड़ जाएँ। तूफ़ान के भयंकर प्रकोप को देखकर वे भयभीत हो उठे और शीघ्र ही अपने शहर को वापस लौटने लगे। कीचड़ से लदी-फँदी सड़क पर ठेले-गाड़ियों का ताँता लग गया। चटाइयाँ, सोफ़े, अलमारियाँ, कुर्सियाँ, हाथ-मुँह धोने के बेसिन, केतलियाँ इत्यादि घर-गृहस्थी का सब सामान इन गाड़ियों पर ठूँस-ठाँस कर भर दिया गया था। बूँदा-बाँदी की मलमल-सी धुँधली चादर के पीछे से सब चीज़ें बहुत ही दयनीय, करुण दृश्य प्रस्तुत कर रही थीं। लगता था, मानो सारे सामान पर एक मैली, मनहूस दरिद्रता की छाया मँडरा रही हो। बैलगाड़ियों पर नौकरानियाँ और बावर्ची भीगे हुए मोमजामे पर बैठे थे और उन्होंने अपने हाथों में छोटी-मोटी चीज़ें—इस्तरियाँ, डिब्बे और टोकरियाँ—पकड़ रखी थीं। थके-माँदे घोड़े बार-बार हाँफते हुए ठहर जाते थे, उनके घुटने थकान से काँप रहे थे और उनकी बग़लों से भाप छूट रही थी। आगे बैठे हुए कोचवान फटती हुई आवाज़ में गाली दे रहे थे। बारिश से बचने के लिए उन्होंने चटाइयों से अपना शरीर लपेट रखा था। उजड़े हुए ख़ाली मकानों का दृश्य और भी अधिक करुणाजनक था। फूलों की क्यारियाँ तहस-नहस हो गई थीं। खिड़कियों के शीशे टूट गए थे, कुत्ते लावारिस होकर घूम रहे थे। मकानों के चारों ओर सिगरेटों के टोटे, काग़ज़ों के टुकड़े, टूटे हुए चीनी के बर्तन, दफ़्ती के बक्से और दवाई की शीशियाँ बिखरी पड़ी थीं।

किन्तु अगस्त के अन्तिम दिनों में मौसम अचानक बदल गया। बादल छँट गए। उजली कोमल धूप में खिला हुआ हर दिन अपने साथ एक घनी, स्निग्ध-सी शान्ति ले आता—जो शायद जुलाई के दिनों में भी दुर्लभ होती है। पतझड़ के सूखे खेतों में अन्न के पीले पौधों पर मकड़ी के जाले हवा में उड़ते हुए अबरक-से चमक रहे थे। पेड़ों को अपनी शान्ति वापस मिल गई। उनके पत्ते चुपचाप, धीरे-धीरे झरने लगे।

मार्शल की पत्नी प्रिंसेस वीरा निकोलायेवना शेयिना को इन दिनों अपने बँगले में ही टिका रहना पड़ा, क्योंकि शहर में उनके मकान की मरम्मत अभी पूरी नहीं हुई थी। तूफ़ान के बाद मौसम में परिवर्तन, सुन्दर सुहावने दिन, एकान्त, शान्ति और स्वच्छ हवा, दक्षिण की ओर उड़ते हुए पक्षियों के झुंड, जो टेलीग्राफ़ के तारों पर बैठकर चहचहाते थे और समुद्र की ओर से आती हुई नमकीन हवा के सहलाते-से मधुर झोंके—इन सबके बीच प्रिंसेस वीरा आनन्द-विभोर-सी हो उठी।

2

उस दिन सत्रह सितम्बर को उसका जन्म-दिन था। उसे वह दिन बहुत प्रिय था। बचपन की सुखद, सुन्दरतम स्मृतियाँ उस दिन के संग जुड़ी थीं। उस दिन की प्रतीक्षा करते समय उसे किसी अप्रत्याशित सुख की सम्भावना बनी रहती। सुबह किसी आवश्यक कार्य से शहर जाने के पूर्व उसके पति ने उसकी मेज़ पर बुन्दों का एक सुन्दर जोड़ा रख दिया था। नाशपातियों की आकृति वाले बढ़िया मोती उन बुन्दों में जड़े थे। अपने पति के इस बहुमूल्य उपहार को देखकर वह फूली नहीं समाई थी।

घर में वह बिलकुल अकेली थी। उसका अविवाहित भाई निकोलाय राजकीय अभियोक्ता था और अक्सर उसी घर में रहा करता था। किन्तु आज वह भी किसी मुक़दमे के सिलसिले में शहर गया हुआ था। जाते समय उसके पति ने वादा किया था कि वह रात को भोजन के लिए अपने अभिन्नतम मित्रों के अतिरिक्त किसी और को नहीं लाएगा। सौभाग्य से उसका जन्मदिन गर्मियों में होने के कारण वह ख़र्च-खेचल से बच जाती थी। यदि वह शहर में होती तो इस अवसर पर एक भोज और शायद नृत्य की व्यवस्था भी करनी पड़ती। यहाँ गाँव में इस टीम-टाम की कोई आवश्यकता नहीं, ख़र्च भी नाममात्र को ही होता है। समाज में प्रिंस शेयिन की प्रतिष्ठा थी,

किन्तु उसके बावजूद अथवा शायद इसी के कारण घर का ख़र्च मुश्किल से चलता था। ख़ानदानी जायदाद पूर्वजों की कृपा से दो कौड़ी की भी नहीं रह गई थी, किन्तु कुल-प्रतिष्ठा को बचाने के लिए हमेशा ही सामर्थ्य से अधिक ठाट-बाट से रहना पड़ता था। कोई एक ख़र्च थोड़े ही था—स्वागत समारोह का आयोजन करना, दान-पुण्य करना, क़ीमती वस्त्र पहनना, घोड़े रखना, इत्यादि सभी की चिन्ता लगी रहती थी। प्रिंसेस वीरा का अपने पति के प्रति गहरा प्रेम, पिछले कई वर्षों से एक सच्ची स्थायी मित्रता में परिणत हो चुका था। अपने पति को सर्वनाश के पथ से बचाने के लिए वह अपनी ओर से कोई कोर-कसर नहीं उठा रखती थी। पति के मन में बिना कोई सन्देह उत्पन्न किये वह आवश्यक वस्तुओं से वंचित रह जाती थी और जहाँ तक सम्भव हो पाता, घर-गृहस्थी का ख़र्च भी हाथ खींचकर करती थी।

इस समय वह अपनी वाटिका में टहलते हुए खाने की मेज़ के लिए बड़ी सावधानी से फूल तोड़ रही थी। उजड़ी हुई फूलों की क्यारियों को देखकर जान पड़ता था, मानो कई दिनों से वे इस उपेक्षित अवस्था में पड़ी हों। विभिन्न रंगों के दुहरे कार्नेशन फूल अपना यौवन पार कर चुके थे। स्टॉक फूलों का भी यही हाल था; कुछ अभी तक खिल रहे थे और कुछ फूलों पर छोटी-छोटी फलियाँ उग आई थीं, जिनकी गन्ध गोभी की गन्ध से मिलती-जुलती थी। गुलाब के फूलों की झाड़ियाँ गर्मी में तीसरी बार खिल रही थीं—अब तक उन पर छोटी-छोटी कलियाँ और फूल दिखलाई दे रहे थे। डालिया, पियोनी और गेंदा के फूल भी थे, जिनका मदमाता, गर्वीला सौन्दर्य निस्तब्ध वायुमंडल में पतझड़ की उदास गन्ध बिखेर रहा था। ऐसे फूल भी थे जिनकी प्रणय-लीला के सुनहरे दिन चुक गए थे, पुष्पित-पल्लवित होने की अवधि समाप्त हो चुकी थी और अब वे चुपचाप भावी जीवन के बीज धरती पर गिरा रहे थे।

इतने में सामने की सड़क से मोटर का हॉर्न सुनाई दिया। अन्ना निकोलायेवना फ्रिस्से अपनी बहन प्रिंसेस वीरा से मिलने के लिए आ रही थी। सुबह ही उसने टेलीफ़ोन द्वारा वीरा को सूचित कर दिया था कि वह

उसका हाथ बँटाने के लिए उसके घर रहने आ रही है। मेहमानों का स्वागत करने की ज़िम्मेदारी भी वह सँभाल लेगी।

वीरा ने हॉर्न सुनकर ही अपनी बहन की मोटर को पहचान लिया। वह दरवाज़े पर चली आई। कुछ मिनटों बाद एक सुन्दर गाड़ी गेट के पास आकर रुक गई। ड्राइवर ने नीचे उतरकर मोटर का दरवाज़ा खोल दिया।

दोनों बहनों ने प्रफुल्लित मन से एक-दूसरे को चूमा। बचपन से दोनों में गहरा स्नेह था। शक्ल-सूरत में दोनों के बीच रत्ती-भर समानता नहीं थी। बड़ी बहन वीरा की शक्ल अपनी माँ—जो एक सुन्दर अंग्रेज़ रमणी थी—से बहुत अधिक मिलती-जुलती थी। उसकी लम्बी चमकीली देह, कोमल किन्तु गम्भीर और गर्वोन्नत चेहरा, लम्बे सुघड़ हाथ, और झुके हुए आकर्षक कन्धों को देखकर पुराने लघु-चित्रों की याद आ जाती थी। छोटी बहन अन्ना का नैन-नक़्श अपने पिता से मिलता-जुलता था। वह एक तातार-प्रिंस थे, जिनके दादा ने उन्नीसवीं शताब्दी के शुरू में ईसाई धर्म स्वीकार किया था। उनके पूर्वजों में तमरलेन (तैमूर लंग) का रक्त प्रवाहित होता था। उसका पिता बड़े गर्व और अभिमान से उस हत्यारे को 'तैमूर लेंक' के तातारी नाम से पुकारता था। क़द में अन्ना अपनी बहन से ज़रा छोटी थी। उसके कन्धे तनिक चौड़े थे और वह लोगों को चिढ़ाने-बनाने, हँसी-मज़ाक़ करने में उससे आगे रहती थी। उसका चेहरा-मोहरा बिलकुल मंगोल साँचे से ढला हुआ था—गालों की उभरी हुई हड्डियाँ, छोटी-छोटी आँखें, जिन्हें कमज़ोर दृष्टि के कारण अक्सर वह सिकोड़ लेती थी, और छोटा-सा उद्दीपक चेहरा, जिस पर हमेशा दर्प का भाव झलकता रहता था। मांसल, भरा हुआ उसका निचला होंठ तनिक बाहर निकला रहता। उस पर मुस्कराहट, नैन-नक़्श का नारीत्व, चुलबुलाहट, दूसरों की नक़ल उतारना, छेड़छाड़—उसकी कोई हरकत ऐसी न थी, जिसमें एक विचित्र, रहस्यमय आकर्षक न भरा हो। कदाचित् यही कारण था कि सौन्दर्य का अभाव होने पर भी उसमें ऐसा कुछ था, जो उसकी बहन के गम्भीर, गरिमा सम्पन्न लावण्य की अपेक्षा पुरुषों को अपनी ओर अधिक आकर्षित कर लेता था।

अन्ना का विवाह एक धनी किन्तु मूर्ख व्यक्ति से हुआ था। वह हमेशा हाथ पर हाथ धरे बैठा रहता। हालाँकि वह एक ख़ैराती-संस्था के बोर्ड का सदस्य था और अक्सर अपने नाम के आगे 'कामर जंकर' की उपाधि लगाता था। अन्ना के दो बच्चे थे—एक लड़का, एक लड़की, किन्तु उसे अपना पति एक आँख नहीं सुहाता था। उसने निश्चय कर लिया था कि भविष्य में उसके कोई और बच्चा नहीं होगा। वीरा को बच्चों की बहुत लालसा थी; उसका बस चलता तो बेरोकटोक ज़्यादा-से-ज़्यादा बच्चों की माँ बन जाती, किन्तु दुर्भाग्य ने अब तक उसे सन्तान के प्रेम से वंचित रखा था। उसने अपना सारा प्यार अपनी बहन के दोनों बच्चों पर उड़ेल दिया था। दोनों बच्चे शालीन और आज्ञाकारी थे। दोनों के हल्के भूरे रंग के घुंघराले बाल गुड्डे के बालों से दिखाई देते थे। सुन्दर होने के बावजूद दोनों बच्चे बहुत कमज़ोर थे और उनके चेहरों पर सूखा-सा पीलापन छाया रहता था।

अन्ना के चंचल, उच्छृंखल स्वभाव में लापरवाही कूट-कूटकर भरी थी। उसके चरित्र में ऐसे परस्पर विरोधी तत्त्व विद्यमान थे, जो कभी-कभी उसके व्यवहार को विचित्र, सनकी-सा बना देते। यूरोप के विभिन्न देशों की राजधानियों और स्वास्थ्यप्रद स्थानों में वह घूमी थी, पुरुषों के संग खेल-खिलवाड़ करने में भी वह सबसे आगे रहती थी, किन्तु आश्चर्य की बात यह थी कि अपने पति के संग विश्वासघात करने की इच्छा उसमें कभी उत्पन्न नहीं हुई। यह दूसरी बात थी कि वह उसके सामने और पीठ पीछे उसका मखौल उड़ाने में कभी न चूकती। वह पैसा पानी की तरह बहाती थी। कोई ऐसा शौक़ नहीं था जो उसने पूरा न किया हो। जुआ, नाच, दिल को उत्तेजित करनेवाले खेल-तमाशे, नई—सनसनीखेज़ घटनाएँ इन सबके प्रति वह गहरी दिलचस्पी प्रदर्शित करती थी। विदेश में वह अक्सर ऐसे रेस्तराँओं में जाती थी, जिन्हें भद्र समाज सन्देह की दृष्टि से देखता था। इन सब बातों के बावजूद उसकी उदारता व सहृदयता किसी से छिपी न थी। धर्म के प्रति उसका गहरा, सच्चा लगाव था, यहाँ तक कि उसने गुप्त रूप से कैथोलिक धर्म स्वीकार कर लिया था। उसकी पीठ, वक्षस्थल और कन्धों के सौन्दर्य

को देखकर आँखें चकाचौंध-सी हो जातीं। जब कभी वह सज-धजकर किसी 'बॉल' में जाती, तो उसकी पोशाक को देखकर लगता था, मानो वह सुरुचि और फ़ैशन की सब सीमाओं का उल्लंघन कर गई है। उसके वस्त्र उसके अंगों को ढकते कम थे, अनावृत अधिक करते थे। कुछ लोगों का कहना था कि अपने वस्त्रों के नीचे वह पतली महीन-सी बनियान पहने रहा करती थी।

वीरा का आचार-व्यवहार अपनी छोटी बहन की तुलना में बहुत अधिक सीधा-सादा था। सबके प्रति सद्भावना रखते हुए भी उसके भीतर कहीं काठिन्य का भाव छिपा था, जिसके कारण वह किसी से घुल-मिलकर बात नहीं कर पाती थी। वह सदा सबसे दूर-दूर रहती और जब किसी से बातचीत करती तो लगता, मानो उस पर कृपा कर रही हो। वह एक महारानी की तरह सबसे अलग-थलग, प्रकृतस्थ, गम्भीर मुद्रा में ही बैठी रहती थी।

3

"कितनी सुन्दर जगह है यह! सच, वीरा, यहाँ मुझे सब कुछ अच्छा लगता है।" अन्ना ने अपनी बहन के संग तेज़ी से छोटे-छोटे क़दम बढ़ाते हुए कहा। समुद्री तट के ज़रा ऊपर एक बेंच रखा था। "आओ, ज़रा देर यहाँ बैठकर आराम करें। मुझे तो समुद्र देखे अर्सा गुज़र गया!" वह बोली, "यहाँ की हवा लगते ही सब चिन्ताएँ रफूचक्कर हो जाती हैं। जानती हो, वीरा, पिछली गर्मियों में मैंने क्रीमिया में मिसखोर के स्थान पर एक नई चीज़ पता चलाई। अच्छा, बताओ—समुद्र की लहरों की गन्ध कैसी होती है। बिलकुल, मिग्नोनेट फूल की सुगन्ध से मिलती-जुलती—सच!"

वीरा स्नेह से मुस्कराई।

"तुम्हारा दिमाग़ हमेशा हवा में रहता है।"

"लेकिन वीरा, यह सही बात है। एक बार मेरे यह कहने पर कि चाँदनी का रंग हल्का गुलाबी-सा होता है, सब लोग मुझ पर हँसने लगे थे।

किन्तु कुछ दिन पहले बोरित्स्की—जो आजकल मेरा चित्र बना रहा है—ने सचमुच मेरे मत की पुष्टि कर दी। उसने मुझे बतलाया कि कलाकार बहुत पहले से ही इस बात को जानते हैं।"

"अच्छा, तो आजकल इस कलाकार के पीछे पड़ी हो?"

"तुम तो बस ऐसी ही बेसिर-पैर की बातें सोचती हो।"

वह हँसती हुई टीले के किनारे चली आई, जो एक लम्बी दीवार की तरह नीचे समुद्र में चला गया था। उसने झुककर समुद्र की ओर झाँका। हठात् उसके मुँह से चीख़ निकल पड़ी। भय से उसका चेहरा पीला पड़ गया था।

"कितना ऊँचा है यह टीला!" उसके स्वर में धीमा-सा कम्पन था, "जब कभी मैं किसी ऊँची चोटी से नीचे की ओर देखती हूँ, मेरे सारे शरीर में खट्टी-मीठी-सी झुरझुरी दौड़ जाती है और मेरे पैरों की अँगुलियों में दर्द होने लगता है। नीचे झाँकने का लोभ फिर भी संवरण नहीं कर पाती।"

वह किनारे की ओर बढ़ी, किन्तु उसकी बहन ने उसे रोक लिया।

"रहने भी दो अन्ना—जब मैं तुम्हें नीचे झाँकते हुए देखती हूँ तो मेरा सिर चकराने लगता है। आओ, मेरे पास बैठ जाओ।"

"अच्छा भई—अभी आती हूँ; लेकिन वीरा, नीचे कितना मोहक, कितना सुन्दर लगता है, मेरी तो आँखें ही नहीं भरतीं। काश, तुम जान पातीं कि जब कभी मैं दुनिया में इतनी आश्चर्यजनक चीज़ों को देखती हूँ, मेरे दिल में ईश्वर के प्रति कितनी कृतज्ञता उमड़ पड़ती है!"

एक क्षण तक दोनों चुपचाप कुछ सोचती रहीं। नीचे, बहुत नीचे समुद्र निस्तब्ध और शान्त था। बेंच से समुद्र का दूसरा छोर दिखाई नहीं देता था—शायद इसलिए उसकी अबाध व्यापकता और गुरुता और भी अधिक बढ़ जाती थी। जल शान्त और निश्चल था, मानो अपना ही कोई आत्मीय हो। चारों ओर एक नीला विस्तार था, जिस पर पीले-नीले रंग की टेढ़ी धारियाँ जलप्रवाह को चिह्नित कर रही थीं। क्षितिज की ओर समुद्र का जल गहरे नीले रंग में परिणत हो गया था।

तट के पास मछुओं की नौकाएँ धुँधली-सी दीखती थीं। शान्त जल में निस्पन्द निश्चल-सी खड़ी हुई वे ऊँघती-सी जान पड़ती थीं। कुछ दूर पर तीन मस्तूलों वाला जहाज़ खड़ा था। हवा के झोंकों से उसके सफ़ेद, सुघड़ बाल फरफरा उठते थे। दूर से लगता था, मानो वह हवा में गतिहीन, निश्चल टँगा हो।

"तुम जो कुछ कह रही हो, मैं अच्छी तरह समझती हूँ," वीरा ने गम्भीर चिन्तन-मुद्रा में कहा, "किन्तु न जाने क्यों, मैं तुम्हारी तरह नहीं सोच पाती। जब कभी लम्बे अन्तराल के बाद मैं समुद्र को देखती हूँ, मेरा मन उत्तेजित-सा हो जाता है। लगता है, मानो मुझे कोई ज़ोर से झिंझोड़ रहा हो! समुद्र का विस्तार एक विराट्, गहन और अभूतपूर्व आश्चर्य में मूर्तिमान हो उठता है। किन्तु बाद में जब आँखें अभ्यस्त हो जाती हैं, उसकी शून्यता दम घोंटने लगती है। फिर तो बस समुद्र को देखते ही मन ऊबने लगता है।"

अन्ना मुस्कराने लगी।

"क्या बात है?" उसकी बहन ने पूछा।

अन्ना ने बात बनाते हुए कहा, "पिछले वर्ष गर्मी के दिनों में हम घुड़सवारों के एक बड़े गिरोह में 'याल्टा' से 'उच कोश' जा रहे थे। वह स्थान जंगल के अफ़सर के बँगले से परे झरने के ऊपर था। चारों तरफ़ धुन्ध और सीलन थी, किन्तु हम चीड़ के पेड़ों के बीच रास्ता टटोलते हुए ऊपर चढ़ते गए। कुछ ही देर बाद धुन्ध हवा में घुल गई और हम जंगल को पीछे छोड़ आए। अचानक हमें महसूस हुआ कि हम सब चट्टान के सँकरे किनारे पर खड़े हैं—नीचे एक गहरा खड्ड था। दूर फैले हुए गाँव माचिस की डिब्बियों-से लगते थे, जंगल और बाग़ों के स्थान पर केवल घास के मैदान दिखलाई दे रहे थे। समूचा लैंडस्केप एक बड़े नक़्शे की तरह हमारे सामने खुला पड़ा था। नीचे पचास-साठ मील तक समुद्र फैला था। उस चट्टान पर खड़े-खड़े मुझे लगा, मानो मैं अधर में लटकी हूँ और अभी फुर्र से ऊपर उड़ जाऊँगी। उस दृश्य की सुन्दरता भुलाए नहीं भूलती। कुछ क्षणों के लिए मुझे ज़िन्दगी बहुत हल्की-सी जान पड़ी थी।

मैंने गाइड की ओर मुड़कर कहा, 'क्यों सैयद ओधलू, ख़ूबसूरत जगह है न?' किन्तु उसने घृणा से आँखें फेर लीं। 'बीबीजी, यह तो हम रोज़ देखता है। हमारा तो इसे देखते-देखते आँख पक गया।'"

"इस तुलना के लिए धन्यवाद!" वीरा ने हँसते हुए कहा, "तुम कुछ भी कहो अन्ना, मुझे तो हमेशा यह महसूस होता है कि हम उत्तर-निवासी समुद्र के सौन्दर्य को कभी नहीं समझ सकेंगे। सच पूछो तो मुझे जंगल भाते हैं। याद है तुम्हें एगोरोवस्कोय के जंगल? क्या कभी उनसे जी ऊबता था? जहाँ आँखें उठाओ, चीड़ के पेड़ और काई नज़र आती थी। तुम्हें याद हैं वे फूल, जिन्हें देखकर लगता था, मानो वे साटन के बने हों और किसी ने उन पर सफ़ेद मोतियों के बेल-बूटे काढ़ दिये हों? कितना शीतल और शान्त वातावरण था!"

"मुझे कोई अन्तर नहीं पड़ता—कौन-सी चीज़ है जो मुझे अच्छी नहीं लगती!" अन्ना ने कहा, "किन्तु सबसे सुन्दर मुझे अपनी छोटी-सी बहन लगती है—मेरी अच्छी प्यारी वीरा! सारी दुनिया में हम दोनों जैसा कोई नहीं—क्यों, ठीक है न?"

उसने वीरा के गले में हाथ डाल दिये और बिलकुल उससे सटकर, उसके गाल से अपना गाल चिपकाकर बैठ गई। अचानक उसने कहा :

"अरे, मैं तो भूल ही गई! यहाँ हम उपन्यास के दो पात्रों की तरह चर्चा कर रहे हैं और जो उपहार तुम्हारे लिए लाई थी, उसकी बात दिमाग़ से सफाचट उड़ गई। पता नहीं, तुम्हें पसन्द भी आएगा? देखो..."

उसने अपने पर्स से एक छोटी-सी कॉपी निकाली, जिस पर एक असाधारण-सी जिल्द बँधी थी। जिल्द बहुत पुराने घिसे हुए नीले रंग के मखमल से ढकी थी, जिस पर सोने के तारों से बहुत महीन और सुन्दर बेल-बूटे काढ़े गए थे। किसी कलाकार ने बड़े परिश्रम से उसे बनाकर अपनी विलक्षण-दक्षता और प्रतिभा का चमत्कार दिखलाया था। कॉपी पर धागे-सी पतली सोने की एक ज़ंजीर लटक रही थी और उसके बीच काग़ज़ के पन्नों के स्थान पर हाथी-दाँत के पन्ने लगे थे।

"कितना सुन्दर है! बिलकुल लाजवाब चीज़ है!" वीरा ने आह्लादित होकर अपनी बहन को चूम लिया, "धन्यवाद अन्ना, तुम्हें यह निधि कहाँ से मिल गई?"

"एक दुकान में जाना हुआ था, जहाँ बहुत-सी पुरानी, विलक्षण वस्तुएँ रखी रहती थीं। तुम तो जानती हो, मुझे पुरानी अंगर-खंगर चीज़ों के प्रति कितनी उत्सुकता रहती है—वहीं से यह प्रार्थना-पुस्तक ख़रीद लाई। तुमने एक बात देखी—इस गहने की आकृति बिलकुल 'क्रॉस' से मिलती-जुलती है। वहाँ से तो मैंने सिर्फ़ जिल्द ली थी—बाक़ी सब चीज़ें, पन्ने, पेंसिल और बक्सुआ तो सब बाद में जुटाना पड़ा। मैंने मोल्लीनेत के सामने अपनी इच्छा प्रकट की थी किन्तु उसे मेरी एक बात भी समझ में नहीं आई। दरअसल मैं चाहती थी कि बक्सुए की बनावट और समूचे पैटर्न में एक सामंजस्य हो—उसके लिए यह ज़रूरी था कि उसका रंग हल्का सुनहरा हो, पुराने सोने का बना हो और उस पर महीन नक़्क़ाशी की गई हो। किन्तु उसने मेरी एक न सुनी और अपने मन से न जाने यह क्या बना डाला है, लेकिन देखो—यह ज़ंजीर वेनिस की पुरानी कारीगरी का अद्भुत नमूना है।"

वीरा प्रशंसा-भाव से उस सुन्दर, सुनहरी जिल्द को सहलाने लगी।

"कितनी प्राचीनता छिपी है इस वस्तु में—न जाने यह कॉपी कितनी पुरानी होगी!"

"निश्चित रूप से नहीं कहा जा सकता, किन्तु मेरा अनुमान है कि यह कॉपी पहले-पहले सत्रहवीं शताब्दी के उत्तर-काल या मध्य-अठारहवीं शताब्दी में बनी होगी," अन्ना ने कहा।

"मुझे इसे छूते हुए बड़ा अजीब-सा लग रहा है। क्या मालूम, पौम्पादू के मार्कुइस या मारी आन्तोयनेत के हाथों ने इसे स्पर्श किया हो! अन्ना, तुम भी ख़ूब हो! प्रार्थना-पुस्तक को कॉपी में परिणत करने का चमत्कार केवल तुम ही कर सकती हो! चलो, देखें, भीतर क्या हो रहा है!"

सामने ही चौड़े सपाट पत्थरों का चबूतरा खड़ा था, जिसे चारों ओर से इजाबेला की अंगूर-लताओं के जालीदार आँचल ने ढक लिया था।

हरी शाख़ाओं से धूप में चमकते घने भारी गुच्छे लटक रहे थे, जिनमें से बेरों की सुगन्ध आ रही थी। वृक्ष-लताओं का हल्का धुँधला-सा हरा प्रकाश चबूतरे पर छिटक रहा था, जिसकी पीली छाया दोनों स्त्रियों के चेहरों पर पड़ रही थी।

"क्या भोज का आयोजन इसी स्थान पर किया गया है?" अन्ना ने पूछा।

"पहले तो यही इरादा था, किन्तु आजकल शाम के समय सर्दी बढ़ जाती है, इसलिए सारा प्रबन्ध खाने के कमरे में ही किया जाएगा। भोजन के बाद लोग धूम्रपान करने यहाँ आ सकते हैं।"

"सब वही लोग हैं या किसी ऐसे व्यक्ति को भी आमंत्रित किया है, जिसे देखने की उत्सुकता रहेगी?"

"अभी कुछ पता नहीं—केवल इतना जानती हूँ कि दादाजी आज ज़रूर उपस्थित रहेंगे।"

"अच्छा, दादाजी आ रहे हैं?" अन्ना ने ख़ुशी से उसके हाथ पकड़ लिये, "उन्हें तो लम्बी मुद्दत से नहीं देखा।"

"वास्या की बहन भी आ रही है और मेरा ख़याल है कि प्रो. स्पेशनिकोव भी पधारेंगे। कल तो सचमुच मेरे होश-हवास गुम हो गए। तुम जानती हो, प्रोफ़ेसर और दादा, दोनों खाने के शौक़ीन हैं, किन्तु यहाँ या शहर में चाहे तुम अपना सर्वस्व बेच डालो, कोई अच्छी चीज़ मिलती ही नहीं। लूका ने किसी शिकारी से बटेर मँगवा लिये हैं और अब पूरी लगन से उन्हें पका रहा है। गाय का भुना हुआ गोश्त है, किन्तु केंकड़े का मांस शायद सबको पसन्द आएगा।"

"सब ठीक तो है—तुम नाहक चिन्ता कर रही हो। सच पूछो तो स्वादिष्ट भोजन की चाट तुम्हें भी है।"

"किन्तु जो ख़ास चीज़ है, वह तो मैंने बतलाई नहीं। आज सुबह एक मछुआ हमारे लिए गर्नार्ड मछली लाया था—कैसी भीमकाय देह थी उसकी : सच, उसे देखते ही मेरे तो रोंगटे खड़े हो गए।"

अन्ना ने तुरन्त उस मछली को देखने की इच्छा प्रकट की। उसकी जिज्ञासा का कोई अन्त नहीं था। उसे हर चीज़ में दिलचस्पी थी, चाहे उसका उससे दूर का सम्बन्ध भी न हो।

लूका बड़ी मुश्किल से पानी भरे सफ़ेद पतीले को कुंडों से घसीटता हुआ कमरे में ले आया। उसने दाढ़ी-मूँछ मुड़ा रखी थी। उसके चेहरे का रंग साँवला और क़द लम्बा था। बड़ी सावधानी से उसने पतीले को हाथों में थाम रखा था, ताकि पानी की बूँदें नीचे गिरकर लकड़ी का फ़र्श गीला न कर दें।

"साढ़े बारह पौंड वज़न है हुज़ूर!" उसके स्वर में बावर्ची का गर्व बोल रहा था, "अभी कुछ देर पहले हमने इसे तौला था।"

मछली पतीले से कहीं ज़्यादा बड़ी थी। वह अपनी पूँछ मोड़कर उसमें लेटी थी। उसके शरीर पर सुनहरी धारियाँ चमक रही थीं, लाल-सुर्ख़ उसके सुफने थे और बड़े लोलुप सिर से हल्के नीले रंग के पंखों जैसे दो पर निकले हुए थे। वह अभी जीवित थी और उसके गलफड़े तेज़ी से हिल रहे थे।

छोटी बहन ने बड़ी सतर्कता से मछली के मस्तक को अपनी छोटी अँगुली से छुआ। उसी क्षण मछली ने अपनी पूँछ सर्राटे-से हवा में घुमाई। डर के मारे अन्ना के मुँह से चीख़ निकल गई और उसने हड़बड़ाकर अपनी अँगुली पीछे खींच ली।

"हुज़ूर—आप चिन्ता न करें। अपनी तरफ़ से हम कोई क़सर नहीं उठा रखेंगे।" बावर्ची ने वीरा को आश्वासन देते हुए कहा, "कुछ देर पहले एक बल्गेरियन दो अनानास दे गया है, देखने में वे खरबूजों-से लगते हैं, किन्तु उनकी सुगन्ध उनसे कहीं ज़्यादा अच्छी है। एक बात आपसे पूछनी थी हुज़ूर—गर्नार्ड मछली के संग आप कौन-सी चटनी लेना पसन्द करेंगी—पोलिश या तातार? अगर इन दोनों में से कोई भी पसन्द न हो तो मक्खन में रस्क डालकर भी दिया जा सकता है—आपकी क्या आज्ञा है?"

"जैसा मुनासिब समझो, वैसा ही करो। अब तुम जा सकते हो!" प्रिंसेस ने कहा।

4

पाँच बजे के बाद मेहमान आने लगे। प्रिंस वासिली अपनी स्थूलकाय विधवा बहन ल्युदमिला ल्योवना दुरासोवा के साथ आए। उसके नेक स्वभाव से सब परिचित थे। वह बहुत कम बोलती थी। उसके बाद वास्यूचोक आया। वह एक अमीर चरित्रहीन युवक था, जिसके पास धन-दौलत की कमी नहीं थी, किन्तु जो अपनी निर्लज्जता के लिए बदनाम था। उसमें कुछ ऐसे गुण थे जो हर महफ़िल में जान डाल देते थे। वह गाने और कविता सुनाने में निपुण था और अक्सर मूक अभिनय, नाटक और ख़ैराती बाज़ार का आयोजन बड़ी कुशलता से कर लेता था। सुप्रसिद्ध पियानो-वादक जैनी रेतर भी उपस्थित थी। प्रिंसेस वीरा से उनकी मित्रता उस समय से चली आती थी, जब वे दोनों स्मोलनी इंस्टिट्यूट में थे। उनके संग निकोलाय निकोलायविच भी आए थे, जो रिश्ते में उनके जीजा लगते थे। उनके एकदम बाद अन्ना के पति मोटर में प्रोफ़ेसर स्पेशनिकोव और उप-गवर्नर वॉन सैक के संग पधारे। प्रोफ़ेसर जब चलते थे तो उनका भारी बेडौल शरीर थल-थल करने लगता था। सबसे अन्त में जनरल अनोसोव किराए की सुन्दर लैंडौ गाड़ी में आए। दो अफ़सर उनके साथ थे। दुबले-पतले स्टॉफ़ कर्नल पोनामारयोव शक्ल-सूरत में अपनी आयु से अधिक बड़े लगते थे। दफ़्तर के काम की ऊब और थकान ने उन्हें पीस डाला था, जिसके परिणामस्वरूप उनका स्वभाव चिड़चिड़ा-सा हो गया था। दूसरे अफ़सर घुड़सवार सेना के गार्ड लेफ़्टिनेंट बाखर्तिस्की थे। नृत्य-कला के वह इतने प्रसिद्ध उस्ताद थे कि सारा पीटर्सबर्ग उनका लोहा मानता था। शिष्टाचार और शाइस्तगी के तो वह चलते-फिरते पुतले थे।

लम्बे, स्थूलकाय, सफ़ेद धवल बालों वाले जनरल अनोसोव एक हाथ से लोहे की कड़ी और दूसरे हाथ से लैंड का पिछला भाग पकड़कर फ़ुटबोर्ड से नीचे उतरे। कानों में लगाने का श्रुति-यंत्र उनके बाएँ हाथ में था और रबड़ में मढ़ी हुई लकड़ी को उन्होंने दाहिने हाथ से पकड़ रखा था। उनके चौड़े, खुरदरे, लाल चेहरे और चमकती हुई नाक के ऊपर दो सिकुड़ी आँखों से

एक हल्की व्यंग्यात्मक मुस्कान झलकती रहती थी, जो केवल उन सीधे-सादे, निर्भीक लोगों में ही दिखाई देती है, जिन्होंने जीवन में अनेक अवसरों पर अपनी जान जोखिम में डालकर मृत्यु का सामना किया हो।

दोनों बहनों ने दूर से ही उन्हें पहचान लिया—भागती हुई दोनों बाहर आईं और हँसी-मज़ाक़ में ही उन्हें अपने हाथों का सहारा देने लगीं।

"क्या मैं कोई पादरी हूँ?" जनरल की स्नेह-भरी फटती हुई आवाज़ हवा में गूँज गई।

"दादा, इतने दिनों से हम आपकी राह देख रहे हैं और एक आप हैं कि बस, ईद का चाँद बन गए!" वीरा ने उलाहना-भरे स्वर में कहा।

"दादा दक्षिण में आकर तो सारी हया-शर्म घोलकर पी गए हैं," अन्ना ने हँसते हुए कहा, "क्यों जी, आप इतनी जल्दी अपनी धर्म-पुत्री को भुला बैठे? बस, दादा, रहने दो। तुम एक नम्बर के ढोंगी हो।"

जनरल ने अपने सिर से टोपी उतार दी, दोनों बहनों के हाथ और कपोल चूमे और फिर दुबारा दोनों हाथों का चुम्बन किया।

'ज़रा ठहरो—मेरी बात तो सुनो, नाहक ग़ुस्सा क्यों हो रही हो?'

जनरल हर शब्द के बाद साँस लेने को रुक जाते थे। उन्हें दमा की पुरानी शिकायत थी।

"ईश्वर इन डॉक्टरों से बचाए—गर्मी-भर गठिया का इलाज करवाता रहा—ये मरदूद डॉक्टर मुझे एक अजीब क़िस्म का मुरब्बा देते रहे—उसकी दुर्गन्ध से मेरा सिर भन्ना उठता था—कहीं आने-जाने नहीं देते—तुमसे मिलने के लिए पहली बार घर से बाहर आया हूँ—कैसा हालचाल है तुम लोगों का—वीरा, तू तो एक अच्छी-ख़ासी सम्भ्रान्त महिला नज़र आती है। तुझे देखकर तो तेरी स्वर्गीय माँ याद आ जाती है—तेरी शक्ल-सूरत बिलकुल उनसे मिलती है—अपने बच्चे के नामकरण पर मुझे बुलाएगी—क्यों?"

"दादा, शायद यह अवसर कभी नहीं आएगा।"

"अरी तूने तो अभी से सारी आशा छोड़ दी—ईश्वर की प्रार्थना कर—सब कुछ ठीक हो जाएगा। और अन्ना, तू बिलकुल नहीं बदली—साठ वर्ष

की उम्र में भी तू ऐसी ही नटखट रहेगी—लेकिन ज़रा ठहरो, पहले इन दोनों महानुभावों से तुम्हारा परिचय करवा दूँ।"

"मुझे आपसे परिचित होने का सौभाग्य पहले से ही प्राप्त हो चुका है," कर्नल पोनामारयोव ने अभिवादन करते हुए कहा।

"मेरा परिचय भी प्रिंसेस से पीटर्सबर्ग में हो चुका है," गार्ड लेफ़्टिनेंट बाखर्तिस्की ने कहा।

"अच्छा अन्ना—तो लेफ़्टिनेंट बाखर्तिस्की से तुम्हारा परिचय करवा दूँ। नाचने और पीने में इनके सामने कोई नहीं ठहर सकता। अव्वल नम्बर के घुड़सवार हैं। प्यारे बाखर्तिस्की, बग्घी से वह चीज़ उतारना मत भूलना। शानदार दावत होनी चाहिए प्यारी वीरा! देख लेना, आज तुम्हारे दादा ख़ूब छककर भोजन करेंगे। डॉक्टरों की ऐसी की तैसी—उनका बस चलता तो मुझे भूखा मार देते।"

जनरल अनोसोव स्वर्गीय प्रिंस मिर्ज़ा बुलत तुगानोवस्की के सहयोगी और सहोदर मित्र रह चुके थे। प्रिंस की मृत्यु के बाद उन्होंने अपना सारा स्नेह और प्रेम उनकी दोनों पुत्रियों पर उड़ेल दिया था। दोनों बहनें बचपन से ही उनसे परिचित थीं और अन्ना के तो वह धर्म-पिता थे। आज की तरह उन दिनों भी वह 'क' शहर में एक विशाल किन्तु परित्यक्त दुर्ग के गवर्नर थे और लगभग रोज़ तुगानोवस्की से मिलने आया करते थे। अपने लाड़-प्यार से उन्होंने उन दोनों बहनों को बिगाड़ दिया था। कभी उनके लिए उपहार लाते और कभी उन्हें अपने संग नाटक या सर्कस ले जाते। उन्हें देखते ही दोनों बहनों की बाछें खिल जातीं—अपने खेलों में उनसे बढ़कर बढ़िया साथी उन्हें और कौन मिल सकता था? कभी-कभी दादा शाम की चाय के बाद उन्हें अपने सैनिक-जीवन की दिलचस्प घटनाएँ सुनाया करते थे, जिन्हें स्मरण करके आज भी वे रोमांचित हो जाती थीं। दादा धीरे-धीरे उन्हें युद्ध की मुहिमों, लड़ाइयों, जय-पराजय, रात्रि-पड़ावों, घायल सैनिकों और पाले-तुषार से भीगी ठंडी रातों के इतने सीधे-सादे ढंग से क़िस्से सुनाते थे कि उन्हें लगता था, मानो वे किसी बृहत् महाकाव्य की रोचक गाथाओं को सुन रही हों।

जब तक उन्हें ज़ोर-ज़बरदस्ती सोने के लिए न भेज दिया जाता था, वे सब सुध-बुध खोकर दादा की बातों में खोई रहती थीं।

जनरल का अद्भुत, उदार और बहुमुखी व्यक्तित्व पुराने युग का जीता-जागता प्रतीक था। कहने को वह जनरल थे, किन्तु अभियान और दम्भ उन्हें छू तक नहीं गया था। उनके सीधे-सादे आचार-व्यवहार को देखकर लगता था, मानो वह जनरल न होकर, पुराने ज़माने के साधारण सैनिक हों—एक रूसी सैनिक, जो सेना में रहने के बावजूद एक किसान की भाँति निश्छल और उदार होता है। शहीद और संत वह, दोनों ही हैं, और दोनों के सद्गुण उनके चरित्र को उदात्त, अजेय और गौरवपूर्ण बनाते हैं। निश्छल, सहज आस्था, जीवन के प्रति स्पष्ट, स्वस्थ आशावादी दृष्टिकोण, अडिग, अपूर्व साहस, मृत्यु के प्रति विनम्रता और पराजित के प्रति करुणा का भाव, असीम धैर्य और अद्भुत शारीरिक और नैतिक-शक्ति—रूसी सैनिक की ये विशेषताएँ किसी से छिपी नहीं हैं।

पोलिश-युद्ध के बाद, सिवाय रूसी-जापानी युद्ध के, अनोसोव ने प्रत्येक लड़ाई में सक्रिय रूप से भाग लिया था। जापानी-युद्ध में भी, यदि उनकी सेवाओं की माँग की जाती तो वे अवश्य जाते। किन्तु उसमें भाग न ले सकने का उन्हें कोई दुःख न था। वह अक्सर गहरी विनम्रता के साथ कहा करते थे : 'मृत्यु को, बिना आवश्यकता के, चुनौती देना मूर्खता है।'

अपनी नौकरी के दौरान, कोड़े मारना तो दूर रहा—उन्होंने एक बार भी अपने अधीन किसी सैनिक पर हाथ तक न उठाया था। पोलिश-विद्रोह के समय जब रेज़ीमेंट के कमांडर ने उन्हें युद्धबन्दियों के एक दल पर गोली चलाने की आज्ञा दी, तो उन्होंने साफ़ उसके आदेश को मानने से इनकार कर दिया।

"अगर कोई आदमी जासूस है, तो मैं अपने हाथों से उसका काम तमाम कर सकता हूँ, बन्दूक़ चलाने की ज़रूरत ही नहीं। किन्तु ये बेचारे तो युद्धबन्दी हैं। जब तक इनकी रक्षा का भार हमारे ऊपर है, इनका बाल भी बाँका नहीं होना चाहिए।" अफ़सर को सीधी, स्थिर दृष्टि से देखते हुए उन्होंने यह बात पूरी विनम्रता और आदर से कही थी।

उनके स्वर में झूठी शूरवीरता का दम्भ अथवा अफ़सर को चुनौती देने की ढिठाई का लेशमात्र भी भाव न था। यही कारण था कि आज्ञा-उल्लंघन करने के अपराध में मृत्युदंड के बजाय उन्हें छोड़ दिया गया।

1877-79 के युद्ध में वह अपनी योग्यता के बल पर शीघ्र ही कर्नल बन गए, हालाँकि उन्हें शिक्षा प्राप्त करने का अवसर नहीं मिला था। वह अक्सर हँसी में कहा करते थे कि उनकी शिक्षा-दीक्षा तो 'गँवार-अकादमी' में हुई है। लड़ाई के दौरान उन्होंने दैन्यूब नदी और बाल्कान पर्वतों को पार किया था और शिशिर ऋतु की कड़कड़ाती सर्दी में शिपका जैसे ठंडे स्थान में पड़ाव डालकर रहे थे। वह उन सैनिकों में से थे जिन्होंने प्लैवना पर अन्तिम आक्रमण किया था। वह पाँच बार ज़ख़्मी हुए थे—एक बार तो बारूद के गोले के सख़्त आघात से वह अत्यन्त गम्भीर रूप से घायल हो गए थे और उनकी अवस्था चिन्ताजनक हो गई थी। जनरल रादेत्स्की और स्कोबलेव उन्हें व्यक्तिगत रूप से जानते थे और उनका बड़ा आदर करते थे। स्कोबलेव ने उनके सम्बन्ध में कहा था : 'मैं एक ऐसे अफ़सर को जानता हूँ जो मुझसे ज़्यादा बहादुर और साहसी है। उसका नाम मेज़र अनोसोव है।'

अपनी देह पर अनेक ज़ख़्म लेकर वह युद्ध से लौटे थे। जो घाव उन्हें गोले के विस्फोट से हुआ था, उसने उन्हें लगभग बहरा कर दिया। बाल्कान के पाले ने उनके एक पैर की तीनों अँगुलियों को बेकार कर दिया, जिसके कारण उन्हें काट देना पड़ा। शिपका से वह गठिया की बीमारी अपने संग ले आए। शान्ति-काल में दो वर्ष की सेवाओं के बाद यह उचित समझा गया कि उन्हें अवकाश दे दिया जाए, किन्तु उन्होंने इस चीज़ का तीव्र विरोध किया। उस प्रदेश का गवर्नर, जिसने उनके साहस को दैन्यूब पार करने समय देखा था, संकट की इस घड़ी में उनके काम आया। पीटर्सबर्ग के अधिकारीगण अनोसोव जैसे प्रमुख कर्नल की भावनाओं को ठेस नहीं पहुँचाना चाहते थे, इसलिए उन्होंने कर्नल अनोसोव को जीवन-भर के लिए 'क' शहर का गवर्नर नियुक्त कर दिया। यह पदवी गौरवयुक्त भले ही क्यों न हो, देश की रक्षा के दृष्टिकोण से इसका कोई विशेष मूल्य नहीं था।

शहर का बच्चा-बच्चा उनसे परिचित था। सब लोग हँसमुख ढंग से उनकी आदतों, ख़ामियों और विचित्र वेशभूषा का मज़ाक़ उड़ाया करते थे। वह कभी कोई शस्त्र उठाकर नहीं चलते थे और प्रायः पुराने फ़ैशन का लम्बा कोट, ऊँची टोपी और लम्बा कवच पहने रहा करते थे। अपने दाएँ हाथ में छड़ी रखते और बाएँ हाथ में श्रवण-यंत्र। सैर करने के लिए जब वह घर से बाहर निकलते, तो मुँह से बाहर ज़ुबान लटकाए दो मोटे आलसी कुत्ते हमेशा उनके संग रहते। सुबह की सैर के समय यदि रास्ते में वह किसी परिचित व्यक्ति से बातचीत करने खड़े हो जाते तो पाँच-छह गलियों के पार तक उनके चिल्लाने और उनके कुत्तों के भौंकने का स्वर सुनाई दे जाता था।

हर ऊँचा सुननेवाले व्यक्ति की भाँति वह भी ओपेरा (संगीत-नाटक) के बेहद शौक़ीन थे। कभी-कभी किसी रोमांटिक-दुगाने के दौरान में उनकी दनदनाती आवाज़ सारे हॉल में गूँज पड़ती : 'वाह! कितनी बढ़िया चीज़ है, मज़ा आ गया!' हॉल में बैठे लोग उनकी ऐसी टिप्पणियों को सुनकर मुँह दबाकर हँसने लगते, किन्तु उन्हें पता ही न चलता कि उन्होंने कोई हास्यास्पद बात कह दी है। वह बेचारे क्या जानते थे कि अपनी ओर से जो बात बहुत धीरे से उन्होंने अपने पास बैठे व्यक्ति से कही है, वही बात सारे हॉल में गूँज गई है।

कभी-कभी अपने काम के सिलसिले में वह अपने दोनों कुत्तों के संग सैनिक-बन्दीगृह में जाते थे—जहाँ अफ़सरों को पकड़कर रखा जाता था। सैनिक जीवन की असुविधाओं से मुक्ति पाकर ये अफ़सर आराम से अपने दिन बिताते थे। चाय पीने, ताश खेलने और गपशप करने में ही उनका सारा समय कट जाता था। वह हर अफ़सर के पास जाकर बड़े सतर्क भाव से उनसे तरह-तरह के प्रश्न पूछते : तुम्हारा नाम? किसने तुम्हें पकड़ा? कितनी अवधि के लिए यहाँ रहना पड़ेगा? क्यों पकड़े गए? कभी-कभी वह किसी बन्दी अफ़सर के साहसी कारनामे—चाहे वह ग़ैर-क़ानूनी क्यों न हो—की मुक्त कंठ से प्रशंसा करते और कभी किसी अफ़सर को ऐसी डाँट पिलाते कि उनका स्वर बाहर तक सुनाई देता। किन्तु दूसरे ही क्षण वह उस अफ़सर से उसकी भोजन-व्यवस्था के सम्बन्ध में प्रश्न पूछने लगते : कहाँ से भोजन लाते हो?

कितना ख़र्च करते हो खाने-पीने में? इत्यादि। कुछ ऐसे ग़रीब अफ़सर भी थे, जो किसी उजड़े-पिछड़े शहर से यहाँ लम्बी अवधि की नज़रबन्दी के लिए आते थे। उनके अपने शहर या क़स्बे में सैनिक-बन्दीगृह की समुचित व्यवस्था न होने के कारण उन्हें यहाँ भेज दिया जाता था। उनमें से जब कभी कोई अफ़सर सकुचाते हुए यह कह देता कि आर्थिक अवस्था अच्छी न होने के कारण उसे प्राइवेट सैनिकों के संग भोजन करना पड़ता है, तो अनोसोव तुरन्त अपने घर से उसे भोज भिजवाने की व्यवस्था कर देते। सैनिक कारागृह और उनके घर के बीच सौ गज़ से ज़्यादा फ़ासला नहीं था।

'क' शहर में ही उनका परिचय तुगानोवस्की-परिवार से हुआ था, जो बाद में घनिष्ठ मित्रता में परिणत हो गया। परिवार के बच्चे उनसे इतने ज़्यादा हिल-मिल गए थे कि वह प्रतिदिन शाम को उनसे मिलने अवश्य जाते। अगर कभी दोनों बहनें कुछ समय के लिए शहर से बाहर चली जातीं, या वह अपने काम में इतना उलझ जाते कि उनके घर जाने का समय न निकल पाता, तो वह अपने को एकाएक बहुत ही एकाकी पाते। उन्हें लगता, मानो घर के बड़े-बड़े कमरे उन्हें फाड़ खाने को दौड़ रहे हैं। गवर्नर के इतने विशाल, भव्य महल में वह अजीब-सी रिक्तता महसूस करते थे, मानो वह बिलकुल अकेले रह गए हों। हर वर्ष वह एक महीने की गर्मी की छुट्टियाँ 'क' से चालीस मील की दूरी पर एगोरोवस्कोय में स्थित तुगानोवस्की के ग्रीष्म-गृह में बिताया करते थे।

अपने भीतर दबा समस्त प्रेम वह स्नेह बच्चों—विशेष कर लड़कियों पर उँडेल डालने के लिए सदा आतुर रहा करते थे। उनका कभी विवाह हुआ था, इस घटना को बीते इतना लम्बा अर्सा गुज़र गया कि अब वह उसके सम्बन्ध में प्रायः सब कुछ भूल चुके थे। युद्ध आरम्भ होने से पूर्व उनकी पत्नी एक घुमक्कड़ अभिनेता की मखमली वास्कट और गोटेदार आस्तीनों पर रीझ गई और उसके संग अपने पति को छोड़कर दूर किसी शहर भाग गई। उसके बाद उसने आँसुओं से भरे क्षमा-याचना के अनेक पत्र अनोसोव को भेजे, किन्तु उन्होंने उसे दुबारा अपने घर में पैर नहीं रखने दिया। जब तक वह जीवित रही, अनोसोव उसे नियमित रूप से रुपये भेजते रहे। उनके कोई सन्तान नहीं थी।

5

हल्की-सी गर्मी और घनी नीरवता में लिपटी शाम घिर आई थी। चबूतरे और भोजन-कक्ष में मोमबत्तियाँ शान्त, निस्पन्द-भाव से जल रही थीं। भोजन के समय सब लोग प्रिंस वासिली ल्वोविच की बातों को बड़ी दिलचस्पी से सुन रहे थे। प्रिंस वासिली अपनी वाक्पटुता के लिए प्रसिद्ध थे। क़िस्से-कहानियों को सुनाने की उनमें एक विचित्र और असाधारण प्रतिभा थी। उपस्थित अतिथियों में से किसी एक व्यक्ति को लेकर, अथवा किसी परिचित मित्र के सम्बन्ध में वह कोई साधारण-सी घटना छाँट लेते और उसे नमक-मिर्च लगाकर इतने सहज-स्वाभाविक ढंग से सुनाते कि श्रोतागण हँसते-हँसते लोटपोट हो जाते।

उस रात वह निकोलाय निकोलायविच का एक धनी और सुन्दर महिला के संग दुखान्त-प्रेम का दिलचस्प क़िस्सा सुना रहे थे। सारे क़िस्से में सच बात सिर्फ़ इतनी थी कि उस महिला के पति ने उसे तलाक़ देने से इनकार कर दिया था। किन्तु प्रिंस ने इस घटना को लेकर तथ्य और कल्पना की जो अद्‌भुत खिचड़ी बनाई, वह देखते ही बनती थी। निकोलाय एक दम्भी, गम्भीर पुरुष था। प्रिंस ने बतलाया कि किस प्रकार एक रात पोल खुल जाने के भय से निकोलाय अपनी प्रेमिका के घर से सिर पर पाँव रखकर भाग निकला। गली-मुहल्ले के लोगों ने हैरत में देखा कि एक भद्र पुरुष जूते बग़ल में दबाए तेज़ी से भागा जा रहा है। सड़क के नुक्कड़ पर पुलिस के सन्तरी ने बेचारे निकोलाय को चोर समझकर पकड़ लिया। निकोलाय उत्तेजित होकर ज़ोर-ज़ोर से चीख़ने लगा कि वह कोई चोर-उचक्का न होकर सहायक राजकीय अभियोक्ता है। बहुत समझाने-बुझाने के बाद बड़ी मुश्किल से सन्तरी उसका विश्वास कर पाया।

प्रिंस ने बतलाया कि निकोलाय का विवाह उस महिला से सम्पन्न हो गया होता, यदि ऐन मौक़े पर अप्रत्याशित घटना न हो गई होती। निकोलाय ने विवाह के लिए झूठे गवाह किराए पर इकट्‌ठा किये थे, उन्होंने अचानक हड़ताल कर दी। उनका कहना था कि जब तक उन्हें निर्धारित रक़म से ज़्यादा रुपये नहीं दिये जाएँगे, वे गवाही नहीं देंगे। निकोलाय कंजूस होने के

अतिरिक्त हर क़िस्म की हड़ताल के विरुद्ध था। उसने ज़्यादा रुपये देने से साफ़ इनकार कर दिया। क़ानून की जिस धारा का उल्लेख उसने अपने पक्ष में किया था, कोर्ट ने उसका समर्थन किया। गवाह भड़क उठे। विवाह के अवसर पर नियमानुसार यह प्रश्न पूछा गया : 'क्या उपस्थित सज्जनों को इस क़ानूनी विवाह पर कोई आपत्ति है?' झूठे गवाहों ने एक स्वर में कहा : 'हाँ हमें आपत्ति है। कोर्ट में शपथ लेकर हमने जो प्रमाणित वक्तव्य दिया है, वह झूठा है। निकोलाय साहब ने डरा-धमका कर हमसे यह वक्तव्य लिखवाया है, वरना हम कभी अपनी गवाही नहीं देते। इस महिला के पति जैसा नेक और धर्मात्मा पुरुष मिलना कठिन है—वह जोसफ जैसा पवित्र और देवता की भाँति दयाशील और दयालु है।'

बस, विवाह की सारी तैयारियाँ धरी की धरी रह गईं। विवाह-सम्बन्धी क़िस्से-कहानियों को सुनाते समय प्रिंस वासिली अन्ना के पति गुस्ताव इवानोविच फ्रिस्स पर भी छींटाकशी किये बिना नहीं रहते थे। अपने विवाह के अगले दिन (प्रिंस वासिली ने बतलाया) फ्रिस्स साहब पुलिस को लेकर अपनी नववधू के माँ-बाप के घर आ धमके। उन्होंने पुलिस को यह सूचना दी थी कि चूँकि अन्ना के पास अपना पासपोर्ट नहीं है, इसलिए उसे अपने माँ-बाप के घर से निकलवाकर उस व्यक्ति के घर भिजवा देना चाहिए, जो क़ानून के मुताबिक़ उसका पति है। इस कहानी में सत्य का अंश केवल इतना था कि विवाह के बाद अन्ना को कुछ दिनों तक अपने माँ बाप के घर रहना पड़ा; जिससे अन्ना के पति बहुत परेशान और दुखी हो गए थे। बात यह थी कि उन्हीं दिनों अन्ना की माँ बीमार पड़ गईं। वीरा उस समय दक्षिण में थी और माँ की सेवा-शुश्रूषा करने के लिए अन्ना के अलावा घर में और कोई नहीं था। इस घटना को लेकर प्रिंस अक्सर अन्ना के पति का मज़ाक़ उड़ाया करते थे।

इस बार भी प्रिंस की मनगढ़ंत कहानी सुनकर सब हँस रहे थे। अन्ना आँखें सिकोड़कर मुस्करा रही थी। गुस्ताफ इवानोविच ख़ुश होकर हँसी का ठहाका लगा रहे थे। उनके दुबले-पतले चेहरे, तनी हुई चमकती चमड़ी, छोटे-छोटे हल्के बाल और भीतर धँसी हुई आँखों को देखकर लगता था,

मानो हवा में लटकी हुई कोई खोपड़ी मैले दाँत फाड़ती हुई हँस रही है। विवाह के प्रथम दिवस की भाँति—इतने वर्षों बाद भी—वह अन्ना की पूजा किया करता था। वह हमेशा अन्ना के पास बैठने के लिए आतुर रहता, चोरी-चुपके, जाने-अनजाने में उसकी देह का स्पर्श पाने के लिए लालायित रहता और हमेशा उसकी अँगुलियों पर नाचता रहता। अन्ना के प्रति उसके इस बचकाने लगाव और मोह को देखकर उस पर दया भी आती और लज्जा भी।

उठने से पहले वीरा निकोलायेवना ने अनजाने में मेहमानों को गिन लिया—कुल मिलाकर वे तेरह थे। अचानक उसके दिल में वहम उठ खड़ा हुआ। 'यह ठीक नहीं हुआ,' उसने सोचा, 'मुझे पहले से ही मेहमानों की संख्या का ख़याल रखना चाहिए था। इसमें वास्या का भी दोष है—उसने टेलीफ़ोन में मुझे इस सम्बन्ध में कुछ नहीं बताया।'

जब कभी शेयिन अथवा फ्रिस्स के घर मेहमान जमा होते, तो भोजन के बाद हमेशा 'पोकर' खेला जाता था। दोनों बहनों को ऐसे खेलों के प्रति एक अजीब, बचकाना शौक़ था, जिनमें हार-जीत का फ़ैसला भाग्य पर निर्भर होता है। दोनों घरों में खेल के कुछ निश्चित नियम निर्धारित कर दिये गए थे। सब खिलाड़ियों को निश्चित क़ीमत के हाथीदाँत के चिह्न वितरित कर दिये जाते थे। उस समय तक खेल जारी रहता था, जब तक सारे चिह्न एक खिलाड़ी के पास जमा न हो जाते थे—फिर चाहे अन्य खिलाड़ी उसे दुबारा आरम्भ करने का कितना ही आग्रह क्यों न करें, उस शाम के लिए खेल समाप्त हो जाता था। तिज़ोरी से नये चिह्नों को लेने पर कड़ी पाबन्दी लगा दी गई थी। खेल-खेल में वीरा और अन्ना इतनी अधिक उत्तेजित हो उठती थीं कि बिना इन कड़े नियमों के उन्हें रोकना असम्भव हो जाता। इस तरह कोई भी खिलाड़ी दो सौ रूबलों से अधिक नहीं हार सकता था।

इस बार भी हमेशा की तरह भोजन के बाद पोकर का खेल आरम्भ हो गया। वीरा खेल में भाग न लेकर ऊपर चबूतरे पर चाय की व्यवस्था करने जा रही थी कि इतने में बैठक से नौकरानी ने उसे बुलाया। वीरा ने देखा कि नौकरानी का चेहरा अत्यन्त रहस्यपूर्ण हो उठा है।

"दाशा, क्या बात है?" शयन कक्ष से सटे हुए अपने छोटे-से अध्ययन-कक्ष में जाते हुए वीरा ने तनिक झुँझलाकर पूछा, "तुम इस तरह मुँह बाए खड़ी मेरी ओर क्यों ताक रही हो? और सुनो, हाथ में क्या छिपा रखा है?"

दाशा ने सफ़ेद काग़ज़ से सावधानी में लिपटी हुई एक चौकोर वस्तु को मेज़ पर रख दिया। एक गुलाबी रिबन उस पर बँधा हुआ था।

"भगवान की सौगन्ध खाकर कहती हूँ मालकिन, इसमें मेरा ज़रा भी दोष नहीं है। वह एकदम भीतर घुस आया और..." दाशा का मुँह लाल हो गया और वह बुरी तरह हकलाने लगी।

"वह कौन?"

"एक हरकारा, मालकिन!"

"फिर क्या हुआ?"

"वह रसोई में घुस आया और उसने वह छोटा-सा बंडल मेज़ पर रख दिया। 'अपनी मालकिन को यह दे देना—लेकिन ध्यान रहे, मालकिन के अलावा और किसी को नहीं,' उसने मुझसे कहा। मैंने उससे पूछा कि वह कहाँ से आया है? 'यहाँ सब लिखा है।' उसने बंडल की ओर संकेत किया और फिर तेज़ी से भाग गया।"

"जाओ—उसे किसी तरह अपने संग ले आओ।"

"अब कहाँ जाऊँ, मालकिन! वह भोजन के समय आया था। उस वक़्त मैंने आपको परेशान करना ठीक नहीं समझा। उसे गए तो अब लगभग आधा घंटा बीत चुका।"

"अच्छा, अब तुम जा सकती हो।"

वीरा ने कैंची से रिबन काटकर उसे उस काग़ज़ समेत, जिस पर उसका नाम और पता लिखा हुआ था, रद्दी की टोकरी में फेंक दिया। काग़ज़ के भीतर लाल मखमल से लिपटा हुआ गहने का छोटा-सा बक्सा था, जिसे देखकर लगता था, मानो वह अभी-अभी दुकान से ख़रीदा गया है। ढक्कन के चारों ओर हल्के नीले रंग की रेशमी गोटी लगी हुई थी।

वीरा ने ढक्कन खोला—भीतर काले मखमल पर अंडे के आकार का एक स्वर्ण-कंगन जुड़ा हुआ था और उसके बीच आठ तहों में सफ़ाई से मुड़ा हुआ काग़ज़ का एक पुरज़ा रखा था। उसने झटपट काग़ज़ खोल डाला। अक्षर पहचाने-से लगे। किन्तु एक स्त्री होने के नाते कब तक वह अपनी उत्सुकता दबा पाती? झटपट पुरज़ा अलग रख दिया और आँखें कंगन पर टिक गईं।

कंगन का सोना काफ़ी मोटी तह का था, किन्तु भीतर से खोखला था और उसके चारों ओर लाल रंग के पुराने रत्न जड़े थे, जिनकी पॉलिश उड़ चली थी। किन्तु बीच में एक विचित्र हरा पत्थर था, जो मटर के दानों जितने बड़े उत्कृष्ट रत्नों से घिरा हुआ था। वीरा ने कंगन को ज़रा हिलाया ही था कि बिजली के प्रकाश में चिकने अंडाकार पत्थरों के भीतर से रक्तिम आलोक की सुन्दर किरणें फूट पड़ीं।

"यह तो ख़ून की तरह लाल है।" वीरा सहम-सी गई।

फिर उसे वह पत्र याद आया, जो बक्से में रखा था। पत्र की सुन्दर लिखावट ने उसे अपनी ओर आकर्षित कर लिया। वह पढ़ने लगी :

'आदरणीय प्रिंसेस वीरा निकोलायेवना,

आपके जन्म-दिवस के शुभ अवसर पर मैं आपको अपनी हार्दिक बधाई भेंट करता हूँ। इस सुअवसर पर मैं आपको एक तुच्छ, नाचीज़ उपहार भेजने का दुस्साहस कर रहा हूँ।

('अच्छा तो वही आदमी है!' वीरा का मन झुँझला उठा, किन्तु वह पत्र को अन्तिम शब्द तक पूरा पढ़ गई।)

मैं जानता हूँ कि आपको अपनी पसन्द का कोई उपहार भेजना अव्वल दर्ज़े की धृष्टता है—मेरा आप पर ऐसा कोई अधिकार नहीं है। मैं अपने को एक सुरुचि-सम्पन्न व्यक्ति भी नहीं मानता और सच कहूँ, तो मेरे पास इतना रुपया-पैसा भी नहीं है कि बिना किसी संकोच अथवा कठिनाई के उपहार दे सकूँ। इसके अतिरिक्त मेरा यह विश्वास है कि दुनिया में कोई ऐसी वस्तु नहीं है—चाहे वह अपने में कितनी बहुमूल्य क्यों न हो—जिसमें आपके सौन्दर्य को अलंकृत करने की क्षमता हो।

यह कंगन मेरी परदादी का है। और मेरी स्वर्गीय माँ ने इसे अन्तिम बार पहना था। बड़े रत्नों के बीच आपने एक हरा रत्न देखा होगा। यह बहुमूल्य रत्न—हरे रंग का पन्ना—अपने में बेजोड़ और अद्वितीय है। यह हमारे कुल की एक पुरानी परम्परा है कि जो स्त्री इस पन्ने को अपने पास रखेगी, वह भावी घटनाओं का पता चला सकेगी, मन को पीड़ा देनेवाले विचार उसके पास नहीं फटकेंगे और इस पन्ने के जादू से पुरुष किसी दुर्घटना के शिकार न होंगे।

आप निश्चिन्त रहें कि इस कंगन को अभी तक किसी ने नहीं पहना है, क्योंकि सब रत्न पुराने चाँदी के कंगन से निकालकर इस नये कंगन में लगा दिये गए हैं।

अगर आप चाहें तो इस घटिया, निकृष्ट उपहार को फेंक सकती हैं; या किसी और को देकर इससे छुटकारा पा सकती हैं।

आपकी अँगुलियों ने इसे स्पर्श किया है, मेरे लिए यही ख़ुशी क्या कम है?

इसे देखकर आप मुझ पर नाराज़ न हों, यही मेरी आपसे प्रार्थना है। सात साल पहले की बात सोचकर मेरा सिर लज्जा से गड़ जाता है, जब मैंने आपको अनर्गल प्रलाप से भरे पत्र लिखे थे और मन-ही-मन आशा की थी कि आप उनका उत्तर अवश्य देंगी। आज वह आशा नहीं रह गई है—रह गई है आपके प्रति केवल असीम श्रद्धा, आदर और प्रशंसा की अमिट और अमर भावना। आज मैं आपके सुख के लिए केवल अपनी शुभकामनाएँ ही भेज सकता हूँ। अगर आप सुखी हैं—तो संसार में मुझ जैसा सुखी व्यक्ति कोई नहीं है। मन-ही-मन मैं —जिस कुर्सी पर आप बैठी हैं, जिस फ़र्श पर आपने अपने क़दम रखे हैं, जिन वृक्षों को आपने छुआ-भर है, जिन नौकरों से आप बोलती हैं—इन सबको नतमस्तक होकर प्रणाम करता हूँ। इन सौभाग्यशाली व्यक्तियों और वस्तुओं से ईर्ष्या करने के योग्य भी मैं अपने को नहीं पाता।

एक बार फिर लम्बे, निरर्थक पत्र के लिए मैं आपसे क्षमा माँगता हूँ।

मृत्यु तक—और उसके बाद भी—आपका

तुच्छ दास,

'ज.स.ज.'

'वास्या को यह पत्र दिखलाऊँ या रहने दूँ? अभी, या जब सब मेहमान चले जाएं? नहीं, अभी नहीं...बाद में। अभी दिखलाऊँगी तो इस बेचारे की तरह मैं भी सबके सामने बेवक़ूफ़ बनूँगी।'

प्रिंसेस वीरा इसी उधेड़बुन में फँसी थी, किन्तु उसकी दृष्टि बराबर इन पाँच रत्नों पर टिकी हुई थी, जिनके भीतर से रक्तिम आलोक की प्रखर किरणें आँखों को चकाचौंध करती हुई फूट रही थीं।

6

कर्नल पोनामारयोव को बड़ी मुश्किल से पोकर खेलने के लिए राज़ी किया गया। उनका कहना था कि आज तक उन्होंने पोकर नहीं खेला, कैसे खेला जाता है, यह भी उन्हें नहीं मालूम। जुए से—चाहे वह मनोरंजन के लिए ही क्यों न खेला जा रहा हो—उन्हें सख़्त घृणा थी। वह केवल एक खेल गहरी रुचि और दक्षता से खेलते थे और वह खेल था : 'विंत'। उनके इन सब तर्कों के बावजूद अन्त में उन्हें पोकर खेलने के लिए फुसला ही लिया गया।

शुरू-शुरू में तो एक-दो बार उन्हें पूछताछ करने की आवश्यकता पड़ी, किन्तु बाद में उन्होंने खेल के नियमों को अच्छी तरह सीख-समझ लिया। आध घंटे में ही सारी गोटियाँ उनके आगे इकट्ठी हो गईं।

"वाह, यह भी कोई बात हुई!" अन्ना ने हँसी में उन्हें उलाहना देते हुए कहा, "अभी तो खेल शुरू ही हुआ था और आपने सब गोटियाँ जीतकर सारा मज़ा किरकिरा कर दिया।"

वीरा समझ नहीं पा रही थी कि स्पेशनिकोव, कर्नल और प्रतिष्ठित किन्तु नीरस और बौड़म क़िस्म के जर्मन वाइस-गवर्नर—इन तीनों महानुभावों का मन कैसे बहलाया जाए। आख़िर उसने उन तीनों को 'विंत' के खेल में व्यस्त करवा दिया और गुस्ताफ इवानोविच को पास बुलाकर कहा कि वह चौथे खिलाड़ी की हैसियत से इस खेल में शामिल हो जाएँ।

अन्ना ने जब पलकें झुकाकर उसे धन्यवाद दिया तो वह सब कुछ समझ गई। यह बात किसी से छिपी न थी कि जब तक गुस्ताफ इवानोविच को ताश के किसी खेल में न उलझा लिया जाए, वह सारी शाम अपने खोपड़ीनुमा चेहरे पर सड़े दाँत निपोरता हुआ अन्ना के इर्द-गिर्द छाया की तरह मँडराता रहेगा, और अपने भद्दे-भोंडे व्यवहार से सबको परेशान कर देगा।

वीरा के अब जान में जान आई। सब मेहमान गपशप अथवा अपने-अपने खेलों में जुटे थे। वातावरण में कहीं भी कोई खिंचाव या तनाव नहीं रह गया था—सब लोग हल्के मन से एक-दूसरे से हँस-बोल रहे थे। जैनी रेतर पियानो बजा रही थी और वास्यूचोक दबे स्वर में इटैलियन लोकगीत और रुविन्स्टेन के प्राच्य-गीत गा रहा था। उसका स्वर सुरीला और मीठा था, आवाज़ में एक सच्चाई थी, जिसे सुनकर लगता था, मानो वह उसके हृदय से निकल रही है। जैनी रेतर एक निपुण संगीतज्ञ थी और पियानो पर हमेशा वास्यूचोक का साथ देने के लिए प्रस्तुत रहती थी। सुनने में आया कि वास्यूचोक उससे प्रेम करता है।

एक कोने में अन्ना सोफ़े पर बैठी हुई हुस्सार (घुड़सवार अफ़सर) से बेधड़क छेड़छाड़ और हँसी-मज़ाक़ कर रही थी। वीरा उसके पास चली आई और मुस्कराते हुए उनकी बातें सुनने लगी।

"देखो, यह हँसी की बात नहीं है..." अन्ना ने हँसते हुए अपनी सुन्दर, नटखट, तातार आँखें नचाकर कहा, "बस, तुम समझते हो कि फ़ौजी टुकड़ी के आगे-आगे घोड़ा दौड़ाना, या रेस में लकड़ी के टट्टरों को पार करना ही सबसे बड़ा बहादुरी का काम है। लेकिन जनाब, ज़रा हमारे कारनामे भी तो देखिए। अभी हाल में ही हमने 'लॉटरी-समारोह' मनाया था। यह कोई बच्चों का खेल नहीं था, तुम आते तो आँखें खुल जातीं। सारी जगह खचाखच भर गई थी। सिगरेट और तम्बाकू के धुएँ में साँस लेना दूभर था। कुली, कोचवान और न जाने कौन-कौन लोग आए थे। कोई-न-कोई हरदम मेरे पीछे लगा रहता—सब अपनी-अपनी शिकायतें मुझसे आकर ही कहते थे। दिन-भर इधर से उधर और उधर से इधर चक्कर लगाती रही—छिन भर भी साँस लेने की फ़ुरसत नहीं मिली।

अब कुछ ही दिनों में ज़रूरतमन्द भद्र महिलाओं की सहायता के लिए नृत्य-संगीत समारोह का प्रबन्ध करना है और उसके बाद ग़रीबों की सहायता के लिए नृत्य-समारोह का..."

"जिसमें तुम्हें मेरे संग मजुर्का (एक रूसी नृत्य) नाचना पड़ेगा—ठीक है न?" बाखिर्तिस्की ने आगे झुककर आरामकुर्सी के नीचे अपनी एड़ियाँ खटखटा दीं।

"धन्यवाद! किन्तु जब मैं अपने बच्चों की संस्था की बात सोचती हूँ, तो मेरा दिल सचमुच बहुत उदास हो जाता है। तुम समझ गए न—वही संस्था, जिसमें बदमाश बच्चे रखे जाते हैं?"

"अच्छा! उसमें तो बड़ा मज़ा आता होगा।"

"तुम्हें इस तरह हँसते हुए शर्म आनी चाहिए। असल में माँ-बाप के दोषों और दुर्गुणों के कारण इन बच्चों की आत्माएँ दूषित हो गई हैं। हम इन बच्चों को रहने-खाने की सुख-सुविधाएँ देना चाहते हैं..."

"हूँ!"

"ताकि इनका चरित्र ऊँचा हो सके और ये अपना कर्तव्य और ज़िम्मेदारी पहचान सकें। अब मेरा मतलब समझ में आया? हर रोज़ हज़ारों बच्चे हमारे पास लाए जाते हैं, किन्तु उनमें बदमाश लड़का हमें एक भी नहीं मिलता। अगर हम किसी बच्चे के माँ-बाप से पूछते हैं कि क्या उनका लड़का बदमाश है, तो वे एकदम तुनक उठते हैं—कितनी अजीब बात है। संस्था खुल गई है, बच्चों के पालन-पोषण का सब इन्तज़ाम हो गया है, किन्तु बच्चा एक भी नहीं है। सब कमरे ख़ाली पड़े हैं—करें तो क्या करें? हम अब यह घोषणा करनेवाले हैं कि जो व्यक्ति किसी बदमाश बच्चे को हमारी संस्था में दाख़िल करेगा, उसे पुरस्कार दिया जाएगा।"

"अन्ना निकोलायेवना," बाखर्तिस्की ने बड़ी गम्भीर मुद्रा बनाकर उसे बीच में ही टोक दिया, "पुरस्कार क्यों देती हो? मुझे तुम मुफ्त में ही अपनी संस्था में दाख़िल कर लो। सच कहता हूँ, मुझ जैसा बदमाश बच्चा तुम्हें और कहीं नहीं मिलेगा।"

"तुमसे तो बात करना ही बेकार—हमेशा हँसी-मज़ाक़ सूझता रहता है तुम्हें!"

अन्ना ठहाका मारकर हँस पड़ी और सोफ़ा के सिरहाने पर सिर टिका कर बैठ गई। उसकी आँखें चमक रही थीं।

प्रिंस वासिली एक चौड़ी मेज़ के सामने बैठे हुए अपनी बहन, अनोसोव और अपने बहनोई को एक अलबम दिखला रहे थे, जिसमें उन्होंने ख़ुद अपने हाथों से कुछ व्यंग्य-चित्र (कार्टून) बनाए थे। वे चारों अलबम के पन्ने पलटते हुए ज़ोर-ज़ोर से हँस रहे थे। धीरे-धीरे वे सब लोग, जो ताश नहीं खेल रहे थे, प्रिंस वासिली को चारों ओर से घेरकर खड़े हो गए और अलबम देखने लगे।

प्रिंस वासिली ने कुछ व्यंग्य-कथाएँ लिखी थीं। अलबम के व्यंग्य-चित्र इन कथाओं के आधार पर ही बनाए गए थे। बिलकुल शान्त मुद्रा में वह निस्संकोच भाव से 'तुर्की, बल्गेरिया तथा अन्य स्थानों में वीर जनरल अनोसोव के प्रेम-अनुभव' या 'घमंडी प्रिंस निकोल बूलेत तूगानोवस्की का मोंट कार्लो में एक सनसनीखेज़ कारनामा' इत्यादि व्यंग्य-चित्र दिखला रहे थे।

"महिलाओ और महानुभावो! अब मैं आपको अपनी प्रिय बहन ल्युदमिला ल्वोवना के जीवन की कुछ झाँकियों से परिचित करवाऊँगा।" उसने शरारत भरी निगाहों से अपनी बहन को देखते हुए कहा, "प्रथम भाग : बचपन—बच्ची बड़ी हो रही थी। नाम था लीमा।"

अलबम के पन्ने पर एक छोटी-सी लड़की का चित्र जानबूझकर बचकाने ढंग से बनाया गया था। उसके चेहरे का केवल पार्श्व-भाग दीखता था, किन्तु आँखें दोनों बनाई गई थीं। उसकी फ्रॉक के भीतर से दो रेखाओं को खींचकर टाँगें बना दी गई थीं और दोनों हाथों की अँगुलियाँ खुली हुई फैली थीं।

"कोई मुझे लीमा कहकर नहीं बुलाता था," ल्युदमिला ल्वोवना ने हँसते हुए कहा।

"दूसरा भाग : प्रथम प्रेम—एक घुड़सवार सैनिक सुन्दरी लीमा के सम्मुख घुटने टेककर अपनी लिखी हुई एक कविता भेंट कर रहा है। कविता की कुछ पंक्तियों का सौन्दर्य तो अद्वितीय है :

'तुम्हारी टाँग का अद्भुत आकर्षण एक अलौकिक प्रेम का प्रतीक है।'

"अब ज़रा उस टाँग का चित्र भी देख लीजिए। अब यह चित्र देखिए—इसमें घुड़सवार प्रेमी लीमा को फुसला रहा है कि वह उसके संग घर से भाग चले। इस चित्र में लीमा घर छोड़कर अपने प्रेमी के संग भाग रही है। किन्तु कुछ ही दूर जाने पर एक अजीब संकट उन पर आ टूटा। देखिए, लीमा के क्रुद्ध पिता ने इन भगोड़ों को बीच रास्ते में ही पकड़ लिया। घुड़सवार प्रेमी पिता को देखते ही सिट्टी-पिट्टी भूल गया और बेचारी लीमा को मँझधार में छोड़कर भाग निकला। 'तुमने अपनी नाक पर पाउडर लगाने में ज़रा देर लगा दी। हम अब बीच में ही पकड़ लिये गए हैं। तुम ज़रा ठहरो और उन्हें रोकने की चेष्टा करो...तब तक मैं भागकर झाड़ियों में छिप जाऊँगा।'"

'सुन्दरी लीमा' की कथा समाप्त होने के बाद एक नई कहानी आरम्भ हुई। कहानी का शीर्षक था : 'प्रिंसेस वीरा टेलीग्राफ़-क्लर्क का प्रेमोन्माद'।

"इस मर्मस्पर्शी कविता के केवल कुछ चित्र यहाँ उद्धृत किये गए हैं—कविता का मूल पाठ अभी लिखा जा रहा है," प्रिंस वासिली ने गम्भीर-मुद्रा में कहा।

"यह कोई नई चीज़ मालूम देती है," अनोसोव ने कहा, "मैंने इसे पहले कभी नहीं देखा।"

"यह सबसे ताज़ा अंक है, प्रथम संस्करण।"

वीरा ने धीरे से प्रिंस वासिली का कन्धा छुआ, "कृपया इसे मत दिखलाओ।"

किन्तु प्रिंस वासिली ने उसकी बात नहीं सुनी—या शायद उसकी ओर अधिक ध्यान नहीं दिया।

"यह घटना बहुत पुरानी है—प्रागैतिहासिक युग का हिस्सा समझ लीजिए। मई का सुहावना दिन था। वीरा नामक एक सुन्दर युवती को एक पत्र मिला, जिसके प्रथम पृष्ठ पर एक-दूसरे का चुम्बन लेते हुए दो कबूतरों का चित्र था। यह पत्र देखिए—और ज़रा इन कबूतरों पर भी ध्यान दीजिए।

"पत्र प्रेम के तड़पते-उफनते उद्गारों से भरा पड़ा है—हालाँकि शब्दों के हिज्जे अक्षर विन्यास के सब नियमों को तोड़ देते हैं, किन्तु यह दूसरी बात है। पत्र इस तरह आरम्भ होता है : 'हे सुन्दर केशों वाली अपसरा—तूने मेरे हिरदे में प्रेम की भयंकर ज्वाला भड़का दी है। तेरी आँखों ने जहरीले साँप की तरह मेरी पीड़ित आतमा को डस लिया है...' इत्यादि। यह पत्र बहुत ही विनीत भाव से समाप्त किया गया है : 'मैं एक अदना टेलीगिराफ़—किलर्क हूँ, किन्तु मेरी भावनाएँ मीलार्ड जॉर्ज की भावनाओं से कम मूल्यवान् नहीं हैं। मैं अपना पूरा नाम लिखने का दुस्साहस नहीं करूँगा—इतना भद्दा नाम जानकर आप क्या करेंगी। इसलिए मैं अपने नाम के केवल प्रथम अक्षर लिख रहा हूँ—प. प. ज.। आप इस पत्र का उत्तर डाकखाने की मार्फ़त भेजने का कष्ट करें।' महिलाओ और महानुभावो, यह रहा हमारे टेलीग्राफ़-क्लर्क का चित्र—अच्छी तरह देख लीजिए—बड़ी दक्षता से रंगीन खड़िया द्वारा बनाया गया है।

"इस पत्र ने वीरा का दिल भेद दिया (यह रहा वीरा का दिल—और उसे भेदता हुआ यह रहा तीर), किन्तु वीरा का लालन-पालन एक शिष्ट, सुसंस्कृत परिवार में हुआ था, इसलिए उसने यह पत्र तुरन्त अपने माता-पिता और बचपन के मित्र तथा भावी पति, सुन्दर नवयुवक वास्या शेयिन को दिखला दिया। इस दृश्य का चित्र यह देखिए। कुछ समय बाद इन चित्रों की व्याख्या कविताओं द्वारा कर दी जाएगी। इसके लिए कुछ दिन प्रतीक्षा करनी पड़ेगी।

"वास्या शेयिन ने सिसकियाँ भरते हुए सगाई की अंगूठी वीरा को वापस लौटा दी। 'मैं तुम्हारी राह का रोड़ा नहीं बन सकता,' उसने वीरा से कहा, 'किन्तु तुम्हें फूँक-फूँककर पाँव रखना चाहिए—जल्दी में कोई ग़लत क़दम उठा लेना उचित नहीं होगा। तुम्हें उसकी और अपनी भावनाओं को अच्छी तरह तोल-परखकर देख लेना चाहिए कि वे सत्य की कसौटी पर खरी उतरती हैं या नहीं। तुम अभी बच्ची हो, पतंगे की तरह शमा में अपने को जला देना बुद्धिमानी नहीं है। तुम अभी नादान हो, किन्तु मैं इस

दुनिया के छल-फ़रेब से पूरी तरह परिचित हूँ। तुम्हें पता होना चाहिए कि ये टेलीग्राफ़-क्लर्क दिखने में बहुत भले और नेक दिखाई देते हैं, किन्तु भीतर से एक नम्बर के जालसाज़ और पाखंडी होते हैं। अपनी चिकनी-चुपड़ी बातों और मोहक आकर्षण से किसी नादान-निरीह लड़की की आँखों में धूल झोंक कर अपना उल्लू सीधा कर लेते हैं और फिर बाद में अँगूठा दिखाकर चम्पत हो जाते हैं।

"इस तरह छह महीने बीत गए। जीवन का चक्र कब रुकता है? वीरा धीरे-धीरे प्रेमी को भूल गई और उसने सुन्दर वास्या से विवाह कर लिया। पर टेलीग्राफ़-क्लर्क उसे नहीं भूल सका। एक दिन उसने अपना वेश बदल लिया। सारे कपड़ों पर कालिख पोतकर उसने एक चिमनी साफ़ करनेवाले मज़दूर की वेशभूषा धारण कर ली और लुक-छिपकर प्रिंसेस वीरा के शयनकक्ष में घुस गया। देखिए, आप लोग इस चित्र में वीरा की हर वस्तु पर—कालीनों, दीवारों के काग़ज़, तकियों और यहाँ तक कि फ़र्श पर भी—क्लर्क की पाँच अँगुलियों और होंठों के चिह्न देख सकते हैं।

"उसके बाद उसने ग्रामीण स्त्री का वेश धारण कर लिया और हमारे घर की रसोई में बर्तन-भाँडे माँजने का काम शुरू कर दिया। किन्तु हमारे बावर्ची लूका की प्रेम-दृष्टि से घबराकर उसे काम छोड़ना पड़ा।

"उसके बाद वह कुछ दिनों तक पागलख़ाने में रहा। इस चित्र में देखिए, वह भिक्षुक बनकर घूम रहा है। किन्तु इसके बावजूद कोई दिन ऐसा न जाता था, जब वह प्रेम के उद्गारों से भरा एक पत्र वीरा को न भेजता हो। पत्रों पर उसके आँसुओं से भीगे स्याही के धब्बे जहाँ-तहाँ बिखरे रहते थे।

"आख़िर उसकी मृत्यु का दिन भी आ पहुँचा। मरने से पहले उसने जो वसीयतनामा लिखवाया, उसमें वीरा को टेलीग्राफ़-दफ़्तर के दो बटन और आँसुओं से भरी इत्र की एक बोतल भेंट की गई थी।"

"महिलाओ और महानुभावो—आइए, चाय तैयार है।" वीरा ने निकोलायेवना से कहा।

7

शारदीय सन्ध्या...सूर्यास्त की अन्तिम किरणें धीरे-धीरे मिटने लगी थीं। नीले-से बादल और धरती के बीच क्षितिज के छोर पर टिमटिमाता हुआ सिन्दूरी धब्बा सिकुड़ने लगा था। धरती, पेड़ों के झुरमुट और आकाश—आँखों से ओझल होने लगे थे। ऊपर रात की अँधेरी छाया में बड़े-बड़े तारे अपनी पलकों को झपकाते हुए झिलमिला रहे थे। लाइट हाउस की नीली किरण एक पतली शहतीर-सी ऊपर आकाश की ओर खिंचती चली गई थी। जहाँ नभमंडल से टकराकर वह एक तरल, फीके आलोक-वृत्त में फैल गई थी। मोमबत्तियों पर लगे हुए शीशे के ढक्कनों पर कीट-पतंगे मँडरा रहे थे। मकान के सामने वाटिका में तम्बाकू के पौधों पर लगे हुए सितारे-नुमा फूलों की तेज़ तीखी गन्ध रात के शीतल अँधियारे में फैल रही थी।

स्पेशनिकोव, वाइस गवर्नर और कर्नल पोनामारयोव मेज़बानों से विदाई लेकर जा चुके थे। जाते हुए वे यह वादा कर गए थे कि ट्राम-टर्मिनस पर पहुँचकर वे जनरल के लिए घोड़े वापस भिजवा देंगे। बाक़ी मेहमान अभी चबूतरे पर बैठे थे। जनरल अनोसोव के विरोध के बावजूद उन्हें लम्बा कोट पहना दिया गया था और गर्म, मोटे कालीन से उनके पैर ढक दिये गए थे। सामने मेज़ पर उनकी प्रिय शराब 'पोमार्ड क्लारे' (फ्रांसीसी मदिरा) से भरा गिलास रखा था और वह आराम से दोनों बहनों के बीच बैठे थे। दोनों बहनें जनरल की छोटी-से-छोटी इच्छा पूरी करने के लिए हमेशा तत्पर रहती थीं—जब गिलास ख़ाली हो जाता तो वह उसे गाढ़ी शराब से भर देतीं, कभी उन्हें दियासलाई की डिब्बी देतीं और कभी उनके लिए पनीर के टुकड़े काटे जाते। जनरल एक सन्तुष्ट, तृप्त बिल्ली की तरह मज़े से बैठे थे।

"शरद ऋतु शुरू हो गई है," बूढ़े जनरल मोमबत्ती की लौ की ओर देख रहे थे और किसी गहरी चिन्ता से सिर हिला रहे थे, "बस, अब मुझे अपना बोरिया-बिस्तर बाँधना पड़ेगा। कैसा दुर्भाग्य है! मौसम अब इतना अच्छा

हो गया है कि जी करता है, सागर तट के इस शान्त वातावरण में कुछ और दिन मज़े से बिताए जाएँ। काश, ऐसा हो पाता!"

"दादा, आप रह क्यों नहीं जाते?"

"ना बेटी—यह नामुमकिन है। छुट्टी ख़त्म हो गई है। बिना समय पर पहुँचे ठीक नहीं होगा। फूलों की सुगन्ध तो देखो, कितनी मनोरम है! गर्मियों में तो फूलों की ख़ुशबू बिलकुल उड़ ही जाती है—सिवाय बबूल के सफ़ेद फूलों के—और वह कोई अच्छी सुगन्ध नहीं देते। उन्हें सूँघकर लगता है, मानो मिठाइयों को सूँघ रहे हैं।"

वीरा ने गुलाब के दो नन्हे-नन्हे फूल—एक गुलाबी और दूसरा लाल—छोटे-से फूलदान से निकालकर जनरल के कोट से बटनहोल में लगा दिये।

"धन्यवाद, प्यारी वीरा!" उन्होंने फूलों को सूँघने के लिए अपना सिर नीचे झुकाया। बूढ़े के सौम्य चेहरे पर स्नेह से भीगी मुस्कान खिल गई।

"मुझे वे दिन अच्छी तरह याद हैं, जब हम बुख़ारेस्ट में पड़ाव डालकर रह रहे थे। एक दिन मैं किसी काम से कहीं जा रहा था कि अचानक गुलाब के फूलों की सुगन्ध का एक झोंका मुझे अपने से सराबोर कर गया। मेरी आँखें दो सैनिकों पर जा पड़ीं। उनके पास इत्र की एक बोतल पड़ी थी। वे उस इत्र से अपने जूते और रायफल साफ़ कर रहे थे। 'यह क्या चीज़ है?' मैंने बोतल की ओर इशारा करते हुए उनसे पूछा। 'हुज़ूर, यह एक क़िस्म का तेल है। हमने इसे अपनी खिचड़ी में डाला था किन्तु हमारी ज़ुबान जल गई। वैसे सूँघने में बुरा नहीं है।' मैंने उन्हें एक रूबल दिया और उन्होंने सहर्ष वह बोतल मुझे दे दी। आधी से ज़्यादा बोतल ख़ाली हो गई थी, किन्तु इसके बावजूद उस इत्र का मूल्य दो सौ रूबल से कम नहीं था। बोतल मुझे देकर दोनों सैनिक बहुत ख़ुश थे। उनमें से एक ने कहा, 'हुज़ूर, हमारे पास एक और चीज़ है। शायद ख़ास क़िस्म के मटर के दाने हैं...हमने उन्हें उबाला भी था, किन्तु वे कम्बख़्त पकने में ही नहीं आते।' मैंने देखकर उन्हें बतलाया कि वे कॉफ़ी की फलियाँ हैं। 'सैनिक इन्हें नहीं खाते—यह केवल तुर्की लोगों के काम आती हैं,' मैंने उनसे कहा। सौभाग्यवश उन्होंने धोखे में अफ़ीम नहीं खाई।

कई स्थानों पर मैंने अफ़ीम की गोलियों को देखा था, जो पैरों के नीचे आकर कीचड़ में धँस गई थीं।"

"दादा, सच बताओ, क्या आपको युद्ध में कभी डर नहीं लगा?" अन्ना ने कुतूहलवश पूछा।

"अन्ना, तुम भी कैसी अजीब बातें करती हो! यह कभी हो सकता है कि लड़ाई में डर न लगे? जो लोग बड़ी-बड़ी डींगें मारते हुए यह दावा करते हैं कि उन्हें युद्ध में दनदनाती गोलियों की बौछार तले मधुरतम संगीत का आनन्द मिलता है, वे सच नहीं बोलते। मूर्ख और दम्भी व्यक्ति ही ऐसी झूठी और हास्यास्पद बातें कर सकते हैं। डर सबको लगता है—अन्तर केवल इतना है कि कुछ लोग डर के मारे थर-थर काँपने लगते हैं, उनका मुँह पीला पड़ जाता है, किन्तु कुछ ऐसे भी व्यक्ति हैं, जो अपने भय को क़ाबू में कर लेते हैं। भय हर जगह, हर समय एक जैसा ही लगता है, किन्तु अभ्यास द्वारा उस पर क़ाबू पाने की सामर्थ्य को बढ़ाया जा सकता है। वीर और साहसी सैनिक आकाश से नहीं टपकते, इसी अभ्यास द्वारा एक साधरण सैनिक असाधारण और दुर्गम काम करने में सफल होता है। किन्तु एक बार तो मैं इतना डर गया कि मुझे जीने की कोई उम्मीद ही न रही।"

"क्या बात हुई दादा? कैसे? कब?" दोनों बहनें एक साथ ही बोल उठीं।

वे आज भी जनरल अनोसोव की कहानियों को उतनी ही दिलचस्पी के संग सुना करती थीं, जितनी बचपन में। अन्ना ने एक बच्चे की तरह अपनी कुहनियों को मेज़ पर टिका दिया और अपनी ठुड्डी को बन्द मुट्ठियों पर जमा कर आराम से बैठ गई। अनोसोव धीरे-धीरे, रुक-रुककर बड़े रोचक ढंग से अपने सीधे-सादे संस्मरण सुनाया करते थे। कभी-कभी युद्ध सम्बन्धी किसी घटना का उल्लेख करते समय वह कुछ ऐसे किताबी शब्दों या मुहावरों का प्रयोग किया करते थे, जो सुनने में बहुत विचित्र और बेढंगे-से प्रतीत होते थे। कुछ ऐसा जान पड़ता था, मानो वह किसी पुराने कथावाचक की नक़ल उतार रहे हों!

"कोई लम्बी-चौड़ी घटना नहीं है," जनरल ने कहा, "सर्दी के दिन थे—मैं शिपका में था। यह उन दिनों की बात है, जब बम विस्फोट के कारण मुझ पर गहरा आघात पहुँचा था। खाई में छिपे हुए हम चार आदमी थे। उन्हीं दिनों मैं इस भयानक दुर्घटना का शिकार बना हुआ था। एक दिन जब मैं सोकर बिस्तर से उठा तो मुझे लगा कि मैं याकोव होने के बजाय निकोलाय हूँ। बहुत कोशिश की, किन्तु यह विचित्र भ्रम मुझसे चिपटा रहा। मुझे लगा, मानो मैं तेज़ी से अपना मानसिक सन्तुलन खोता जा रहा हूँ। घबराकर मैंने पानी का एक गिलास मँगवाया, अपने सिर को अच्छी तरह से धोया, तब कहीं जाकर होश-हवास ठिकाने आए।"

"याकोव मिखायलोविच, मुझे पक्का विश्वास है कि उन दिनों आपने बहुत-सी स्त्रियों के दिल घायल किये होंगे। जवानी की उम्र में आप एक छबीले, ख़ूबसूरत युवक रहे होंगे, ऐसा मेरा विचार है," पियानो-संगीतज्ञ जैनी रेतर ने कहा।

"ख़ूबसूरत तो हमारे दादा आज भी हैं," अन्ना चिल्लाई।

"नहीं, ख़ूबसूरत मैं उन दिनों भी नहीं था," अनोसोव ने शान्त भाव से मुस्कराते हुए कहा, "किन्तु औरतें मुझसे दूर भागती थीं, यह कहना भी ग़लत होगा। बुख़ारेस्ट की एक मर्मस्पर्शी घटना आज भी नहीं भूल सका हूँ। जब हमने शहर में प्रवेश किया, तो शहर के मुख्य बाज़ार में लोगों ने हवा में गोलियाँ चलाकर हमारा स्वागत किया। किन्तु इससे कई मकानों की खिड़कियाँ टूट गईं। जहाँ कहीं गिलासों में पानी भरकर रख दिया गया था, वहाँ खिड़कियाँ सुरक्षित रहीं। पहले मुझे इस बात का पता नहीं था। जिस कमरे में मैं ठहरा हुआ था, वहाँ खिड़की के आले पर एक छोटा-सा पिंजरा रखा था। पिंजरे पर साफ़ पानी से भरी काँच की बोतल थी, जिसमें छोटी-छोटी सुनहरी मछलियाँ तैर रही थीं। बोतल के बीचोबीच पानी पर एक छोटी-सी चिड़िया बैठी थी। पानी में चिड़िया? मुझे अपनी आँखों पर विश्वास नहीं हुआ। किन्तु जब मैंने ज़रा ग़ौर से उसे देखा तो पता चला कि बोतल का तल्ला बहुत चौड़ा है और उसके भीतर एक गहरा गढ़ा है। चिड़िया उसमें आसानी से बैठ सकती थी।"

"कुतूहलवश मैं मकान के भीतर गया। मैंने देखा कि कमरे के कोने में एक बहुत सुन्दर बल्गेरियन लड़की बैठी थी। मैंने उसे अपना प्रवेश-पत्र दिखाया और जाने से पहले अवसर का लाभ उठाकर उससे पूछा कि उस मकान की खिड़कियाँ बन्दूक़ों की गोलियों से कैसे बच गईं? उसने ही मुझे पहले-पहल बतलाया था कि बोतल में पानी रखने से खिड़कियों के शीशे नहीं टूटते। चिड़िया का भेद भी मुझे उससे ही मालूम हुआ था। कितना बुद्ध था मैं कि इतनी ज़रा-सी बात भी नहीं समझ पाया। आपस में बातचीत करते हुए एकाएक हमारी आँखें चार हो गईं। मुझे लगा, मानो बिजली की एक लपट हम दोनों के बीच भक-से कौंध गई हो। मैं चौंक-सा गया। एक ज़बरदस्त झटके के संग मेरे मन में विचार आया कि मैं उसे प्यार करने लगा हूँ। मेरे मन में एक तूफ़ान-सा मच गया। उस क्षण मेरे हृदय में ज़रा भी संशय नहीं रहा कि मैं सदा के लिए उसके प्रेमपाश में बँध गया हूँ।"

जनरल अनोसोव चुप हो गए और धीरे-धीरे काली शराब पीने लगे।

"क्या आपने उसके सम्मुख अपना प्रेम प्रकट किया?" जैनी रेतर ने पूछा।

"बेशक! किन्तु शब्दों द्वारा नहीं...बात ही कुछ ऐसी थी कि..."

"दादा, कहीं ऐसी-वैसी बात तो नहीं है, जिसे सुनकर शर्म से मुँह छिपाना पड़े?" अन्ना ने चुटकी लेते हुए कहा।

"बिलकुल नहीं, हमारा सम्बन्ध ऐसा नहीं था, जिस पर लोग अँगुली उठाते। शहर के नागरिकों ने हर जगह हमारा स्वागत एक जैसा नहीं किया, इस बात से मैं इनकार नहीं करूँगा। किन्तु बुख़ारेस्ट के लोगों की ज़िन्दादिली और मनमौजीपन देखते ही बनता था। एक बार मैं अपने कमरे में वॉयलिन बजा रहा था। तुरन्त आसपास के घरों की सब लड़कियाँ मेरे कमरे में जमा हो गईं और नाचने लगीं। फिर तो यह दैनिक कार्यक्रम बन गया।

"एक ऐसी ही शाम को जब आकाश में चाँद उग रहा था, मैंने देखा कि वह बल्गेरियन लड़की चुपके से कमरे से बाहर निकलकर अँधेरी ड्योढ़ी में ग़ायब हो गई है। उसे ढूँढ़ता हुआ जब मैं उसके पास पहुँचा, तो वह मेरी ओर ध्यान न देकर गुलाब की पंखुड़ियों को तोड़ने का उपक्रम करने लगी।

बुख़ारेस्ट में लड़कियाँ गुलाब की पंखुड़ियाँ झोली में भर-भरकर घर ले जाती हैं। मैं अपने को अधिक देर तक वश में नहीं रख सका। उसकी कमर में हाथ डालकर मैंने उसे अपनी छाती के पास खींच लिया और बहुत देर तक उसे चूमता रहा।

"उसके बाद, हर शाम को, जब आकाश में चाँद और तारे खिल जाते थे, मैं उसके कमरे में चला जाता और उसके साथ रहकर दिन-भर की थकान और परेशानियों को भुला देता। कुछ दिन में हमें शहर से कूच करने का हुक्म आ गया। विदा होते समय हमने वादा किया कि हम एक-दूसरे के प्रेम के प्रति सदा सच्चे रहेंगे। उसके बाद हमेशा के लिए हम एक-दूसरे से जुदा हो गए।"

"बस?" ल्युदमिला ल्वोवना ने निराश स्वर में पूछा।

"और तुमने क्या सोचा था?" जनरल ने कहा।

"याकोव मिखायलोविच, मुझे क्षमा करें, किन्तु यह प्रेम नहीं। सेना का हर अफ़सर इस क़िस्म के सस्ते, साधारण प्रेम-व्यापार में डूबा रहता है। रोज़मर्रा की घटनाओं की तरह उनके जीवन में इसका कोई महत्त्व नहीं है।"

"हो सकता है, तुम ठीक हो। मुझे नहीं मालूम, वह प्रेम था या और कुछ!"

"मैं तुमसे एक बात पूछना चाहती हूँ। क्या सच्चे प्रेम की अनुभूति तुम्हें जीवन में कभी नहीं हुई? 'सच्चे प्रेम' से मेरा मतलब निष्पाप, पवित्र, अलौकिक और शाश्वत प्रेम है। क्या जीवन में तुमने किसी से ऐसा प्रेम नहीं किया?"

"इस सम्बन्ध में कुछ भी कहना काफ़ी कठिन है," जनरल ने हिचकिचाते हुए कहा और आरामकुर्सी से उठ खड़े हुए, "शायद नहीं। तब मैं जवान था तो सारा समय मौज-मस्ती, ताश और युद्ध में बीत जाता था। उन दिनों क्षण-भर के लिए भी यह विचार नहीं उठा था कि जवानी और स्वास्थ्य की ये सुखद घड़ियाँ चिरस्थायी नहीं रहेंगी। बाद में जब पीछे मुड़कर देखने-समझने का समय मिला, तो बुढ़ापे ने आ दबोचा। अच्छा, प्यारी वीरा, बहुत देर हो गई। अब मुझे विदा दो। आप सबको मेरा प्रणाम।...हुस्सार!" बाखर्तिकी की ओर उन्मुख होकर जनरल ने कहा, "रात गर्म है। आओ, चलें, रास्ते में गाड़ी पकड़ लेंगे।"

"दादा, मैं आपके संग चलूँगी," वीरा ने कहा।

"और मैं भी," अन्ना बोली।

जाने से पहले वीरा अपने पति के पास गई। "मेरी दराज़ में एक लाल बक्सा पड़ा है," उसने धीमे स्वर में कहा, "उसमें एक पत्र है, उसे पढ़ लेना।"

8

अन्ना और बाखर्तिस्की आगे-आगे चल रहे थे, वीरा और जनरल हाथ में हाथ डाले उनसे लगभग बीस क़दम पीछे आ रहे थे। चारों ओर घुप्प अँधेरा छाया था। हाथ से हाथ नहीं सूझता था और कुछ देर तक तो पैरों से रास्ता टटोल-टटोलकर चलना पड़ा था। जब आँखें अँधेरे की अभ्यस्त हो गईं, तब कहीं जाकर रास्ता दीख पड़ा था। वृद्धावस्था के बावजूद जनरल अनोसोव को अपनी आँखों की ज्योति पर बड़ा गर्व था, जो अभी तक ज़रा भी मन्द या कमज़ोर नहीं हुई थी। वह वीरा को रास्ता दिखला रहे थे और बार-बार अपने चौड़े ठंडे हाथ से अपने कोट की आस्तीन पर पड़े वीरा के हाथ को प्यार से सहलाने लगते थे।

"ल्युदमिला ल्वोवना भी अजीब औरत है," अचानक जनरल बोल उठे, मानो कुछ देर से वह उसी के विषय में सोच रहे हों, "मेरा यह अनुभव पुराना है कि जब कोई स्त्री-विशेष कर यदि वह अविवाहित अथवा विधवा हो—पचास की उम्र पार कर लेती है, तो उसे हमेशा दूसरे लोगों के प्रेम के सम्बन्ध में टीका-टिप्पणी करने में बड़ा रस मिलता है। लोगों के भेद का पता चलाने, दो की चार लगाने और झूठ-सच अफ़वाहें फैलाने के अलावा उन्हें और कोई काम नहीं रहता। दूसरों के सुख की चिन्ता उन्हें दिन-रात खाए जाती है। उदात्त और पवित्र प्रेम के विषय में वे घंटों लेक्चर झाड़ सकती हैं। किन्तु मैं समझता हूँ कि आजकल लोग प्रेम करना ही नहीं जानते। सच्चे प्रेम की बड़ी-बड़ी बातें की जाती हैं, किन्तु मैंने सच्चे प्रेम का आज तक एक भी उदाहरण नहीं देखा—न इस ज़माने में, न अपने ज़माने में।"

"दादा, आप कैसी बातें कह रहे हैं?" वीरा ने जनरल का हाथ धीरे से दबाकर कहा, "जब आपने विवाह किया था, तो प्रेम भी अवश्य किया होगा। क्यों, क्या मैं झूठ कह रही हूँ?"

"इससे कुछ नहीं बनता-बिगड़ता। वीरा, तुम्हें मालूम है, मेरा विवाह कैसे हुआ था? इसमें कोई शक नहीं कि वह लड़की बहुत ख़ूबसूरत थी—एकदम ताज़े आड़ू की तरह मादक और जवान। जब वह मेरे पास बैठती थी तो महज़ साँस लेने भर से उसका वक्षस्थल ऊपर-नीचे डोलने लगता था। वह अपनी लम्बी, आकर्षक पलकों को नीचे झुका लेती और अचानक उसका चेहरा गुलाबी हो उठता था। उसके कपोलों की कोमल, नर्म त्वचा, सफ़ेद संगमरमर-सी गर्दन, और गर्म, गदराए हाथों को देखकर दिल क़ाबू में नहीं रहता था। उसके माता-पिता हम दोनों के इर्द-गिर्द हमेशा मँडराते रहते, कमरे के बाहर दरवाज़े पर कान लगाकर हमारी बातें सुनते और विनीत, याचना-भरे भाव से, आज्ञाकारी कुत्तों की तरह हमेशा मेरा मुँह निहारते रहते थे। हर रोज़ विदा लेते समय वह जल्दी-जल्दी मेरे मुँह पर चुम्बनों की बौछार कर देती थी। चाय की मेज़ के नीचे जाने-अनजाने में उसका पैर मेरे पैर को छू जाता था। आख़िर एक दिन उन्होंने मुझे अपने जाल में फँसा ही लिया। 'प्यारे निकिता आन्तोनोविच,' मैंने उस लड़की के पिता से कहा, 'मैं आपकी कन्या से विवाह करना चाहता हूँ। क्या आप अपनी अनुमति देने की कृपा करेंगे? सच मानिए, आपकी कन्या एक देवी...' किन्तु मेरा वाक्य समाप्त होने से पूर्व ही पिता की आँखें सजल हो आईं और वह आवेग में आकर मुझे चूमने लगा। 'मेरे बच्चे—मैंने तो इस बात का अनुमान पहले से ही लगा लिया था। ईश्वर तुम्हारी उम्र बड़ी करे। लेकिन देखो, वह तुम्हारी आँखों की पुतली है, उसे किसी प्रकार का कष्ट न होने पाए।' किन्तु विवाह के तीन महीने बाद ही वह 'आँखों की पुतली' घर में मैची-कुचैली पोशाक पहने, नंगे पाँव में स्लीपर डाले, काग़ज़ के क्लिपों पर लटकते अस्त-व्यस्त बालों को बिखेरे इधर से उधर चक्कर लगाती हुई, भटियारिन की तरह नौकरों से लड़-झगड़ रही थी। अफ़सरों के सम्मुख उसका व्यवहार देखकर शर्म से

सिर झुक जाता था—उनके सामने वह बन-बनकर बोलती थी, जानबूझकर तुतलाती थी, खी-खी करके दाँत फाड़ती रहती थी और आँखें नचा-नचाकर बात करती थी। दूसरों की उपस्थिति में न जाने क्यों वह मुझे 'जाक' कहकर बुलाती थी। अलसाए, नकियाते स्वर में गाते हुए जब वह 'जाऽऽक' कहती थी तो मैं पसीना-पसीना हो जाता था। वह एक ख़र्चालू, कपटी, लापरवाह और लालची औरत थी। उसकी आँखों से हमेशा बदनीयती का भाव झलकता रहता था। अच्छा ही हुआ कि मैंने सदा के लिए उससे छुटकारा पा लिया। एक तरह से मैं उस बदक़िस्मत अभिनेता का आभारी हूँ, जिसने उससे मेरा पल्ला छुड़वा दिया। सौभाग्य से हमारे कोई सन्तान नहीं हुई।"

"दादा, क्या आपने उन दोनों को क्षमा कर दिया?"

"'क्षमा' शब्द ग़लत है, प्यारी वीरा। शुरू-शुरू में तो क्रोध ने मुझे अन्धा बना दिया था। अगर उन्हें कहीं देख लेता, तो दोनों का काम तमाम कर देता। फिर धीरे-धीरे ग़ुस्सा मिटने लगा और हृदय में उसके प्रति केवल घृणा का भाव रह गया। ईश्वर की कृपा से मेरे हाथ रक्त-रंजित नहीं हुए, वह अच्छा ही हुआ। इसके अलावा मैं उन सब मुसीबतों से बच गया, जो अक्सर विवाहित पुरुषों को भोगनी पड़ती हैं। अगर यह दुर्घटना न होती, तो न जाने आज मेरी कैसी दुर्दशा होती—अन्य पतियों की तरह मेरा जीवन भी एक लद्दू ऊँट, दुधारी गाय या घरेलू बर्तन से बेहतर न होता। हर आदमी को अपनी पत्नी के भले-बुरे कामों में इच्छा-अनिच्छा से योग देना पड़ता है, उसका रक्षक बनना पड़ता है, और उसकी पत्नी उसी की आड़ लेकर शिकार खेलती है। ना बाबा, ईश्वर ही बचाए ऐसे जीवन से! वीरा, परमात्मा जो करता है, अच्छा ही करता है।"

"नहीं, दादा, आपके मन में अब भी कड़वाहट भरी है। मुझे लगता है, आप उस घटना को अभी भूले नहीं हैं। आप अपना कटु अनुभव समस्त मानव-जाति पर लाद रहे हैं, यह ठीक नहीं है। मुझे और वास्या को ही लीजिए। हमारा विवाह सफल रहा है, क्या आप ऐसा नहीं सोचते?"

अनोसोव कुछ देर तक चुप रहे।

"अच्छा, तुम्हारी मिसाल हम एक अपवाद के रूप में मान सकते हैं," उन्होंने अनमने भाव से कहा, "किन्तु मैं पूछता हूँ, लोग आम तौर पर क्यों विवाह करते हैं? पहले स्त्रियों को ही लिया जाए। हर स्त्री को इस बात में शर्म आती है कि उसकी सहेलियों का विवाह हो जाए और केवल वह अविवाहित रह जाए। इसके अलावा कौन लड़की यह चाहेगी कि वह जीवन भर माँ-बाप का भार बनी रहे? घर की मालकिन बनकर वह स्वतंत्र रूप से अपनी गृहस्थी चलाना चाहती है। किन्तु हर स्त्री की सबसे बड़ी आवश्यकता—माँ बनने की शारीरिक लालसा और अपना अलग घोंसला बनाने की अभिलाषा बिना विवाह के पूरी नहीं हो सकती। पुरुषों के उद्देश्य बिलकुल भिन्न हैं। सबसे पहली बात तो यह है कि हर पुरुष किसी-न-किसी समय अपने अविवाहित जीवन की अव्यवस्था से असन्तुष्ट हो जाता है। दैनिक जीवन की छोटी-छोटी परेशानियों—कमरे में बिखरा कूड़ा-कचरा, होटल का भोजन, धूल-मिट्टी, सिगरेट के टोटे, फटे-अनसिले कपड़े, क़र्ज़ का बोझ, उच्छृंखल दोस्त तथा अन्य दिक़्क़तों से आख़िर एक दिन वह तंग हो उठता है। दूसरा कारण : वे यह जान लेते हैं कि स्वस्थ और मितव्ययी ढंग से जीवन बिताने के लिए परिवार में रहना आवश्यक है। तीसरा कारण : अमरता का भ्रम—कुछ लोग यह समझते हैं कि मृत्यु बाद उनके व्यक्तित्व का एक अंश उनकी सन्तान में जीवित रहेगा। चौथा कारण : भोले युवक का किसी लड़की के प्रति मोह-आकर्षण, जिसका शिकार मैं हुआ था। कभी-कभी दहेज की मोटी रक़म भी नौजवानों को विवाह के प्रति आकर्षित करती है। किन्तु इन सब बातों में प्रेम का स्थान कहाँ है? निःस्वार्थ, पवित्र प्रेम, जिस पर आदमी बलि हो जाता है, और फिर भी फल की आशा नहीं रखता-कहाँ है ऐसा प्रेम? सुनते हैं : 'प्रेम मृत्यु से भी अधिक शक्तिशाली है'—मेरा मतलब उस प्रेम से है, जिसकी बलिवेदी पर आदमी हँसते-हँसते अपने प्राण न्योछावर कर देता है। ठहरो, वीरा, मुझे मालूम है कि तुम दुबारा वास्या का उल्लेख करने जा रही हो। माना, वास्या भला आदमी है, मुझे वह अच्छा भी लगता है। हो सकता है कि भविष्य में कभी उसका प्रेम अपने उज्ज्वल, निर्मल गौरव को प्रदर्शित कर सके।

किन्तु मैं जिस प्रेम की चर्चा कर रहा हूँ, ज़रा उसे समझने का यत्न करो। प्रेम एक विराट् ट्रेजेडी है—दुनिया का सबसे बड़ा रहस्य! यही सच्चा प्रेम है, और इस प्रेम में स्वार्थ, सुविधाएँ और समझौतों की गुंजाइश नहीं है।"

"दादा, आपने कभी जीवन में ऐसा प्रेम देखा है?" वीरा ने धीमे स्वर में पूछा।

"नहीं," जनरल अनोसोव ने दृढ़ स्वर में उत्तर दिया, "किन्तु मैं ऐसे दो उदाहरण दे सकता हूँ, जिनमें मुझे प्रेम की आभा दिखाई दी थी—पहले उदाहरण के पीछे केवल मूर्खता नज़र आएगी और दूसरे के पीछे महज़ पागलपन! अगर तुम चाहो तो मैं संक्षेप में तुम्हें प्रेम की ये अद्‌भुत घटनाएँ सुना देता हूँ—ज़्यादा देर नहीं लगेगी।"

"ज़रूर, दादा, मैं सुन रही हूँ।"

"हमारे डिवीज़न में—रेज़ीमेंट में नहीं—एक रेज़ीमेंटल कमांडर थे, जिनकी पत्नी एक बहुत कुरूप औरत थी। उसे देखते ही प्राण सूख जाते थे। उसका शरीर हड्डियों का ढाँचा था—सुर्ख़ बाल, लम्बी सींक-सी टाँगें, रुक्ष दुर्बल देह, लम्बा मुँह—देखने में वह पूरी हौवा लगती थी। सुर्ख़ी और पाउडर लगाने से उसके चेहरे की त्वचा मास्को के किसी पुराने मकान के पलस्तर-सी उखड़ गई थी। किन्तु इसके बावजूद वह 'रेज़ीमेंट की मैसेलिना' समझी जाती थी। सब लोग उसके उत्साह और साहस, दर्प, जन-साधारण के प्रति घृणा, और नई-नई चीज़ों के शौक़ को देखकर दंग रह जाते थे। इसके अलावा उसे अफ़ीम लेने की पुरानी लत थी।

"शरद ऋतु में एक दिन हमारी रेज़ीमेंट में एक नया ध्वजवाहक आया। वह अभी-अभी सैनिक स्कूल का कोर्स समाप्त करके आया था। रेज़ीमेंटल कमांडर की पत्नी पुरानी घाघ थी। एक महीने में उसने उस भोले-भाले लड़के को अपने जाल में फँसा लिया। दास और अनुचर की तरह वह उसके पीछे-पीछे भागता फिरता था और नाच के समय उसे हमेशा उसका साथी बनना पड़ता था। जहाँ कहीं भी वह जाती थी, उस लड़के को उसका रूमाल और पंखा हाथ में लेकर कुलियों की तरह उसके पीछे चलना पड़ता था।

अपना फटा-पुराना कोट पहने उसे बर्फ़ और पाले में उसके घोड़े लाने के लिए दौड़ना पड़ता था। जब एक अबोध युवक अपना प्रथम प्रेम एक अनुभवी, धूर्त, महत्त्वाकांक्षी और लम्पट स्त्री के पैरों पर समर्पित कर देता है, तो उसकी दीन-दयनीय अवस्था की कल्पना करते ही दिल काँप उठता है। उस स्त्री से चाहे वह छुटकारा पाने में सफल हो जाए, किन्तु उस घटना की भयानक छाया हमेशा उसके जीवन के प्रत्येक सुख को विषाक्त कर जाती है।

"क्रिसमस के आरम्भ होने तक रेज़ीमेंटल कमांडर की पत्नी उस युवक से ऊब गई। उसे दूध की मक्खी की तरह फेंककर वह अपने किसी पुराने चिर-परिचित प्रेमी के पीछे लग गई। किन्तु वह युवक उसके बिना एक क्षण भी जीवित नहीं रह सकता था। जहाँ कहीं वह जाती, छाया की तरह वह उसके पीछे लगा रहता। उसके प्रेम में वह तिल-तिल करके जलने लगा। उसके पीले विवर्ण चेहरे और घुलती हुई देह को देखकर लगता था, मानो वह महीनों से बीमार हो!

"गुरु-गम्भीर शब्दों में यदि हम उसकी अवस्था का वर्णन करें तो कह सकते हैं कि 'मृत्यु के चरण-चिह्न उसके मस्तक पर अंकित हो गए थे।' उस स्त्री के प्रेम में युवक का हृदय दिन-रात जलता रहता था। कहते हैं कि वह सारी रात उसकी खिड़की के नीचे खड़ा रहकर काट देता था।

"बसन्त ऋतु में रेज़ीमेंट की ओर से एक पिकनिक का आयोजन किया गया। मैं रेज़ीमेंटल कमांडर की पत्नी और ध्वजवाहक, दोनों से परिचित था, किन्तु उस दिन किसी कारण से मैं घटनास्थल पर उपस्थित नहीं था। साधारणत: ऐसे अवसरों पर ख़ूब छककर शराब पी जाती है। उस दिन भी सब लोग नशे में धुत्त थे। रात होने पर वे सब रेल की पटरी के संग-संग घर वापस लौटने लगे। अचानक उन्होंने सामने से एक मालगाड़ी को आते देखा। इंजन की सीटी हवा में गूँज रही थी, और उसकी हेडलाइट (आगे की बत्ती) का प्रकाश आगे खिसकता हुआ निकटतर आता जा रहा था। अचानक उस स्त्री ने ध्वजवाहक के कानों में कहा : 'सदा तुम यही रट लगाए रहते हो कि तुम मुझसे प्रेम करते हो। किन्तु यदि मैं तुमसे कहूँ कि रेल के नीचे

अपने को फेंक दो, तो शायद तुम मेरी बात कभी नहीं मानोगे।' उस युवक ने उत्तर में एक शब्द भी नहीं कहा, तेज़ी से सीधा भागता हुआ वह रेल की पटरी पर लेट गया—ऐसे ढंग से लेटा था, जिससे रेल के अगले और पिछले पहियों के नीचे दबकर उसके दो टुकड़े हो जाएँ। किन्तु उसके किसी बेवक़ूफ़ साथी ने उसे पकड़कर पीछे घसीट लिया—शरीर पटरी के बाहर आ गया किन्तु उसके हाथ, जो पटरियों पर जमे रहे थे, कटकर अलग हो गए।"

"उफ़!" वीरा धीरे से कराह उठी।

"उस घटना के बाद ध्वजवाहक को इस्तीफ़ा देकर वहाँ से चला जाना पड़ा। साथियों ने सफ़र के ख़र्च के लिए कुछ रुपये जमा करके उसे दे दिये। शहर में उसकी उपस्थिति से रेज़ीमेंट और रेज़ीमेंटल कमांडर की पत्नी को अपनी बदनामी का ख़तरा बना रहता—इसलिए उसे वह शहर भी छोड़ना पड़ा। यही उस बेचारे की प्रेम-कहानी है—बाद में वह दर-दर भीख माँगता हुआ देखा गया। पीटर्सबर्ग के किसी कोने में बर्फ़ में अकड़ जाने से उसकी मृत्यु हो गई।

"दूसरी घटना भी पहले की तरह करुणाजनक है। इसमें स्त्री का स्वभाव कमांडर की पत्नी से मिलता-जुलता था, यद्यपि यह स्त्री जवान और सुन्दर थी। उसका स्वभाव और व्यवहार एकदम निन्दनीय तथा लज्जास्पद था। घरेलू मामलों और घर-गृहस्थी के झगड़ों को हम अधिक महत्त्व नहीं देते, किन्तु उसकी आदतों को देखकर हमारा सिर शर्म से झुक जाता था। उसका पति सब कुछ देख-सुनकर भी मौन साध लेता था। उसके मित्रों ने अनेक बार इशारों से उसका ध्यान उसकी पत्नी के आचरण की ओर आकर्षित करने की चेष्टा की थी, किन्तु हर बार हवा में हाथ हिलाकर वह कह देता, 'मुझे अपनी पत्नी के निजी मामलों में टाँग अड़ाने का कोई अधिकार नहीं है। लीना सुखी रहे, मेरे लिए यही बहुत है।' मूर्ख कहीं का!

"आख़िर जो होना था, सो होकर रहा। वह अपने पति की कम्पनी के एक अफ़सर लेफ़्टिनेंट विशन्याकोव के प्रेम में फँस गई। उसने लेफ़्टिनेंट को अपना दूसरा पति स्वीकार कर लिया और अवैध सम्बन्ध को एक ऐसा सहज,

स्वाभाविक रूप दे दिया, मानो वह विवाह की मर्यादा के अनुकूल हो। जब हमारी रेज़ीमेंट मोर्चे पर जाने लगी तो शहर की सब स्त्रियाँ हमें विदा करने के लिए स्टेशन पर आई थीं। उस दिन का दृश्य जब याद आता है तो मन गहरी वितृष्णा से भर जाता है। स्टेशन पर उस स्त्री ने अपने पति को एक बार भी आँख उठाकर नहीं देखा। कम-से-कम लोगों को दिखलाने के लिए उससे दो-चार बातें कर लेती। किन्तु उसकी आँखें तो लेफ़्टिनेंट पर जमी हुई थीं। वह एक क्षण के लिए भी उसे अपनी आँखों से ओझल न होने देती थी। पुरानी, जीर्ण-शीर्ण दीवार पर लिपटी बेल की तरह वह अपने प्रेमी से चिपकी हुई थी। जब हम सब रेल में बैठ गए और रेल चलने लगी, तो वह डायन अपने पति की ओर उन्मुख होकर ज़ोर से चिल्ला उठी, 'वलोया का ध्यान रखना। यदि उसे कुछ हो गया तो मैं बच्चों समेत घर छोड़कर भाग जाऊँगी और फिर कभी वापस आने का नाम नहीं लूँगी।'

"तुम उसके पति को कायर, जड़बुद्धि और बौड़म समझती होगी, किन्तु तुम्हारा अनुमान सर्वथा ग़लत है। वह एक बहादुर सैनिक था। जैलोनिये गोरी के स्थान पर उसके नेतृत्व में उसकी कम्पनी ने तुर्की सेनाओं पर छह बार धावा बोला था, दो सौ सैनिकों में केवल चौदह सैनिक जीवित बचे थे। वह स्वयं दो बार सख़्त घायल हुआ, किन्तु उसने अस्पताल जाने से साफ़ इनकार कर दिया। कम्पनी के सिवाही उसकी पूजा किया करते थे, उनके दिलों में उसके प्रति गहरा आदर का भाव था।

"जाते समय लीना—उसकी प्यारी लीना ने उससे जो कछ कहा था, उसे भला वह कैसे टाल सकता था?

"विशन्याकोव एक कायर, आलसी और निकम्मा आदमी था, किन्तु कप्तान एक नर्स या माँ की तरह उसकी सेवा-टहल किया करता था। रात के समय कैम्प में जाड़े और कीचड़ से हड्डियाँ ठिठुरती रहतीं, किन्तु वह अपने कष्ट की चिन्ता किये बिना अपना ओवरकोट उतारकर उसे ओढ़ा देता। उसके स्थान पर वह स्वयं ज़मीन खोदने के काम का निरीक्षण करता और विशन्याकोव मज़े में खाई में आराम करता या 'फारो' खेलता रहता था।

जब कभी विशन्याकोव पर रात की चौकी भरने की ड्यूटी आ पड़ती है, तो वह स्वयं उसके स्थान पर रात भर जागकर पहरा दिया करता था। वह काम मौत के मुँह में सिर डालने की तरह ख़तरनाक था। याद रखो, उन दिनों तुर्की सिपाही हमारे पहरेदारों को मूली-गाजर की तरह काट देते थे।

"यह बात कहना पाप है, किन्तु सौगन्ध खाकर तुमसे कहता हूँ कि जब हमने यह समाचार सुना कि टायफाइड के कारण विशन्याकोव की अस्पताल में मृत्यु हो गई है, तो कम्पनी के सब सैनिक ख़ुश हुए थे।"

"दादा, स्त्रियों के सम्बन्ध में आपकी क्या राय है? क्या आज तक आपको कोई ऐसी स्त्री नहीं मिली, जिसने सच्चा प्रेम किया हो?"

"क्यों नहीं, वीरा! मैं तो यह तक कहने के लिए प्रस्तुत हूँ कि हर स्त्री अपने प्रेम के लिए साहस और गौरव से भरे ऐसे जौहर दिखला सकती है कि हमें आश्चर्यचकित रह जाना पड़ता है। क्या तुम नहीं जानतीं, जब कोई स्त्री अपने प्रेमी को चूमती है, उसका आलिंगन करती है, उस पर अपने को समर्पित कर देती है, उस क्षण वह माँ बन जाती है? प्रेम—यदि वह सचमुच प्रेम करती है—उसके जीवन को अर्थ देता है। समूचा विश्व उसके प्रेम में समाहित हो जाता है। आज प्रेम अपने उच्च आदर्शों से गिरकर दैनिक जीवन की सुविधा और मनोरंजन का साधन-मात्र रह गया है, किन्तु उसके इस विकृत रूप के लिए स्त्री को कदापि दोष नहीं दिया जा सकता। इसका सारा उत्तरदायित्व पुरुषों पर है, जो बीस वर्ष की आयु में ही भोग-विलास और विषय-वासना की दलदल में फँसकर प्रेम की कोमल अनुभूति और आस्था, गहरी भावनाओं, कर्मठता और आत्मबल को नष्ट कर देते हैं; जिनका दल ख़रगोश की तरह कायर और शरीर चूजे की तरह पिलपिला हो जाता है। सुनते हैं कि एक ज़माना था जब लोग सच्चे प्रेम का अर्थ और गौरव समझते थे। वह सच न भी हो, तो भी इस बात से कौन इनकार करेगा कि आज तक दुनिया में जितने भी महान, श्रेष्ठ और मेधावी पुरुष हुए हैं—कवि, उपन्यासकार, संगीतज्ञ, कलाकार—उन्होंने अपनी रचनाओं में इस उदात्त प्रेम की कल्पना की है, उसे पाने के लिए उनका हृदय तड़पता रहा है।

अभी कुछ दिन पहले मैं मैनोन लेसकॉट और ग्रियू के घुड़सवार की कथा पढ़ रहा था। सच वीरा, पढ़ते-पढ़ते मेरी आँखों में आँसू आ गए। क्या हर स्त्री उस एकनिष्ठ प्रेम का स्वप्न नहीं देखती, जो सब कुछ सह सकने की क्षमता रखता हो, सबके प्रति संवेदनशील हो, जिसमें विनय और आत्मबलिदान की भावना कूट-कूट कर भरी हो?"

"आप ठीक कहते हैं दादा!"

"पर ऐसा प्रेम कहाँ मिलता है? यही कारण है कि हर स्त्री के हृदय में प्रतिकार की भावना सुलगती रहती है। मुझे पूरा विश्वास है वीरा, कि अगले तीस वर्षों में स्त्रियों के हाथों में अभूतपूर्व शक्ति आ जाएगी। मैं उस समय यह देखने के लिए जीवित नहीं रहूँगा, किन्तु वीरा, तुम शायद अपनी आँखों के सामने यह चमत्कार देख सकोगी। हिन्दू देवी-देवताओं की मूर्तियों के समान उनकी वेशभूषा आँखों को चकाचौंध कर देगी। हम पुरुषों को घृणित मिमियाते ग़ुलामों की तरह अपने पैरों के नीचे रौंदकर नारी अपनी प्रतिहिंसा की आग बुझाने में सफल होगी। हम उसके पैरों की धूल चाटते फिरेंगे। उसकी हर ज़िद और आकांक्षा—चाहे वह कितनी विचित्र और असंगत क्यों न हो—हमारे लिए शिरोधार्य होगी। उसका एकमात्र कारण केवल यह होगा कि इतने युगों से हमने उसके प्रेम की अवहेलना की है, उसके स्वप्नों को खंडित किया है। हमें अपने जघन्य अपराधों का दंड भुगतना ही पड़ेगा। तुम विज्ञान का यह अटल नियम जानती हो : प्रत्येक क्रिया अपने समान एक प्रतिकूल प्रतिक्रिया को जन्म देती है।"

वह कुछ देर तक चुप रहे, फिर उन्होंने अचानक पूछा, "वीरा, अगर तुम्हें संकोच न लगे तो क्या मुझे बतलाओगी कि टेलीग्राफ़-क्लर्क की उस कहानी में कितना सच है, जो प्रिंस वासिली ने आज रात हमें सुनाई थी? मैं जानना चाहूँगा कि वह केवल कपोल-कल्पित क़िस्सा है अथवा उसमें सच्चाई का भी कुछ अंश है?"

"दादा, क्या आप सचमुच जानना चाहते हैं?"

"अगर तुम्हें कोई झिझक न हो तो मैं ज़रूर सुनना चाहूँगा—किन्तु यदि किसी कारण से तुम इसे अनुचित..."

"नहीं, दादा, बिलकुल अनुचित नहीं समझती। आपसे मुझे किसी तरह का कोई संकोच क्यों होने लगा?"

और वीरा ने विस्तारपूर्वक जनरल को उस पागल आदमी की कहानी सुना दी, जो विवाह होने से दो वर्ष पूर्व उसके प्रेम में दीवाना हो गया था।

"वीरा ने उस युवक को आज तक न देखा था। वह उसके नाम से भी अनभिज्ञ थी। क्योंकि वह पत्रों में अपने नाम के स्थान पर केवल 'ज.स.ज.' लिखा करता था। अपने एक पत्र में उसने यह अवश्य लिखा था कि वह किसी दफ़्तर में क्लर्क है किन्तु उसने टेलीग्राफ़ दफ़्तर का उल्लेख नहीं किया था। उसके पत्रों से यह स्पष्ट रूप से ज़ाहिर होता था कि वह वीरा की गतिविधि का बड़े ध्यान से अध्ययन किया करता था—किस शाम वह कहाँ गई थी, कौन उसके संग था, वह किस पोशाक में थी—इन सब बातों का सही और विस्तृत ब्योरा उसके पत्रों में दिया होता था। शुरू-शुरू में उसके पत्रों से अजीब गँवारूपन-सा झलकता था। उसकी भावुकता हास्यास्पद-सी जान पड़ती थी। किन्तु उसे एक भी ऐसा पत्र याद नहीं आता जिसमें उसने शिष्टता या शालीनता की सीमा का उल्लंघन किया हो। एक बार वीरा ने तंग आकर उसे पत्र भेजा था।...दादा, यह पत्र की बात मैंने अभी तक गुप्त रखी है। आप भी किसी को मत बतलाइएगा।" वीरा ने बीच में रुककर कहा।

"हाँ, तो एक बार उसने उसे पत्र भेजा था, जिसमें उसने उस युवक से प्रार्थना की थी कि वह अपने प्रेम-पत्रों से उसे ज़्यादा परेशान न करे। उसके बाद उसके पत्रों का सिलसिला बन्द-सा हो गया। हाँ, कभी-कभी—नये वर्ष, ईस्टर या वीरा के जन्म-दिवस पर अब भी उसके पत्र आ जाते थे, किन्तु उन पत्रों में अपने प्रेम का उल्लेख करना उसने बिलकुल छोड़ दिया था।"

वीरा ने जनरल को उस उपहार के सम्बन्ध में भी बतलाया, जो उसे आज रात मिला था और उस विचित्र पत्र का भी उल्लेख किया, जो उसके अज्ञात प्रेमी ने उपहार के संग उसे भेजा था।

जनरल अनोसोव कुछ देर तक चुप रहे।

"कोई सिरफिरा नौजवान होगा—अजीब पागल-सा आदमी जान पड़ता है—किन्तु शायद मैं ग़लत होऊँ। हो सकता है तुम्हारे रास्ते में एक ऐसा असाधारण और अद्वितीय प्रेम आ भटका है, स्त्रियाँ जिसके स्वप्न देखती हैं और पुरुष जिसे वहन करने में अपने को असमर्थ पाते हैं। ज़रा देखो—तुम्हें वह रोशनी पास आती हुई दिखाई दे रही है? शायद वह मेरी गाड़ी है।"

उसी समय उन्हें पीछे से मोटर का भोंपू सुनाई दिया। गैस के उज्ज्वल प्रकाश में पहियों के निशानों से भरी हुई सड़क एकाएक जगमगा उठी। मोटर पास आकर ठहर गई।

गुस्ताफ इवानोविच ने खिड़की से सिर बाहर निकालकर जनरल की ओर उन्मुख होकर कहा, "अन्ना, भीतर चली आओ, मैंने तुम्हारी सब चीज़ें मोटर में रख ली हैं। एक्सीलेंसी, आप भी हमारे संग चलें, आपका घर हमारे रास्ते में ही पड़ता है।"

"शुक्रिया मेरे दोस्त, किन्तु मैं नहीं आ सकूँगा," जनरल ने कहा। "तुम्हारे इस इंजन की बदबू और खड़खड़ाहट मुझसे बरदाश्त नहीं होती। अच्छा वीरा, अब चला। कभी-कभी आता रहूँगा," उन्होंने वीरा के मस्तक और हाथों को चूमते हुए कहा।

सबने एक-दूसरे से विदा ली। फ्रिस्स ने वीरा को उसके बँगले के फाटक के सामने छोड़ दिया और तेज़ी से चक्कर काटकर अँधेरी सड़क पर मोटर मोड़ ली। दूर तक उसकी मोटर की गड़गड़ाहट सुनाई देती रही।

9

प्रिंसेस वीरा उद्विग्न मन से चबूतरे की सीढ़ियाँ चढ़ने लगी। कमरे में आकर उसे दूर से अपने भाई निकोलाय के चिल्लाने का स्वर सुनाई दिया। निकोलाय एक पतला-दुबला पुरुष था और उस समय बहुत क्रोध और बेचैनी में चहलक़दमी कर रहा था। वासिली ल्वोविच ताश खेलने की मेज़ पर अपने

सन-से सफ़ेद छोटे-छोटे बालों वाले सिर को झुकाए चाक के टुकड़े से हरे कपड़े पर रेखाएँ खींच रहे थे।

"हमें पहले से ही कोई क़दम उठाना चाहिए था," निकोलाय ने झुँझलाकर कहा।

उसने अपने दाएँ हाथ से हवा में एक ऐसा संकेत किया जिसे देखकर लगता था, मानो वह अपने सिर से कोई अदृश्य बोझ उठाकर नीचे फेंक रहा हो।

"मैं पहले न कहता था कि पत्रों के इस क़िस्से को आगे बढ़ाना सरासर ग़लत है। जब तुम्हारा वीरा से विवाह नहीं हुआ था, उस समय भी तुम दोनों बच्चों की तरह इन पत्रों को पढ़-पढ़कर मज़ा लूटते थे। तुमने कभी सोचा नहीं कि मामला इतना तूल पकड़ जाएगा। वीरा, तुम आ गईं? अभी-अभी मैं और वासिली ल्वोविच तुम्हारे उस पागल—प.प.ज. की बातें कर रहे थे। मैं इस पत्र-व्यवहार को धृष्टतापूर्ण और लज्जास्पद समझता हूँ..."

"पत्र-व्यवहार कैसा?" शेयिन ने निकोलाय को बीच में टोककर कठोर स्वर में कहा, "पत्र केवल उसने लिखे हैं।"

यह सुनकर वीरा का चेहरा लाल हो गया और वह ताड़ के चौड़े पंखे के नीचे सोफ़ा पर बैठ गई।

"मुझे माफ़ करना, मेरा मतलब यह नहीं था," निकोलाय ने कहा। और फिर हवा में हाथ नचाकर वही संकेत किया, जिसे देखकर लगता था, मानो वह कोई भारी, अदृश्य वस्तु अपनी छाती से निकालकर बाहर फेंक रहा हो!

"उसे तुम 'मेरा पागल आदमी' क्यों कहते हो? वह मेरा उतना ही है जितना तुम्हारा!" अपने पति का रुख़ देखकर वीरा का साहस बढ़ गया था।

"अच्छा भई, मुझे माफ़ करो—दुबारा ग़लती कर बैठा। संक्षेप में, मेरा मतलब सिर्फ़ इतना था कि हमें इस पागलपन को और अधिक प्रोत्साहित नहीं करना चाहिए। अब यह मामला उतना सीधा नहीं रहा, जब हम व्यंग्य-चित्र बनाकर इसे हँसी में उड़ा सकते थे। मुझे तो सिर्फ़ यह डर है कि अगर हम इसी तरह हाथ पर हाथ धरकर बैठे रहे, तो कहीं वीरा और तुम्हारी इज़्ज़त पर बट्टा न लग जाए।"

"कोल्या, तुम तो तिल का ताड़ बना रहे हो," शेयिन ने कहा।

"हो सकता है, किन्तु क्या तुम स्वयं यह नहीं अनुभव करते कि इस घटना से तुम्हारी स्थिति कितनी हास्यास्पद बन सकती है?"

"कैसे?" प्रिंस ने कहा।

"फ़र्ज़ करो यह बेहूदा कंगन..." निकोलाय ने मेज़ से लाल बक्स उठा लिया और घृणा से उसे नीचे फेंक दिया, "यह भयानक वस्तु हमारे घर में रखी रहती है, या हम इसे दाशा को दे देते हैं, या इसे बाहर फेंक देते हैं, तो जानते हो, क्या होगा? पहली बात तो यह कि 'प.प.ज.!' अपने मित्र और सगे-सम्बन्धियों के सामने यह डींग मारता फिरेगा कि प्रिंसेस वीरा निकोलायेवना शेयिना उसके भेजे हुए उपहारों को स्वीकार कर लेती है। दूसरी बात : यदि हम उसका उपहार घर में रख लेते हैं तो उसकी हिम्मत बढ़ जाएगी और वह नये-नये तमाशे दिखलाएगा। कल वह वीरा को हीरे की अँगूठी भेजेगा, परसों मोतियों का हार—और क्या मालूम—अगर वह कभी किसी ग़बन या चार सौ बीस के मामले में पकड़ा गया, तो श्रीमान् और श्रीमती शेयिन को गवाही देने अदालत में जाना पड़ेगा। बहुत ख़ूब..."

"कंगन को वापस करना होगा," प्रिंस दृढ़ स्वर में चिल्ला उठे।

"मैं भी यही सोचता हूँ, जितनी जल्दी इसे वापस कर दिया जाए, उतना ही अच्छा है," वीरा ने अपने पति से सहमत होते हुए कहा, "किन्तु इसे हम कहाँ भेजेंगे? हमें उसका पता तो मालूम ही नहीं है।"

"अरे, उसका पता चलाना तो मेरे बाएँ हाथ का खेल है," निकोलाय निकोलायविच ने लापरवाही-भरे भाव से कहा। "हम उसके नाम के आरम्भिक अक्षर तो जानते ही हैं—प.प.ज.! यही अक्षर हैं न वीरा?"

"ज.स.ज.।"

"अच्छा, यह तो हुआ नाम। इसके अलावा हम यह भी जानते हैं कि वह किसी दफ़्तर में नौकरी करता है। कल मैं शहर की निर्देशिका (डाइरेक्टरी) में हर अधिकारी और क्लर्क का नाम देखूँगा। अगर वहाँ भी उसका नाम नहीं मिला तो उसका पता चलाने का काम किसी जासूस के हाथों में सौंप दूँगा।

आवश्यकता पड़ने पर पत्र लिखे हुए उसके हस्ताक्षर हमारे काम आ सकते हैं। कल दो बजे तक उसका पूरा नाम, पता और कब वह घर में मिल सकता है, इन सब बातों की जानकारी हासिल हो जाएगी। कल न केवल हम उसकी 'अमूल्य निधि' उसे वापस लौटा देंगे, बल्कि इस बात का आश्वासन भी प्राप्त कर लेंगे कि उसके अस्तित्व का अहसास हमें भविष्य में कभी न हो।"

"यह तुम कैसे कर सकते हो?" प्रिंस वासिली ने पूछा।

"क्यों नहीं...कल मैं गवर्नर से मिलने जा रहा हूँ।"

"कृपया ऐसा कभी भूलकर भी न करना। तुम्हें पता है, गवर्नर के साथ हमारे सम्बन्ध अच्छे नहीं। बेकार अपनी हँसी उड़वाने से क्या फ़ायदा?"

"अच्छा, गवर्नर न सही, पुलिस के चीफ़ से इस सिलसिले में बातचीत करूँगा। हम दोनों एक ही क्लब में जाते हैं। वह हमारे मजनू की अक़्ल ठिकाने लगा देगा। जानते हो, उनके सामने बड़े-बड़े शेरों के होश फ़ाख़्ता हो जाते हैं। डराने-धमकाने का उसका तरीक़ा निराला है। वह अभियुक्त की नाक के सामने अपनी अँगुली ले जाता है। अपनी कलाई को सीधा और स्थिर रखकर केवल अँगुली को नाक के सामने हिलाता हुआ गुज़रता है : 'जनाब, आपकी दाल यहाँ नहीं गलेगी।' बस, इतने से ही काम बन जाता है।"

"छि:, पुलिस के साथ साँठ-गाँठ करोगे?" वीरा ने घृणा से अपना मुँह बिचका लिया।

"मैं वीरा की बात से सहमत हूँ," प्रिंस वासिली ने कहा, "बाहर के आदमियों को इस मामले में घसीटना उचित नहीं होगा। दूसरे के कान में कोई बात पहुँची नहीं कि दूसरे ही दिन ग़लत-सलत अफ़वाहें फैलने लगती हैं। मैं अपने शहर को ख़ूब अच्छी तरह से जानता हूँ—काँच की दीवारों के बीच रहना पड़ता है। बेहतर यही होगा कि उससे मैं स्वयं मिलूँ—हो सकता है, वह साठ बरस का बूढ़ा हो। मैं उसे कंगन लौटा दूँगा और दो-चार बातें भी कर लूँगा।"

"मैं भी तुम्हारे संग चलूँगा," निकोलाय निकोलायविच ने उसे बीच में टोक दिया। "तुम्हारा दिल बहुत कोमल है। उससे बात करने की ज़िम्मेदारी मेरी रहेगी। अच्छा, अब मुझे इजाज़त दो।" जेब से घड़ी निकालकर उसने

सरसरी नज़र से समय देखा, "मैं अब ज़रा अपने कमरे में जाकर कुछ काम करूँगा। थकान के मारे टाँगें टूट रही हैं, किन्तु अभी दो फ़ाइलें देखनी पड़ेंगी, फिर कहीं चैन की साँस ले सकूँगा।"

"न जाने क्यों, उस बदनसीब आदमी के लिए मुझे बड़ा अफ़सोस हो रहा है," वीरा ने झिझकते हुए कहा।

"मैं नहीं समझता कि ऐसे आदमी के लिए अफ़सोस करने की कोई ज़रूरत है," निकोलाय ड्योढ़ी की ओर मुड़ते हुए बोला, "अगर हमारे वर्ग का कोई पुरुष कंगन और पत्रों का यह नाटक करता, तो प्रिंस वासिली को उसे द्वन्द्व-युद्ध के लिए चुनौती देनी पड़ती। अगर वह नहीं देते, तो मैं देता। पुराने ज़माने में अगर ऐसी घटना होती तो मैं अपने अस्तबल में कोड़ों से उसकी ऐसी पिटाई करता कि बच्चू की चमड़ी उधड़ जाती। वासिली, कल तुम अपने दफ़्तर में मेरा इन्तज़ार करना—मैं तुम्हें फ़ोन करूँगा।"

10

सीढ़ियों पर कूड़ा-करकट बिखरा था और चारों ओर से चूहों, बिल्लियों, चरबी, तेल और धुलते हुए कपड़ों की दुर्गन्ध आ रही थी। पाँचवीं मंज़िल पर चढ़ने से पूर्व प्रिंस वासिली ज़रा ठिठक गए।

"ज़रा ठहरो," प्रिंस वासिली ने हाँफते हुए कहा, "कुछ देर यहाँ खड़े रहकर साँस ले लें। कोल्या, हमने यहाँ आकर बड़ी भूल की।"

दो मंज़िलें और ऊपर चढ़नी पड़ीं। सीढ़ियाँ अँधेरे में डूबी थीं। निकोलाय को फ़्लैट का नम्बर का पता चलाने के लिए दो बार माचिस जलानी पड़ी।

घंटी का बटन दबाने पर एक वृद्ध स्त्री निकली। उसने अपनी सलेटी रंग की आँखों पर ऐनक लगा रखी थी, बाल सफ़ेद हो गए थे। उसकी झुकी हुई कमर को देखकर लगता था, मानो वह किसी रोग से पीड़ित हो!

"क्या श्री जैल्तकोव भीतर हैं?" निकोलाय निकोलायविच ने पूछा।

स्त्री ने आतंकित भाव से दोनों आगन्तुकों को बारी-बारी से देखा। उनकी भद्र वेशभूषा देखकर वह कुछ आश्वस्त हुई।

"आप अन्दर चले आइए," उसने पीछे हटते हुए कहा, "आपके बाएँ हाथ पर पहला दरवाज़ा—हाँ, यही उनका कमरा है।"

बुलात-तुगानोवस्की ने ज़ोर-ज़ोर से तीन बार दरवाज़ा खटखटाया।

"आ जाइए।" भीतर से एक धीमी आवाज़ आई।

कमरा चौकोर शक्ल का था और काफ़ी चौड़ा था, किन्तु उसकी छत बहुत नीची थी। दो गोल खिड़कियाँ थीं, जिन्हें देखकर लगता था, मानो किसी ने दीवार पर दो सूराख़ कर दिये हों। बहुत कम रोशनी इन खिड़कियों से भीतर आ पाती थी। वह कमरा माल ढोनेवाले जहाज़ का भोजन-गृह-सा दिखाई देता था। एक ओर दीवार से सटा हुआ छोटा-सा पलंग था, दूसरी ओर एक बढ़िया किन्तु पुराने कालीन से ढका हुआ सोफ़ा पड़ा था और बीच में एक मेज़ थी, जिस पर यूक्रेन का रंगीन मेज़पोश बिछा था।

शुरू-शुरू में वे दोनों गृह-स्वामी का चेहरा न देख सके, क्योंकि वह रोशनी की तरफ़ पीठ किये असमंजस में खड़ा-खड़ा अपने दोनों हाथ एक-दूसरे से रगड़ रहा था। वह एक लम्बा, दुबला-पतला व्यक्ति था और उसके बाल रेशम-से कोमल और लम्बे थे।

"अगर मैं ग़लती नहीं कर रहा तो मेरे विचार में आप ही श्री जैल्तकोव हैं।" निकोलाय ने ढिठाई से कहा।

"हाँ, मेरा ही नाम जैल्तकोव है। आपसे मिलकर बड़ी प्रसन्नता हुई।" अपना हाथ बढ़ाकर वह तुगनोवस्की की ओर दो क़दम आगे बढ़ आया।

किन्तु निकोलाय निकोलायविच ने उसके अभिवादन की ओर कोई ध्यान नहीं दिया और शेयिन की ओर मुड़कर बोला :

"देख लिया—हमारा अनुमान आख़िर ठीक निकला।"

जैल्तकोव अपनी पतली काँपती अँगुलियों से भूरे रंग की वास्कट के बटनों को कभी खोल रहा था, कभी बन्द कर रहा था। कुछ देर बाद उसने संकुचित भाव से नीचे झुककर सोफ़ा की ओर इशारा किया : "तशरीफ़ रखिए।"

अब उसकी शक्ल अच्छी तरह दिखलाई दे रही थी। आँखें नीली थीं, लड़कियों-सा कोमल। पीला उसका चेहरा था। एक ज़िद्दी-हठी बालक की-सी उसकी ठुड्डी दो हिस्सों में बँट गई थी। आयु तीस-पैंतीस के बीच रही होगी।

"धन्यवाद!" शेयिन ने कहा।

वह उसके चेहरे को बड़े कुतूहल से जाँच-परख रहा था।

"शुक्रिया!" निकोलाय ने फ्रेंच में कहा।

किन्तु दोनों में से कोई भी सोफ़े पर नहीं बैठा।

"हमें ज़्यादा कुछ नहीं कहना है। मेरे संग जो सज्जन आए हैं, वह इस प्रान्त के मार्शल हैं—प्रिंस वासिली ल्वोविच शेयिन। मेरा नाम मिर्ज़ा बुलात तुगानोवस्की है। मैं असिस्टेंट पब्लिक-प्रोसीक्यूटर (राजकीय उप-प्राभियोक्ता) हूँ। हम जिस काम के सिलसिले में आपसे बातें करने आए हैं, उससे मेरा और प्रिंस—दोनों का ही गहरा सम्बन्ध है। किन्तु यदि मैं कहूँ कि हम दोनों से ही ज़्यादा उसका सम्बन्ध प्रिंस की धर्मपत्नी—जो मेरी बहन है—से है, तो शायद ज़्यादा युक्तिसंगत होगा।"

जैल्तकोव के मुँह पर हवाइयाँ उड़ने लगीं। भय से उसके होंठ पीले पड़ गए। वह सोफ़ा पर बैठ गया। और काँपते होंठों से हकलाते हुए कहने लगा, "महानुभावो, आप तशरीफ़ रखिए।"

किन्तु उसे याद आया कि यही वाक्य वह पहले भी कह चुका है। हड़बड़ाकर वह सोफ़ा से उठ खड़ा हुआ। तेज़ी से क़दम रखता हुआ खिड़की के पास आकर खड़ा हो गया। उद्विग्न उद्भ्रान्त भाव से अपने बाल खींचने लगा और फिर वापस सोफ़ा की ओर लौट आया। उसके काँपते हाथ एक स्थान पर नहीं टिक पा रहे थे। कभी वह अपनी वास्कट के बटनों को मरोड़ने लगता और कभी अपनी मूँछों को नोचने लगता।

"आप जो आज्ञा दें..." उसने खोखले स्वर में कहा।

वह अपनी दीन अभ्यर्थना-भरी आँखों से बराबर प्रिंस वासिली को देख रहा था।

किन्तु शेयिन चुप रहा। उसके स्थान पर निकोलाय निकोलायविच ने मौन तोड़ते हुए कहा :

"सबसे पहले मैं आपकी चीज़ आपको वापस लौटा रहा हूँ," यह कहकर निकोलाय ने कंगन वाले लाल बक्से को मेज़ पर रख दिया।

"यह उपहार आपकी सुरुचि का परिचायक है, इसमें कोई सन्देह नहीं, किन्तु हमारी आपसे यह विनम्र प्रार्थना है कि भविष्य में आप ऐसी चीज़ें भेजकर हमें आश्चर्य में नहीं डालेंगे।"

"कृपया मुझे क्षमा कीजिए। मैं जानता हूँ मेरा अपराध अक्षम्य है," जैल्तकोव ने दबे होंठों से कहा।

उसका चेहरा लाल हो गया था और उसकी आँखें फ़र्श पर चिपकी हुई थीं, "आपके लिए चाय मँगवाऊँ?"

"श्री जैल्तकोव..." निकोलाय निकोलायविच ने उसके अन्तिम वाक्य को सुना-अनसुना करके अपनी बात जारी रखते हुए कहा, "मुझे यह देखकर बड़ी ख़ुशी हुई कि आप एक सज्जन पुरुष हैं और इशारे से ही बात समझ लेते हैं। मुझे आशा है कि जल्द ही हमारे बीच समझौता हो जाएगा। मेरा अनुमान है कि आप पिछले सात-आठ वर्षों से प्रिंसेस वीरा निकोलायेवना का पीछा कर रहे हैं—क्या यह बात सही है?"

"हाँ।" जैल्तकोव ने धीमे स्वर में उत्तर दिया।

संत्रस्त भाव में उसकी पलकें नीचे झुक गईं।

"किन्तु अब तक हमने आपके ख़िलाफ़ कोई कार्रवाई नहीं की—हालाँकि आप इस बात को स्वीकार करेंगे, कि हम ऐसा कर सकते थे और शायद हमें ऐसा करना भी चाहिए था। क्या आप मुझसे सहमत हैं?"

"हाँ।"

"किन्तु आपने यह रत्न-कंगन भेजकर हमारी सहनशक्ति की सीमाओं को तोड़ दिया। आप मेरी बात को समझ रहे हैं न? मैं आपसे यह बात नहीं छिपाऊँगा कि आपके उपहार को देखकर जो पहला विचार मेरे दिमाग़ में आया, वह यह था कि इस मामले को पुलिस के सुपुर्द कर दिया जाए।

किन्तु हमने यह क़दम नहीं उठाया। और मुझे ख़ुशी है कि हमने ऐसा नहीं किया, क्योंकि आपको देखते ही मुझे यक़ीन हो गया कि आप एक सम्भ्रान्त व्यक्ति हैं।"

"मुझे क्षमा करें—अभी आपने क्या कहा?" जैल्तकोव अचानक बीच में बोल उठा और हँसने लगा। "आप यह मामला पुलिस को सुपुर्द करनेवाले थे? क्यों, यही फ़रमाया न आपने?"

उसने जेब में अपने हाथ डाल दिये, और सोफ़ा के एक कोने में आराम से बैठ गया। माचिस की डिबिया और सिगरेट-केस बाहर निकालकर उसने एक सिगरेट सुलगा ली।

"अच्छा, तो आप यह मामला पुलिस के हवाले करने जा रहे थे? प्रिंस, मेरे बैठने पर आपको कोई आपत्ति तो नहीं है?" उसने शेयिन से कहा, "आप अपनी बात जारी रखें।"

प्रिंस ने मेज़ के पास कुर्सी खींच ली और उस पर बैठ गए। वह उस युवक को देखकर बिलकुल स्तम्भित हो गए थे और बड़ी उत्सुकता से उसके चेहरे को एकटक देख रहे थे।

"भले आदमी —हम तुम्हारे ख़िलाफ़ यह क़दम किसी समय भी उठा सकते हैं।" निकोलाय निकोलायविच ने ज़रा ढिठाई से कहा, "तुम शायद नहीं जानते कि किसी अपरिचित परिवार के मामलों में इस तरह दख़ल देना..."

"ठहरिए, मैं आपको बीच में रोककर यह कहना चाहूँगा कि..."

"नहीं, मैं आपको बीच में रोककर यह कहना चाहूँगा..." असिस्टेंट प्रोसीक्यूटर गर्म होकर चिल्लाए।

"आपकी जैसी मरज़ी। आपने जो कहना है, कह लीजिए, किन्तु मैं प्रिंस वासिली से दो शब्द कहना चाहूँगा।" और तुगानोवस्की की ओर कोई ध्यान न देकर प्रिंस की ओर उन्मुख होकर उसने कहा, "यह मेरे जीवन की सबसे कठिन घड़ी है। मान-मर्यादा के नियमों की चिन्ता किये बिना मैं आपसे दो-चार बातें साफ़-साफ़ करना चाहूँगा। क्या आप मेरी बात सुनेंगे?"

"आप कहिए—मैं सुन रहा हूँ," शेयिन ने कहा, "कोल्या, तुम ज़रा चुप रहो।" उसने तुगानोवस्की को धीरे से डपट दिया।

कुछ देर तक जैल्तकोव ज़ोर-ज़ोर से साँस लेता रहा, मानो उसका दम घुट रहा हो, किन्तु अचानक उसके मुँह से शब्दों की बाढ़-सी निकलने लगी। उसके होंठ भयानक रूप से सफ़ेद पड़ गए थे—सफ़ेद और सख़्त, मानो किसी मुर्दे के होंठ हों! लगता था, मानो वह केवल अपने जबड़ों से बोल रहा हो।

"मुझे समझ में नहीं आता कि मैं किन शब्दों से यह कहूँ कि...मैं आपकी पत्नी से प्रेम करता हूँ। किन्तु जो व्यक्ति सात वर्षों तक मौन रहकर—बिना किसी फल की आशा किये—प्रेम की वेदना सह सकता है, क्या उसे अपने प्रेम को स्वीकार करने के अधिकार से भी वंचित रहना पड़ेगा? मैं मानता हूँ कि जब वीरा निकोलायेवना अविवाहित थीं, मैंने उन्हें अनेक मूर्खतापूर्ण पत्र भेजे थे—उन दिनों मैं यह भी सोचता था कि वह कभी-न-कभी मेरे पत्रों का उत्तर अवश्य देंगी। मैं यह भी मानता हूँ कि उन्हें रत्न-कंगन भेजने का निर्णय और भी अधिक मूर्खतापूर्ण और हास्यास्पद था। किन्तु—मैं सीधा आपकी आँखों को देख रहा हूँ और सोचता हूँ कि आप अवश्य मेरी बात समझ जाएँगे। मैं उनसे प्रेम करना छोड़ दूँ, यह मेरी शक्ति के बाहर की बात है—बिलकुल असम्भव है। प्रिंस, फ़र्ज़ करो, आपको यह सारी बात बिलकुल अरुचिकर लगती है, तो आप क्या करेंगे—किस प्रकार आप मेरी इस भावना को तोड़ पाएँगे? हो सकता है, आप निकोलाय निकोलायविच के सुझाव से सहमत हों और पुलिस की मदद से मुझे यह शहर छोड़ने के लिए मजबूर कर दें—किन्तु किसी दूसरे शहर में क्या मैं वीरा निकोलायेवना से प्रेम करना छोड़ दूँगा? आप लोग शायद मुझे जेल भिजवा दें—किन्तु वहाँ भी मैं कोई ऐसा उपाय खोज निकालूँगा, जिससे मैं वीरा निकोलायेवना को हमेशा अपने अस्तित्व का अहसास करवाता रहूँ। इसलिए इस समस्या को सुलझाने का केवल एक उपाय है—मृत्यु। यदि आपकी ख़ुशी इसी में है तो मैं—आप जो तरीक़ा सुझाएँ, उसी के अनुसार—मृत्यु स्वीकार करने के लिए राज़ी हूँ।"

"काम की बात तो करने से रहे, एक नया सनसनीखेज़ नाटक शुरू कर दिया। ये सब बेकार की बातें हैं।" निकोलाय निकोलायविच ने हैट पहनते हुए कहा,

"मुझे तो दो-टूक बात करनी आती है। आप भविष्य में कोई ऐसा काम न करें जिससे प्रिंसेस वीरा निकोलायेवना को नाहक परेशान होना पड़े, वरना हमें अपनी शक्ति और मर्यादा के अनुसार आपके विरुद्ध कार्रवाई करनी पड़ेगी।"

किन्तु जैल्तकोव ने निकोलाय की ओर आँख उठाकर देखा भी नहीं, हालाँकि उसने उसकी धमकी सुन ली थी। उसने प्रिंस वासिली को ग़ौर से देखते हुए पूछा, "क्या मैं दस मिनट के लिए बाहर जा सकता हूँ? मैं प्रिंसेस वीरा निकोलायेवना से टेलीफ़ोन पर कुछ बातें करना चाहूँगा। आप निश्चिन्त रहें—हम दोनों के बीच जो बातचीत होगी, उसका एक-एक शब्द मैं आपको बतला दूँगा।"

"अच्छा, जैसा आप ठीक समझें," शेयिन ने कहा।

जब निकोलाय शेयिन के संग अकेला रह गया, तो उस पर झपट पड़ा।

"कहीं ऐसे काम बनता है?" उसने अभ्यासवश फिर अपनी छाती से कोई अदृश्य वस्तु निकालकर बाहर हवा में फेंक दी, "तुमने सारा गुड़-गोबर कर दिया। कहीं ऐसे बात की जाती है? मैंने तुम्हें पहले ही चेतावनी दी थी कि तुम बीच में मत पड़ना। मैं सब सँभाल लूँगा। सारी बात बिगाड़कर रख दी। उसे देखकर तुम मक्खन की तरह पिघल गए और उसे अपना दिल खोलने का मौक़ा मिल गया। मैं दो शब्दों में ही सारा मामला निपटा देता।"

"ज़रा सब्र करो—अभी सारी बात साफ़ हुई जाती है," प्रिंस वासिली ने कहा, "तुमने उसका चेहरा नहीं देखा? वह ऐसा आदमी नहीं है जो जानबूझकर किसी को धोखा दे सके। तुम्हीं बताओ, वह प्रेम करता है, इसमें भला उसका क्या दोष है? प्रेम के सम्बन्ध में आज भी हममें से कोई कुछ नहीं जानता, फिर उस सहज, स्वाभाविक अनुभूति को ज़ोर-ज़बरदस्ती दबा पाना क्या सम्भव है?" प्रिंस वासिली चिन्तामग्न होकर कुछ देर तक चुप बैठे रहे, फिर धीमे स्वर में बोले, "मुझे इस आदमी को देखकर बहुत दु:ख होता है। जो व्यक्ति इतनी भारी ट्रेजेडी से अपनी नियति को जोड़ सकता है, उसकी आत्मपीड़ा को मैं एक विदूषक की तरह हँसी में नहीं उड़ा सकता।"

"यह पतनशील प्रवृत्ति है—और कुछ नहीं," निकोलाय ने कहा।

दस मिनट बाद जैल्तकोव वापस लौट आया। उसकी गहरी आँखें असाधारण-रूप से चमक रही थीं, मानो आँसुओं की सूखी बदलियाँ उमड़-उमड़कर घिर आई हों, और बिना बरसे भीतर कहीं लीन हो गई हों! उसे देखकर लगता था, मानो अब वह सभ्य समाज के शिष्टाचार के प्रति बिलकुल उदासीन हो गया था। उसे एक भद्र पुरुष की तरह दूसरों के सामने पेश आना चाहिए, इसकी अब उसे कोई चिन्ता नहीं रह गई थी। एक बार फिर शेयिन के संवेदनशील हृदय ने उसकी व्यथा को समझ लिया।

"मैं तैयार हूँ," उसने कहा, "अब आपको मेरे कारण कभी परेशान नहीं होना पड़ेगा। कल से आपके लिए मेरा अस्तित्व नहीं के बराबर होगा। समझ लीजिए, मैं मर गया हूँ। केवल एक शर्त है—प्रिंस वासिली, यह प्रार्थना मैं आपसे कर रहा हूँ। मैंने रुपया ग़बन किया है, इसलिए वैसे भी मुझे यह शहर छोड़कर भागना पड़ेगा। क्या जाने से पहले मैं प्रिंसेस वीरा निकोलायेवना को एक अन्तिम पत्र भेज सकता हूँ?"

"एक बार जो बात ख़त्म हो गई, सो ख़त्म हो गई। अब आपको पत्र भेजने की कोई ज़रूरत नहीं है," निकोलाय ने चिल्लाकर कहा।

"हाँ, अगर आप चाहें, तो भेज सकते हैं," शेयिन ने कहा।

"बस, मैं यही कहना चाहता था।" जैल्तकोव ने अभिमान से मुस्कराते हुए कहा, "भविष्य में मुझे देखना तो दूर रहा, आप भूलकर भी मेरे सम्बन्ध में कुछ न सुनेंगे। प्रिंसेस वीरा निकोलायेवना तो मुझसे बात भी नहीं करना चाहती थीं। जब मैंने उनसे पूछा कि यदि मैं इस शहर में रहकर कभी-कभार उन्हें लुक-छिपकर दूर ही देख लिया करूँ—ताकि वह मुझे न देख सकें—तो उन्हें कोई आपत्ति तो न होगी? आप जानते हैं, उन्होंने मेरी प्रार्थना के उत्तर में क्या कहा? 'काश, तुम जान सकते कि मैं इन सब बातों से कितना तंग आ गई हूँ। कृपया इस क़िस्से को जल्द-से-जल्द बन्द कर दीजिए।' आप मानेंगे कि मैंने सारे क़िस्से को बन्द कर दिया है। जो कुछ मैं कर सकता था, वह सब मैं कर चुका हूँ—ठीक है न?"

शाम को घर आकर प्रिंस वासिली ने अपनी पत्नी को वे सब बातें विस्तारपूर्वक बतला दीं, जो दोपहर के समय उनके और जैल्तकोव के बीच हुई थीं। वह इसे अपना कर्तव्य समझते थे। प्रिंस वासिली की बातों ने वीरा को व्याकुल या स्तम्भित नहीं किया। वह केवल चिन्तित-सी हो उठी। उस रात प्रिंस वासिली को अपने बिस्तर की ओर आता देख वीरा ने दीवार की ओर मुँह फेरकर धीरे से कहा, "इधर मत आओ—मुझे लगता है कि वह आदमी अपनी जान देकर रहेगा।"

II

प्रिंसेस वीरा को अख़बार पढ़ने का क़तई शौक़ नहीं था—एक तो उसे छूने से ही हाथ गन्दा हो जाता था; दूसरे, इन अख़बारों की भाषा कुछ ऐसी अजीब होती कि कितना ही सिर खपाओ, पल्ले कुछ नहीं पड़ता था।

किन्तु संयोगवश उस दिन उसकी आँखें अचानक अख़बार के पन्ने के एक कोने पर जा अटकीं। वह पूरा समाचार एक साँस में पढ़ गई :

'रहस्यमयी मृत्यु! कल रात लगभग सात बजे बोर्ड ऑफ कंट्रोल के एक कर्मचारी ज. स. जैल्तकोव ने आत्महत्या कर ली। तहक़ीक़ात करने पर मालूम हुआ कि कुछ दिन पहले उक्त कर्मचारी पर सरकारी रुपया ग़बन करने का अभियोग लगाया गया था। वह अपने पीछे एक पत्र छोड़ गया है, जिसमें उसने इस बात का उल्लेख किया है। चूँकि गवाहों के वक्तव्य के आधार पर यह बात प्रमाणित हो गई है कि मृत व्यक्ति ने ख़ुद अपने हाथों से अपनी हत्या की है, इसलिए यह फ़ैसला हुआ है कि उसके शव की चीरफाड़ न हो।"

'मुझे ऐसा क्यों लग रहा था कि कोई अनिष्ट होनेवाला है? क्या इस घटना की परिणति मृत्यु में ही होनी थी? कौन-सा रहस्य छिपा है इस दुर्घटना के पीछे—प्रेम या महज़ पागलपन?' वीरा सोच रही थी।

दिन-भर वह फलों के बग़ीचे और वाटिका में घूमती रही। क्षण-प्रतिक्षण उसकी चिन्ता बढ़ती जा रही थी और वह एक विचित्र-सी बेचैनी महसूस करती थी। बार-बार उसका ध्यान उसी एक व्यक्ति पर केन्द्रित हो जाता था, जो हमेशा उसके लिए एक अजनबी रहा, जिसे उसने कभी नहीं देखा और न अब देखने की कोई सम्भावना रह गई थी। कैसा अजीब आदमी था वह!

'कौन जाने—तुम्हारा साक्षात्कार एक ऐसे प्रेम से हुआ है, जिसमें आत्मबलिदान की उदात्त भावना भरी है और जो सही अर्थों में सच्चा और अद्वितीय है।' वीरा के मस्तिष्क में जनरल अनोसोव के शब्द घूम गए।

छह बजे डाकिया आया। इस बार वीरा निकोलायेवना जैल्तकोव के अक्षर देखते ही पहचान गई। पत्र खोलते हुए जो स्निग्ध और कोमल भावना उसके मन में घिर आई, उसकी आशा स्वयं उसने कभी अपने से नहीं की थी।

जैल्तकोव ने पत्र में लिखा था :

'यह मेरा दोष नहीं है वीरा निकोलायेवना, कि परमात्मा ने मुझे उस अद्वितीय सुख का पात्र बनाया जो मुझे तुमसे प्रेम करने के उपलक्ष्य में प्राप्त हुआ। राजनीति, विज्ञान, दर्शन अथवा मानव-जाति के सुनहरे भविष्य के प्रति मैं हमेशा उदासीन रहा हूँ, न ही मुझे इन बातों में कोई दिलचस्पी रही है। मेरे जीवन का लक्ष्य और केन्द्र केवल तुम थीं। तुम्हारे जीवन में नाजायज़ दख़ल देकर मैंने तुम्हें क्लेश पहुँचाया है, आज मैं इस बात को अच्छी तरह समझता हूँ। अगर सम्भव हो सके, तो इसके लिए मुझे क्षमा कर देना। आज मैं सब कुछ छोड़कर जा रहा हूँ—तुम्हें मेरे अस्तित्व का ज़रा भी अहसास न हो, इसलिए मैं कभी वापस नहीं लौटूँगा।

'तुम हो, और साँस ले रही हो, मेरे लिए यह एक बड़ी चीज़ है—इसके लिए मैं तुम्हारा सदा कृतज्ञ रहूँगा। मैंने अच्छी तरह से आत्म-परीक्षण किया है—विश्वास करो, यह कोई बीमारी नहीं है, न ही यह एक पागल आदमी की सनक है। यह सिर्फ़ प्रेम है, जिसे किसी कारणवश ईश्वर ने मेरी झोली में डाल दिया और उसे पाकर मेरा सारा जीवन कृतार्थ हो गया।

‘मैं जानता हूँ कि तुम्हें और तुम्हारे भाई निकोलाय निकोलायविच को मेरा व्यवहार काफ़ी हास्यास्पद-सा जान पड़ा होगा। किन्तु मुझे इसका ज़रा भी रंज नहीं है। विदा होने से पहले मैं आनन्द-विह्वल होकर कहता हूँ : तेरा नाम सदा ज्योतिर्मय हो।

‘आठ वर्ष पहले मैंने तुम्हें दर्शकों की भीड़ में देखा था—तुम उस दिन सर्कस देखने आई थीं। तुम्हें देखते ही मेरे मन में बिजली-सा यह विचार कौंध गया कि मैं तुमसे प्रेम करता हूँ। मुझे लगा था कि तुम दुनिया में अद्वितीय हो : हर प्राणी, पशु, पौधा या आकाश का तारा तुम्हारे सामने फीका पड़ जाएगा, क्योंकि उनमें से कोई भी तुमसे ज़्यादा सुन्दर अथवा कोमल नहीं हो सकता। मुझे लगा, मानो पृथ्वी का समस्त सौन्दर्य तुममें मूर्त हो उठा है।

‘तुम्हीं बताओ, ऐसी हालत में, मैं क्या करता? क्या किसी दूसरे शहर भाग जाता? किन्तु यह असम्भव था। दिन-रात मेरा दिल तुम्हारे आसपास भटकता रहता था, तुम्हारे पैरों पर लोटता रहता था, तुम्हारे ध्यान में खोया रहता था। मेरे समस्त विचारों और सपनों की केन्द्रबिन्दु केवल तुम थीं। हर घड़ी एक मीठी-सी खुमारी मुझे घेरे रहती। जब कभी उस कंगन के सम्बन्ध में सोचता हूँ, लज्जा से धरती में गड़ जाता हूँ। उसे तुम्हारे पास भेजना ग़लती थी। किन्तु मैं अपने को रोक न सका। उस बेहूदे उपहार की तुम्हारे मेहमानों पर क्या प्रतिक्रिया हुई होगी, इसका अनुमान मैं अच्छी तरह लगा सकता हूँ।”

“दस मिनट और हैं—उसके बाद मैं नहीं रहूँगा। इतने समय में मैं इस पत्र पर टिकट लगा लूँगा और उसे लेटर-बॉक्स में छोड़ आऊँगा, ताकि किसी और को मेरा यह काम न करना पड़े। कृपया इस पत्र को जला देना। अभी-अभी मैंने अँगीठी जलाई है—धीरे-धीरे वे सब चीज़ें जलकर राख हो जाएँगी, जिन्हें जीवन की अमूल्य निधियों की तरह मैं अब तक सँजोता आया हूँ। देखो, यह रहा तुम्हारा रूमाल। हाँ, इसे मैंने चुराया था। नोबलमैन असेम्बली में नृत्य का आयोजन हुआ था। उसमें तुम आई थीं और अपना रूमाल कुर्सी पर भूल गई थीं। इसे मैंने वहीं से उठाया था। यह रहा वह काग़ज़ का पुरज़ा, जिसमें तुमने मुझे पत्र लिखने से मना किया था। न जाने कितनी बार मैंने इस पुरज़े को चूमा है।

इन चीज़ों में कला-प्रदर्शनी का एक प्रोग्राम भी है, जिसे तुमने अपने हाथों से पकड़ा था और बाहर जाते हुए कुर्सी पर छोड़ गई थीं। बस, यही सब कुछ है—और कुछ नहीं! आज मैं इन सब चीज़ों से छुटकारा पा लूँगा। किन्तु अब भी मुझे पक्का विश्वास है कि तुम कभी-कभार मुझे अवश्य याद करोगी! मुझे मालूम है कि तुम्हें संगीत में गहरी रुचि है। जब कभी बीथोवन के 'कुआर्टेट्ज़' प्रस्तुत किये जाते थे, तुम उन्हें सुनने अवश्य जाती थीं। यदि तुम मुझे कभी याद करो तो स्मृति के उन क्षणों में बीथोवन का सोनाटा (D. dur No. 2, op. 2) बजा लेना। मेरी आत्मा को शान्ति मिलेगी।

'समझ में नहीं आता, इस पत्र को कैसे समाप्त करूँ। मैं हृदय से तुम्हें धन्यवाद देता हूँ, क्योंकि तुम मेरे जीवन का एकमात्र सुख और सम्बल रही हो। ईश्वर तुम्हें सुखी रखे। आशा है, कोई भी साधारण अथवा अस्थायी वस्तु तुम्हारी भव्य आत्मा को दूषित न कर सकेगी। मैं तुम्हारे हाथ चूमता हूँ।

ज.स.ज.'

वह पत्र लेकर सीधे अपने पति के पास चली गई। रोते-रोते उसकी आँखें सूज गई थीं और होंठ बार-बार फड़क उठते थे, "मैं तुमसे कोई बात छिपाना नहीं चाहती," वीरा ने प्रिंस वासिली के हाथ में पत्र देते हुए कहा, "किन्तु मुझे लगता कि हमारे जीवन पर एक अशुभ और भयंकर घटना की छाया हमेशा मँडराती रहेगी। तुम और निकोलाय शायद इस मामले को सही ढंग से नहीं सुलझा पाए।"

प्रिंस शेयिन ने पत्र को बड़े ध्यान से पढ़ा और फिर सावधानी से तह करके उसे एक ओर रख दिया। कुछ देर ख़ामोश रहने के बाद प्रिंस वासिली धीरे से बोले, "इस शख़्स की ईमानदारी पर शक नहीं किया जा सकता। मैं यह भी समझता हूँ कि तुम्हारे प्रति उसकी जो भावनाएँ रही हैं, उनका विश्लेषण करने का मुझे कोई अधिकार नहीं है।"

"क्या वह मर गया?" वीरा ने पूछा।

"हाँ, वह अब इस लोक में नहीं है। मेरे विचार में वह तुमसे प्रेम करता था और वह प्रेम किसी पागलपन के कारण नहीं था। मैंने बड़ी बारीकी से

उसकी चाल-ढाल, उसकी प्रत्येक भाव-मुद्रा का अध्ययन किया था और उसी समय मैं समझ गया था कि तुम्हारे बिना उसका जीवन निरर्थक है। उसे देखकर मुझे लगा था, मानो मर्मान्तक पीड़ा की एक विराट् अनुभूति उसकी आत्मा में रिस-रिसकर बह रही है। उसी क्षण मैंने जान लिया था कि मैं एक मृत व्यक्ति से बात कर रहा हूँ। वीरा, सच पूछो तो उस समय मैं स्वयं नहीं जानता था कि उससे क्या बात करूँ—कैसे पेश आऊँ...!"

"वास्या," वीरा ने उसे बीच में टोककर कहा, "अगर उसके चेहरे की अन्तिम झलक देखने के लिए मैं शहर जाऊँ, तो क्या तुम्हें बुरा लगेगा?"

"बुरा क्यों लगेगा वीरा? तुम्हें अवश्य जाना चाहिए। मैं स्वयं जाना चाहता था, किन्तु निकोलाय ने सारे मामले को गड़बड़ कर दिया। मुझे डर है, मौजूदा परिस्थिति में मेरा वहाँ जाना उचित न होगा।"

12

जब लुतरान्स्कया स्ट्रीट पहुँचने के लिए दो गलियाँ पार करने को रह गईं, तो वीरा निकोलायेवना अपनी बग्घी से नीचे उतर गई और पैदल ही जैल्तकोव के घर की ओर चलने लगी। उसे जैल्तकोव के कमरे का पता चलाने में कोई दिक़्क़त नहीं उठानी पड़ी। दरवाज़ा खटखटाने पर वही वृद्धा स्त्री चौखट पर आ खड़ी हुई जिसने अपनी सलेटी रंग की आँखों पर चाँदी के फ्रेम की ऐनक पहन रखी थी।

पिछले दिन की तरह उसने वीरा को देखते ही पूछा, "आप किनसे मिलना चाहती हैं।"

"श्री जैल्तकोव से।"

वीरा की वेशभूषा—उसका हैट और दस्ताने—और उसके अधिकारपूर्ण स्वर से मकान मालकिन प्रभावित हुए बिना न रह सकी।

"कृपया भीतर चली आइए। बाएँ हाथ की तरफ़ पहला दरवाज़ा उन्हीं का है—वह इतनी जल्दी हमें छोड़कर विदा हो जाएँगे, यह हम कभी स्वप्न

में भी नहीं सोच सकते थे। अगर उन्होंने रुपया ग़बन भी किया था, तो इस सम्बन्ध में उन्हें मुझे तो कुछ कहना चाहिए था। आपसे क्या छिपाऊँ, अविवाहित पुरुषों को कमरा किराए पर देने से हमें कोई विशेष लाभ नहीं होता। किन्तु यदि केवल छह-सात सौ रूबल की बात थी, तो मैं इतनी रक़म जोड़ने का इन्तज़ाम कहीं-न-कहीं से अवश्य कर देती। किन्तु उन्होंने मुझे कुछ बतलाया ही नहीं। श्रीमती जी, उनकी जितनी भी प्रशंसा की जाए, वह थोड़ी है। वह सचमुच एक अद्भुत और असाधारण व्यक्ति थे। आठ वर्षों से वह मेरे कमरे में किराएदार थे, किन्तु मैं उन्हें अपने पुत्र से भी ज़्यादा मानती थी।"

वीरा खड़ी न रह सकी, ड्योढ़ी में एक कुर्सी पर बैठ गई।

"आपके कमरे में रहनेवाले वह सज्जन मेरे मित्र थे।" वीरा मानो शब्दों को तौल-तौलकर बोल रही थी, "क्या आप उनके अन्तिम क्षणों के सम्बन्ध में मुझे कुछ बतला सकती हैं?"

"दुर्घटना से कुछ घंटे पहले दो सज्जन उनसे मिलने आए थे। वह काफ़ी देर तक उनसे बातचीत करते रहे थे। उन्होंने मुझे बतलाया कि ये लोग उन्हें किसी जागीर का सहकारी अमीन नियुक्त करना चाहते हैं। इतना कहकर वह एकदम टेलीफ़ोन करने चले गए। जब वह फ़ोन करके वापस लौटे तो बहुत ख़ुश नज़र आ रहे थे। उसके बाद वे दोनों सज्जन चले गए और वह बैठकर एक पत्र लिखने लगे। लेटर बॉक्स में पत्र डालने के बाद वह घर वापस आ गए। उसके बाद एक हल्का-सा धमाका हुआ—बच्चे की पिस्तौल के पटाखे-सी आवाज़ हमें सुनाई दी थी। हमने उसकी ओर कोई ध्यान नहीं दिया। हर रोज़ सात बजे वह चाय पीते थे। हमारे घर की नौकरानी लुकेर्या ने उनके कमरे का दरवाज़ा खटखटाया, किन्तु भीतर से कोई उत्तर नहीं आया। बार-बार दरवाज़ा खटखटाने पर भी जब उन्होंने साँकल नहीं खोली, तो हमें मजबूरन दरवाज़ा तोड़कर अन्दर घुसना पड़ा। कमरे के भीतर उनके बजाय उनकी लाश पड़ी थी।"

"रत्न-कंगन का क्या हुआ?" वीरा ने आदेश-भरे स्वर में पूछा।

"अरे हाँ! उस कंगन की बात तो मैं भूल ही गई। आप क्या उस कंगन के विषय में कुछ जानती हैं? पत्र लिखने से पहले वह मेरे पास आए और

मुझसे पूछने लगे, 'क्या तुम कैथोलिक हो?'—'हाँ,' मैंने कहा। 'तुम्हारी एक धार्मिक प्रथा मुझे बहुत अच्छी लगती है,' उन्होंने कहा। 'तुम लोग मरियम की मूर्ति को अँगूठियों, कंठहारों और अन्य आभूषणों से अलंकृत करते हो। क्या तुम अपनी उस मूर्ति पर मेरा कंगन रख दोगी?' मैंने हामी भर दी।"

"क्या मैं उन्हें एक बार देख सकती हूँ?"

"अवश्य—बाईं तरफ़ उनके कमरे का दरवाज़ा है। आज वे लोग शव-परीक्षा के लिए उन्हें अस्पताल ले जाने के लिए आए थे, किन्तु उनके भाई ने प्रार्थना की है कि उनका क्रिया-कर्म ईसाई धर्म के अनुसार किया जाए। आइए, मेरे संग चलिए।"

वीरा ने सतर्क भाव से धीरे-धीरे दरवाज़ा खोला। कमरा धूप के सुगन्धित धुएँ से महक रहा था। एक ओर ताक में तीन मोमबत्तियाँ जल रही थीं। जैल्तकोव की देह तिरछे ढंग से मेज़ पर पड़ी थी। मृत व्यक्ति को सिरहाने की कोई आवश्यकता नहीं, किन्तु फिर भी किसी ने सावधानी से एक छोटा-सा गद्दा उसके सिर के नीचे टिका दिया था। उसकी मुँदी हुई आँखों पर एक रहस्यमयी गम्भीरता का विचित्र-सा भाव घिर आया था। उसके होंठों पर एक उल्लासपूर्ण और शान्त मुस्कराहट थिरक आई थी—मानो मरने से पहले उसे किसी ऐसे मधुर और विराट् रहस्य का पता चल गया है, जिसके आलोक में जीवन की सब विकट पहेलियाँ एकाएक सुलझ गई हों! वीरा को याद आया कि उसने वैसी ही शान्त गरिमा का भाव दो महान शहीदों—पुश्किन और नेपोलियन—के मृत चेहरों की चित्र-अनुकृतियों में भी देखा था।

"अगर आप चाहें, तो मैं जा सकती हूँ," बुढ़िया ने बहुत ही सगे, स्नेह-भरे स्वर में वीरा से कहा।

"अच्छा, मैं अभी कुछ देर में आपको बुला भेजूँगी।"

उसने अपनी वास्कट की जेब से गुलाब का लाल फूल निकाला, बाएँ हाथ से जैल्तकोव का सिर धीरे से ऊपर उठाया और दाएँ हाथ से फूल उठाकर उसकी गर्दन के नीचे रख दिया। उस क्षण वीरा को लगा कि वह प्रेम—जिसका स्वप्न हर स्त्री देखती है, उसके जीवन को स्पर्श करके

एक उज्ज्वल सितारे-सा सदा के लिए अँधेरे में विलीन हो गया है। जनरल अनोसोव ने जिस चिरस्थायी और एकनिष्ठ प्रेम की भविष्यवाणी की थी, उसका एक-एक अक्षर वीरा के मस्तिष्क में घूमने लगा। उसने सामने लेटे हुए मृत व्यक्ति के माथे पर गिरे हुए बालों को पीछे हटा दिया। अपने दोनों हाथों से उसकी कनपटियों को धीमे से पकड़कर अपने होंठ उसके ठंडे, नम माथे पर रख दिये और एक लम्बे, स्नेहसिक्त चुम्बन से उसे ढक दिया।

जब वीरा कमरे से बाहर जाने लगी, तो मकान मालकिन ने उससे कहा,

"ज़रा, सुनिए! आपसे मुझे कुछ कहना है। मैं जानती हूँ कि आप उन व्यक्तियों में से नहीं हैं, जो केवल कुतूहलवश उसे देखने यहाँ आते हैं। मृत्यु से पहले भी जैल्तकोव ने मुझसे कहा था कि यदि कोई महिला उन्हें देखने के लिए यहाँ आए, तो उसे यह कह देना कि बीथोवन की सर्वश्रेष्ठ संगीत-रचना—उन्होंने इस पुरज़े पर उसका नाम लिख दिया था—लीजिए, देख लीजिए।"

"कहाँ लिखा था?" वीरा निकोलायेवना ने पुरज़ा पढ़ा और उसके आँसू अचानक फूट पड़े। "मुझे माफ़ कीजिए—इस मृत्यु से मुझे गहरी ठेस पहुँची है—मैं अपने को रोक न सकी," वीरा ने सुबकते हुए कहा।

पुरज़े पर उसके परिचित अक्षरों में लिखा था :

'एल. वान बीथोवन—सोनाटा नं. 2, ओप. 2, लार्गो एपैसियानाटो'।

13

वीरा जब शाम को घर वापस आई, तो उसे यह देखकर ख़ुशी हुई कि उसका पति और भाई—दोनों में से कोई भी घर में मौजूद नहीं है।

किन्तु जैनी रेतर उसकी प्रतीक्षा कर रही थी। जो कुछ वीरा ने आज देखा और सुना था, उसका बोझ उसके क्लान्त और दुखी मन के लिए असह्य-सा हो उठा था। वह जैनी रेतर के पास भागती हुई आई और उसके सुडौल,

सुन्दर हाथों को चूमते हुए बोली, "प्यारी जैनी, क्या पियानो पर मेरे लिए कुछ बजा सकती हो—सच, कुछ सुनने की बहुत इच्छा है!"

यह कहकर वह तुरन्त कमरे से बाहर चली गई और फूल-वाटिका में जाकर एक बेंच पर बैठ गई। उसे रत्ती भर भी सन्देह नहीं था कि जैनी सोनाटा का वही संगीत-अंश बजाएगी, जिसको बजाने का आग्रह उस मृत व्यक्ति ने किया था, जिसका अजीब-सा नाम जैल्तकोव था।

और वही हुआ। पियानो के प्राथमिक सुरों को सुनते ही वीरा ने पहचान लिया कि वे उसी असाधारण संगीत-रचना की अतल गहराई से बाहर आ रहे हैं, जिसका उल्लेख उस आदमी ने किया था। वे उसकी आत्मा को चीरने-से लगे। उसे लगा, जैसे कोई विराट् प्रेम, जो हज़ार वर्षों में एक बार आता है, उसके पास से होता हुआ गुज़र गया है। उसे जनरल अनोसोव के शब्द याद हो आए, जब उन्होंने आश्चर्य में जानना चाहा था कि वह आदमी यह क्यों चाहता है कि वीरा बीथोवन का कुछ और नहीं, यही सोनाटा सुने? संगीत के शब्द उसके सुरों के साथ कुछ इस हद तक घुल-मिल गए थे कि वह किसी धार्मिक गीत के काव्यांश जान पड़ते थे। इन शब्दों के साथ अन्त हुए : 'तुम्हारा नाम पवित्र हो!'

'मैं अब तुम्हें अपने कोमल स्वरों में एक ऐसे जीवन की झलक दूँगा, जिसने विनम्र भाव से ख़ुशी-ख़ुशी अपने को पीड़ा, यातना और मृत्यु को समर्पित कर डाला। अब मेरे मन में ठुकराए प्रेम की कोई शिकायत, कोई पीड़ा नहीं है। सिर्फ़ यही प्रार्थना है, तुम्हारा नाम पवित्र हो!

'मुझे तुम्हारी हर चीज़, मुस्कराहट, नज़र, पैरों की आहट याद है। मेरी अन्तिम स्मृतियाँ एक सुखद स्निग्ध, सुन्दर अवसाद में लिपटी हैं, किन्तु यह अवसाद तुम्हारे दु:ख का कारण नहीं बनेगा। मैं चुपचाप, अकेला तुम्हारी ज़िन्दगी से चला जाऊँगा। ईश्वर की यही इच्छा है और यही मेरी नियति है : 'तुम्हारा नाम पवित्र हो!'

'अपनी मृत्यु की शोकमयी घड़ी में मैं सिर्फ़ तुमसे प्रार्थना करता हूँ, मेरा जीवन भी सुन्दर हो सकता था। ओ मेरे दुखी दिल, कराहो नहीं।

अपनी आत्मा में मैं मृत्यु को बुलाता हूँ, किन्तु मेरा हृदय तुम्हारी स्तुति में लीन है : 'तुम्हारा नाम पवित्र हो!'

'तुम नहीं जानतीं—न तुम, न वे लोग जिनके साथ तुम रहती हो, कि तुम कितनी सुन्दर हो। घड़ी का गज़र बज रहा है। समय आ गया है। ज़िन्दगी से विदा लेने की इस शोकपूर्ण घड़ी में, मेरे भीतर सिर्फ़ तुम्हारा गौरव-गीत गूँज रहा है। सर्वग्राही मृत्यु के ऊपर उठता हुआ यह—गौरवगान!

कीकर के पतले तने से लिपटकर प्रिंसेस वीरा रो रही थी। पेड़ धीरे से बार-बार काँप उठता था। हवा में पत्ते मानो उसके दु:ख में शोक मनाते धीरे से सरसराने लगते थे। तम्बाकू के पौधे की गन्ध और भी अधिक तीखी हो गई थी। संगीत के विस्मयकारी स्वर अब भी बहते हुए आ रहे थे : 'प्रिये, तुम्हारी शान्ति की कामना करता हूँ। तुम्हें मेरी याद है? मैंने सिर्फ़ तुम्हें प्रेम किया है, अन्तिम और एकमात्र प्रेम! जब कभी तुम मेरे बारे में सोचोगी, मैं तुम्हारे पास हूँगा। हमने एक-दूसरे को सिर्फ़ एक क्षण के लिए चाहा था, लेकिन वह क्षण शाश्वत था। तुम्हें मैं याद आता सचमुच? देखो, मैं तुम्हारे आँसुओं को महसूस कर सकता हूँ। शान्ति—और कुछ नहीं। नींद, आह, कितनी मधुर नींद!'

संगीत समाप्त हो गया। जब जैनी रेतर पियानो छोड़कर बाहर आई तो देखा, प्रिंसेस वीरा, आँसुओं से भीगी, बेंच पर बैठी है।

"क्या बात है?" उसने पूछा।

वीरा की आँखें चमक रही थीं, चेहरा विषण्ण और विचलित-सा हो आया था। उसने झपटकर जैनी को पकड़ लिया और उसके चेहरे, उसके होंठों, उसकी आँखों को चूमते हुए कहा, "सब ठीक है। उसने मुझे क्षमा कर दिया है। अब मुझे कोई शोक नहीं।"

[1911]

࿋